暢銷作家百萬滾錢術，你不可不知的寫作心機

小說之神就是你

紀昭君

著

【名家好評】

　　歐洲的文藝復興時代被認為是一個知識爆炸的時代，當時的學者倚傍工具書藉以思考和進行研究。在這樣一個too much to know的時代，挖掘和管理資訊的新方式，是促成這個時代知識創造的形式。少女的這部書參照400本以上的小說，並給予每部小說「安身立命」之處。這可由本書的目錄與書末附錄的索驥地圖看出梗概。這樣一部對小說進行文本分析和破解書寫秘碼的著作，其雄心壯志可媲美數百年前的文藝復興學者。在過多的和流逝的書本之間，《小說之神就是你》就宛如一部小說的指南，讀者可以選擇任意的篇章，逕自進入這幅由少女構築的小說世界。

——「說書 Speaking of Books」主編**陳建守**

　　讀完紀昭君老師這本宛如小說創作模式大觀園的曠世奇書，我的第一直覺是「天啊！這要花多大的心力才能編彙完成！」真的難以想像，簡直是本燃燒小宇宙之作。我身為一位愛讀故事的人，更可以按圖索驥，一篇篇選讀紀老師書中所列舉的各類佳作。正當我這樣竊喜，翻到書末，竟然還貼心地整理了「索驥地圖」列出本書所有舉例作品，彷彿看穿我的心思。這本書我捧在手中，就像得到一本絕世武功秘笈一樣，忍不住仰天得意大笑！

——聯合報系uStory專案總編輯・小說教學網

「故事革命」創辦人**李洛克**

春宵苦短，前進吧少女！

　　傳統優秀寫作指南，如《寫作的祕密》（Your Creative Writing Masterclass）《作家之路》（The Writer's Journey）、《超棒小說這樣寫》（How to Write a Damn Good Novel）或大澤在昌《暢銷作家寫作全技巧》等，往往專注解答寫作上可能遭遇煩惱的二三事—以文本讀寫及作家相關為兩大主軸，分別針對劇情高潮起伏、角色對立刻劃、衝突矛盾、因果關係與中心要旨的營設等，搭配耳熟能詳的經典段落作敘說；或分享作家相關—素材來源（夢境、經驗與創傷）、寫作規律、創作瓶頸解套，及個人推薦與經典閱讀剖析、投稿須知與人脈管道的營造等。但這些搭配寫作技法講解所呈現的時代經典，往往囿限於片段篇幅，傳統與流行文本參差錯落，或僅有較為單一化的作品講述，較難有可供判定的「齊頭」標準與宏觀整體佈局的視野，寫作者可能單點著力頗佳，自行設計結構時卻無所適從，且要從諸多歷久不衰的經典名著，一一習得精華而收氣韻內涵潛移默化之效，實顯艱難，效率亦不高。

　　面對殘酷市場機制與出版寒冬，台灣現行一窮二白的創作者，收入不外乎依賴微薄的版稅、文學獎獎金或邀約的演講講酬以維生，但文學獎得獎作有時過於高調小眾，難以卒讀不說，獎金用罄後即便出版也乏人問津，演講邀約不到一定名氣也難以擠進窄門；歸根溯源，作品要好被看見，還要能常踞排行榜才是王

道，而至名利雙收。然而市面上暢銷熱賣者，絕大多數被歐美日等各國翻譯作品所攻佔，本土創作者既寡不敵眾，即便讀完外國所有小說指南，也難對當今暢銷小說那「符合大眾市場潮流，直衝排行榜」的特色有系統性綜結的概念，「橫的移植」顯得困難。

《小說之神就是你》以推理懸疑、青少年女、女性、幻想奇幻、關係類與關於愛等人類情感六大主題，參考超過上百本小說，歸結出當今暢銷小說裡共同具有的內在脈絡與主題元素等分類條綱，作為小說設計長篇佈局結構之集成，及創作者／讀者／書評「三位一體」的大補帖。書末還另行增錄心理學篇，以「心理學反轉小說文本」作法，顛覆前述文學為主，心理學為輔之主客位，逆向推理「驅動人物行為模式與內心癥結的因果關聯」，並加附遊戲單元，用簡易問答與經典範本，引領讀者立基原型公式、詭計設計與心理學概念等，進行試寫練習。由「暢銷小說公式集成」、「人物心理曲折拆解」與「引導試寫練習」，並搭配經典佐證甚至時事講解，循此脈絡理解，暢銷小說各類主題寫作技法，便能囊中取物般地各個擊破，逐一兼擅。

此書靈感來自神話學大師喬瑟夫・坎伯（Joseph Campbell）蒐羅世界各地神話材料與英雄歷險轉化故事，歸結出「英雄原型」的《千面英雄》（The Hero with A Thousand Faces），而後有「好萊塢寫作聖經」美稱的《作家之路》以此反轉資料集成統計出的「原型」，逆向去說明優良劇本或故事起伏上應當具備有的要素，並佐以好萊塢經典電影為證，《小說之神》亦以此概念發展─不管如何晦澀難解、領域混雜的文本，皆自有其通用「原型」可循（白話來說就是SOP），若將此原型公式付諸紙筆，寫作者當亦能逆向將此作為人物形象塑造與情節的走向依據。

以「暢銷長篇佈局技法」與「角色人物心理變化」，分別

宏觀微觀剖析。前者用大量文本綜結出「暢銷小說原型公式」的各類技法，使讀者能在短時間內對長篇佈局的各種設計、主題元素與可供參照的範本對象等了然於胸，搭配上純以分類與文本為引的「索驥地圖」，閱讀當下宛若行經「文學書市」賣場地圖的實地指引與流行趨向，既可先行得知文學創作各項類別之大概擺置，從中快速索驥查考適宜自己的同質書目群體所在。既有宏觀「賣場」一覽的繁複視像，對寫作有特殊專項或強烈主題風格者，亦有按圖索驥之效。

　　長篇整體佈局完整後，再同以「原型公式」概念進行小篇幅的角色形塑與人物事件情狀描寫，以此組串長篇。此階段著重「角色人物心理內在變化」與事件的因果連結，結合心理學「歸納人類情感、創傷與行為關係」的特點，深入淺出地講述故事人物的曲折內心，雖不是所有舉止表現皆與內心情感創傷相符並僅囿限於幾個固定模式，然而對迅速觀照出「驅動主角內心的矛盾衝突」與「某些特異事件行為對主角的詮釋意義」則綽綽有餘。如此作法，也是因長篇撰寫與一般短篇以單一意念或氛圍等洋灑成篇，但不需顧及整體均衡架構與連貫的筆法不同，長篇必須在確立整體佈局設計與大致情節走向後，才能各自切割為篇幅較小（仍須彼此呼應）的短篇，各個擊破。

　　這種彷彿全能神祇觀照人類主角身心變化的冷漠，便是寫作者「全觀視角」的展現，可協助讀者／創作者快速領會主角內心癥結與行為背後意義，對將來創作過程裡，有「內心預定人物形象」後的摹繪有所助益。故而讀完本書，既可熟稔宏觀結構佈局設定，亦對微觀情節事件或人物主角內心曲折有清晰構圖，一石二鳥，這亦是其他優秀寫作指南類尚無觸及的重點所在。不過，「暢銷小說的各類公式」旨在創作技法的學習觀摩，並非限定僵

硬套用，任何大量重複濫造、了無新意的老套公式，皆勢必引發讀者反感或抨擊抄襲的浪潮。

　　立基於暢銷巨人群與文學經典的肩膀上，創作者便能在望高望遠的安逸下，還有許多餘裕來思索己身特有創意與藝術風格的營造。初寫時不過是想作為我個人未來撰寫小說的參考筆記，預想不過四、五萬字，沒想到成書之時已近十五萬。廣泛博雜的條目分類，甚至可將此書的目標讀者與適宜對象，從個人推展至「立意寫作維生創作者、出版社編輯選書指南、寫作導師教學教材、對文學／心理學／神話學有興趣的一般讀者」等。「想寫作卻不知該如何下筆」的創作者，藉由此書能迅速判定書市既存之重大主題類別，流行所向與觀摩學習的範本群體，以最輕鬆最快的方式來決定適合自己的創作主題與技巧，也可應用於寫作教學或文學閱讀上，長篇小說的學習講解，讓寫作者能收「立基巨人肩膀上，望高望遠，又有餘裕思索自我風格」的追求。不過「公式是死，創意為活」，正同於道家武學心法精華「只重其義，不重其招」的概念。若將世界名家佈局手法熟爛於胸，文字修練又臻上乘，佐以作者獨有風格，那寫作將無入而不自得了。

　　當年為堅持寫作而直接離家的狂暴，從沈佳宜到神奇愛咪的我，讓我想到沙林傑（J. D. Salinger）《麥田捕手》（The Catcher in the Rye），主角被退學後，「眼望中央公園，擔憂群鴨冬臨來時去處」時，那種任意妄為，卻無所依憑的茫然心境。那麼在此就暫且以森見登美彥《春宵苦短，少女前進吧！》的書標，當成「文藝（叛逆）少女」我，邁步小說家曲折歷程的短批吧！

　　最後仍將要這本書獻給我的母親，感謝她不離不棄的的陪伴我所有文學的旅程。

2016年06月16日，台中，少女香閨

【序】春宵苦短，前進吧少女！

Contents

【名家好評】......3

【序】春宵苦短，前進吧少女！......4

【推理懸疑篇Ⅰ】懸案的表述觀察：視角與意識的複眼視象......11

【推理懸疑篇Ⅱ】別出心裁推理與懸念設計十二類......37

【推理懸疑篇Ⅲ】故事串故事與書中書......62

【青少年女類Ⅰ】青少年女內在爆裂與憂鬱愁緒的日記書寫......78

【青少年女類Ⅱ】反烏托邦與逃殺小說中的團體霸凌......81

【青少年女類Ⅲ】青春成人式，告別純真邁入成人的殘酷洗禮......90

【青少年女類Ⅳ】青春的另行詮釋......100

【女性篇Ⅰ】少女女角設定：女王／女神／神女／女強人......104

【女性篇Ⅱ】限制級，未滿十八勿入的赤裸裸女性情慾......110

【女性篇Ⅲ】揮灑烈愛：斑斕畫布上，女子動人的生命情致......121

【女性篇Ⅳ】知識、特殊技能或魔幻與女性自覺的關係......131

【幻想奇幻類Ⅰ】異想世界的繽紛糖衣與內裡......134

【幻想奇幻類Ⅱ】遊戲異境與異境遊戲的穿越......139

【幻想奇幻類Ⅲ】闇黑童話的內在深沉與哲理歷練......147

【幻想奇幻類Ⅳ】神人對視間的生命意義......153

【關係類】人心空洞的迴音：修補療癒、寂寞疏離、
　　　　　絕望與黑暗關係......156

【關於愛Ｉ】何處寄相思：流轉於時間的愛戀......177

【關於愛ＩＩ】荷爾蒙澎湃擴散法......184

【關於愛ＩＩＩ】愛為枷，罪為鎖：沉重的愛戀，愛與罪的宣判......197

【關於愛ＩＶ】家國情仇下，身世半點不由人的妓女悲歌......200

【推薦書單精選】......203

【心理篇Ｉ】心理學反轉小說文本的映射參照......215

【心理篇ＩＩ】父親......218

【心理篇ＩＩＩ】母親......231

【心理篇ＩＶ】父母與幸福童年的秘密......254

【心理篇Ｖ】霸凌......272

【遊戲單元－心理學映射小說文本試寫練習】【短篇】......279

【長篇Ｉ】多重人格的交疊幻影：失憶與解離......282

【長篇ＩＩ】邊緣性人格障礙／反社會人格、故事接龍、
　　　　　「程式驅動」的未來科幻......290

【長篇ＩＩＩ】童年與親密關係人的羅網......294

【索驥地圖】......311

懸案的表述觀察：視角與意識的複眼視象

　　《羊毛記》（Wool）三部曲與《異星記》（Half Way Home）的作者休豪伊（Hugh Howey），曾述說自己對閱讀的熱愛，乃源自於閱讀過程裡的冒險感。而文字裡帶領讀者航向未知旅程的驚喜與冒險，我想便是吸引讀者目不轉睛的原因。以下針對書市觀察到，具備這種「解謎樂趣」、「驚喜」與「冒險感」的小說文本來討論，而不僅限定於特定的推理類別上。

一、關於一樁懸案的各自表述與觀察

　　此一技法於推理小說中甚為常見，代表作如湊佳苗《告白》等個人「告白」式的劇情推演、宮部美幸系列慣用多人視角與切身發生事件來推進「案情」進度，而融貫有前二者手法的秋吉理香子，於《暗黑女子》更以「文學沙龍闇鍋會」方式，營造有米澤穗信《虛幻羊群的宴會》不寒而慄的狠辣回馬槍結尾。

　　即便是近期榮獲曼布克獎、以繁複多變與精巧敘事結構而知名的伊蓮諾・卡頓（Eleanor Catton）《發光體》（The Luminaries），亦是立基於此法。不過迥異於前面「各自表述」中每人篇幅等長寫法，伊蓮諾・卡頓獨出心裁地將十二位人物的「偵探」視角，配合星體運行來調節章節篇幅，並以黃道十二宮星盤來詮釋人物性格的多變性，進行故事敘說與推翻，使得讀者有種由朔

到望、陰晴圓缺的迴旋反覆感，而從各流行娛樂元素中（哥德、降靈會與鴉片等）一窺十九世紀淘金熱下的錯綜移民風貌。

另外，高登‧達奎斯（Gordon Dahlquist）《食夢者的玻璃書》（The Glass Books of the Dream Eaters）與村上春樹《1Q84》，則以多重主角個人長篇幅視野的關注（主要有三位：繆小姐、史文生與小張主教／青豆、天吾與牛河），而使發生事件能有多面觀察、綜合樂趣及各章呼應之效，且閱讀中視角的更迭不僅使讀者懷抱對暫時下場人物的懸念，亦增加了對新登場主角的新鮮感，讀來頗為有趣。這種多重視角的敘述在歷史奇幻上則以喬治‧馬丁（George R. R. Martin）《冰與火之歌》（A Song of Ice and Fire）最富盛名，不過這便不僅是一樁懸案的推理而是龐大的歷史權鬥了。

二、固定出場人物，單元式解謎：藤萍《吉祥紋蓮花樓》與乙一《胚胎奇譚》

不同於上列「各自表述」推理法並無固定「偵探」班底，而是「只要有心，人人皆可為偵探」的多重視角。本技法最顯著之例，可以漫畫青山剛昌《名偵探柯南》為解說範本，固定出場人物與偵探班底－毛利小五郎、柯南與小蘭等，配合各個不同「事件單元」，單一進行解謎破案，大抵較為連載形式所用。小說中歸屬此類者，則有藤萍《吉祥紋蓮花樓》與乙一《胚胎奇譚》。

《吉祥紋蓮花樓》全文共四冊，以一位醫術不通的「神醫」李蓮花（偵探）搭配一座可攜式、繪有佛家禪意圖案的吉祥紋蓮花樓閣，走跳江湖，揭露一樁樁「偽佈為鬼怪，實乃人心機關所操弄」的單篇事件謎底，開啟武俠推理新風貌，行文兼具濃厚命

運悲劇氣味與佛家寓意，讀之為之悵然。此為南派三叔旗下，與桐華、匪我思存、寐語者並稱「小說界新四小天后」的藤萍，出道成名作。而乙一《胚胎奇譚》則專擅鎔鑄恐怖與療癒，以高級路癡和泉蠟庵為主角，單篇記敘這位穿入幻境／魔境旅人的所見所聞，類同西方巴士或公路行旅的冒險旅程，曲折地揭開了恐怖怪譚下的人心人性，讀完卻有種溫柔的療癒感。

此類以「固定出場人物，作為單元事件的解謎推演」，不過主角時間常宛若「凍齡」般地行走緩慢，行文著重案件的推陳出新與連載，甚且可任意穿插獨立而無違和感。如永遠的高中生工藤新一與小學生柯南，失去武功摯愛最後潦倒落魄的李蓮花，或者成長路途闖入異境的和泉蠟庵，雖亦有涉獵有主角人生歷程遭遇，但多著重在人生某時期重大事件的發生，卻較少有明確、大幅度時間感及時代的變化。

三、歷史遞嬗下，環環相扣的固定人物及特殊中心旨趣：陳浩基《13‧67》與唐納‧雷‧波拉克《神棄之地》

強調有歷史遞嬗或「時代氛圍」大幅變化，固有人物與特殊中心旨趣呈現環環相扣關聯者，則以陳浩基《13‧67》與唐納‧雷‧波拉克（Donald Ray Pollock）《神棄之地》（The Devil All The Time）為代表。

香港作家陳浩基《13‧67》，以2013年至1967年的香港為背景，六個篇章「逆時回溯倒敘」，每則約莫十年做中心轉換的中短篇，串起警探關振鐸傳奇辦案一生的倒逆回顧，更與香港社會脈動的轉捩點若合符節，成為城市隨時代變化的縮影。單篇著重特定時代氛圍的設立，與精緻無懈可擊的本格謎團。作者匠心

而使「微觀各章為本格推理，宏觀全景卻屬寫實社會推理範疇」成為可能。結尾揭露之人名敘事，環環相扣銜接回首章，迴旋反覆的人生場景與辦案，更增添不勝欷噓的呼應感。無論整體或獨立，文字精熟巧妙，謎團佈局無懈可擊，本格與寫實推理的風采裡，更搭配有時代更迭裡，繁複人生的層次變化。

而唐納・雷・波拉克《神棄之地》，不同於《13・67》單篇可獨立視作本格推理謎團的破解或某特定時代的解讀。《神棄之地》則將因妻子病重而瘋狂進行血祭的退伍軍人、狂熱佈道的畸形兄弟搭檔、於公路行旅尋求獵物的鴛鴦殺手、正直向善卻總不得不以暴制暴的英俊青年做交叉混合敘事，一步步鎔鑄為俄亥俄州與西維吉尼亞小鎮裡，1945年（二次世界大戰）到1960年代，暴力驚悚的悲慘小說。

或許肇因於作者17歲即輟學，在肉類包裝廠及造紙廠工作長達32年，體驗過美國最底層的黑暗背景有關。五十多歲開始執筆反映自己生活的作者，筆下人物黑暗悲慘卻顯寫實合理，首部長篇《神棄之地》一出便勇奪德法兩國的犯罪小說大獎。絕望崎嶇的命運，使得主角群像溺於血腥暴力的泥沼中不得翻身，為求脫困與新生，他們向上帝禱告苦求，並以自己的方式尋求救贖之道，卻反而越陷越深難以自拔，並始終未獲上帝回應，僅有魔鬼暗紅且怪鳴的低笑聲不停迴盪。編織出二戰至1960年代，迷途靈魂在變質美國夢裡，逐步走入地獄的恐怖歷程。行文充滿暴戾血腥的絕望感，然而在這些滿佈罪惡及殺戮的恐怖世界裡，卻仍保有一種哥德懸疑筆調下的藝術美感，叫人不忍卒讀。

兩書除「固定人物推演的出場模式」與「特定時代氛圍的塑造」外，尚有特殊中心旨趣之強調。陳浩基《13・67》從全書開頭引述香港警察之誓詞，至全書各篇章的中心思想，充滿對警

察工作現況及官僚貪腐潛規則等的諷刺，不限定「個人英雄式獨大、他人皆廢渣」的偵察辦案，重視且緬懷的是，警察那「正義、無私、忠誠，以保護市民為第一優先」的情操，令人肅然起敬。而唐納・雷・波拉克《神棄之地》則以對上帝的「虔誠信仰」為題，去鋪敘底層掙扎卻不得救贖的扭曲靈魂，句句皆言上帝，卻充滿對上帝的質疑苦澀。行軍、殺戮與正義為名的旅程，卻恰恰見證了生命的塵起塵滅與面對信仰的煎熬。兩書皆大幅強調歷史遞嬗與時代變化感，卻以固定人物與特殊中心旨趣作緊密相扣的絕妙作品。

四、意識不清（夢／潛意識／意識不清／失憶／對自我身份認同的混淆錯亂等）狀態的操弄

若說要將「未知」的期待與惶懼發揮的淋漓盡致，則以「意識不清（夢／潛意識／意識不清／失憶／對自我身份認同的混淆錯亂等）」狀態的操弄。既有單一要素的延展如單純夢境的堆疊，或失憶為題來推進劇情；亦有交相混雜以營造「朦朧不明」、「搞不清楚狀況」或「情況未明」的情節架構。

（一）失憶

關於記憶的操弄方面，「失憶」此梗甚為常見，幾乎與「離魂」老梗平起平坐而不顯遜色[1]。一般架構以失憶主人翁為引，不管是一覺醒來莫名其妙天翻地覆，抑或是車禍、重大創傷或刺激等身心狀態影響，主角會以一種對過去茫然無知的無助階段，開始尋求周遭人物的幫助，倒敘式開展冒險歷程，慢慢恢復記憶，最後抽絲剝繭，於結尾處還原震撼真相。經由對人物過往的

好奇與疑問心，以此帶領讀者觀照此一人物被隱藏的過去事件或形象，來講述與現今狀態的因果關聯；亦有可能藉此經歷拋卻過去，由新生與新時期相伴人物，走入嶄新的人生風采等，著重主題則依作品各異。

> **小說之神的魔法圈1**
> 離魂老梗可參考小說之神的魔法圈35。

　　身兼香港作家與台灣島田莊司推理小說獎得主陳浩基，除精彩變化的《13‧67》或與寵物先生合著的《S.T.E.P.》等作，其早期榮獲第二屆島田莊司推理小說首獎的作品－《遺忘‧刑警》，便屬此類。

　　《遺忘‧刑警》謎團佈局以創傷壓力後症候群（PTSD）導致的失憶，與類似羅斯‧麥唐諾（Ross Macdonald）《入戲》（The Galton Case）「角色扮演與自我身份認同的混淆」來進行懸念的推理布置。講述刑警許友一一覺醒來，竟失去了六年記憶，唯一清晰的片段是「上星期」正著手調查的重大命案，然而行走於現實，他才驚覺那似曾相識卻詭譎的陌生感，解開謎團的關鍵與僅存記憶皆指向早已了結多年的刑案。刑警友一就在這樣的迷茫困惑中，巧遇撰寫專欄而必得重啟「陳年舊案」的嬌俏女記者，兩人攜手挖出震撼萬分，「不為人知」甚且「不為己知」的沉冤真相與命案拼圖。

　　全書共七章，前六章分別插敘「意識不明」斷續的記憶片段來推進情節，然後以第六片段作為所有關係謎團的揭露，其中亦涉有「年代物事的分辨詭計」（年代專屬流行音樂與明星等），大抵與乾胡桃《愛的成人式》，用時代流行物件作為分辨標記的

詭計有異曲同工之效。由心理創傷導致的記憶混淆，自我認同、角色扮演與真實身份的交相出界，虛實間層層疊疊的拼湊出真相來。

另外還有臥斧的《碎夢大道》，雙線分述一名遺忘過去，但具備有「在他人未具意識的情況下，探知他人夢線，進而閱讀記憶」能力的男子，與老闆旗下以希臘神話波瑟芬妮命名的舞孃玻玻，其失蹤前後來由作交叉敘述，冷冽筆法建構出台灣都更裡，政治、黑道與小市民對峙角力為題的刑案[2]。不過，本書意在表達一種對自我的迷失與追尋，劇情中雖有失憶、讀取夢線能力等設計，但卻較無大篇幅「夢境」與「意識不清」等深層的操弄。

┌─ 小說之神的魔法圈2
希臘神話中波瑟芬妮（Persephone）為農神狄米特（Demeter）與宙斯（Zeus）之女，而後遭冥王黑地斯（Hades）俘虜為妻。

（二）「被偷走的人生」或「被偷走的那幾年」架構法

關於不明外力／內力而導致失憶的主題，多以「被偷走的人生」或「被偷走的那幾年」作為「強調失去記憶的歷程片段，對主角人生挹注的關鍵作用或因果關係」，以提耶希・柯恩（Thierry Cohen）《被偷走的人生》、費德莉克・德格特（Frederique Deghelt）《被偷走的十二年》與導演黃真真所執導，八月長安作小說改寫的同名小說《被偷走的那五年》作介紹。

《被偷走的人生》為提耶希・柯恩小說處女作，2007年一經發表則榮獲Jean d'Ormesson夏季法文小說大獎。故事講述一名癡心男子，因示愛於青梅竹馬卻受拒，而對方即將成婚的事實更使他萬念俱灰，於是他憤世嫉俗地以諸多惡言囈語來憎詛全世界與質疑神，

然後自殺。怪異的是，吞食大量安眠藥的他，卻非前往死去的世界，反而在古老猶太教希伯來文聖詩的祝禱聲中，活了下來。

醒來後，他夢想成真地與愛人成婚，還有了孩子。但弔詭的是，不知是因為重生的代價，抑或是咒神的懲罰意旨，爾後每年的生日他都會在失憶中醒來，僅存的記憶卻永遠停留在自殺那年，陰魂不散的祝禱聲總困擾著他。且失去記憶的那段時間，他體內宛若有魔鬼的進駐，不僅個性變異不說，還不停地以外遇、家暴與不孝等行為，傷害了周遭深愛他的父母妻兒及摯友，魔鬼紮紮實實地佔據住他大部分的軀殼人生。為了不再傷害自己所愛，於是在某年唯一的清醒之日，他設計讓自己入獄，並尋求神父解救。然而入獄後的日子與神父的驚懼言詞，將會慢慢揭露他不敢面對的殘酷事實。

《被偷走的人生》讀來彷彿有法蘭克‧波瑞提（Frank Peretti）《生死魔幻》（Illusion）穿越至未來的幻想色彩，更兼具有S. J. 華森（S.J. Watson）《別相信任何人》（Before I Go to Sleep）醒來對周遭一切全然忘卻的恐慌。記憶停留於自殺那年的主角，每次醒來人生階段卻都已往前推進許多，像是穿越至未來的每年生日，但令人驚恐的是，他對一切變化不僅渾然無所覺，還身不由己，無力去控制或阻止自身「惡魔」行為的發生。全書以男性視角鋪陳，偏重於強調生命真諦的體會，與對宗教信仰的虔誠信念，以下二書則不同。

費德莉克‧德格特《被偷走的十二年》出版遠早於S. J. 華森《別相信任何人》（2007 VS. 2011年），同樣以失憶女子（12／20年）於陌生房間及「自稱為丈夫」的男人臂彎裡醒來，開始以記事本／日記與他人敘述（精神醫師、友人與親人等）拼湊過去，卻充滿個人對全世界的不安全感之情節展開鋪敘，字裡行間

皆充滿「別相信任何人」的勸誡警示與恐慌意味。

不過《別相信任何人》內容歸屬於犯罪懸疑類，以無能儲放記憶的困難造就每日「日復一日」重展記憶的過程，去追索遭丈夫或情人背叛的事實真相。但《被偷走的十二年》反倒與導演黃真真執導，八月長安改寫同名小說《被偷走的那五年》類似，偏重於女性在步入婚姻後，面臨公私領域（婚姻與職場）的衝突、兩人世界裡生活的各式難題衍生友情愛情等的變化及回顧。

《被偷走的十二年》講述女子清醒過後失去十二年記憶，記憶僅停留於未婚女孩的時代，面對接踵而來的「已婚」生活，她只得硬著頭皮，努力去詮釋這樣的「新角色」，並試著適應三個孩子與深愛丈夫共處的「新鮮」情境。由通訊錄、薪資明細、信件、眾人口述、相簿與藏於鄉村小屋的記事本等，終於拼湊出她由女孩－女人－母親的生命歷程，與丈夫從豔羨鴛鴦至貌合神離、彼此出軌的變化。

而具有類同書名與關注領域的《被偷走的那五年》，則是講述幸福美滿的女子何蔓，一場車禍過後，卻發現落入離婚、與同事朋友失和且反目的境況，惶然恐懼間，求助於離婚已有新女友的前夫與惡言相向的前閨蜜，一步步抽絲剝繭去找回關鍵失憶的那五年，她所失落的友誼與愛情。

不過兩書雖同以「失憶」為題，去回溯感情經營上，由「幸福美滿」佳偶狀態，變質為「貌合神離」怨偶情境的過程，另外則更延伸女人生命歷程裡，兩性婚姻與職場碰撞時的相處課題、閨蜜互動關係的變化等。然而前者著重在「忘記，即為寬恕」、婚姻久長的經營秘訣，而者則偏向「患難真情」愛情真諦的展現。分別點出活水婚姻經營之道，除全然奉獻家庭外，仍須具有自我空間喘息的互動與關係、現代女強人在家庭工作兩頭燒如何

轉換角色的困境、面臨同領域或辦公室的夫妻，如何在男性自尊心與妻子自我事業成就上作取捨，並在「男主外女主內」傳統隨潮流破滅後，彼此適應調適雙方角色的經營之道等[3]。

另外，值得一提的是，後二書因在標題、情節與主題的關注上，過於類同，而使後者被譏有「抄襲」之嫌。恰恰亦可以此例提醒寫作者，觀摩「暢銷小說公式」之筆法佈局雖好，但創作同時也必須兼具自我風貌、個人文字特色或創意魅力等的變化配置。否則純然僵化的公式套用，反而易流於重複老套，甚至被控有抄襲之嫌了。

（三）夢境

意識不清的操弄裡，「夢境」地位舉足輕重，自佛洛伊德（Freud）《夢的解析》出版以來，精神分析學與心理學派甚至社會大眾對夢境的熱衷興趣，還有遠自古老神秘占卜的釋夢吉凶，在在皆使得夢境橫跨多元領域，繁複花樣令人目不轉睛。大抵可劃分為以下幾類，作為懸疑推進的佈局筆法，但精妙文本往往具有多面性，亦不排除有多重混搭狀況，此分類乃暫就最顯著特色區分，以供論述方便之用，並非絕對。

（1）高科技結合：夢作為懸疑推進關鍵，或派系權鬥陰謀關鍵爭奪之術／物者

乾綠郎《完美的蛇頸龍之日》、筒井康隆《盜夢偵探》、伊格言《噬夢人》、克里斯多夫‧諾蘭（Christopher Nolan）執導《全面啟動》（Inception）、高登‧達奎斯《食夢者的玻璃書》等

（2）神秘取向或悟道寓言：夏目漱石《夢十夜》與金基德執導《夢蝶》等

（3）情慾感官的盛宴：亞瑟‧施尼茨勒（Arthur Schnitzler）《夢小說》、伊格言《噬夢人》、高登‧達奎斯《食夢者的玻璃書》

（4）動人愛情：湯顯祖《牡丹亭》〈遊園驚夢〉

高科技操夢術作為懸疑推進的關鍵，如乾綠郎《完美的蛇頸龍之日》。以知名女漫畫家追尋其自殺未遂親弟的真相，訪求於昏迷溝通中心來達成與植物人溝通的目的。然而在撲朔迷離、憂鬱與充滿死亡的虛擬意識與夢境當中，她開始難辨真假，最後在記憶與夢境的錯綜迷宮裡，察覺深埋而不可言說的殘酷事實。而高登‧達奎斯《食夢者的玻璃書》、筒井康隆《盜夢偵探》、克里斯多夫‧諾蘭執導《全面啟動》與伊格言《噬夢人》等四作品，則歸屬於派系權鬥陰謀關鍵爭奪之高科技術／物者。

《食夢者的玻璃書》具備有高科技「儲夢」法，可將特定人士記憶與感官情慾自腦內刪除而轉存至玻璃書的藍片晶體內，達到「心智改造」的作用。而碰觸此一藍色晶體或玻璃書者，則可「身歷其境」地去感知存放於內的畫面感覺。然而晶體作用力強烈，稍不注意便將溺於檔案鏡像而不可自拔。此種能操控人群心智的玻璃書故而成為各勢力陰謀爭奪的武器。另外，台灣知名小說家伊格言的《噬夢人》與《食夢者的玻璃書》此種高科技儲夢法亦頗有異曲同工之妙，講述走在科技尖端的新時代，夢境已

可被取出，存於水瓢蟲膜翅上永久保鮮，免於氧化。處於生化人與真實人類雜處的世界，兩者戰爭便從這可辨識敵我的「夢境分析」開始。謎樣且毫無記憶的K，身世溯源的冒險，也將是陰謀的揭露。

《食夢者的玻璃書》與《噬夢人》此二書，於高科技儲夢法的應用及情慾感官的盛宴上特別精彩，或許亦是佛洛伊德學說夢與性慾明顯相關的最佳展現。不過，確實擁有「佛洛伊德文學界的分身」、「完美落實佛洛伊德理論」美譽的小說，則以亞瑟‧施尼茨勒的作品《夢小說》為代表。

《夢小說》開頭由六歲的小女兒睡前誦讀《天方夜譚》的故事，交相混入父母的夢境，而這對婚姻已經走入平淡危機的醫生夫婦，各自角力式地去述說，藏有對異性誘惑吸引想望、幻夢聯翩的性夢幻想，引發彼此醋意與感情的回溫，但幻夢內容其實是潛意識中對壓抑情懷的反動，對無味婚姻感覺乏力的不滿。於此時，偶然闖入私人性愛化妝舞會宅邸的醫生，不願聽從勸告離開，危急間一位素未謀面的美貌裸身女子，挺身為他承擔闖入禁地的可怕後果－死刑。事後負疚循線找至女方屍體，卻悵然發現他甚至難以辨識出她，最終回家去，與妻子女兒一同迎接清晨。

據傳佛洛伊德對施尼茨勒推崇備至，曾於信件往返中稱其為己之分身，肇因於施尼茨勒於作品當中，擅用敏銳的觀察力，淋漓盡致地將「性愛與死亡本能」作完美結合，與佛洛伊德歸納的結論遙相呼應。而亞瑟‧施尼茨勒亦是第一位把意識流寫法引入德語文學中的奧地利作家，作品對心靈意識與內在情感的表現獨具一格，精彩呈現心理幽微的迷宮場景。爾後於1999年，此部《夢小說》則經由史丹利‧庫柏力克（Stanley Kubrick）改編為電影《大開眼戒》（Eyes Wide Shut）。

而電影與夢結合，也不僅限定於心理意識層面的《大開眼戒》而已，尚有2010年，科幻驚悚的《全面啟動》，這部由李奧納多・狄卡皮歐（Leonardo DiCaprio）主演，克里斯多夫・諾蘭執導，講述利用潛入夢境以奪取他人大腦秘密的主角，執行任務時，曾因死去妻子的現身干擾而失敗。爾後受託開發出層層夢境的結構，作為派系權謀的工具，以築夢、偽裝與穩定夢境的方式，去植入意念，試圖達到瓦解某商業帝國的目的。此部電影公認為深受已故動畫大師今敏，其2006年劇場版動畫《盜夢偵探》的影響。

　　不過其實動畫《盜夢偵探》乃是基於科幻小說筒井康隆《盜夢偵探》所改編，講述以夢境作療法的實驗科學家群卻面臨於現實裡如墮夢中的瘋狂。原因在於精神治療師與科學家所共同研發的「PT機器」，能使治療師進入病患夢境進行治療，大抵與乾綠郎《完美的蛇頸龍之日》「使用儀器而使人能與昏迷之植物者溝通對話」，但最後卻「現實夢境虛實交相錯落而錯亂」的設定相似。這一PT裝置被偷的調查行動，代號「紅辣椒 Paprika」的夢境偵探行走間，開啟了實驗室一連串的混亂，最後夢境吞噬現實，眾人於是陷入瘋狂幻境。

　　上述文本皆先以現實夢境兩線交錯，虛實難辨而產生混亂，不過另有其他作品，則是直接將夢境現實無縫鎔鑄，不著重於難以辨識區分的混亂感，而是以幻想包裝的寓言形式呈現，如夏目漱石《夢十夜》，與金基德執導的《夢蝶》。

　　《夢十夜》由10個紀錄光怪陸離夢境所組合而成的小說，每篇甚短約莫僅有幾頁篇幅，然而意象紛陳，「橫看成嶺側成峰，遠近高低各不同」，宛若有萬花筒般的視像，無怪乎於41歲撰寫而成的夏目漱石便曾自詡此作「將要讓100年後的人們來解開這

個謎」。這與他生平所作風格大相逕庭的奇妙組合，翻拍為電影時，更分別由11位導演各自編導，既有忠於原著框架內的另行詮釋，也有隱喻夏目漱石的真實人生的穿插等，嶄新詮釋夢的集合。

電影更為10個在小說中未有特定主題的夢境小品，各自命名為題－愛情、悟道、孩子、童年、恐懼、奇蹟、孤寂、靈感、離奇、食色與序曲終章。不僅反映了夏目漱石對愛情、藝術與社會等層面的深思，亦以一篇篇「夢」的短篇集結，串起個人對男女情愛、親子關係、童年記憶與人生歷練等的怔悟。

不同於《夢十夜》夢境各自有其主題的集合顯現，2009年金基德的《夢蝶》，則是一則高度隱喻男女交往糾葛變化的情愛寓言。此一「詭片」講述一名男子夢中所見，將成為另名女子夢遊行為的複製再現。然而由男女主角夢境「落實」的互動裡，卻可顯見是交往過程的高度隱喻。

夢境內容一路由各自與舊愛相關，進展至四人激吵並現，最後斬殺舊愛，可視作互有好感的雙方，彼此磨合，新戀卻難捨舊愛，並不時遭受往日情對自身習慣的馴養、愛戀記憶、內疚、多疑與未清創的傷口投射，最後抹去過往，彼此相愛而進入新生。然而由靠近磨合，從自我中心轉為為對方著想，好不容易陷入愛河的兩人，相愛容易相處難，為對方最大利益著想而用盡力氣（自殘上銬），最後卻仍不免自殺犧牲以保全對方，細膩隱喻相戀中每一環節裡的「步步驚心」，相愛卻也難免由愛生縛、唯死（從戀情中抽身）不得解脫的悲劇。片中自殘自虐的血腥橋段引發頗多影評熱議，但思及愛中的「控制」、「束縛」與「犧牲」的殘酷力道，這些殘虐似乎倒是若合符節的了。

其實夢境於文學作品中，常扮演著實現主角心中想望的功能，故而七情六慾、貪嗔痴等皆於夢中得到最佳展現，如明代劇

作家湯顯祖其《牡丹亭》、《紫釵記》、《邯鄲記》與《南柯記》組合而成的《玉茗堂四夢》。與湯同時之王思任便概括此四夢旨趣為「《邯鄲》，仙也；《南柯》，佛也；《紫釵》，俠也；《牡丹亭》，情也」。這擁有殊異寓意、被視為明戲劇代表作的四部曲，便紛陳人們對富貴榮華、愛恨情慾等的追尋想望。

其中，夢境與動人愛情（愛慾）最相關者，則為《牡丹亭》〈遊園驚夢〉。《牡丹亭》，原名《還魂記》，又名《杜麗娘慕色還魂記》，以受傳統禮教束縛的千金女杜麗娘與赴考書生柳夢梅的生死愛戀為主。崑曲中，本分為《遊園》與《驚夢》兩折的〈遊園驚夢〉，描述青春寂寞的杜麗娘與侍女在後花園春遊後，幽然感發的思春及傷春之情，而在花神庇護下，與書生柳夢梅在夢裡兩情繾綣的故事。

而後白先勇收錄於《台北人》小說集裡的中篇《遊園驚夢》，則以《遊園驚夢》作為貫串崑曲女伶藍田玉一生的要件。以此齣戲劇打動國府將軍而入主夫人之位的藍田玉，盡享榮華富貴卻是不幸福的老少婚配，加上與參謀無疾而終的秘密戀情，使她偶然於聚會聞得他人唱起《遊園驚夢》時，滿懷傷感而不由得落淚[4]。

小說之神的魔法圈4

《牡丹亭》另行衍生小說，尚有馮麗莎（Lisa See）《牡丹還魂記》（Peony In Love）。此為作者繼《雪花與祕扇》（Snow Flower And the Secret Fan）後，細膩摹繪女性心理的作品。鎔鑄有明朝引發女子情思春愁的《牡丹亭》，與清朝因評點而相互承繼的《吳吳山三婦合評牡丹亭還魂記》，鉅細靡遺且紮實的歷史知識，還原吳人三妻－陳同、談則與錢宜（死一個再娶一個）的才氣女子群像，衝擊禮教、跨越陰陽的情感韻致，極為特殊。

（四）意識不清的混合操弄（夢／潛意識／意識不清／失憶／對自我身份認同的混淆錯亂等）

　　意識不清狀態的混合操弄，常伴隨有夢境、潛意識、意識不明、失去記憶等要素，不僅使得小說世界虛實錯雜，作者匠心營運出的「如真似幻太虛幻境」，更常造就主角自我身份認同的混淆錯亂。此類作品多以第一人稱敘寫內心自白，作為誤導讀者的利器，或以主角喃喃自語的內心書寫，偏重心理創傷引發變化與意識流等作描摹重點，而與精神醫學或心理分析領域息息相關。

　　此類代表有瑟巴斯提昂・費策克（Sebastian Fitzek）《夢遊者》、S. J. 華森（S.J. Watson）《別相信任何人》（Before I Go to Sleep）、薇比克・羅倫茲（Wiebke Lorenz）《全都藏好了》、卡莉雅・芮德（Calia Read）《是誰在說謊》（Unravel）等，然而最專擅此道者，則為瑟巴斯提昂・費策克與S. J. 華森。

　　費策克《夢遊者》與S. J. 華森《別相信任何人》兩書在結構佈局與懸念設計上做得特別精彩，亦具有高度類同性。分別以一名具有睡眠障礙的男子與無法儲藏記憶的女子，作為懸念的推進。前者敘說患有夢遊症的男子，面對重傷累累而後失蹤的妻子，最後會面她那充滿鄙視質疑的面容讓他懷疑自己夢遊的第二人格具有嚴重暴力傾向。清醒後不復記憶的男子只好以攝影記錄下睡夢間的所作所為。然而情節宛若見證佛洛伊德論述意識中的潛藏冰山，臥室衣櫃後的暗門，將通往建築裡，一道道秘密罪行。後者則是清醒後的女子，卻需面對比自我認知老去20歲的身體、陌生房間與自稱為其丈夫的男人。據傳因車禍失憶的她，卻從醫師電訪、由衣櫃深處找出的日記裡，翻查出許多與他人敘述矛盾的細節。重建記憶的歷程危機四伏，眾說紛紜與前後不一的

日記，使她人生陷入困惑的拼圖。

這對無法確知清醒與否與難辨事實真假的男女，只能分別依靠外在紀錄（攝影機／日記與他人的敘述），在虛實間一步步尋求真相，字裡行間充滿困惑、於虛假真實間的恐懼與不確定感。在驚悚心理的鋪排上，前者融入流行的逃殺元素，而後者的場域限制，因多在家中則顯得較為狹隘窄小，讀來有種籠中獸的窒悶感。

另外，除S. J. 華森《別相信任何人》以失憶女子、精神科醫師與丈夫／情人作排列組合者，尚有薇比克‧羅倫茲《全都藏好了》與卡莉雅‧芮德《是誰在說謊》。不過《全都藏好了》乃以強迫症執念，作為劇情運轉之重心。講述原生家庭（嚴厲母親）與婚姻失利（失子而後夫外遇）的創傷，引發女子充滿暴力幻想的強迫症。失婚後因緣際會與年輕帥氣作家墜入愛河，但就在她以為幸福生活將所有強迫執念都治療完畢時，卻在愛人的血泊中醒來。被精神醫師、前夫與年輕戀人手足團團包圍的她，於是陷入錯亂。

而卡莉雅‧芮德《是誰在說謊》則以兩線交錯形式，講述在精神病院接受治療的女子，一面期待著青梅竹馬愛人的探訪，一面則於心理醫師的引導下，回想起與另名肌肉金融鉅子的火辣親密場景。讀來宛若進入成人版一女繞二男的荷爾蒙澎湃擴散法，令人臉紅心跳[5]。中間更斷續插入閨蜜飽受原生家庭性虐的畫面。然而終局結束，才發現本書運用手法乃與陳浩基《遺忘‧刑警》類同，同以心理創傷引發解離人格的概念作行文佈局[6]。

小說之神的魔法圈5

詳見【關於愛Ⅱ】中，對荷爾蒙澎湃擴散法的介紹。

創傷後心理壓力症候群（PTSD）所引發的種種症狀，其定義範疇乃肇因人遭遇重大創傷經驗，如虐待／暴力／霸凌／性侵／被遺棄背叛／自然傷害（地震海嘯）／發生或目睹意外事件等創傷，使得心理狀態失調，導致失憶／解離／麻木／情感疏離／失眠／惡夢／性格遽變等認知混淆，並對特定可能會引發創傷回憶的相關事物極度敏感而造就情緒易怒、過度驚嚇或下意識逃避等特點，成為寫作詭計佈局的經典設計。其中尤以失憶與解離症為最。如瑪琳‧史坦伯格與瑪辛‧史諾（Marlene Steinberg & Maxine Schnall）合著《鏡子裡的陌生人》（The Stranger in the Mirror），便曾詳述解離症的各式表徵－失憶、自我感／現實感喪失等而造就身份認同的錯亂轉變，亦即解離作為調適心理巨大壓力／創傷的機制，將會以失去記憶、感覺或對自身周遭環境的連結產生破裂的方式呈現，有時常不自覺受驚惶、恐懼、回閃（flashbacks）創傷畫面入侵插播，並於腦海中來回反覆，而屢屢經歷等同創傷情境重演的痛楚，嚴重者甚至將忘卻自身重要資訊、知識與技能，猶如改頭換面或置裝了新靈魂一般，故而此類文本最常結合以意識不清的混合操控，做為推進劇情的催化劑。值得一提的是，作者對一般另有定義的瀕死、前世今生、幽浮綁架、進入奇幻國度、離魂（從他處遠觀自己）、附身（體內有其他人格）等各項不可思議，詮釋上認為或可視作解離症狀的表徵。且此症之發生本根源於創傷、內在傷痛與各式負面情緒壓力等，往往亦是藝術創作者的創作驅力，故而作者廣納藝術創作者不乏天馬行空的異世界想像、離魂自身軀殼的描繪，認為部分亦可能歸諸於此症的真實感受。另行補充詳見心理學映射小說文本【長篇I】多重人格的交疊幻影：失憶與解離。

　　S. J. 華森《別相信任何人》、薇比克‧羅倫茲《全都藏好了》與卡莉雅‧芮德《是誰在說謊》同以失憶女子、精神科醫師與丈夫／情人間相互周旋，然而私心以為此類翹楚則以《別相信任何人》為勝，後二書雖以強迫執念與心理解離作佈局，卻因記

憶片段不夠細膩鮮明，篇幅過少而使情節顯得零落，難以貫串，閱讀時常有中斷或難以連續之感。以《全都藏好了》為例，關於失子而夫外遇的變化，就遠不如喬依斯・梅納德（Joyce May-nard）《一日・一生》（Labor Day）的細膩傷感與哀戚，因篇幅分佈以強迫執念為重、過往記憶為輕，讀來只覺暴力幻想畫面紛陳，卻對主角經歷一知半解，不甚熟悉而難以產生同理。（劇情一直呈現她有病，時常發病，但過去事件卻著墨太少）

而除《夢遊者》外，費策克其他系列作品，如《集眼者》、《解剖》等，風格更一貫大量鋪排迷夢幻狀態，逼使讀者在意識不清的迷濛及層層翻轉的劇情裡，體會到腎上腺素節節飆高的戰慄感。其中《集眼者》更是本玩弄時間與順序的心理魔法書，類同《解剖》交叉緝兇者與受害者掙扎情狀來演示案件急迫性的佈局，一名離職員警對上眾人束手無策、殺母取兒再倒數計時的殘虐殺人魔「集眼者」，唯一線索僅有一名號稱「眼見」兇手犯案經過的盲人女按摩師。過去為營救嬰兒而被迫擊斃精神異常女子的創傷，卻又在他追兇過程中隱隱作現。倒數的45小時又7分鐘內，一再顯影的創傷畫面、盲人眼見之兇手陰影，層層疊疊地籠罩為人質暗不見天日的惡夢。

此書不僅以「倒數計時」手法來增加命在旦夕、令人喘不過氣的逼迫感，更極具創意的以「頁碼倒敘」來誤導讀者這是本直線倒敘解謎的推理小說。然而原以為句點之處，竟轉瞬回到原點，直線倒敘一轉為循環不已的圓。迴旋反覆的無窮趣味與伊蓮諾・卡頓《發光體》有異曲同工之妙，而盲人女按摩師所見「犯案」，其中因果更有伊底帕斯為「弒父娶母」預言逃亡離鄉，卻反而落入命運圈套的悲劇意味。

而對家庭關係的關注，除工作與家庭上的兩難，佈局設定更

與兇手心理「情境再現」的創傷癥結有關。如同民俗傳說跳樓而死，其鬼魂將無限循環跳樓的當下，心理創傷者腦內（或心靈）將會無限循環播放「受創情境」而難以跳脫；即使表面平靜無異狀，但一旦面臨事故或重大抉擇，便會不由自主，無意識陷入相似情境。於家暴陰影中長大的女兒，即便內心深恨受創的童年與加害者，然而將來卻還是可能於無意識中選中具有暴力因子的對象（不管是顯性或隱性）。以為長大後終將有能力扭轉一切的企盼與被馴化的熟悉感，若未能認知出能有其他選擇，這類創傷者常走向自我毀滅，或獲致權力後「再現情境」成為加害者。這也便是犯罪史上，許多加害者的原貌往往皆為被害者，費策克便將心理上「以為成長過後，將有能力扭轉一切的企盼」，轉化成兇手一連串殘虐遊戲的循環[7]。

小說之神的魔法圈7

由被害者轉為加害者作品可參考史蒂芬‧金（Stephen King）《魔女嘉莉》（Carrie）與茱迪‧皮考特（Jodi Picoult）《事發的19分鐘》（Nineteen Minutes）。不過前者偏重受虐後的魔與狂，後者則是還原美國校園槍擊案的霸凌始末。另行補充詳見【心理篇Ⅴ】霸凌，以及心理學映射小說文本【長篇Ⅲ】童年與親密關係人的羅網。

　　最後其實可歸結出，即便主題各異，不管是基於何種原因（夢／潛意識／意識不清／失憶等），迷失或無法確知自己人格，而必得於一片迷茫中開啟冒險者，如陳浩基《遺忘‧刑警》、伊格言《噬夢人》、臥斧《碎夢大道》、費策克《夢遊者》與S. J. 華森《別相信任何人》等，佈局核心的操弄，，都立基於意使「自我身份認同的混淆錯亂」引發多面人格的矛盾衝

突，這種面具人格與內在真實相互角力者，最為細膩者，當以S. J. 華森《雙面陷阱》為代表。

《雙面陷阱》講述女子茱莉亞從小姐代母職養大的妹妹忽然死於非命，創痛中開始自行追索犯案真兇。妹妹生前流連的交友網站之帳號密碼，引領她於查訪中，另行戴上虛擬假冒的面具，混淆了她本有崩毀憂鬱的現實人生。探查裡自網愛世界降臨，對她大獻殷勤的小鮮肉、一路扶持呵護她走來的醫生丈夫與妹妹生前室友／密友安娜，各自藏有的秘密都將為茱莉亞的虛實人生掀起滔天巨浪。而她所收養、妹妹年幼時非婚生子的兒子則會是戳破所有虛假泡沫的關鍵。屆時，層層疊疊裝戴面具的各人，其真實面貌將逐一浮出。

《雙面陷阱》完美承繼了《別相信任何人》的特點－以女子於虛實相間的生活裡，滿載恐懼、困惑與對自我身份／認同的錯淆混亂，更改以虛擬網路的交友網愛、角色扮演為謎團佈局來另行詮釋，從籠中獸的窒悶感引發一連串驚悚懸疑的四伏殺機，二書雷同巧妙處恰與作者自述此二作乃鏡像之作呼應。不過《雙面陷阱》前述鋪排甚長，稍顯枯燥無味，然而結尾處接連幾次的連番逆轉，卻驚得讀者瞠目結舌。

這種自我身份認同的混淆錯亂可與心理叢書－約翰‧弗瑞爾與琳達‧弗瑞爾（John C. Friel &Linda D. Friel）合著《小大人症候群：重塑我的家，拾回完整自我》（Adult Children: The Secrets of Dysfunctional Families）參照對看。此書針對「家庭功能失衡」引發內在成癮或共依存的問題進行討論。如酗酒者／毒癮者／情感表達障礙者，或外表看似正常並符合社會價值（成就輝煌），實則卻難以與他人建立親密關係的障礙者[8]。

觀照家庭失能引發內在成癮或依存之作，另有強納・森德米（Jonathan Demme）執導，安・海瑟薇（Anne Hathaway）主演的《蕾切爾的婚禮》（Rachel Getting Married）（或譯《瑞秋要出嫁》）。星海沉浮卻染上毒癮的模特兒，因姊姊將大婚而被父親接回家。然而回家之路卻是引爆家庭重重地雷的開始。車禍而死的幼弟、吸毒的妹妹、差別待遇的父母雙親，與姊夫伴郎的愛戀等，都將組成家庭關係裡，可告人與不可告人的痛與愛。而共依存與成癮，則可參照先鋒提出「共依存」概念的梅樂蒂・碧媞（Melody Beattie），其《愛我，就不要控制我：共依存自我療癒手冊》（The New Codependency: Help and Guidance for Today's Generation）、《超然獨立的愛》（Codepedent No More）與《每一天，都是放手的練習》（The Language of Letting Go）等心靈書籍。依據作者被遺棄／綁架／性侵而耽溺酗酒／嗑藥最終離婚／喪子的悲慘遭遇，彙整成共依存症狀表現，引領讀者經由認知理解至療癒復原。不過梅樂蒂・碧媞所論者是明顯「異常與失能」的家庭情狀，但共依存與成癮形成脈絡並不限於此，看似表裡正常的親子關係亦藏有危機。若要對共依存與成癮機制進程有概略宏觀的理解，則以約翰・弗瑞爾與琳達・弗瑞爾的《小大人症候群》為主，也恰恰與S. J. 華森《雙面陷阱》若合符節。

成長於此類失衡家庭裡的孩子，本該需索適宜他年紀的安全感、照料與溫暖等情感撫育。卻因撫養者（父母或其他型的親子關係）行為或內心的缺陷缺席，而迫使「小孩」必須即早扮演「大人」的角色，提供家庭成員各式的需索照料。這種在驚嚇中提早「成熟」的「小大人」，內在創傷與未被滿足的需求，若未得到適宜管道的協助治療，最後將從這內在從未癒合的傷口，引發外在難以戒除的依存與成癮現象，最後再成為另一個小大人症候群家庭的惡劣循環[9]。

據《小大人症候群》定義，此症源於外在環境不周全，剝奪了孩子應有照應，因害怕被遺棄，須顯得有用處，而逼使孩子超齡成長，去肩負大人本該承當的責任，反過來成為照料者。因此小大人們習得掩飾自己內心想法、不敢正視自己情感需要、養成過度責任感、控制慾、自我罪咎，不僅未能獲得，還於不停付出中，飽受偽裝人格與真實自我的矛盾煎熬。這種內在崩裂卻置之不理的傷口，將引發出小大人們對外在特定人事物，如酒精、毒品、藥物或性關係等的上癮。但這些對外在因子的依附依存與上癮，卻無能解決內在「小孩」的哭泣吶喊。真實與偽裝人格的對峙衝突越演越烈，無能正視自我情感的小大人卻誤用更多外在因子（酒精毒品藥物性關係等）去麻痺壓抑自己，最後在無盡空虛感與敗壞軀殼中淪陷。幼時毒誓旦旦將來要給孩子溫馨依靠的小大人，卻在崩毀中無能回應前來需索的孩子，重蹈父母之轍。

　　《雙面陷阱》裡茱莉亞十二三歲母親便驟逝，陷溺悲傷、酒精與來來去去友人中的父親，根本無暇他顧。被遺棄於角落的長姐茱莉亞，驚嚇之餘還必須照料尚在襁褓中的妹妹，直至八年後與男友小馬哥私奔至柏林開啟新生活。然而兩人卻落入毒癮中不可自拔，小馬哥最後死於戒斷，她則於倉皇中再度逃離。雖然父親友人之子－從小一起長大的外科醫生高富帥無償無怨的接納了她，可她卻始終受困於酗酒／戒斷的憂鬱沮喪裡，再度撫養起妹妹未成年的非婚生子，就像照料妹妹當年的成長一樣。最後妹妹死去，她再於查訪中，陷入與妹妹相同的網路交友癮頭，惹上殺機[10]。

失母無父照料交由長姊哺育長大的幼妹，童年因姊姊私奔而突然中斷，亦於年幼中被迫提早成熟，加入小大人行列，最後未成年就非婚生子，遺子於姐。未有正常成長的創傷，使她溺於網路成癮，交友不慎而橫屍於野。而長姊茉莉亞十二三歲便提早成年，失恃後，陷溺酒精與聚會的父親難以撐起全局。在失能家庭裡害怕被遺棄而產生過度責任感的她，先撫育幼妹長達八年，成年結婚又再度撫育妹妹的非婚生子，視如親生無微不至的照料，卻仍恐懼孩子想要回歸親母身旁，或妹妹前來索討而落入無盡恐慌迴圈。其中雖短暫與男友私奔拋下一切，卻仍飽受自我罪咎所苦，心中崩裂缺塊使她於酒精毒品的成癮戒斷中來回反覆。離開妹妹又收養姪子後，習慣性無盡的付出外，仍存在沉重的責任牽絆、罪咎感與被拋棄的恐懼，這種不能為外人道（怕被人發現而鄙棄），獨吞入喉的創痛與一直都未長大的自己，啃噬著她的心。所以即便丈夫對她甚好，她也無能經營親密關係，最後反而墮入與妹妹成癮相同的網愛。

　　這彷彿水果週刊頭條，「老公高富帥、愜意生活卻不滿足的醫生娘，熱衷網愛與小鮮肉打得火熱」，篇後再挖出其嗑藥酗酒的不堪過往，與最後走上自毀的結局做呼應對照的腥羶描述；讀者聽著女子「吃飽太閒、神經兮兮、疑神疑鬼、裹腳布般臭長地嘮嘮叨叨、對現狀不滿、從毒品、酒精到網路上癮然後外遇、控制狂與口是心非（小鮮肉小指勾勾要她一起上樓雲雨時，口嫌體正直之橋段）等」諸多令人崩潰翻桌的舉止，其實卻是小大人症候群內外煎熬的病徵顯現。

　　是故讀者可能會對女主角迴圈式的叨念、神經質、上癮或口是心非等行為舉止感到崩潰不耐，甚至覺得她身在福中不知福。然而《雙面陷阱》卻很傳神的傳遞出，一位飽受小大人症候群所苦的女子形容，亦對家庭失能所引發的各類問題與創傷，做了淋

漓盡致的完美顯像[11]。不僅借指網路虛擬身份與真實人生的交錯混淆與隨伺而來的危險，更直指小大人們初始為求生而創立的偽裝，正層層疊疊地如面具覆蓋住掙扎著的真實自我與情感。自我認同的錯亂、創痛恐懼中的盲視與壓抑將轉化為雙面人格的暴烈衝突，而使人格逼近崩毀－這才是真正的危險陷阱所伏。正如主角的雙面人格，引領她無法正視內心而陷溺於酒精、毒品或網路的癮頭，最後一步步讓自己走向毀滅。

小說之神的魔法圈11

耐受力十足的小大人們，最終因習慣而適應了戴著面具生活，反而無由辨別真實的自我與喜好，造成自我認同的混淆錯解，這種因背負心理枷鎖或責任而無能意識真實自我與做自己的小大人最後則會陷入對生活的無聊、憂鬱與沮喪，卻找不出原因－外人看來光鮮亮麗，本有原生家庭可能也看似是正常不過，但內在卻早崩解散落。

　　另外與S. J. 華森鏡像姊妹作，劇情起伏大抵為直線到底尾端則變化為尖峰震盪的心電圖若合符節者，則尚有珀拉‧霍金斯（Paula Hawkins）《列車上的女孩》（The Girl on the Train）。此書結構佈局類同湊佳苗慣用法，以各角色第一人稱「我」的「告白」敘事，紛陳瑞秋（前妻）、梅根（小三）及安娜（正宮）三者日記體，佐以事件時間序列進行鋪排混雜，而以失婚崩潰酗酒的前妻瑞秋為主，其他二人作關鍵揭發的微型篇幅為輔。內容往往總是病態人格枯燥日常的反覆摹寫（失婚酗酒女／失憶疑心女／心理創傷各式成癮者），經由情愛的歡愉貪戀造就平淡轉折（雙劈或三「劈」引火自焚），最後才於終局逆轉意想不到的真相。

故三書雖題旨雖各異，彷彿風馬牛不相及，然觀其中心脈絡、筆法、主角設定與使用元素等，卻一脈相承，並無差別。唯一殊異者則是《列車上的女孩》更增添列車移動敘事、直線上雷同格局之屋邸為混淆詭計。不過若論筆力迂迴，私心仍覺得以S. J. 華森為勝。熱銷全球之三書經細細拆解後，便可庖丁解牛般地體悟，此類寫作大抵以病態人格情境，特別是「酗酒成癮失憶疑神疑鬼」的日常反覆書寫，在此等平淡中串雜激情模糊片段為引，於不意間埋藏關鍵要點，至最後一頁方知作者玩弄「不可信賴敘述者內心告白」的詭計（因主角有病、搞不清楚狀況與自我認同混淆），並且起因溯源常來自於「愛」的不忠與變化。

　　不過值得注意的是，此種書寫肇因於前頭大篇幅的枯燥敘事，欲經營此類的作者素質需具有「不厭其煩」的「耐心定力」。畢竟對讀者而言，未揭曉真相前皆覺懸疑趣味，然而對於「全知全能」、已對設計詭計了然於胸而毫無揭謎樂趣的作者，如何鎮日反覆書寫主角如斯的枯燥無味，對作者亦算是一項考驗。

、平面轉立體：J.J. 亞伯拉罕與道格·道斯特《S》。

　　本該為平面的閱讀旅程，經由J.J. 亞伯拉罕與道格·道斯特（J. J. Abrams & Doug Dorst）的設計巧思，而使閱讀從平面文字躍升為立體的參涉。對一本書的熱愛，兩位愛書人踏上尋覓書籍作者撲朔迷離的失蹤真相，而小說配件裡的23個線索（明信片、餐巾紙上的地圖等）引領讀者與兩位主角一同抽絲剝繭。僅能由對話與配件來推敲劇情而不帶一字敘述，並穿插忘卻自己的S於希修斯船中飄盪流浪的旅程，成就極富詩意的立體迷宮。結尾最後一字與標點符號的刪節號，更有一種餘韻不絕的趣味，是本讓讀者找回閱讀紙本樂趣與感動的精裝書。

、層層翻新，出人意表：羅斯·麥唐諾《入戲》、吉莉安·弗琳《控制》與沙夏·亞蘭果《亨利說，殺人比撒謊容易》

　　推理小說給予讀者的驚豔感之所以遠勝其他文類，主要原因來自於閱讀中的推理樂趣與意想不到的佈局巧思，而若是又能夠「層層翻新、出人意表」，使讀者腎上腺數時不時飆升，那可真是神乎其技了。在此以羅斯·麥唐諾（Ross Macdonald）《入

戲》（The Galton Case）、吉莉安・弗琳（Gillian Flynn）《控制》（Gone Girl）與沙夏・亞蘭果（Sascha Arango）《亨利說，殺人比撒謊容易》為代表。

《入戲》以私家偵探找尋豪門失蹤子弟，卻意外牽扯出一連串案外案，甚至那位失而復得、備受寵愛的家族繼承人，身上竟也藏有滔天秘密。乍聽以為是美國男版「還珠」的故事，卻發現誤以為早已破案的謀殺裡，兇手其實正虎視眈眈。而《控制》，妻子於結婚紀念日失蹤，日記裡卻詳述了城市女孩與鄉下男孩由戀愛、婚姻而至生變的變奏曲，深怕為丈夫所害的恐懼與案發現場的血跡證物等，都將矛頭指向缺錢劈腿有車頭燈爆乳小三的丈夫，但層層翻轉後，才知道這精心的佈局，不過是情人間的報復與控制。

前二書在文中脈絡完美操控「層層翻新、出人意表」技法，每次「貌似破案」邊緣或「已破案」，劇情便進行逆轉，顛覆讀者的想像與推理，而能於閱讀中持續保持期待與驚豔感（或驚嚇感）。《控制》作者吉莉安・弗琳曾說，下筆時常推敲羅斯・麥唐諾的邏輯筆法，我想其實箇中奧妙，便是「層層翻新、出人意表」。

另外，尚還有本沙夏・亞蘭果《亨利說，殺人比撒謊容易》也值得一提。其深得《控制》真髓卻又獨幟一格的高深功力，簡直叫人擊節叫好！劇情講述來歷不明的亨利哥，偶然間巧遇絕代才女，此女宛若「白鶴報恩」的神話存在，不僅專情不渝，還成天靈感泉湧地關門創作，將稿件付諸「口袋空空」的亨利哥向外牟利。他於是扮演起才華洋溢的作家才子，與妻子過著幸福快樂的生活。然而外遇編輯懷上寶寶的超音波照，卻可能動搖這童話般甜蜜穩固的美好，罪惡於茲而生[12]。

自吉莉安‧弗琳（Gillian Flynn）《控制》（Gone Girl）一書襲捲
全球後，那美貌魅力卻深具黑暗特質的「神奇壞女孩」，其一顰
一笑可說是深植人心。這種彷彿月暈月落各有其相，叫人愛不釋
手卻又牙關緊咬的「絕代人物」形塑，最顯然者乃突出過往角色單
一善惡與讀者喜好偏重的嚴明劃界，而使曖昧善惡陷入難分難解
的混沌糾結，此風亦部分造就爾後書市／創作者雨後春筍，群起
效尤或不知覺內化《控制》為標竿寫作的投影。在都市鄉村協奏
曲中，同調卻不同彈的男女情愛對峙、情人間的恐怖佔有慾與擁
有無上萬能的神奇女孩一路，或可以艾蜜莉‧巴爾（Emily Barr）
《夜車》（The sleeper）為代表。有著不堪危險過去的都市女強人
蘿拉，愛上單調無趣卻忠心耿耿的鄉下男，卻在丈夫一心想於鄉村
生子終老與一次次不孕試管失敗而債務高築的疲憊中崩解。為緩解
經濟窘境，蘿拉每週搭乘夜車，來回倫敦短期工作與在鄉村守候的
丈夫間往返。可是夜車上偶遇的愛情火花，卻讓她背負起「殺人兇
手罵名」／「或可能一起遇害了」的疑惑，一夕成謎。雖增添異國
冒險、運毒、謀殺與逆轉結局，然而以兩平行線女子去追索「消失
的女孩」，情節讀來略顯牽強，單調忠心鄉下男與無所不能女強人
婚姻危機、不熟鄉人展開絕命緝兇亦顯斧鑿刻意，人物心理曲折功
力更遠不及吉莉安‧弗琳的細膩入骨（經典巨人在前亦叫人難以超
越）。而《亨利說》主角雖不過是個竊妻子作品為己用、怕麻煩而
對外遇與寶寶起殺機的大騙子、說謊家、殺人犯與不負責任的「賤
男人」（逼逼逼這是國王的髒話你看不見），可是讀者仍還是會不
由自主的能「同理」他一路走來的生命歷程。當讀到他「與其從不
孤單，寧可永遠一個人」的內心告白，甚至心裡突地一跳，對他又
憐又愛，一點責怪或討厭的意思都沒有（噢天阿控八控控請協尋理
智線）或許這也頗有些傳說中「男人不愛女人不愛」與「壞壞總裁
霸道王爺」的終極魔咒意味。讀者可另外參照心理篇章因從眾心理
催眠與驅力作用下的「M型男人魅力」一節，千萬不可被迷惑！不
過「壞壞亨利哥」與「神奇愛咪」越壞越有魅力的指數就可說是不
分上下了。

若說吉莉安‧弗琳總別具匠心的融貫心理學操弄，兼雜主角成長年代敘事、都市鄉村協奏與親密關係人視角時間等相互逼近人性的「暗處」。不得不說沙夏‧亞蘭果，節奏輕快、頗富詼諧機鋒的智慧文字，深擊讀者的心坎更迴音處處！人性沉重暗處於其筆中不過是念頭轉瞬下的千迴百折，合理順暢卻又步步驚心，好像同與主角順從慾望卻陷入日常謀殺那樣膽顫，突如其來的幾度逆轉找不出破綻，卻叫人心跳漏了幾拍，「翻案」功力亦叫人驚絕。

三、時間逼近法：伊格言《零地點》 與瑟巴斯提昂‧費策克《集眼者》

台灣知名小說家伊格言《零地點》，有「本世紀華文首部核災預言小說」的美譽，雙線結構分別以選戰倒數與核災事變前後進行交叉敘述。核四災變後倖存而失憶的工程師，在拼湊記憶拼圖的過程，直指政府官僚利益為先罔顧人民的殘酷真相，延續《噬夢人》電影式影像感強烈的敘事，並結合台灣時事議題、穿插修女與孩童的生存境況等，使讀者反思文明握於少數人手中「生存汰選」規則的不適性，是具備台灣社會關懷又技巧卓越的作品。

而費策克《集眼者》延續一貫迷夢幻風格與《解剖》內分別以緝兇與受害者的掙扎情狀來演示案件的急迫性。離職警察面對殺母擄兒的兇殘「集眼者」，唯一線索卻僅有一名盲女按摩師「所見」幻象。而生命危在旦夕、「倒數計時」的45小時又7分鐘，與誤導讀者以為是直線倒敘解謎推理的「頁碼倒敘」法，步步逼近真相並計算倒數的緊張感，掐得讀者喘不過氣。以上二書

文字，電影敘事強烈的快節奏影像感再加上時間交叉逼近的佈局，使得步步接近真相的讀者一直處於「驚心」的戰兢狀態，非常棒的作品[13]。

小說之神的魔法圈13

冷言爆笑《輻射人》與伊格言《零地點》同以關注「台灣核安」為題，由帥氣牙醫哥與美麗刑警妹聯手出擊，於台灣展開緊鑼密鼓與核能廠相關的命案調查，箇中詭計乃以形似（路燈／樹）與日程表偽造為引；對比費策克《集眼者》取眼為記，林斯諺《淚水狂魔》則兩線交敘以精緻小瓶裝搜淚水的犯人，貫串年輕女子被俘輕傷卻無性命之虞的怪異綁架案。

不過，撇開時間手法的「逼近」不談，以時間序列作推理懸案拼圖者，最令人印象深刻的，倒非吉莉安・弗琳《控制》與喬艾爾・狄克《HQ事件的真相》莫屬了。兩者分別以男孩失去／遇見／追回女孩三部曲，與作家病（出書前八月）、作家的療癒（寫書）與作家的天堂（出書）三部曲作書寫主軸，最後加上後記謝辭。讀來宛若（驚心動魄）羅曼史與作家創作指南的鋪排，時間序列性地拼湊出懸案真相，細膩動人且結構均勻平整，是長篇架構中首屈一指的完美奇技。另外，以時間序列的跳躍混雜推進敘事者，伊蓮諾・卡頓《彩排》亦可一觀。

四、特殊羅曼史：潔西・波頓《娃娃屋》與安・萊絲《甜美狩獵》

羅曼史是種很難寫好的文類，稍有差池便會流於超自然生物或奇幻羅曼史裡，白目花癡女主角的荷爾蒙澎湃小劇場（卡司

特母女（P. C. Cast & Kristin Cast）合著的《夜之屋》（House of Night）），或太過不切實際的愛情幻想曲（壞壞總裁與霸道王爺）。羅曼史或愛情故事要寫得好看，主要在邏輯的合理性與劇情的縝密接合不突兀、人物性格的飽滿與層次、文字的優美流暢更是必備。在這種前提下，還要寫得懸疑緊湊有風味，那可真不是件易事了。

潔西‧波頓（Jessie Burton）《娃娃屋》（The Miniaturist）滿佈秘密深似海的豪門裡，本質上倒是類同於珍‧奧斯汀（Jane Austen）《傲慢與偏見》（Pride and Prejudice）於愛戀中體現時代社會風氣與婚姻、愛情及財富的關聯反思。17世紀荷蘭鄉下小姑娘竟獲首富青睞，然而伴隨入莊園的，卻是緊追在後、不詳厄運預示的娃娃屋與重重謎團。解謎的過程推進了對感情的體悟。包覆在當時荷蘭糖業貿易與種族歧視等架構設定，直指的卻是愛情人生的方程式：愛情或肉體是否為女人維生最後武器、愛與婚姻是否為充要條件？古意歷史氛圍，懸疑緊湊劇情，再加上扣人心弦的愛情謎題與細膩人物心理轉折，不擄讀者芳心待如何？

而以《夜訪吸血鬼》（Interview With The Vampire）風靡全世界的安‧萊絲（Anne Rice），在新作《甜美狩獵》（The Wolf Gift）裡延續她慣有的哥德古風，並採用類同超人、蜘蛛人因緣際會成為超能力英雄的想像，使步入謎樣莊園的俊美男記者，面臨一連串懸疑與驚悚兇殺，不過原來一切都與「人狼」的生命變化有關。獸與人的過渡，襯著情人間的愛慾橫陳與人性善惡的低喃，是部文字優美，將哥德氛圍奇想與情慾描寫完美結合的作品。

其實安‧萊絲作品之所以突出其他超自然或奇幻羅曼史，不僅因其脫出「關注多重愛戀，奇幻想像僅為輔」的窠臼，在極其

華麗的原始神秘氛圍與秘儀裡，更重視生命存在的價值與情感。《夜訪吸血鬼》裡總憂鬱鎖眉的吸血鬼路易（布萊德彼特哥），長生給他的是無止盡的空虛寂寞、克勞蒂亞「凍齡」的身軀困著她成長覺醒後的情感，而黎斯特則放縱於這樣的優勢草菅人命。《甜美狩獵》中陽光男孩盧賓，變身人狼而迸發的感官與超能力，不僅限於情人間的愛戀情慾，更重要的是引導他走向鋤惡懲奸、追尋原始生命的秘密。（這實在是比不愛就要死、死了還要愛、一直都要愛、一繞二或一繞多的荷爾蒙澎湃擴散法好太多了）

五、短篇集結、氛圍主題特異的時代小說： 宮部美幸《本所深川詭怪傳說》 與何敬堯《幻之港──塗角窟異夢錄》

由《達文西》雜誌票選為日本最受歡迎的女作家宮部美幸，推理小說、時代小說與奇幻小說三者兼具，出道以來獲獎不斷，寫作二十年卻有四十多部作品，甚且涵括多本長篇百萬鉅作。多數日本作家公認她最具資格繼承繼承吉川英治、松本清張和司馬遼太郎的衣缽，又因作品範圍廣闊，各項兼擅且雅俗共賞而有「國民作家」的美譽。

《本所深川詭怪傳說》這氛圍特異的時代小說短篇集結，以設立在江戶時代背景的七則怪譚－乍讀為鬼怪、推理的時代短篇，卻是彰顯溫暖人心風貌之集合。溫潤細膩的筆法與多重視角刻畫出小人物與時代風情的動人面貌，集推理、歷史、時代與鬼怪小說的趣味於一身，簡易清新卻又精彩萬分。另外具此筆法特色撰寫而成者，尚有長篇《扮鬼臉》，講述船屋女兒與迴盪不去幽靈的溫馨互動，亦可一觀。

而台灣小說家何敬堯的《幻之港》，鎔鑄台灣通俗易懂的歷史介面，並橫向移植日本天后宮部美幸《本所深川詭怪傳說》等摹繪小人物溫潤細膩情感及時代風情的筆法，成功脫出了過往台灣歷史小說「過度注重史實而使歷史相關成為艱澀平板人物的樣本書」或是「缺乏娛樂性、弄巧成拙地使台灣歷史事件與元素於小說中淪為俗氣點綴」的窠臼，將台灣中部大肚溪出海口附近的塗角窟港灣寫得活生活現。

　　值得一提的是，台灣暢銷作品與本土歷史、社會關懷或信仰等層面相關，並同時兼具大眾易讀、娛樂性高的作品多屬長篇。如伊格言電影敘事感強烈、故事精妙且切中時事議題的《噬夢人》與《零地點》、吳明益《複眼人》與《天橋上的魔術師》迷人細膩的特殊奇幻敘事、魏德聖補強「官方歷史」中，缺席殘碎原住民中心信仰與歷史的《賽德克巴萊》，以及陳玉慧媽祖信仰結合家族史《海神家族》、擊中男女心坎的《徵婚啟事》等，皆是承載量較為寬闊的長篇結構。

　　因短篇限於篇幅，易有人物單薄、性格不鮮明、心理轉折過快等弊病。但由宮部美幸創作而盛行，活靈活現的時代人物風情筆法，渡海來台後，何敬堯這融合台灣歷史、推理與奇幻，甚且還有些驚悚趣味的五個短篇，人物形象飽滿、心理轉折細膩動人，算是在創意、歷史與火侯拿捏上十分有度的作品。

　　另外，結合有台灣歷史與妖怪推理等元素的作品，則尚有新日嵯峨子《臺北城裡妖魔跋扈》。不過與《幻之港》立基歷史，橫向移植宮部美幸《本所深川詭怪傳說》中著重聯翩幻想與小人物溫潤情感的展示，《臺北城裡妖魔跋扈》的著重面則在於「推理境趣」與「歷史虛實」的交叉縱橫[14]。

小說之神就是你

小說之神的魔法圈14

「新日嵯峨子」為複數作者共同代稱。臺北地方異聞工作室除致力於《臺北城裡妖魔跋扈》此類小說創作外，還開發有融貫台灣歷史人物、文化與重大事件等，配合真實城市地貌設計之實境遊戲，如〈西門町的四月笨蛋〉，由此玩家不僅能於遊戲中體驗本土歷史文化趣味，還可順勢回顧《臺北城裡妖魔跋扈》四月發生的大事件，而能從中對臺北地方異聞創設的世界觀更為熟悉理解。臺北地方異聞工作室官方網站：taipei-legend.blogspot.tw。

　　全書以討論「新日嵯峨子」此一曖昧不明文評家的存在為引，引領讀者逐步踏入「日治時期」的文學沙龍，與西川滿、佐藤春夫等一代名家相互辯證文學虛實，然而平靜美好的文學聚會外，卻潛藏著隨日人來台的妖怪群體與本島神明（城隍爺）的矛盾衝突。台灣、日本與中國關係的微妙變化，便由殺人鬼K殘虐的殺戮為始，追索過程行經台北公會堂、西門紅樓、西本願寺等，等同一場場台北城的歷史巡禮。新日嵯峨子與殺人鬼K的真實身份、妖狐言語道斷死亡之謎，充滿對「文字」與「存在虛實及本質」的質疑，與虛構歷史結界產生交相呼應的迴旋感。台灣史實風情及文學沙龍辯證的推理奇想，鎔鑄有奇幻或輕小說各項設定，使得日本妖怪與本島神明栩栩如生的姿態裡，讀來別有遊戲的趣味[15]。

不過有兩點疑義，一為子子子子未壹角色設定。開頭以此人受新日嵯峨子賞識而前往沙龍為始，接續圍繞有「青梅竹馬妹妹東野雪夜（石敢當）、文壇前輩新日嵯峨子（殺人鬼K？）、催稿幹練OL和歌原姬神（妖狐）」三位水美眉展開劇情，彷彿文壇張無忌的後宮開外掛設定。然而隨故事推移，各家女角紛陳上場，原本預期當「坐擁後宮的王者」或「讀來預設為貫串全文的主角」子子子子未壹，卻毫無作用，篇幅甚少。曖昧不明的描述，只餘下淡淡「說不定是言語道斷繼承人或與兇殺有關」的氛圍，卻無足輕重，讓人覺得疑惑。二為言語道斷之死。身為與強大臺北結界息息相關的妖狐言語道斷，卻一聲不響死去，雖可體會他人口述中或許因「不以勝敗為勝敗」而自我了斷的「自殺可能」，但單憑一局平淡棋局卻決定生死，未免太過薄弱。棋局之爭或可以道家「不爭之爭」、「不勝之勝」的悠然，取代自尋死路較佳。不過重要男角（子子子子未壹與言語道斷）無法有足夠篇幅貫串全書或在劇情裡難以形成實質重大影響，或許也呼應殖民體系內，對文化國體（父土）（父系）產生混亂，難以整合自我認同的狀態，無怪乎此書被評為「文化殖民的絕佳喻體／載體」了。

六、鬼怪神轉推理歷史及人性謬怖：陳漸《西遊秘史：大唐泥犁獄》與楚惜刀《狄仁傑之神都龍王》

中國幻想類作品淵源流長且博雜，如《山海經》、《十洲記》、明吳承恩《西遊記》與清蒲松齡《聊齋》等作品，其中精蘊有時會影響現代小說或藝術作品的創作，以後設或改編等技法另行詮釋發想，或者顛覆原版立場進行對立述說，並注入現代人物性格或流行元素等，不過基調上大抵則以「同類相轉」為主，亦即「鬼怪神玄幻」轉「鬼怪神玄幻」，類型相同，如《西遊

記》與《聊齋》新瓶裝舊酒的改拍電影、電視劇等。

但分別改編〈唐太宗入冥記〉與狄仁傑辦案如神事蹟（通常歷史上能力太強的人會被神格化，然後被天橋底下說書的渲染得天花亂墜）的《西遊祕史》與《神都龍王》，卻是異類相轉。在紮實的歷史架構上，重構鑲嵌於「鬼怪神玄幻」包裝下的疑案，一切不過是人為「科學」與「邏輯合理」下的精心佈局。顛覆往常神鬼幻化作品以諷刺社會實況或講述故事娛樂之用，入冥與神都怪獸不再為神鬼與人世間的糾葛，而是政治與宗教用以震懾、收服人心的手段。此二書人性遠勝鬼神，反客為主成就為「神怪為皮、政治推理為骨」、融合軍事政治與歷史資料的精彩小說。

七、顛覆性結尾與敘述性詭計，讓你非得讀第二回：阿部智里《烏鴉姬不宜穿華裳》與乾胡桃《愛的成人式》

之前曾提過小說「層層翻新與出人意表」是使讀者閱讀（驚嚇）趣味無窮的一種筆法。然而層層翻新至少是顯見的；若是悶不吭聲，默默地在字裡行間埋伏敘述性詭計來誤導讀者，一直平靜如波的讀者心境，卻在卸下心防的結尾處才猛然被刺一道回馬槍，瞬間落水成為餌食的心境，更非言語可形容。以市面同是包裝為「純愛推理」的有趣小說阿部智里《烏鴉姬不宜穿華裳》與乾胡桃《愛的成人式》作介紹。

《烏鴉姬》單本結構綜合宮鬥與日本神話節慶等元素，「偵探」則由四家姬所爭奪的「皇太子」飾演，以視角觀點進行敘述性詭計的埋伏，最後由皇太子揭曉心上人選與揭露宮鬥陰謀。雖然宮鬥部分人物性格與心計層次遠不及流戀紫《後宮甄嬛傳》

（要超越也太難），但讀來也是本清新可喜的小品。

而《愛的成人式》以1987年日本靜岡縣與東京間，「鈴木」先生戀愛的進行與變化做敘事主軸，懷舊同時瀰漫著純愛走向悲劇的氛圍。內文結構「side A」與「side B」呼應的關鍵詞「成人式」則分別是「性的初夜與啟蒙」及「體認到沒有絕對的永恆，才算是真正的長大成人」。日常一般的情事敘述，卻在最後一頁的倒數第二行，發現作者以「情人間的馴養與復刻」來傾覆讀者所有想像。

其實《愛的成人式》此類由校園進入職場的情感變化相關，還另有辛夷塢《致我們終將逝去的青春》（校園到出社會），鮑鯨鯨《失戀33天》（職場）或李可《杜拉拉升職記》（職場）等。這三本書情感細膩層次與人物複雜度的表現，較表面看來僅有「鈴木」先生「單一一對男女」戀愛的《愛的成人式》，似乎更略勝一籌；然而《愛的成人式》以短小篇幅的詭計鋪排，在結尾處以兩字進行戲劇性大逆轉，卻又是這三書傳統單一直線方向進行的劇情難以達成的奇技，算是匠心獨運[16]。

小說之神的魔法圈16

鮑鯨鯨《失戀33天》這種以時間遞進或穿插來講述情愛故事的結構佈局，尚可參考2009年馬克·偉伯（Marc Preston Webb）執導，講述男孩湯姆與女孩夏天於500日間戀情起伏的《戀夏500日》（500 Days of Summer）。另外，關於校園青春戀愛，彷彿心有靈犀，於2011年與2015年，九把刀半自傳自導同名小說《那些年，我們一起追的女孩》與陳玉珊執導《我的少女時代》，重點分別以小清新少男少女視角，去呈顯青春校園的學生戀愛紀事－少男柯景騰與資優女孩沈佳宜互有好感卻因緣錯過，最終眼見愛人成婚，新郎卻不是我的悵然；少女林真心與徐太宇相互愛慕，半途雖遭遠距離拆散，但最終經由林真心偶像劉德華的活動牽線，「金釵和合再相逢」，有情人終成眷屬，皆大歡喜。

《烏鴉姬》與《愛的成人式》篇幅短小，卻因層層埋藏具誤導作用的敘述性詭計，加上顛覆性結尾，逼使讀者非得讀第二回的奇技作品。一讀《烏鴉姬》懷恨在心的讀者，再讀《愛的成人式》…往後看到「純愛」小說絕對會縮手。（這絕對不可能只是本純愛小說這絕對不可能只是本純愛小說這絕對不可能只是本純愛小說[17]）

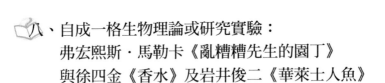

小說之神的魔法圈17

此乃套用台灣知名推理小說家既晴《請把門鎖好》的結尾寫法。

八、自成一格生物理論或研究實驗： 弗宏熙斯・馬勒卡《亂糟糟先生的園丁》 與徐四金《香水》及岩井俊二《華萊士人魚》

小說本質為虛構，不過貫穿全書的主軸常貼近現實、科學、常識或以不違反正常邏輯架構為原則。然而卻有一種小說內文邏輯，採取自成一格生物理論或研究實驗來敷衍成書，頭頭是道地將作者想像的虛構理論與研究，詳實論述得如有科學佐證般極具說服力。如弗宏熙斯・馬勒卡（Francis Malka）《亂糟糟先生的園丁》、徐四金（Patrick Süskind）《香水》（Perfume）與岩井俊二《華萊士人魚》。

《亂糟糟先生的園丁》設計以「軀體可化為花香之術」作為懸疑推理的佈局基線，瀰漫花香的園地與小鎮中無端消失的人群，關於謀殺及生命的秘密就在這彼此的關聯間。另外，全書以第一人稱來與讀者對話，文字乾淨毫無藻飾，可當「清水出芙

蓉，天然去雕飾」之讚。而「屍體幻化成香」相關，尚有徐四金《香水》－「少女的美妙體香，可精鍊化作魅惑香水，成為收藏」。生命毫無「氣味」的葛奴乙，在一樁樁的謀殺中，以活體生命精鍊過後的芬芳蒐藏，向世人映證他存在。人性中邪惡的慾望與殺念，竟反使被害者不死不滅地以優雅香氣延續她們的生命。

另外，岩井俊二《華萊士人魚》以科學式的理解（聲波、解剖或實驗等）探求「人魚生命的秘密」，而後一轉為具哲理與神話氛圍的「人魚」存在。其實是作者挑戰既定常識，將「人魚生殖情狀類同深海鮟鱇魚」的設定來虛構人魚交媾的「黏合」過程。亦即將鮟鱇魚種中「公魚成年後消化組織失去功能，必須寄生母魚下靠母魚營養過活，身體器官除精巢外漸漸消失，最後成為母魚身上的一個肉突」轉化為「人魚一旦黏合，公魚身體便被母魚吞噬」來講述愛情。

不管是「軀體可化花香之術」、「女子屍體體香，可煉化為香水收藏」或「人魚交媾的黏合」等設定，在當下現實的技術與研究上，尚無實際科學根據可源，但作家以天馬行空想像，虛構自成一格生物理論或研究實驗，更佐以大量邏輯辯證性素材、層理清晰地講述推斷，在似是而非的懸疑佈局下顯得說服力十足。

九、以娛樂文體承載社會議題的關注
　　與無力可回天的命運感：東野圭吾《徬徨之刃》

身當日本推理暢銷天王與擔任日本推理作家協會理事長的東野圭吾，早期以校園的青春推理為主，因其縝密細緻的謎團設計而獲「寫實派本格」的美名。之後作品突破典型本格，轉為立基人心與社會議題，兼具娛樂、反思與文學的價值。然而讀者最受啟發的，

則是東野圭吾作品中關注社會議題與人面對命運捉弄的無力感。

　　不管是《白夜行》人性善惡並非命運果報的根據、《信》裡加害人家屬遭遇、《徬徨之刃》與《空洞的十字架》裡對死刑與正義的反思，東野圭吾此類關注社會道德、法律、正義與死刑等之作，瀰漫著人面對不公不義，「善惡循環竟無報」的無力感。正如記者門田隆將寫實記錄受害者家屬本村洋為妻子討回公道的崎嶇路途，讀來感發心緒，欷噓不已[18]。

小說之神的魔法圈18

本村洋妻女於1999年4月，被剛滿18歲的少年闖入宅中，妻子遭殺害後屍姦，才11個月大的女兒則被重摔勒斃。囿限於少年法與人權爭議，審判定罪有諸多不公。全書完整記錄了受害者家屬本村洋多年奮戰的創痛歷程。

　　由娛樂性較高的大眾小說文體，卻承載了對社會正義、死刑、道德與法律的反思，由中同理受害及弱勢者對於「命運果報與善惡作為毫無必然相關」與「社會體制公義卻無法帶來真正正義」的痛苦作述說，是社會寫實推理裡，創作者必讀之經典。

十、重小我遠勝大我：百田尚樹《永遠的零》與《風中的瑪莉亞》

　　在階級對視中下層人民辛酸血淚的作品，多有深陷泥沼難以脫身的絕望感，然而有時亦會衍生成為「小我大我間的矛盾衝突」，日本作家百田尚樹便是箇中高手，如《永遠的零》與《風中的瑪莉亞》。

宮崎駿《風起》裡追逐昇天夢想的堀越二郎，心心念念想發明一個超越各國性能絕佳的飛機，不過實踐理想的代價，卻有可能是千萬人的性命！而《永遠的零》便是這光明的反面，由一個頻頻落榜而對人生失去鬥志希望的高材生，逐一採訪當年與祖父共事的人，挖掘出親生祖父的形象與當年喪生真相，亦顯現出那個時代小我與大我內心的矛盾衝突。

　　不同往常說教意味濃厚的故事，總強調大國大愛、理所當然必捨棄親人愛人。主角宮部即便在視死如歸的氛圍下，不僅懷抱存活回家團聚的夢想，也屢次阻止無意義的赴死活動，一針見血地指出官僚體系被自我中心與盲目政策的驅使下，可憐士兵僅是命如螻蟻的被犧牲卻對大局無所助益。威權下強調赴死的氛圍更不啻是一種團體霸凌－不得不簽署的志願狀，史實被扭曲為歡欣赴死的記載，即使最後大無畏的犧牲，僥倖存活的，竟在戰後因親美政策而遭人摒棄。這些表現優異、在嚴苛中求生的士兵們，就在真相掩蔽與虛偽官僚體制中被犧牲。《風起》的堀越二郎承載浪漫而飛翔，然而在《永遠的零》裡，主角卻是在血淋淋的殘酷中追逐生存夢想，相當動人詳實[19]。

小說之神的魔法圈19

對駕駛零式戰鬥機的渴望夢想與陪伴家人間的矛盾衝突，於陳玉慧《海神家族》的祖父林正男部分亦有描繪。

　　而新作《風中的瑪利亞》則可算是《永遠的零》姊妹作，皆是面對「小我自我追尋的慾望」與「大我為國家犧牲奉獻」的衝突矛盾中掙扎。以一名雌性虎頭蜂工蜂瑪利亞（嗡嗡嗡）為主角，細數虎頭蜂的各項習性特徵，如交配、工作與獵食等，自然

界弱肉強食的殘忍歷歷在目，而經由瑪利亞的遭遇拋出一連串對人生的疑問，敘事精鍊，對話精彩無比。書內尚有生物基因遺傳與天敵捕獵等元素，讀來引人深思又不失趣味。另外，百田尚樹尚有旨在諷刺出版業秘辛的《販賣夢想的男人》，附於最後【有趣小現象】出版業相關與秘辛。

十一、盜墓誌異，推理懸疑歷史靈異等的大雜燴： 南派三叔《盜墓筆記》與天下霸唱《鬼吹燈》等

　　盜墓誌異類最富盛名的是南派三叔《盜墓筆記》與天下霸唱《鬼吹燈》系列，怪誕情節與緊湊精彩冒險而在風起雲湧的盜墓小說中蟬聯居冠。但天下霸唱另有尋訪家鄉天津的奇聞軼事，由訪談水上公安（撈屍隊）記錄，結合「聊齋」筆法，兼具偵探推理、懸疑探險、歷史典故、靈異與民俗風情等寫下的《河神》。以及用古人驅鬼避邪「儺文化」深入從東北、中原至西南等地驚險盜墓的故事《儺神：鬼方志怪》皆為書寫盜墓誌異的絕佳範本。

　　近期亦有一木《大秦皇陵》，不過此系列文句較為淺白，雖在身世述說上頗有鄉野志怪奇趣，然而之後盜墓歷險的劇情緊湊與精彩度卻不如上述系列，創意點在於結合陰陽五行與身懷帝魂二點，也算簡易好讀。另外值得推薦的尚有郎芳《大禁地》與金萬藏《上古神蹟》。郎芳素有中國懸疑小說天后與內地女性文化懸疑第一人的美譽，作品尤以深厚文化內涵聞名。《大禁地》別開生面的雜揉蒙古秘史（成吉思汗三道遺囑之謎）、薩滿教神秘天語與傳統、日人實驗、死亡之蟲及大漠風情等，歷史文化生物等要素齊備，讀來津津有味[20]。

往常盜墓誌異類所遇之人不是妖魔鬼怪就是土匪壞蛋或極端科學家－一堆機關算盡的有心人。但郎芳《大禁地》鎔鑄豐富要素的劇情鋪展中，作者可能過於急切要將歷史文化、陰謀算計或科學資料等全數呈現給讀者，所以劇情的推進常由「甲欲險遭遇乙，而後乙即立刻幽幽說出一段故事或娓娓道來全盤托出」，顯得不合邏輯也不夠曲折，心計高深的土匪壞蛋，當隱匿資訊以尋求己身最大利益，就算被逼迫亦不會全盤托出以自保，或瞄準時機才順勢零碎講出的作為較符合江湖王道。姑且不論主角邏輯佈局，若以作者給予讀者面向上，經由偷拐詐騙或一連串艱辛緩慢拼湊出真相，亦較能給讀者歷險與曲折感，「欲拒還迎」吊讀者胃口才算推理懸念設計之高手。但綜觀全書文采豐富，此點便算瑕不掩瑜。

而金萬藏的《上古神蹟》系列，以博物館工作的兩個青春小伙子，於各邊境異地中的闖蕩做敘述，文字之流利暢快的可謂一絕。寫作佈局大抵是以中國古典對某異界與怪物或妖魔神鬼等紀錄，設計為主角遭遇奇境與面對的危險機關佈局，之後再引證此古書記載，使讀者有兩者等同映證的虛實交錯感，將中國各境奇地山水、民俗傳說冒險與輕快推理融合的相當不錯。

十二、鎂光燈下眾聲喧嘩——媒體名嘴與社群網站偕同辦案法：湊佳苗《白雪公主殺人事件》、天地無限《第四名被害者》；媒體自律與本質：野澤尚《虛線的惡意》與《沒有城堡的人》；媒體、塔羅牌與正義呼聲的社會寫實：知言《正義·逆位》

關於媒體推理小說，隨著電子科技發達與社群網絡興起，

「人人皆可為媒體」，錄影／音傳檔上網與匿名留言轉載分享等，轉瞬便可由按讚人數博得破千上萬的關注。受此衝擊，傳統媒體的角色被挑戰，加上收視率不減反升的壓力，蛻變出一連串媒體名嘴與社群網絡交相涉入社會生活與命案推理風潮。其中資料的搜查辯證更已達到「無孔不入」、「無入而不自得」，「捕風追影可成真」「頭頭是道然後事後推倒」的亂象。

　　觀察到此一現象的作家，便紛紛以細膩之筆，翻轉往常僅有一人偵探與刑警或個人英雄式的辦案，默契一同地將此種「鎂光燈下的眾聲喧嘩」推理法「落實」到小說中作殺人佈局，去描摹這「群起共舞」的修羅場，由中去深思媒體的責任自律、正義呼聲與社會的互動關係。湊佳苗《白雪公主殺人事件》、天地無限《第四名被害者》、野澤尚《虛線的惡意》與《沒有城堡的人》，以及知言《正義‧逆位》可說是最佳範例。

　　湊佳苗《白雪公主殺人事件》講述一名於化妝品公司上班的美女粉領族，身中數十刀、被汽油潑屍焚燬，棄置於樹林的慘案為引，接而以某美食論壇的撰稿人，為博取關注而將這「不能說的八卦」流傳開來，實地勘查採訪當地居民、同事與同學等相關人士，在多重視角的自白敘述中，拼湊的真相實乃八卦、惡意與為爭取名度的虛實話語。真正可信的部分卻在渲染中走上偏鋒－同公司剛好因事請長假的同事，則開始被當成真兇來圍剿追捕[21]。

　　而天地無限《第四名被害者》則以新聞台主播徐海音為主角，在新聞台內部勾心鬥角、收視率大戰與主播高位的爭奪戰裡，使得她屢屢親身冒險犯難，追索知名裝置藝術家方夢魚涉嫌殺害三名女子的命案，為取「頭條證物」上山下海不擇手段。而被判定死刑而吞乾電池自殺的方夢魚，身後唯一線索是僅存的倖

存者周雨潔與零落的遺體殘塊。優雅的謎語卻藏著病態的遺體擺佈，在普羅大眾眼皮底下的藝術公共工程建設，到底藏著什麼媒體挖得出與挖不出的東西，還有，第四名被害者到底是誰[22]？

小說之神的魔法圈21

《白雪公主殺人事件》曾被批評詭計過弱（「白雪」諧音）。不過深究湊佳苗系列作品，如《告白》、《少女》、《為了N》與《夜行觀覽車》等，她真正精彩的詭計在「人心」與多重視角敘述造成的羅生門，更遑論此書精彩的電子媒體散播形式進入紙本小小說的撰寫，尤顯特殊。身為家庭主婦，湊佳苗擅用日常生活的平常人物－鄰里學校師生與社會媒體八卦碎嘴等，觀察如微並活生活現的呈現其中惡意攻訐渲染與操弄中的細膩人性，成為多重視角、懸疑推理的映證素材。她那「如實」生活敘述的細膩文字，與人性變化組裝的惡意，在以往陽剛男性英雄為主的推理中殺出一條血路。

小說之神的魔法圈22

皇冠大眾小說獎「讀者票選第一名」的人氣作家天地無限，本業穩定後的回歸之作《第四名被害者》，序中便自言因觀察媒體與社群過度介入的社會現象感興趣，故將之入題，用台灣時事議題，巧妙鎔鑄媒體亂象、社群留言與新聞台內鬥的起伏鬥爭（職場過勞與生死鬥）化作推理佈局的鋼骨，最終以短片拍攝劇情作為透視真相的載體，以傳媒始，更以傳媒終，相當精采。這樣鎂光燈下的眾聲喧嘩，也許亦標誌著案件共犯的參涉與加害，不僅囿限於案件過程中的傷人性命，八卦碎嘴無形的逼迫壓力，有時亦是致命的利刃。另外，費迪南·馮·席拉赫《犯了戒》（Tabu），以年輕藝術家的成長與攝影「交溶」的疊影手法，穿校真相與事實，以映證姦殺犯案與藝術行為間的關係，虛實難辨裡兼敘藝術家悲慘童年及色塊堆疊成的人生，與《第四名被害者》同以藝術公共工程作貫串兇殺命案的線索，並將藝術與罪行交相纏繞。

上述兩書不僅基於八卦媒體與社群網絡的渲染作為「逼近真相」的手法，筆法佈局更於內文大幅度套用「電子媒體的各種傳輸形式」，如信件收發、社群更新、新聞報導等，極具寫實風采。如《白雪公主殺人事件》便概分為兩大部分，前三分之二以同事鄰居及同學的採訪自白作為主題，而後三分之一，即185頁後，則以太陽週報、論壇對話留言及其他週刊採訪報導，「如實」詳細陳列留言紀錄與報導格式，更配合時間線作為佐證臆測「事實」的根據。《第四名被害者》則以新聞台節目搶收視、頭條與爆料的潛規則與跌宕過程裡，穿插報紙週刊報導、符合台灣「民情」的批踢踢鄉民話語（魯蛇與夢境分隔線）、節目名嘴嘩眾取寵、未審先判甚至誤導辦案真相增加檢調壓力的手法。

　　除此之外，日本野澤尚姊妹作《虛線的惡意》與《沒有城堡的人》，雖未如上述二書，大量紛陳「電子媒體或社群網絡」的傳輸形式，但大抵以首都電視台「新聞製作」與「觀眾間」的互動為主，主要針對媒體的自律、道德、本質等與業績、高關注造就的英雄等發生之矛盾衝突為情節主線，是社會觀察與類型書寫上的傑作。

　　《虛線的惡意》講述首都電視台剪接師遠藤瑤子負責剪輯的新聞檢證單元，常以主觀角度剪出尚未釐清真相、熱門懸案相關的重大線索或兇嫌，故而引發收視熱潮，同時面臨工作環境主管同事因嫉妒而產生的掣肘排擠、以及輿論排山倒海的批評。剪接師瑤子事業得意，家庭卻失婚思子，僅能藉由影帶與兒子遠相互望，而她那暗示性濃厚、前有推測正確事件背書的剪輯，使觀眾越加先入為主與深信不疑，過度膨脹與失誤，最後導致她與無辜的疑兇，一同墮入地獄。

接獲某郵政官員舉報的一卷錄影帶後，憑藉新聞直覺，將政府不法利益主謀「詭異的笑容」剪輯播出，然而無辜的受害者卻因此失去人生、被唾棄。無路可走的官員尋求反擊，新聞台卻堂而皇之以知的權利與法條逕行打發。他憤怒之餘改以跟蹤騷擾剪接師瑤子作為報復，可是伴隨著不明人士的偷拍錄影帶，瑤子與無辜被害者最終落入拍攝者與被拍者的攻防戰，最後因崩潰而失手殺人。所謂的正義與新聞客觀，卻因瞳孔窺見角度的差異，扭曲了真相與他人的人生。

《沒有城堡的人》則延續首都電視台「Nine to Ten」節目的執行製作赤松遭遇到的幾個難題（前作他是瑤子的跟班），以渴望被殺的女人（1997）、獨家專訪（1998）、降臨（1999）與F的戒律（2001）四個章節，分別講述希望以死殉來揭露負心漢「未來」犯行的女子、看似玩世不恭就是想紅、很像會戀童殺人的變態大叔，種種舉止卻不過是要掩護心愛之人的故事。還有被報導援交而裸身吊死的高中女孩，引出意外成為媒體寵兒的「正直」青年、過往積案生灰，被不實報導指控侵佔，最後上吊的公務員，伴隨著森林潺潺流動的自然清音，逐漸浮現出，媒體濺血網絡的殘酷餘骸。

這些以媒體角色為主的推理小說皆完美呈現電子媒體與現今群眾的怪異關係－共生共存，卻也相生相剋。收視率漸與客觀新聞正義脫離，反而邁入腥羶誇大的不歸路。台灣近年如2013年發生於新北市淡水河邊、聳動聽聞的媽媽嘴咖啡店殺人事件、2015年高雄大寮監獄人犯挾持人質事件等，媒體皆於其中舉足輕重，並引發鎂光燈下的追逐熱潮[23]。

2013年富商陳進福和實踐大學副教授張翠萍夫婦,被發現陳屍於新北市八里區淡水河邊,偵察結果乃「媽媽嘴咖啡店」前女店長謝依涵,因金錢糾葛而下藥殺人棄屍,審理後死刑定讞。2015年,歷經14小時才落幕的高雄監獄挾持事件,是台灣獄政史上首度出現獄政幹部被挾持的案件。鄭立德為首等6名受刑人挾持典獄長等人為人質,搶奪武器企圖越獄逃亡,但在東側門便遭到警察攔阻而未成功。對峙期間,有媒體與議員甚至黑道現場連線,公布受刑人訴求與通話等,但最後談判破裂,受刑人全數持槍自盡,典獄長陳世志等人質則全數平安而返。

　　不管是充滿離奇與腥羶色彩、號稱現代版「龍門客棧」的雙屍案,或是類同於美國影集《越獄風雲》(Prison Break)的越獄事件,前者案件細節包含疑犯人選與犯案過程等推理,不僅當時位列民眾茶餘飯後話題之首,更為新聞媒體節目在衝高收視率中,掀起了名嘴搜查辦案與社群推理等風潮。後者則是如《沒有城堡的人》,呈現媒體力量與「歹徒」進行對峙時,舉足輕重的影響力。

　　然而細觀之,人云亦云,未有事實根據的八卦長舌,絕大多數是想凸顯自我本位的慾望與爭奪利益造就而成,不管是抬高自我身價、被關注的欣喜與名嘴賺通告費等,媒體反成為滿足個人私利的工具,如「白雪公主」同事鄰居惡意攻訐與隱匿對自身不利資訊的話語、周雨潔以媒體確認身份的私心,及大眾對案件過度好奇而涉入的「正義」之舉等皆引人非議,或是明知將死,卻寧可以媒體作為與情夫殉死的工具。

　　偵察結果未公開前便對號入座的「資訊」,一經媒體播送,便易被標籤或遭起底肉搜,引發不理性民眾的謾罵攻擊。如被指責盜取公款而自殺的公務員,被「誤會」援交而死的高中女孩

等。而利用媒體關注，塑造出正直形象的青年主角，從單打獨鬥到逐步吞噬媒體「城堡」，至此媒體正義與惡意的界線完全模糊，成為主觀視野利益的使用工具。不過造神之後瘋狂勢力的反撲也不容小覷。本該歸屬警察與檢調的偵辦內容，卻在民眾勃勃的好奇心與社群網絡的分享留言下變形扭曲，打著「知的權利」口號的媒體節目，則將案件的推理辦案轉化為鎂光燈下的眾聲喧嘩，未審先判，模糊焦點甚且影響警方的辦案過程與方向。媒體的自律與本質，就在收視率的追逐、觀察角度的偏差，及不正常觀眾裡，被湮滅殆盡。

最後，結合媒體、塔羅牌與正義呼聲的社會寫實小說－知言《正義‧逆位》亦可一讀。全書特別的以塔羅牌「正義‧逆位」的牌義，貫串起台灣社會於媒體倫理、律法正義、動保人道與醫療福祉上的矛盾衝突，不啻為敲醒「正義」響鐘的熱血使者！推理過程以著迷塔羅牌的小花癡女警，倒追心房另有他屬、一本正經的「李組長」（是啦眉頭一皺即有事情發生）。於爆笑「女追男恍若撞冰山」的沉船過程裡，交敘令人痛心的矛盾正義事件群像[24]。

小說之神的魔法圈24

全書主要以「動保與人權團體尊重生命的呼籲」對比「為求人類將來醫病福祉的醫療實驗」、「媒體人功名利祿與寫實真相間的交互掙扎」、「為惡律師鑽法條漏洞與不良媒體的共謀」、「警察熱心救援卻因個人利益導向而被控『執法過當』」，一連串正義為名卻行為惡之事，由現場散落的謎樣塔羅牌，貫串起正義或私刑濫用的差別。

雖於行文中累進了大量專業知識，卻能深入淺出地呈顯動保人權與醫療實驗的衝突難解（含流浪狗、實驗、法律、醫學

等）、法律正義的彰顯操弄與媒體自律倫理等，搭配爆笑花癡女與神秘塔羅牌的佈局，令人驚豔！

除了上述推介，其實要說操弄媒體最為厲害者，當是吉莉安‧弗琳《控制》莫屬，從兇殺的構陷、第三者的曝光、真正殺人犯案至丈夫的困獸對抗、劇情無一處不與媒體功能及民眾觀感相關，可謂天衣無縫之作[25]。

小說之神的魔法圈25

此節分類基準大抵為媒體推理小說：湊佳苗《白雪公主殺人事件》、天地無限《第四名被害者》、野澤尚《虛線的惡意》與《沒有城堡的人》、知言《正義‧逆位》，及吉莉安‧弗琳《控制》等。正義難以得到舒張的部分，則有東野圭吾《徬徨之刃》、《空洞的十字架》裡對死刑與正義的反思；另有記者門田隆將寫實呈顯受害者家屬替妻子討公道的血淚實錄《與絕望奮鬥：本村洋的3300個日子》等。

【推理懸疑篇 III】
故事串故事與書中書

推理懸疑的佈局上，故事串故事（烤肉串）與書中書（俄羅斯娃娃），是能使讀者置身繁複故事迷宮中穿梭來去的炫目技法。大致可分為有虛實雙線結構、梗梗上青天、迴旋結構、書中書等，其中也有交相混雜的情形，細目如下：

、虛實雙線結構：

（一）虛線一千零一夜式故事講述，實線則為主角現實生活情境反映：瑪格麗特‧愛特伍《盲眼刺客》、馬里奧‧巴爾加斯‧尤薩《胡利亞姨媽與作家》與馬努葉‧普易《蜘蛛女之吻》

瑪格麗特‧愛特伍（Margaret Atwood）《盲眼刺客》（The Blind Assassin），虛線由一對面目模糊的藏鏡人幽會男女，男人為取悅女子而講述一連串故事，而實線則以一樁離奇車禍，牽引出一對姊妹與情人間的愛恨糾葛，其中虛線故事集合於妹妹死亡後出版為《盲眼刺客》一書，劇中劇的精彩雙線結構，使人深為榮獲英國曼布克獎說故事女神的作者所傾倒！

而自傳性質濃厚，揭露作家年少愛情生活的《胡利亞姨媽與作家》，馬里奧‧巴爾加斯‧尤薩（Mario Vargas Llosa）以拉丁美洲慣有的熱情想像，分別以作家與其大十歲姨媽的戀情與瘋狂

劇作家廣播家彼得羅‧卡瑪喬劇作及人生興衰作交叉敘述，並獨立插入與實線無關，可作為社會諷刺風俗畫的獨篇小說，讀來層次盎然，趣味十足。

另外，由台灣知名作家紀大偉所譯，馬努葉‧普易（Manuel Puig）的《蜘蛛女之吻》（The Kiss of the Spider Woman），由阿根廷布宜諾斯艾利斯監獄裡關押的兩位囚犯－政治犯瓦倫丁與特務臥底同性戀者莫利納為主角，以兩者對話中多幅電影劇情與現實關押情境交相錯落講述故事。

以上三書虛實雙線結構作主軸，虛線一千零一夜式的故事講述、炫目迷離、充滿了不可思議的想像力，而實線則以書中主角的現實境況為底，使得全書層次豐富，竟可如洋蔥瓣片般層層剝出驚嘆來。

（二）魔幻寫實，幻化家族悲劇連結國家崩頹史：賈西亞‧馬奎斯《百年孤寂》、徐小斌《羽蛇》與伊莎貝拉‧阿言德《精靈之屋》

魔幻寫實雖亦屬虛實雙線結構並進法，然而不同於前述一千零一夜式故事講述與主角現實生活情境的虛實法，而是幻化家族悲劇與融合國族歷史的虛實佈局。以賈西亞‧馬奎斯（Gabriel García Márquez）《百年孤寂》（Hundred Years of Solitude）、徐小斌《羽蛇》與伊莎貝拉‧阿言德（Isabel Allende）《精靈之屋》（The House Of The Spirits）等作介紹。

榮獲諾貝爾文學獎的魔幻寫實經典《百年孤寂》，魔幻神話的筆法，述說光怪陸離的邦迪亞六代家族史和馬康多小鎮歷史變遷的敘事，六代家族間權力的輪轉與紛陳情欲，呈現了各具偏執奇異愛好的人物命運全景，家族悲劇史背後承載的，乃是哥倫比

亞拉丁美洲家國興亡的歷史崩頹樣貌。不過，《百年孤寂》的女性形象雖卓然超群有不世之姿（光頭飛天術、壽比南山返嬰形與亙古荷爾蒙發電機等），但主角敘事卻仍以男性為重，但徐小斌《羽蛇》卻是以強烈的「女系家族」為重[26]。

小說之神的魔法圈26

「女系家族」在此意指家庭敘事以女性群像為主，而父系角色則通常缺席、出逃或失蹤。延伸可參考山崎豐子《女系家族》與《女人的勳章》。前者講述大阪船廠棉布批發商店的第四代店主矢島嘉藏病故，三個女兒、姨妹與店主的情婦等「女性」作為崢嶸角色，奪權爭產、彼此交惡。以商場經濟的興衰起落，搭配闇黑人性慾望與無盡貪婪的呈顯，是女人戰爭的極致展現。後者則以開辦教授洋裁服飾學院、身為大阪名門千金的大庭式子，靠著經商手腕與八代銀四郎的幫助，一步步擴校招生並且成為眾所矚目的名設計師。然而乍見條理井然、步上軌道的事業，卻在浮華名利及人心的變動下，逐步沉淪而失去原有的自我與一切。

　　有「華人最受矚目女作家」美稱的徐小斌，其《羽蛇》以家族五代「女子」間的愛恨情愁、自覺與追求為主軸，貫串清末至90年代中國歷史的更迭。然而，本身亦為畫家的徐小斌（羽蛇封面的女媧乃她親筆所畫），文字色彩濃豔、奇詭神秘，不僅筆下女性具備通靈預知等能力而顯飄渺神秘，現實與情人間的愛欲，在她們眼中，亦偏向內在精神向度的描寫與虛幻其境的演示，文字讀來色彩畫面橫生[27]。

　　《精靈之屋》作者伊莎貝拉·阿言德出身政治世家，其伯父薩爾瓦多總統因其左傾政治傾向，於1973年被美國和智利右翼軍人合謀的流血政變中被殺害。伊莎貝拉被迫在1975年流亡委內瑞拉，顛沛流離中陸續寫給祖父的長信便是小說《精靈之屋》初

稿，內容主要書寫自身家族對抗政權的人生故事。

《精靈之屋》作者伊莎貝拉・阿言德出身政治世家，其伯
父薩爾瓦多總統因其左傾政治傾向，於1973年被美國和智利右翼
軍人合謀的流血政變中被殺害。伊莎貝拉被迫在1975年流亡委內
瑞拉，顛沛流離中陸續寫給祖父的長信便是小說《精靈之屋》初
稿，內容主要書寫自身家族對抗政權的人生故事。

以上同以家族悲劇連結國家的崩頹史，天馬行空想像繽紛的
氛圍、光怪陸離性格各異的人物群像與悲劇，分別串起了拉丁美
洲、中國與智利的滄桑悲涼國家崩頹史。

另外其實幻化家族悲劇連結國家崩頹史，虛實交錯之創作，
尚有清曹雪芹的《紅樓夢》。以寶黛愛情悲劇與寧榮兩府興衰的

雙線結構，敷衍成的紅樓一夢，背景雖假借女媧神話與「真事隱」之朝，卻是中國清代社會腐敗崩頹情狀之反映[28]。不過咎因「魔幻寫實」定義對象多為「現代小說文體」，與《紅樓夢》「古典章回小說體」不符，故而在此暫未列入。

小說之神的魔法圈28

筆者碩論－紀昭君：《戀慕於祂，她：《百年孤寂》與《紅樓夢》的母體回歸及母神樣貌》，2010成功大學中國文學系碩士論文，便以《百年孤寂》與《紅樓夢》兩部鉅作主題作交相比較。若有興趣的讀者，亦可一觀。

（三）虛實相間的魔法與秘術，不過是尋求「歸屬」的秘法：海琳・維克《魔像與精靈》與艾琳・莫根斯坦《夜行馬戲團》

海琳・維克（Helene Wecker）《魔像與精靈》（The Golem and the Jinni）與艾琳・莫根斯坦（Erin Morgenstern）《夜行馬戲團》（The Night Circus）二書皆以繽紛魔幻寓言，講述炫目魔法與幻術上，戀人彼此尋求歸屬的故事。然而《魔像》這「歸屬」奇幻則遠不止於愛情而已，全書雙線分述猶太秘術產品魔像妹與被銅瓶捕獲的魔法精靈哥，來到1899年紐約，在人間各專奇技（麵包師與縫紉高手／控火鎔金的鐵匠巧手）、各擁奇遇與相會時擦出的激烈火花。魔像尋主、精靈思鄉、漂泊中尋求社會認同（魔像回應他人內心期待／精靈顧慮他人眼光）、秘術師輪迴千世亞欲尋得終結或永生、在愛中的自由與彼此歸屬等繁複過程，意象鮮明地借寓出移民面對文化、社會認同、冒險與信仰上互會碰撞與尋求歸屬認同的奇幻旅行。

相對於魔像與精靈在人間各專奇技以維生，《夜行馬戲團》則屬於魔術的競技。一座於夜間神秘出沒的馬戲團，雙線並述兩位敵對魔幻／術大師的授徒，而兩位徒兒賽莉雅與馬可苦練的幻術迷陣奇技，卻僅是為了一場「命中注定」的生死對決。《馬戲團》文字華麗耽美、畫面美輪美奐，鋪排綿延的魔術幻象更令人目不暇給。然而男女主角的內心描寫不夠細膩，轉折鋪陳略顯粗糙，特別是在相戀的環節轉折過於突兀，遠不比《魔像》裡華美文字卻詳盡烘托每位書中人物的性格與心情變化，使讀者能深入主角的喜怒哀樂。

不過，值得一提的是，兩書中不論特殊身份（魔像與精靈／魔術幻術師）或層層堆疊起的魔法秘術，在某種程度上，都可視作包裝戀人愛情遊戲的魔幻寓言。魔像的「順從」與「身當賢內助」的出品準則，迫使她必得尋尋覓覓追求對她具有約束力的主人／丈夫。而風一般的精靈男子，卻僅關注於倘徉自由冒險的樂趣，從不顧忌後果。這對分別來自金星火星的男女，個性殊異（有歸宿才有安全感VS.要自由不為誰停留）、命運相對（需要束縛卻是自由之身VS.熱愛自由卻受錮銅瓶），談起戀愛「火花」十足。

另外，馬戲團魔術師賽莉雅與幻術師馬可，夜復一夜上場的絢麗表演，由炫目幻術與璀璨魔術敵對式的相互較勁，變化為好感與日倍增的溫柔戲法，沉浸戀愛氛圍的兩人，卻驚覺到這愛同時帶有著毀滅，必得在「你死我亡」中做出抉擇，魔幻的借寓男女間由初識競爭、相愛到痛苦磨合的過程。

（四）虛實相間，多線敘述合擊法：吳明益《複眼人》
與《單車失竊記》、張渝歌《詭辯》

台灣知名作家吳明益的《複眼人》，乍讀以為是虛實雙線分

述的故事，實則卻是多線敘述的合擊法，正如書名所題，「複眼人」以多面的複眼晶體結構，引領讀者觀看如萬花筒式繁複盛開的迷人敘事。書中以文學教授阿莉思，追尋登山而失蹤的丈夫兒子、瓦憂瓦憂島上次子阿特烈與烏爾舒拉的漂流與動人愛情，以及鑽鑿探險隊的浮光掠影，多線並進，直指聆聽並尊崇自然聲音的崇敬愛戀。優美而富詩意的行文，讀者宛若置於古老神話與自然的包覆中，溫暖美麗。佈局難得罕見的除雙線並進的虛實相間法外，以多線敘述合擊敘事，虛實間交相纏繞得特別精彩[29]。

小說之神的魔法圈29

吳明益初始創作乃與自然寫作相關，散文集如《迷蝶誌》、《蝶道》與《家離水邊那麼近》等以涵蓋自然生態的觀察與細膩筆觸聞名，更編有《臺灣自然寫作選》與《濕地・石化・島嶼想像》等富含對自然熱愛與描摹的書。或許墊基於此與作者愛好畫圖、攝影及旅行的個性，使得長篇小說《複眼人》裡，滿佈對自然的崇敬詩意與對話，特別是在描摹原住民與自然間的關係，讀來有種迷幻的奇幻敘事，動人無比。

　　另作《天橋上的魔術師》，則以十個互涉短篇串起九個人物，圍繞中華商場上的天橋與天橋上的魔術師而展開。台灣歷史真實存在的中華商場的崛起沒落與孩子的人生經歷（實），就在這迷人而虛幻的斑馬蹄鳴及魔術師光彩變化的魔術中（幻），輪番上場。是在台灣寫作中，兼有自然人文關懷、歷史追索與奇幻動人筆尖的傑出創作者。亦有種類同前述「短篇集結摹繪時代與小人物風情」的奇幻作品。

　　最後比較特殊的是，《單車失竊記》綜結《睡眠的航線》失蹤父親的歷史紀行、《複眼人》虛實相間、多線敘述合擊的自然

奇幻，及《天橋上的魔術師》中華商場的起落興衰，集大成地從追索幸福牌的鐵馬誌展開新旅程。但結構並非往常可單一拆解的「多線」敘事，而是由一敘事者首末章主導，但中段篇章卻藉由各式物件－鐵馬誌、信件、錄音與蝶畫等，紛陳本外省人與原住民，於歷史蜂巢間彼此鍵結的過程。多線且多面地以「鐵馬誌」串起家族歷史、自然與人交相輝映的吉光片羽，襯以美麗而富寓意的蝶、象、綠鬣蜥、白頭翁、山與樹等，於命運運命中彼此穿梭來回，算是多線敘述合擊敘事的特殊作品[30]。

> **小說之神的魔法圈30**
> 《單車失竊記》中失蹤父親赴日過往與緬北森林的戰事形容，亦令人思及陳玉慧《海神家族》祖父林正男駕駛零式戰鬥機的渴望夢想，與百田尚樹《永遠的零》零式戰鬥機駕駛的艱難求生。然而《單車失竊記》少了戰事蕭殺與垂死掙扎的硝煙氣味，反增添了自然奇幻中，人之生命與運命的歷史哀愁，實屬美哉。

　　歸屬此類者則尚有七年級推理新星－張渝歌的《詭辯》。不過本書篇幅配置，相較《複眼人》以兩線為主軸，鑽鑿探險的浮光掠影為第三點綴的佈局不同；《詭辯》三線以因果業報四章，進行均等分述－宛若向法醫楊日松致敬的老法醫荊鐵松破案實錄、身不由己舞女晨星的私密日記，以及榮獲文學大獎，實乃兇殺命案魔幻寓言，串起了台灣本島，台北、屏東、恆春及台中等地的愛恨情仇[31]。

　　法醫偵察的細節，讀來頗略瑟巴斯提昂‧費策克（Sebastian Fitzek）與法醫麥可‧索寇斯（Michael Tsokos）《解剖》裡專業驗屍細節。而台中舞廳發展變化，延伸紅牌舞女晨星由無暇最終

墮入無間地獄的內心轉折與沉淪尤為細膩動人，兇殺命案中的性愛殺戮、異常，最後轉化為文學獎項一則驚悚奇幻的暗喻／暗慾物語。高超文字的駕馭能力，在令人覺得親切的台灣地景風貌裡，呈現人性心理變異的虛實呈顯，殺人詭計更顯於理有據。以「老法醫破案實錄」、「小說首獎作〈伏流〉」與「舞女晨星的日記」均等三線，為虛實相間，多線敘述合擊法的絕妙範本。

小說之神的魔法圈31

據《作家生活誌》對作者的訪談－〈七年級推理新星張渝歌：創作從「模仿」開始，我也不例外！〉，舞女情節乃受鍾虹《舞女生涯原是夢》一書感發，另行尋求資料而成，請見http://showwe.tw/news/news.aspx?n=465。台灣推理懸疑與舞女相關則尚有臥斧《碎夢大道》。以忘卻過去但具有「他人未具意識的情況，可探知他人夢線，進而閱讀記憶」能力的男子，與老闆旗下以希臘神話波瑟芬妮命名的舞孃玻玻，其失蹤前後來由作交叉敘述。但前者對舞女生涯的曲折變化與運命捉弄感有較深刻且細膩的描繪，後者則較偏向主角職業的設定敘述而無大篇幅觸及內心轉圜或人生旅途遭遇的摹寫。

、梗梗上青天（俄羅斯娃娃的最高層級）：
凱瑟琳・M・瓦倫特《黑眼圈》
與《環遊精靈國度的小女孩》系列

「梗梗上青天」乃借用台灣奇幻譯者周沛郁笑談翻譯《環遊精靈國度的小女孩》（The Girl Who Circumnavigated Fairyland in a Ship of Her Own Making）系列感想。《黑眼圈》（The Orphan's Tales）系列講述身世迷離，渴望陪伴的小女孩，誦讀眼周刺著密

麻文字故事（黑眼圈的由來），給在皇宮遇見，渴求聽故事的年幼王子。瑰麗的文字與超現實的想像筆法，原以為與切身不相關的虛幻故事，卻直指兩人身世的真相與結局。

古阿拉伯《一千零一夜》（又名《天方夜譚》，作者已佚）故事原型，本來自妃子每夜為曾被背叛而心理創傷的國王，用講述故事以免去殺身之禍，《黑眼圈》系列則逆轉為王子溜去皇宮荒廢一角聽奇怪女孩講古，最後與之相偕離開踏上旅程（女權逆轉勝？）。對於凱瑟琳・M・瓦倫特（Catherynne M. Valente），似乎除了強再也找不出其他形容詞可說了（高手高手高高手）。不管是雙線多線並進的虛實結構、迴旋結構、或書中書等，即便如何繁複複雜，皆尚有脈絡可循，然而瓦倫特《黑眼圈》鎔鑄歷來神話、童話之梗概，並揉以瑰麗文字、天馬行空想像，與層層疊疊、永無止盡的俄羅斯娃娃結構，使讀者深陷迷宮而不可出，實乃強者是也！

《環遊精靈國度的小女孩》系列則是以小女孩九月為主角，於精靈國度與人類間穿梭來回間遭遇許多不可思議事件。雖大致也有奇幻類童書，進入異境、結識盟友、敵人現身、冒險打怪最後受擁當女王這種經典橋段，然而因此系列不是僅類同法蘭克・包姆（L. Frank Baum）《綠野仙蹤》（The Wonderful Wizard of Oz）或者是路易士・卡洛爾（Lewis Carroll）《愛麗絲夢遊仙境》（Alice's Adventures in Wonderland）等簡易輕鬆版而已[32]。瓦倫特鎔鑄奇異氛圍與處處藏梗的黑暗童話，讀者閱讀時常會搜索枯腸（寶玉哥：這「梗」我曾見過的！），情節一不注意便容易陷入錯亂。也難怪譯者形容此系列是「梗梗上青天」，想必翻譯時層層疊疊，註釋不完的「經典緣由」，譯者只能「叫苦連天」然後直接「升天」吧。

路易士・卡洛爾（Lewis Carroll）為英國作家查爾斯・路德維希・
道奇森（Charles Lutwidge Dodgson）的筆名。

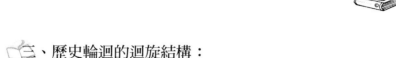

三、歷史輪迴的迴旋結構：
大衛・米契爾《雲圖》《骨時鐘》

　　除了層層疊疊的精密結構外，尚有以歷史、輪迴與命運脈絡
隱然相繫造就迴旋激盪的特殊佈局，若說歷史輪迴的迴旋結構之
王，則非大衛・米契爾（David Mitchell）莫屬，其迴旋反覆、
交相呼應而不勝欷噓氛圍之法，居中關鍵乃在情節人物的輪迴轉
世、不死不滅的靈魂流轉，及脈絡人物「乍見偶遇行經，實則卻
是彼此錯落交纏」的設計，如《靈魂代筆》（Ghostwritten），
《雲圖》（Cloud Atlas）與《骨時鐘》（The Bone Clocks）等為
代表。龐雜精緻與迴旋的結構敘事、多元作品類型及不停轉世重
生的似曾相似命運感，使作品總有種連綿而餘韻不絕的氣味。

　　《靈魂代筆》以九章風格截然不同的人生步履，串起命運羅
盤的全觀，而在以伊塔羅・卡爾維諾（Italo Calvino）《如果在冬
夜，一個旅人》（If on A Winter's Night A Traveler）為靈感來源的
《雲圖》（Cloud Atlas），結構更顯奧妙精密，六個故事篇章，
編排以「順敘而後倒敘」（1-2-3-4-5-6-5-4-3-2-1）的迴旋反覆，
橫跨一千年，由19世紀至未來科幻的核子世界末日，囊括有海上
冒險、喜劇、末日科幻、反烏托邦與懸疑驚悚等諸多類型，不僅
故事彼此關聯呼應，主角帶著胎記轉世重生，卻面臨命運似曾相
識的「重蹈覆轍感」－雖於各式種族文明裡渴求自由，卻仍一再

「重播」被囚禁、奴役或背叛等痛苦，更添入「無力可回天」的無奈辛酸。

至榮獲2015年世界奇幻獎《骨時鐘》（The Bone Clocks），更是精妙絕倫的驚豔之作。以15歲少女荷莉被劈腿離家始，至愛爾蘭最西端羊岬島，原油供應斷絕，身處末日絕境的老婦，六個故事串起1984至2043年的歲月遷徙，自小便能接收不知由何而來的聲音群體（她管這叫收音機人）的特殊體質，讓她陷落百年派系的爭奪而人生遽變。

對立集團的設定，立基於某種形式上的「永壽」，一為骨鐘派，此派特點是靈魂不死的轉世重生者，保有每世記憶，難以預料七七四十九天的幽冥徘徊後，將前往何世何人的軀殼進駐，必須待其終老一生後，才有再次輪迴的可能，其肉體外表將隨年齡遞增，重生轉世，才有「更換肉體」之可能，因此類的「重生轉世」帶有不可預測的隨機性，故而此派嚮往追尋同類相棲的歸屬感。其二為隱遁士，永壽方式較為激切不法，長生建構在他人的犧牲上，舊有肉體不堪使用，便隨機挑選善良純淨之人類殺害，飲入此受害靈魂黑酒，以保肉體長生與永駐青春。無限壽命的可能，便是歷史無限的輪迴循環，而善惡便於這種「生生世世」裡，火花處處[33]。

小說之神的魔法圈33

靈魂的流轉與軀殼更迭，凱瑟琳‧M‧瓦倫特（Catherynne M. Valente）《黑眼圈》（The Orphan's Tales），部分情節亦有挑選宿主，靈魂進駐，甚至因所有軀殼的性別特徵差異，而使關係產生變化（同性師徒傳承一轉為男女肉體歡愛）等。

四、書中書

　　書中書結構與懸念大抵是小說脈絡中，另有書目貫串或對書中角色舉足輕重，是追兇線索或用以引起讀者懷想、營造氛圍與後設等作用的技法。

（一）書與人生黏漆漆：嘉布莉‧麗文《A. J.的書店人生》、蘿西歐‧卡莫那《愛情的文法課》

　　作者大抵是愛書人，對書爛熟於胸，寫作時將有趣書目套入，作為書中主角人生的點綴。嘉布莉‧麗文（Gabrielle Zevin）《A. J.的書店人生》（The Storied Life of A. J. Fikry）結構共十三節，每節開頭嵌入父女對話式的某書點評，書評與章節內容並無特定關聯。書中講述一名女嬰被遺棄在書店，鰥夫老闆因而於手忙腳亂的育兒生活裡重燃對人生的熱情與追求，書店的振興也為當地注入活力的溫馨小品。作點綴綠葉用的書評插曲增進氛圍奇想，即使讀者未曾讀過，亦不傷文意[34]。

> **小說之神的魔法圈34**
>
> 舟‧沃頓《我不屬於他們》與亞莫爾‧托歐斯《上流法則》亦屬此類，不過二書將在下節另以其他主題討論。

　　蘿西歐‧卡莫那《愛情的文法課》以愛情經典名著點評並行轉學生伊蓮娜的愛戀成長過程。以她失戀後英文老師讓她評點討論七本經典愛情名著後，其愛情與人生雙雙獲得變化的清新故事。七堂愛情文法課經典分別是村上春樹《國境之南太陽之西》、珍‧奧斯汀《傲慢與偏見》、史蒂芬‧茨威格《一位陌生

女子的來信》、列夫・托爾斯泰《安娜・卡列妮娜》、歌德《少年維特的煩惱》、夏綠蒂・勃朗特（Charlotte Bronte）《簡愛》（Jane Eyre）與賈西亞・馬奎斯（García Márquez）《愛在瘟疫蔓延時》（Love in the Time of Cholera）。本書創意雖可喜有趣，但若論實用價值，勸讀者還是讀讀約翰・葛瑞（John Gray）《男人來自火星，女人來自金星：365日愛的叮嚀》（Men Are from Mars, Women Are from Venus Book of Days：365 Inspirations to Enrich Your Relationships），從中好好學習兩性相處的眉角才是。

（二）無窮盡的拼圖真相：喬艾爾・狄克《HQ事件的真相》

喬艾爾・狄克（Joël Dicker）厚達七百多頁叫人心驚的《HQ事件的真相》，小說以作家出書前後與過程加上最後的謝辭成就一本書。深怕成為一書作家的青年主角，面臨人生與寫作導師文學巨擘的鋃鐺入獄，於是涉險調查當年十五歲少女諾拉之死，在跳躍的時間事件中，試圖還原文學巨擘與少女、毀容藝術家、富豪、警察與飯館負責母女等之間的糾葛真相。書指涉小說本身、調查過程（小說中出書內容），巨擘、毀容藝術家與少女的情愛（奠定巨擘地位與毀容藝術家真正作品），懸案進行的同時亦不停繞著這些書打轉，讓人想到數學無窮盡的符號∞，在「書中書中書」裡還原真相。

另外，若將文學創作、教學與謀殺案相結合的，還可延伸閱讀威爾・拉凡德（Will Lavender）《深夜的文學課》（Dominance）。授課者與學生文學相濡以沫的討論間，竟暗藏殺機，而最後結尾悚然而驚的不寒而慄感，也讓人想到既晴《請把門鎖好》的終局。不過，這兩本書就與「書中書」的結構無關了。

（三）向大師致敬：戴思杰《巴爾札克與小裁縫》
　　與黛安・賽特菲爾德《第十三個故事》

　　戴思杰《巴爾札克與小裁縫》描繪中國文革下鄉時，擅說故事的羅明與會拉小提琴的馬劍鈴，遇見了美麗卻未受教育的裁縫女。禁書巴爾札克小說集對三人間的愛戀過程，起了具關鍵性的化學變化。另外，黛安・賽特菲爾德（Diane Setterfield）《第十三個故事》（The Thirteenth Tale），書店老闆女兒為病痛纏身的暢銷女作家訪談以作傳，女作家本身家族悲劇也籠罩於夏綠蒂・勃朗特《簡愛》般的壓抑病態氛圍裡，甚至許多身世線索也藏於《簡愛》的扉頁當中。

　　在書寫裡，讀者因書中大師之作的存在（巴爾札克《高老頭》）／夏綠蒂・勃朗特《簡愛》），而對經典劇情與氛圍聯想浮翩，在此前提下所並行的類同情節更給人一種似曾相識迴盪的韻味。向大師致敬的同時，全新的創作亦於焉產生。這種筆法有其好處，但要注意的是，若是假大師之作氣味而另創的作品藝術感染力不足或過於單薄，造成文章失重那就真的「畫虎不成反類犬了」。

（四）一種媒介的存在，追兇線索或感發物件：
　　卡洛斯・魯依斯・薩豐《風之影》
　　與馬格斯・朱薩克《偷書賊》

　　卡洛斯・魯依斯・薩豐（Carlos Ruiz Zafon）《風之影》（The Shadow of the Wind）與馬格斯・朱薩克（Markus Zusak）《偷書賊》（The Book Thief）同以稚嫩的男女孩作為主角，在他們熱愛文字的奇幻旅程裡，書成為他們追兇的線索或與他人互

動感發的媒介，書中書的存在成為連結劇情與人物的螺絲釘。少年於「遺忘書之墓」發現小說《風之影》，然而開始追索作者其他作品的旅程中，卻讓他撞見書中虛構的惡魔，這面目猙獰的惡魔繼而牽引出巴塞隆納豪門家族遭人遺忘的愛情悲劇。而《偷書賊》中，因戰爭失去親人的小女孩，以文字來填補她內心空缺，書本也引領她開啟與街坊鄰居交流互動，於戰時相互取暖，死神取走她靈魂的同時，是否也感知她懷中掉下的沙沙書響？

其實人物性格在現實中，單純天真的兒童，尚屬待發育的階段，還有許多成熟的可能。大人們自然也非完物，但至少後者在情緒思考與認知相較下具有較高的複雜度與多面向。若是拿捏不好便很容易流於幼稚任性，但《風之影》與《偷書賊》二書卻能準確掌握小男孩與小女孩的率真堅持、配上對書的熱愛追求，鎔鑄成在驚悚懸疑／殘酷痛苦環境裡，一絲穿入心靈的光。

青少年女內在爆裂與憂鬱愁緒的日記書寫

多愁善感的青少年女，總具備特有的憂鬱與愁緒，例如歌德自傳性濃的《少年維特的煩惱》與史蒂芬・切波斯基（Stephen Chbosky）《壁花男孩》（the Perks of Being a Wallflower）。雅好文學、熱情敏感的青年，卻戀上了已有婚約的女子，亟欲衝破社會道德規束的想望卻無法實現的愛情，使得少年維特深陷憂鬱而無能脫逃，最終自殺作結。而《壁花男孩》中，少年查理的內向害羞，使得他總抱持「作壁上觀而不參與」的態度，默默觀察周邊人物，喃喃自語的日記體裡，記錄了在他這年紀會遇到的各種挫折不適：交友、戀愛、家庭壓力、性與姑姑的意外身亡與好友的自殺。

上述二書同以書信體日記格式，抒發青少年成長中特有的愁緒與戀愛煩惱，內斂而自我壓抑的性格促使主角選擇喃喃自語假想對象的日記體形式，對內而非朝外地訴說青少年自我特有的窒悶憂鬱，面臨交友、家庭、社會與性方面的惶然困惑與掙扎，並總不時被黏膩的死亡陰影所籠罩而顯得壓迫感十足。深陷憂鬱並不時感受死亡壓迫的愁緒，亦可見於雪維亞・普拉絲（Sylvia Plath）《瓶中美人》（The Bell Jar），此作品為美國文壇早逝才女詩人普拉絲的唯一小說創作，半自傳性的刻畫少女時期的窒息、徬徨與自毀傾向，字裡行間裡浮現她才氣縱橫卻無法適應環境與對感情的挫折悲觀，充滿憂鬱厭世的氣息。

而關於難以排遣的憂鬱寂寞，則另有法國文壇才女莎岡（Francoise Sagan）。她雖出身富裕、生活奢華無憂，然而恣意享樂的青春放縱卻只是加深了她天賦性的孤獨憂鬱，養成其頹廢空虛、自溺自戀、無視社會倫常規範的個性，往後溺於酒精藥物來治療「憂鬱靈魂」而難以自拔。具備莎岡自我投射的《日安憂鬱》，深刻地凸顯青春的騷動混亂與激切。

上述小說著重在描繪青少年女在現實中面臨的各式樣憂鬱愁緒，特別敏感於愛、挫折與死亡的恐懼。不過，舟・沃頓（Jo Walton）《我不屬於他們》（Among Others）與楊・馬泰爾（Yann Martel）《少年Pi的奇幻漂流》（Life of Pi），分別以內向愛書的少女鎔鑄書與魔法（也是書中書）、少年於海上漂流與老虎哥生死相搏中悟得宗教哲理生命之道，兩者雖亦立基於青少年內心觀照情境，但非如上所述的現實面向問題書寫，又獨立於愛戀為重的奇幻羅曼史之外，此種奇幻又帶有哲思的筆法主要著墨在青少年女亟欲獨立於外力之外（現實與父母等），處理糾結矛盾的內心情感與對生命哲理等的反思。

而對生命的反思或抉擇則另有蓋兒・芙曼（Gayle Forman）《如果我留下》（If I Stay）。此書以「離魂」老梗，講述龐克搖滾與古典大提琴相互激盪的愛情樂章裡，生命抉擇的考驗。這是將青春憂鬱的死亡逼近感轉化為「離魂」形式的趣味寓言，逆轉上述厭世悲觀、無力絕望與矛盾困惑最後以死亡作出口的鬱結心境，成為反思生命立足客觀視野的動人之作[35]。

「寫實面向」書寫青少年女特有的煩惱憂愁，大致是在社交、家庭與愛戀（含性）等處作著墨，其內向自我壓抑的字裡行間，常在書信日記體或半自傳小說中表達對生命的困惑與被死亡陰影盤旋逼近的痛苦[36]。而「奇幻式」則以書、魔法、宗教哲理或

借喻（如離魂）等來反思死亡與生命存在意義。上述主要針對青少年內情感在的爆裂，以下則著重外在的壓迫力：反烏托邦與逃殺小說中的團體霸凌。

小說之神的魔法圈35

以離魂為梗的故事繁多，如中國古典小說陳玄祐〈離魂記〉、馬克・李維（Marc Levy）《假如這是真的》（瑞絲薇斯朋（Reese Witherspoon）主演《出竅情人》（Just Like Heaven）原著小說）、明湯顯祖《牡丹亭》〈遊園驚夢〉，艾莉絲・希柏德（Alice Se-bold）《蘇西的世界》（The Lovely Bones）等，族繁不及備載，僅中心主題不同而已。如〈離魂記〉愛情真偉大，《假如這是真的》藉由離魂期間，審視生活重心的偏斜（只有工作沒愛情友情與親情）、《牡丹亭》中杜麗娘為情而死，為愛而生。《蘇西的世界》被害者與其家屬的療傷（寬恕不是饒恕他人的罪過，而是放過自己免去自責與痛苦的陰影），亦是創傷「解離」的隱喻。《如果我留下》，則是生命存在的價值與抉擇。

小說之神的魔法圈36

青少年女特有的憂鬱愁緒與壓迫感，主要來自此時身心變化與面臨社會團體的適應衝突。他們嚮往自由卻因年齡成熟度等能力條件被拘禁限制、初識戀愛的不安、同儕團體壓力等，心理狀態常溺於憂鬱的自我崩毀感與對生命價值的思考。另外弗朗索瓦・莫里亞克（Francois Mauriac）《泰芮絲的寂愛人生》，女主角雖已成年，但受困原生與婚嫁家庭限制，無法適應融入的痛苦逼使她溺於憂鬱與自我崩毀，這種對外在逼迫毫無能力反抗或脫出困境的無力感，成不成年都沒有兩樣。

【青少年女類 II 】
反烏托邦與逃殺小說中的團體霸凌

　　承上，總不脫愛、性與死亡相關的青少年憂鬱愁緒，以寫實面向、奇幻式生命哲思與借喻手法來描述內在情感的爆裂無助，那麼，外在勢力壓迫的包裝，在文學小說上的手法，則可從時下青少年女流行的反烏托邦與逃殺小說中一窺端倪[37]。

> **小說之神的魔法圈37**
> 在此關注青少年小說的「團體霸凌」現象，而「以反烏托邦為皮，多重愛戀為骨」的青春羅曼史（一繞二或一繞多永遠不吃虧的荷爾蒙澎湃擴散法）則於【關於愛 II 】中作介紹。

　　蘇珊‧柯林斯（Suzanne Collins）《飢餓遊戲》三部曲（The Hunger Games Trilogy）描摹位處北美洲廢墟大陸的「施惠國」，國土境內至高無上的富庶都城，環繞以十二行政區，由中每年圈選出12-18歲的少年少女「貢品」各一對，參與「飢餓遊戲」，藉電視實境秀播送活生生上演血腥暴力的殺戮逃生，以懲戒十二區當年（起義）叛變，並做為專權威嚇手段及都城娛樂一環。然而充滿堅韌意志與求生野性的女主角，卻打破了「弱弱相殘」框架的唯一可能，轉而領導眾人起義革命，故《飢餓遊戲》（The Hunger Games）、《星火燎原》（Catching Fire），而至《自由幻夢》（Mockingjay）三部曲，其實便是反抗不公不義的戰鬥史話。

相對《飢餓遊戲》以女角為主，詹姆士‧達許納（James Dashner）《移動迷宮》三部曲（The Maze Runner Trilogy）則以智力超群的男主角，引領眾人破解移動迷宮的詭計為重心。11-17歲的少年群體由電梯鐵籠被送至「石牆環繞於外、日落後有嗜血怪獸出沒綠色迷宮」的幽地，團隊中是故發展出各司其職制度（供給與探查等）。但就在男主角摸索職向、屢屢打破「常規」而遭非議的過程裡，身攜神秘紙條的唯一少女降臨，加上不再關閉的石牆，迫使安全堪虞的他們，一步步踏出被囿限的各種禁忌。趨向真相才知，「迷宮幽地」裡的少年群體乃閃焰滅絕危機過後的「特殊存活體」，這些立基「全人類福祉」而被挑選出的「智人」們，只得憑藉所能，扭轉被視作實驗白老鼠的悲慘命運。

另外，皮爾斯‧布朗（Pierce Brown）《紅星革命首部曲：崛起》（Red Rising），則以「地球資源耗盡被捨棄，人類轉往各大行星改造殖民」，人類社會由最大勢力統理會執掌顏色辨別階級標記制，用以各司其職－階層由下而上為紅勞、綠技師、粉紅妓，黃醫、灰尉與最上層之金督，階級嚴明，不得相互逾越。火星上循規蹈矩、長期忍受礦坑終無天日危險工作的紅勞戴洛，只求一家溫飽，但屬激進革命派妻子受吊而死後，他為取屍身而被判絞殺。

而後大難不死被反抗軍組織「艾銳斯之子」營救並進行階級改造，從中才明瞭過往「灌輸要為後代子孫與火星改造犧牲奉獻」的生活，不過是階級資本家哄騙並壓榨勞力的騙局，於是以改造之身滲入統領階級的他，決意從內部開始瓦解這不平等的世界。全文集結《飢餓遊戲》野蠻殺戮遊戲設定、J.K羅琳（J. K. Rowling）《哈利波特》（Harry Potter）學院爭鬥、科幻火星感與希臘神話傳說等大成，精彩萬分。

說到外星殖民逃生，則必得提及休豪伊溫柔美麗的《異星記》。地球為開發殖民地版圖而將囊胚（受精卵）送上陌生星球，若電腦判定適宜居住，便啟動程序供給養分，並灌輸以各式學科，如心理學、地質學等專業知識，而後由此一逐步培養出小型「社會階級」各司其職來接管星球。此舉免去運送「成人群體」至外星的繁雜耗費，在判定不適宜人類所居時，還可直接啟動「核彈」，進行「流產」，將太空船炸得片甲不留，不須顧慮道德問題。本書主角在15年的培育後，卻因電腦判定轉變而進行「流產」。五百多位倖存逃生的59位少年少女，赤裸而困惑地醒來，面對陌生星球上的層層危機，與電腦開發利益為先、罔顧人命的思維，他們只好努力逃出生天。

　　然而休豪伊厲害之處，便是將這簡易輕快的故事，講得涵韻無窮。讀《異星記》，讀者能感受宛若處於新伊甸園的青少年女，由「赤裸無知不知禮」，而逐步進展到社會分工、知禮含羞的狀態，情節的推進也顯示了人類雛形社會的形成（分工、維生與神學的啟蒙意義等），從一人到眾人彼此合作，成就文明的起源。這點異於許多反烏托邦小說，立基於成熟文明，但只是派系爭鬥奪權的寫法。

　　最特別的是主角設定，異於一般反烏托邦青少年小說為目標讀者之故，總以反烏托邦為皮，多重愛戀為骨（一繞二或一繞多永不吃虧的荷爾蒙澎湃擴散法），主角是名溫柔博愛的同性戀，但讀來卻只覺得清新可喜，甚且喜歡主角總為人著想的努力。正如村上春樹公開表明支持同性戀者的宣言，作品中亦有細膩體貼的同性戀人物，如《1Q84》的Tamaru。而非在許多超自然羅曼史或反烏托邦小說中，他們只是具備超讚審美觀念、服裝設計牛人的小跑龍套與綠葉兒[38]。（如《永恆一族》與《飢餓遊戲》）

作者自述本書獻給他那位有著溫柔心腸、留贈遺產給他，在世一直因性向而不得家族認同的卡爾舅舅。讀到文中主角言說，「原來我不是缺陷，只是被設計來孤立，要為眾人所奉獻而已」，令人鼻酸，感受到休豪伊像是與過世舅舅對話與試圖療癒對方的用心，動人肺腑，故感此書溫柔美麗。另外這種被設定孤立以背負偉大任務的想法亦見於歐森·史考特·卡德（Orson Scott Card）《戰爭遊戲》（Ender's Game）與《戰爭遊戲外傳：安德闇影》（Ender's Shadow）。先知與偉大者都是寂寞的。休豪伊以《羊毛記》崛起文壇，據傳作者本為悼念朋友之死，心有所感寫下了首章，而後因故事感人、讀者不停敲碗，才寫成整本的《羊毛記》，沒想到素人作家自費出版電子書竟秒殺全球讀者。休豪伊曾說，他年輕時沒能力買機票到處冒險旅行，所以他總視閱讀為冒險，這也是閱讀他文字所感受到的－其實不知道接下來會發生什麼事，但邏輯合理的從一個起點，一章節一章節慢慢遞進，閱讀起來簡直是樂趣無窮。非常喜歡《羊毛記》與《塵土記》慢慢發掘真相與出逃的情節，而《星移記》因寫得是的起源真相，後頭發生的事（就是《羊毛記》與《塵土記》）已經知道了。所以相較下沒那麼有驚喜感。而且前文讀來似乎埋了男主角會外遇的伏筆，內心有點障礙就沒辦法繼續讀下去。若像《控制》冷不妨蹦出個車頭燈爆乳小三，效果會不會好一點？

上述四書高度類同的反映出許多反烏托邦小說設定：開頭大抵便是一場大屠殺災難或專制壓迫不合理的階級分層，深陷水深火熱具反抗意識與領導氣質的主角們號召群眾揭竿起義（其實太陽花學運的熱潮本質上便是這種反烏托邦正義的實現）。然而固有僵化的體制與勢力絕不可能瞬間清除，畢竟百足之蟲，死而不僵。於是在逃亡與革命的過程中，主角外須抵抗專制掌權者的壓迫與惡劣環境的步步驚心，內需對付形成自我小圈圈過程裡產

生的矛盾衝突與悲歡離合等（這部份也常成為逃殺小說的描寫內容）。即便最後推翻專制不道德霸權、克服環境限制成長，也尚有「執政領導」與統合人心問題需擔當[39]。

　　不過不管劇情如何變化繁複，本質上直指的都是團體的形成、對立與維持的過程，主角群便是這權力遞嬗爭奪中的重要人物；相對的其中當然也隱含個人傑出者的被孤立與敵視，如歐森・史考特・卡德（Orson Scott Card）《戰爭遊戲》（Ender's Game）與《戰爭遊戲外傳：安德闇影》（Ender's Shadow）。

　　時間線平行卻一體兩面的《戰爭遊戲》與《安德闇影》，皆以外星蟲族虎視眈眈的危急存亡之秋，天才兒童受召入軍事戰鬥學校的際遇過程為重心。前者以純真美善又智力超卓的安德・威金，入主戰鬥學校，於「外空無重力戰鬥室」裡演練模擬對抗蟲族的各式戰略，稚幼之齡卻背負國家存亡責任，於封閉且密集的戰鬥裡，屢屢體驗叢林殘酷的生存法則。其受矚與備受期待的「輝煌戰績」，被刻意引發同儕嫉恨、排擠、孤立與霸凌，阻撓

了他任何享有親情、友情與童年的機會，最終又因成人勢力爭奪，畢生不得回轉地球、終生流浪在外，人生記憶僅餘下戰爭遊戲裡，一次次勝利的血腥滿手，與不過是個殺人武器的不堪。

後者則以外星蟲族肆虐，資源貧瘠地球上的流浪孤兒小豆為主體，先於飢餓街頭邊緣殊死求生，練就對人性醜惡的過人觀察與決策，搭配他成謎身世的卓越智力，受召入國際艦隊，因個人特質而被譽為「安德第二」，並同時遭受同安德一般、遭孤立排擠的各種待遇。教師不懷好意的監視與狼子野心，比對安德一言一行的過程，及追索他原有身世的各項蛛絲馬跡，都直指闇黑權謀的擺佈命運。

上述二書將團體霸凌其勢力間的開合拉扯、嚴酷生存體制逼迫下的逃殺寓言，直指升學考試與成人的專權的宰制。從未成年至成年，小團體開合至各龐大勢力的角逐鬥爭，利益糾葛下的權力更迭，戰鬥學校／街頭人性醜陋混雜真善美的矛盾辛酸與罪惡，以及特別被賦予「拯救國家存亡的菁英領導」，人生僅餘目的性工具使用，其他內心情感則遭受霸凌孤立的孤單寂寞，寫實如繪呈顯人性善惡叢林的權力變化。

被困於禁閉學校裡的安德與小豆，為一次次的模擬戰爭準備，正如教育體系的填鴨與分數取向，使得資優兒童困於永無止盡的考試裡來評斷自己與整體世界的生死存亡。沒有個人生活的享受與愉悅、無父母馳援、受師長個人私利操弄，完全工具性使用的存在，卻又因表現而在同儕間備受霸凌，最終同安德一般，淪落到地球連唯一的立身之地也無的窘境－高教崩壞，極致的窄門與剝削，最後只得出走流浪。然後發現自己一路走來血腥滿手的生命歷程毫無意義可言，堪比笑話的荒謬[40]。

此二書可與戴伯芬主編《高教崩壞》與吳曉樂《你的孩子不是你的孩子》搭配互文。

　　為迫出兒童所有潛能使其專注「拯救地球」，故而遭受特意孤立而被排擠的設定，等同現實成人逼使孩童「課業限定」、禁制交友與娛樂的行為，且所謂的叢林逃生大作戰或關於求生，不過是隱喻制度與同儕間的壓迫凌虐。如威廉・高汀（William Golding）《蒼蠅王》（Lord of Flies）滿載兒童卻墜機落入無成人控管的孤島，彼此廝殺角力與分裂，便是同儕競爭的縮影。相似者尚有高見廣春《大逃殺》，設定選出的犧牲品（特定班級），是社會權力者，搖擺不定又出爾反爾，迫使範本對象落入無所適從，還必得與同儕相互廝殺的魔幻寓言。

　　回顧十二年國教（面對掌權者訂立制度獎懲的無能為力），考試成績的同儕競爭、領導與被孤立（團體的形成、維持與霸凌），《飢餓遊戲》與《紅星革命》等這些看似娛樂意涵遠大於諷刺性的小說，卻正是青少年面對極權不合理，同儕逼迫壓力又尋不出出口的隱喻象徵。反烏托邦青少年小說除娛樂性質外，抗拒專制鎮壓，並面臨霸凌或團體勢力變化各種進程的描摹，不啻是以幻想包裝，實乃為青少年發聲求救的訊號，心有戚戚而無怪乎穩坐青少年受歡迎題材的寶座。

　　逃殺過程正是他們內心窒礙難行的困頓與希望克服困難的心路旅程，箇中殘酷掙扎總被大人們所忽視，如《蒼蠅王》結尾，危在旦夕生命命懸一線的主角，好不容易等到大人出現，以為將是生機或正義的現身，然而令人失望的是，卻是鄙夷而毫無同理

的說法：「我以為英國的孩子會不一樣」。無視孩子艱苦求生境況，反以道德社會眼光審視他們所作所為。

另外，若就「霸凌」實際應用書籍而言，則可閱讀陳俊欽醫師的《黑羊效應：心理醫師帶你走出無所不在的霸凌現象》（與黑羊或《蝴蝶效應》（The Butterfly Effect）無關），書中以心理層面講述霸凌過程與療癒。不管屠夫（霸凌者）或黑羊（被霸凌者）並無好壞之分，黑羊通常僅是集體壓力的出口，由眾多黑羊候選者逐一被剔除剩下最符合的那隻，甚且只是運氣不好（人衰認命）或異於他人（先知與偉大成功者皆是寂寞的）。書末曾談及黑羊自我療癒法－被霸凌的遭遇過於痛苦，其實多數人難以走過，但若能由中存活，必是有人默默相陪身旁，一同走過創傷。以關注己身幸運處，來扭轉被霸凌的創傷[41]。

另外，安迪·威爾（Andy Weir）《火星任務》（The Martian）與休豪伊《羊毛記三部曲》，雖亦分別講述太空人因意外一人獨留火星成為火星超宅哥，以及困於碉堡的人類在特定空間下想辦法維生與出逃，不過這些未來科幻感十足、突破困境的激勵故事，就跟青少年逃殺小說，隱喻團體間的霸凌無助與絕望毫無關聯了。

然而除此黑羊心理自我療癒法，對外如告知團體黑羊效應的存在，或請成員閱讀《黑羊效應》等方法我倒認為不實用。正如台北市長柯文哲曾描述為實驗去收容所抓狗的經驗－不選目標，群狗合作狂吠而難以近身；若只專注追逐一隻，則眾狗合力將其推出，這就是解決團體焦慮（生命危機）的最佳捷徑。面臨自身利益時，所謂溫良恭儉讓與道德認知，並無任何用處，提醒只是促發對方惱羞成怒，進行更多重的霸凌而已。另外，約翰‧伍茲（John Woods）《失落的童年：性侵害加害者相關的精神分析觀》（Therapeutic Work with Perpetrators of Sexual Abuse），從預防心態及性侵加害者觀點作精神分析，解釋恃強凌弱的情況時，認為年輕人並無如此與生俱來的暴力（也有例外），往往是因為俱有保護功能父母的缺席，並受到成人權力模式的不良影響所致。團體霸凌與復原相關，尚可參考呂政達《從霸凌到和解》，篇章式深入淺出的以文學電影經典去講述霸凌過程到和解的路程；從實例講台灣教育體制中的霸凌處置則有南琦《向霸凌Say No！》、王美恩《終結霸凌：洞察孩子內心世界，打破霸凌的惡循環》與常娟《惡魔的法則：從校園霸凌到搶奪弒親》等皆可參考。值得一提的是，與一般人相較，亞斯伯格症患者更易淪為被霸凌對象，故對此症之認識亦必須迎頭趕上。東尼‧艾伍德（Tony Attwood）《亞斯伯格症實用指南》（Asperger's Syndrome）就詳細陳述亞斯柏格症的各項徵兆：對同齡者關注事物難以同理、解讀他人意圖想法有困難及社交技巧的缺乏等，並附上相關治療途徑等資源，融合作者臨床心理分析師的真實診療與亞斯伯格患者的自白，相當實用。詳見【心理篇V】霸凌。

【青少年女類III】
青春成人式，告別純真邁入成人的殘酷洗禮

除了對抗大人世界施加的極權專制，同儕競爭與霸凌的陰影，青少年女將從內在騷動與外在殘酷的合併洗禮，告別純真，邁入青春的成人式。在此以著重戰爭或生活殘酷面，而使少年主角一洗無憂童年，轉為成熟大人，特意描繪「告別純真，邁向冷酷成人之道」的作品－羅伯‧歐姆斯德（Robert Olmstead）《少年羅比的異境之旅》（Coal Black Horse）與桐野夏生《好心的大人》作介紹。

羅伯‧歐姆斯德《少年羅比的異境之旅》講述戰事失敗的過渡期，一名男孩依從母親吩咐，前往戰場尋父。路途滿佈支離破碎的人體軀塊、哀嚎與人類極端的惡念惡行－男扮裝卻為巧取豪奪的殺人竊盜、挖掘垂死士兵鑲金牙齒的惡徒、以宗教為名卻強擄／強姦民女的牧師等。寂寞又害怕的男孩，僅有母親離別所贈，藍灰兩面的軍裝，與毛色純黑、宛若能洞察人性的「黑炭」神駒為伴。於血淋淋的滿目瘡痍中，男孩逐漸學會成長，褪去孩童的稚氣純真，改以冷漠殘酷的大人面貌，回應這紛擾的世界。

而桐野夏生《好心的大人》，則以經濟崩壞後的東京為藍本，講述流離失所的遊民、街童、地下世界與女人等各式勢力，分別據地為營，既互相照顧亦彼此爭奪，敘事間頗有石井光太《神遺棄的裸體》，筆下伊斯蘭國極端貧窮、失去父母照料而艱

難求生的邊緣群體意味。十五歲僅有泛黃剪報與不真實童年記憶的伊昂，茫然地在城市裡流浪，映現腦海者僅有雙胞胎「銅鐵」兄弟，與唯一信任的「街童扶助會」觀護人，引領他在與各方勢力打交道的過程裡，逐步釐清關於大人們的種種面貌－好心的、壞心的，與不好不壞的，以及告別純真，長大成人的自己。

　　尋父／尋母之旅與「自我認同及個性形塑」有關的想法，其實正與喬瑟夫・坎伯（Joseph Campbell）論證的「英雄旅程」若合符節[42]。心理學上亦有強調「父母作為將對孩子發生強大影響，孩童須由檢視自我童年相處等細節，最後達到與父母和解，才完成自我療癒認同」的概念。少年羅比與伊昂分別因父母之故（前者母親將之推上戰場血途，後者則因父母不服研究機構規定離開，而被迫自生自滅），經由尋找好心大人（父母）的路途，完成英雄內外旅程試煉冒險，最後擺脫父母陰影蛻變成人[43]。

小說之神的魔法圈42

坎伯持論的「英雄旅程」模式，主要以偏哲學心靈的面向，去闡述英雄冒險與轉化的心路歷程－大抵為啟程、啟蒙與回歸，亦即英雄主角經由歷練的召喚啟程冒險，接受試煉關卡而恍悟，最後回歸生活。書中常出現智慧的引導者（神祕導師、預言師）、尋親與發掘身世真相、在冒險衝突中步步成長（欺騙謊言與世界的真實樣貌），最後了悟真正的生命與幸福意義等，頗為特別。可參考喬瑟夫・坎伯（Joseph Campbell）《千面英雄》（The Hero with A Thousand Faces），及和比爾・莫耶斯（Bill Moyers）合著的《神話：內在的旅程，英雄的冒險，愛情的故事》（The Power of Myth）等書。

父母無心作為卻仍可能是創傷孩子的主因，詳見【心理篇】父親、母親、父母與幸福童年的秘密等，或蘇珊・佛渥德＆克雷格・巴克（Susan Forward & Craig Buck）《父母會傷人》（Toxic Parents）與約翰・布雷蕭（John Bradshaw）《家庭會傷人》（Bradshaw On: The Family）等叢書。

　　不過，對青春本體的躁動不安與恐懼，除劃歸戰爭、生活殘酷面向的顯現，以內外烘托「英雄主角」的冒險旅程及成長，亦有將青春此期的特定焦慮、叛逆與衝突，作為「脫逃」、「離經叛道」的行為陳述。此類則以沙林傑（J. D. Salinger）《麥田捕手》（The Catcher in the Rye）與安東尼・伯吉斯（Anthony Burgess）《發條橘子》（A Clockwork Orange）。

　　沙林傑《麥田捕手》描繪被學校開除的少年霍爾，因深怕回家將受到父母責罵，只好在外漫無目的遊蕩兩天的所見所聞。藉由叛逆獨行時期的語言與眼光，如實地去摹繪這騷動靈魂的感受與心理面貌。書中紛陳對虛偽做作成人行為的反感厭惡，更摻雜著對往日純真無憂時光的懷想憧憬，加上己身面臨「轉化」時的措手不及，意欲反抗卻屢屢屈居下風的矛盾衝突。行文中充滿尚未自立，時時受人宰制的難受不安，為青少年反抗意識的絕佳展現，故出版後，才會產生同被列為禁書與教材的極端。

　　不過以青少年的騷動不安，去窺視反抗成熟虛偽的社會運行，《麥田捕手》的反抗與反社會，尚在合理且不傷人的範疇內，大抵不外乎「討厭這世界、抱怨咕噥與逃避」等，但若與「殺人放火」式的安東尼・伯吉斯《發條橘子》相比，簡直就是小巫見大巫。

《發條橘子》是安東尼‧伯吉斯於1962年發表，反烏托邦具未來科幻氣息的中篇小說，與現今流行的反烏托邦奇幻，以奇幻為皮，卻「暗藏霸凌與團體勢力形成經歷」或「一繞二荷爾蒙澎湃擴散法」的筆法不同。《發條橘子》取意為「隱喻人之作為宛若是個被上了發條的有機體」，作者原意是指「失去選擇為善或行惡能力」之人，意指把機械化的道德概念套用在甘甜多汁的有機體上的不合適[44]。

小說之神的魔法圈44

另外，倫敦人老式用法裡，也習慣以「發條橘子」去代稱奇怪的人事物。

　　《發條橘子》全書共分三部分，少年亞歷克斯殺人放火的青春期、獄中時光與出獄後回歸現實之路。他騷動的青春充滿暴戾毀傷：欺凌街上老者、幫派鬥爭、擅闖民宅並姦淫婦女，純然的小屁孩作為。而後正如反烏托邦霸凌情節的敘述，為了搶當「老大」，他被背叛而被逮捕入獄。獄中虛度兩年的他仍未見反省，反而接受「治療作惡」的厭惡療法，如此他便可於兩星期實驗過後重返社會，教訓別人。然而心理制約的厭惡療法－以大量古典音樂與暴力色情，促發他噁心作嘔而難以再度為惡，使他身體本能抗拒惡行，而成為「為善或作惡」都毫無「自由意志」的人。

　　以「毫無作惡能力之身」回歸的少年，家中地位已被出租房客所取代，往昔歸屬與敵對的小屁孩團，也對他發動攻擊，出獄後像現世報般，昔日被他劫掠攻擊的受害者，紛紛群起攻之。他落魄地最後淪為政客手下，攻擊政府的宣傳工具，只好一死了之。然而跳樓不死，反而重獲新生，重得選擇善惡的能力。最終

【青少年女類Ⅲ】青春成人式，告別純真邁入成人的殘酷洗禮

章邁入成年的亞歷克斯，有感於往日混江湖的某位小屁孩伙伴已成家立室，宛若受到開悟，便將過去輕狂不羈的叛道、反社會行為等，歸諸於「青春」之故，覺醒自己不過是「上帝手中轉動的橘子，上了發條的橘子」而「告別青春，往成熟之人邁進」[45]。

小說之神的魔法圈45

《發條橘子》曾由史丹利‧庫柏力克（Stanley Kubrick）改編為電影，與原書1962年美國出版之版本皆無第二十一章－「少年的悔悟與邁向成人」的內容，在此根據版本則為符合作者意願，增錄有第二十一章，臉譜出版的翻譯本為主。

《發條橘子》本書讀來暴戾紛陳，與陳浩基、寵物先生聯手創作的《S.T.E.P.》，劇情同屬精彩細膩，一則為未來科幻世界的假設，一則為科技對人性的預測，然而對人性的可怖暴戾與反社會的描寫部分，也讓讀者為之震撼。而小說的暢銷流行，其實旨在須打中讀者心坎（依目標讀者而定）。不管是文學上的藝術價值、娛樂性，回應讀者期待同理，滿足冒險犯難或奇幻戀愛等要素皆可。乍讀「暴戾或反社會人格」主角，或許因讀者難以同理而吃虧，然而在推理懸疑或青少年反烏托邦類的霸凌現象，卻是最好施力的題材。這些不為世人所苟同的暴戾殘虐，一部份顯現出青少年被圈禁在成績、團體與專制大人世界裡的無助現實，另一面也給予對邊緣人格有興趣重口味獵奇讀者一道出口，畢竟一樣米養百樣讀者，環肥燕瘦各有所好。

不過，值得一提的是，《發條橘子》雖陳列無盡暴虐殘酷，主旨卻是對善惡本質是否具備「自由意志」提出疑問，這種在立址未來科幻的青少年世界，卻對善惡人性與自由意志發出呼聲迴

響者，則另有貴志祐介《來自新世界》遙相呼應[46]。

　　《來自新世界》描繪千年後的日本，經歷過具備咒力（超能力）與無咒力普通人的相互征戰，最後以超能力者建立的新世界倖存，結構倒退回原始社會，由「八丁標」注連繩圈起結界，保護其中人類安全。夕陽時分則播放德弗札克《歸途》，四周充滿不可思議生物。然而，在培育新世界主人翁的學園理，具備咒力的少年少女，將挖掘出關於人類殘酷歷史與他們性命攸關的生命真相[47]。

　　關於人性本善或為惡，以及「自由意志」造就的結果，可由「惡鬼與業魔」、「攻擊抑制及愧死機制」、「化鼠的存在與由來」等三者瞧出端倪。因咒力有無的人類相互征戰，最後咒力超能者倖存的新世界，統治平衡便以「不能同類相殘」與「殺了同類就會以念力啟動愧死而死亡」的攻擊抑制與愧死抑制作基因設定，但變種上、以佛經字義命名的惡鬼與業魔，則須「除之後快」別無辦法[48]。

【青少年女類III】青春成人式，告別純真邁入成人的殘酷洗禮

小說之神的魔法圈47

由八丁標注連繩圈禁起的地域，範圍由北海道到九州，區分為九町（一町七鄉），美其名要保護居民，卻將人類圈禁於一封閉結界或原始公社裡，如村上春樹《1Q84》中的「先驅」團體。脫離世俗資本社會的架構，沒有貨幣與相互聯繫的科技，密閉不與外界相通的地域裡互助合作然後無償平均分配。但這樣的「原始公社」的理想國狀態，通常便會演化成某人或某勢力獨大，由此衍生出一種特定的制度與規範，特別是「性」總往往會成為一種「資源」的使用，以及特殊目的存在，如《1Q84》裡，年幼女孩被領導所強暴，成為儀式中的犧牲獻禮，而《來自新世界》，性則是青少年女消弭壓力與緊張的工具，此時同性相戀許可更甚於異性戀，成為一種隱性的管制。另外，本書不可思議的生物群，類同伊格言《噬夢人》以偽維基百科筆法，註解對「新世界」堆疊大量偽知識來講述時代的宇宙與生物，新世界中的擬簑白、不淨貓、氣球狗、芒築巢、大博比特蟲與化鼠等，皆根基現實生物的特點改編，使讀者讀來有虛實交錯的寫實感。然而不同於《噬夢人》中特定生物乃為了特殊目的存在（用以儲夢的水瓢蟲或混入人類群體的生化人），新世界裡的各式生物，除特殊目的的使用，更直指人類私心的作為與陰謀。

小說之神的魔法圈48

《來自新世界》與一般反烏托邦青少年小說設定不同，後者總以基督教為基底架構，大抵存有「末日之子」前來救世（朱莉安娜‧柏格特《純淨之子三部曲》）、追尋聖賢殘卷（李‧芭度葛《格里莎》三部曲）與伊甸園亞當夏娃赤裸不知慧（休豪伊《異星記》）等聖經教義或人物情節作為隱喻映射等，或許亦與作者生長背景與信仰相關。然而《來自新世界》卻獨樹一幟的以佛經教義典故，作為此一小說的命名與佈局架構。覺、瞬、太陽王、惡鬼與業魔等命名，咒力來源「真言」等皆取自佛經佛典，僅在最後狂人毀滅彈稍以十字架出現，但這乃是配合舊世界（也就是現在）所用，篇幅重要性皆不大，主要仍以佛家思想為主。算是東方書寫反烏托邦青少年小說並具備傳統信仰與特色絕佳的組合。

惡鬼源於基因上的缺陷而無能表現攻擊抑制與愧死抑制，將會毫無同理而以殺人為樂。業魔則指具備咒力卻無法控制的人類，咒力將大量外洩，由人而成魔。為了世界穩固與人民的安全，惡鬼與業魔是不容允許的存在，不管何時發現，「消失」（死刑）皆為唯一途徑。此牽涉生命生殺大權的掌有，正如台灣歷經北投八歲女童割喉案後，風起雲湧對死刑存廢與生存權的矛盾爭議。

　　其實新世界貌似和樂的理想園，卻是現實社會運作的隱喻縮影。如惡鬼（反社會人格）、業魔（精神異常者）、消失（死刑）、攻擊抑制（道德EQ教養）與愧死機制（良心內疚）等的映射。掌生殺大權的「教育與倫理委員會」，教育行禮如儀與內在良心的內疚感，使擁有攻擊抑制與愧死機制者，行為受到「不得攻擊或傷害他人生命」邏輯制約，並總對死刑存在存有疑義。然而為免可能會落入不受此類機制所縛者的殺戮之下。為此先行剷除「惡性」基因擁有者或成長途中以淨貓吞噬，十七歲以下視同胎兒，沒有人權，而社會無能處理的邊緣者－惡鬼與業魔，亦即反社會人格或精神病患，除自毀自殺或消失外，別無他途。而具同等基因的殺人魔近親，在社會更無能立足了[49]。

小說之神的魔法圈49

《來自新世界》大抵亦具備貴志祐介對校園關係的緊張對峙與人性中的「狂亂魔」，不過卻已提高到另一境界。以對校園師生間權力掌握的細膩觀察，描繪出社會團體的極致縮影，並巧妙的結合佛經寓意與西方反烏托邦的青少年小說，讓讀者從逃殺隱喻同儕壓力與競爭的魔幻寓言，一轉為社會族群間對於同理、教育與生命人權的反思，虛實相間的生物大集合，又加強了人類對於歷史的借鑑，是部涵蘊豐富的生命小說。

【青少年女類Ⅲ】青春成人式，告別純真邁入成人的殘酷洗禮

另外，「讓其自行毀滅，卻因不具殺意、不直接造成同類死亡者」亦符合社會人類大義的範疇而不受良心苛責，實乃人類事不關己的冷漠與差別待遇。正如時事沸揚的高雄越獄脅持案，不論其訴求的正當與否，卻也凸顯台灣社會制度的弊端。加之隨機殺人殺童案的興起，皆顯見社會教化力道與制度不夠圓滿，無能處理的邊緣人便棄置刑牢、精神病院，或直接死刑。犯罪自然當罰，惡行重大者更如是，然而社會大眾卻忽略了在「重大惡性行為」的變異養成過程，社會可以提供協助的各項驅力，如社會經濟體制的公平正義與社會福利，有助於整體的穩定，個人無虞則可推展至家庭教育與教育體制的完善。對犯錯犯法除責罰外，亦應擬定引導正向與回歸的力量。唯有每人能如棋子般，能於棋盤找到各自定位，出界出格其實是可大幅避免。正如於化鼠巢窩中成長的人類孩童，若於「正常」環境成長，成為「惡鬼」的機率便可大大降低。

　　而化鼠的存在，亦是人性善惡本質是否具有自由意志的彰顯，其中更牽扯立場的不平等與壓迫。此一族類血淚史，宛若皮爾斯‧布朗《紅星革命首部曲：崛起》的化鼠版，《紅星革命首部曲：崛起》紅勞主角受金督奴隸制的壓迫，不平等的種族階級，深受欺騙壓榨且可任意處決的差別待遇，憤恨中挺身而出的主角，充滿英雄光輝的革命史如出一轍。然而在新世界人類的眼裡，化鼠雖被「授與」等同人類高等智力，行為指向更有封建君王過渡至議會與民主制的縮影，鼠類卻不過是個「反派」的存在，又因「野獸」的身份，連「不殺生」與「眾生平等」的佛家僧人都可隨意「草菅鼠命」、「歧視對待」。箇中原因就在於鼠類為「獸」而非「人」，然而事實真相卻直指人類階級對立中一種私利、野心與自我利益為重而制訂的發展。

善惡的自由意志，至此或許讓人深思不過是立場顛倒的視野所致，被化鼠養大的咒力孩童，成為被壓榨鼠群的救世主，卻是人類的惡鬼，人殺化鼠殺鼠如麻，化鼠反抗卻不得平等尊重。由「族群不對等」引發的偏見，反倒使得善惡本質與自由意志模糊難辨，或許，對於擇善去惡，第一優先者，乃是「同理心」的養成[50]。而這一場場躁動不安、青春的成人式，不僅是告別純真，邁入成人的殘酷洗禮，便是對善惡擁有自由意志的展現。

小說之神的魔法圈50

電影《殺戮時刻》（A Time To Kill）黑人小女孩遭白人強暴，子宮受損全身傷痕累累，但正值對黑奴歧視與偏見未加消弭的時刻，正義伸張艱難。不過律師最後贏局關鍵，便是講述小女孩的悲慘遭遇，然後說「現在，想像她是白人」。（「現在，想像化鼠是人類。」）隱喻教育上，除辨識自我內在與道德教育認知，人之善惡，更需表彰族群的同理心，而非全然將善惡歸諸基因。

青春的另行詮釋

　　青少年女除反烏托邦（反專制大人）、霸凌（同儕競爭與小團
體）、善惡意志抉擇（為惡／善）、戀愛想像（一繞二的荷爾蒙
澎湃擴散法）等幾大主題，關於青春的另行詮釋，則以伊蓮諾‧
卡頓（Eleanor Catton）《彩排》（The Rehearsal）、安妮‧琳瑟
（Anne Linsel）執導紀錄片《碧娜‧鮑許之青春交際場》（Danc-
ing Dreams - Teenagers Perform），與朱莉安娜‧柏格特（Julianna
Baggott）《純淨之子三部曲》（Pure Trilogy）等作介紹。

　　《彩排》全書單雙篇章分別以星期×發生內容與月份重大事
件，多線交錯敘述。主要以校園內一則引起軒然大波的師生戀、
招收新生戲劇專校的彩排公演，以及音樂教室裡，薩克斯風老師
教學與學生對談所獲知的校園片段，鎔鑄成一連串青春少年少女
青澀裡，對性、愛與思想的探索試驗。劇情縝密環環相扣，人物
性格更顯多元立體[51]。相較於《發光體》精緻繁複的敘事，卻因過
度鋪排而使人物內心情感難有醞釀體會。《彩排》不僅關注青少
年女情感的變化與內心衝擊、對各個人物鮮明的側寫描摹，甚至
能突出窠臼的從老套事件做出新意的解讀[52]。

　　曝光的師生戀，引發家長與體制內對不倫、個人操守的唾
罵，與「保護自己不受性侵」的宣導，然而被視若綿羊的「女學
生們」，卻嫉妒豔羨自己不是那位「被選中的人」與對「知無不
言」友誼定律的衝撞，成為群起霸凌的導火線。然而事後反被與

外校眾男打成一片的魅力女反制，豔羨與私利心態為先而重新接納，顯見作者對校園團體運作的見解驚人。

小說之神的魔法圈51

此為伊蓮諾·卡頓首部長篇，本是大學畢業在即所寫之戲劇創作，離校後打散劇作，重組為長篇小說《彩排》初稿架構，以申請威靈頓維多利亞大學當代文學國際學院（IIML）創意寫作碩士班，錄取後隔年完成，亦是以時間序列的跳躍混雜作為寫作筆法的代表。後於愛荷華大學作家工作室的時光，更醞釀出了繁複多樣的《發光體》。

小說之神的魔法圈52

師生戀、誤會、巧合、戲劇角色與真實人生的對峙衝突，以及多線並進收攏法，這些在大眾小說中看似屢見不鮮的情節橋段，任意細數，師生戀便有艾芙烈·葉利尼克《鋼琴教師》、1999年TBS電視台電視劇《魔女的條件》與fresh果果《仙俠奇緣之花千骨》等，同題但文風旨趣各自相異的作品。直指的可能是對道德不倫的爭議、性愛或情感碰撞、人格內裡缺陷的相互吸引等，而《彩排》中，伊蓮諾·卡頓更以生花妙筆，獨樹一幟另行詮釋。

在個性形塑上，此書更擺脫了現實家長對「守法」、「規矩」美德限定，而造就的平板、無知覺情感、思想與自我意識的學生群像。門檻甚高的劇校招生，指導老師卻滿懷對學生「自我突破」、「勇於創新」、「情感奔騰」的期待。不僅想像以暴烈行舉（打耳光），激發內心情感的掌握感受，甚至默許「受害者」劇碼年年真實上演。意在引出戲劇演出上，必得習得卸除偽裝、或以自我保護機制掩飾內心脆弱（笑匠演出），以促發「同理融入」而呈現主角可告人或不可告人的各式變化。

【青少年女類IV】青春的另行詮釋

文中薩克斯風老師曾與家長提及，「寧可讓孩子在舞台上先行跌跤，因為這不過是彩排，對人生的彩排，往後現實，還有更多的殘酷等著」。這種青澀間，對性的初體驗、愛的習得與需要接受的種種考驗（誤會、巧合、家長、制度與他人眼光等）、人際團體的形成變化，關係環的相連碰撞，就從開發並正視自己身體內外的各項情緒／情感開始。

　　關於青春的另行詮釋，便是成年前，一場場的彩排試煉。戲劇等同於人生，由舞台上下交錯的戲劇與生命情感，《彩排》體現青少年女此期對於自我認知、情感情欲或愛、行為舉止，關係脈絡等的困惑惶然摸索，與對外在變化的相應，更強烈的傳達出對於僵化／馴化的抗拒不滿。是多線懸疑中，充滿情感流動、自覺性極高的創作。

　　此書亦可與安妮・琳瑟（Anne Linsel）所執導《碧娜・鮑許之青春交際場》相互對看。此為紀錄片，集結40位由德國各地徵募而來的14-18歲青少年女，試圖重現碧娜・鮑許名作《交際場》的排練與演出過程。學員習舞背景不一，甚或有從未習舞者。惶然困惑，可能尚未經歷，亦未熟悉生活各類喜怒哀樂的青少年女，由碧娜・鮑許舞團資深舞者進行指導並穿插對她的回憶孺慕，以舞一幕幕來詮釋之[53]。

　　在舞者前輩的引領下，青少年女僵化害羞的肢體語言，學習釋放表現，於安然中盡情詮釋愛與生命，青春盎然的起舞中，亦捕捉到了碧娜・鮑許殞落前的最後身影，充滿藝術傳承、舞蹈愛與美的感動。從茫然困惑去摸索感受愛與生命中可能出現的暴烈衝突，學著釋放情感，脫離僵化（不管教條或眼光），排練出屬於他們，青春版的《交際場》。正如伊蓮諾・卡頓《彩排》，青春正盛間，對美好生命的彩排。

碧娜‧鮑許（Pina Bausch）為德國知名天才舞蹈家，曾創立「烏帕塔舞蹈劇場」（Tanztheater Wuppertal Pina Bausch），擔任藝術總監及編舞者職位，2009年因癌症猝逝。她的舞蹈劇場今日與美國後現代舞蹈及日本舞踏並列當代三大新舞蹈流派。實驗性強的編舞，超現實地用悲傷鎔鑄幽默，用「重複性」動作與大量對話片段去呈現男人女人情感碰撞的火花。西班牙名導演佩德羅‧阿莫多瓦（Pedro Almodóvar）便曾以碧娜‧鮑許之舞蹈片段，剪裁貫串為動人心弦的《悄悄告訴她》（Talk to Her）－即便對愛的回應是如此的不可知不可得，可仍然堅持一定要愛。《交際場》首演於1978年，以愛為主題，詮釋在愛中感受到的焦慮寂寞暴力與衝突等情感火花，而後2000年尚有原版舞者指導年長業餘舞者演出的65歲舞者版。

最後，與《彩排》強調衝撞體制的「青春反骨」不同，朱莉安娜‧柏格特（Julianna Baggott）鎔鑄有青少年戀愛卻頗富哲理詩意的《純淨之子三部曲》（Pure Trilogy），雖以末日懸疑展開冒險，卻仍溫煦於父母雙翼下的成長敘事。不以愛情為主幹，而用類似寓言的形式來行塑末日世界裡，因原子彈爆發過後扭曲的畸零人，及未受傷害的「純淨人」做主角，全然脫出青少年小說窠臼。文字奇幻詭譎，充滿詩意，畫面躍然而生，殘酷卻見華麗的溫柔詞藻，讓人完全沉浸其中。亦聯想到宮崎駿動畫深刻含納童話寓言的清新溫柔，無厭憎老套的一女多男或一女二男的三角戀，僅鋪排在殘酷死地與畸形裡，感發核武與戰爭的不人道與童話的溫馨美感。

【女性篇I】
少女女角設定：女王／女神／神女／女強人

　　小說的少女主角，特別是在那些較為奇幻、神話色彩的文本裡，身份設定必然是神女、女神、女王等，而且必得是性格堅毅的女強人類。這種於神話奇幻的氛圍裡，手握大權、桃花翩翩的迷人形象，推測可能與遠古人類崇敬大母神（The Great Mother）的信仰有關，女角刻劃亦可能是時代與世系變遷過後，母神的紛陳樣貌[54]。

> **小說之神的魔法圈54**
>
> 埃利希・諾伊曼（Erich Neumann）《大母神：原型分析》（The Great Mother）敘述母神形貌變化發展乃由遠古「大母神」原型的原母信仰，經農業發展過渡為地母，接而分化為愛與美神、女神信仰變化為神女轉女巫。然至神女、女巫已從母神的無歷史時代進展至父系下的歷史時代，愛神形貌消融為貶抑意味的「奔女」，美神成就神女之貞守自防，母神為大地位最終於父系扉頁上被罷黜為次於男性神祇的配偶神。亦即神話對母神的崇敬愛戀，隨人類社會制度母系過渡到父系，產生了母神→愛神→美神→神女→女巫的脈絡（形象並非鮮明劃界，而是存有重疊期漸次發展），其中一款愛神變成負面意義、處處放電，戀愛性事無止盡的「奔女」。此特色反映了原母神掌管「生殖」（會生）、愛與美（異性緣好）的形象，故而總與戀愛或性相關，有時甚至在年紀稍長（或很老）時還會作為啟蒙性事的代表。

小說之神就是你

一、女神

潔米辛（N. K. Jemisin）《繼承三部曲》（The Inheritance Trilogy）首部曲《女神覺醒》，（The Hundred Thousand Kingdoms），少女不過是死去女神靈魂的借用容器，不過沒想到後來人類少女靈魂竟堅強到能跟女神靈魂並存，最後「女神覺醒」（光芒萬丈），而成就光明之神、黑暗之神與陰影之神存在的十萬國度虛構神話。

另外，大陸作家天籟紙鳶《奧汀的祝福》亦同，以北歐神話的奧汀主神與火神來進行鋪排，平凡但具某一專業技術的少女，與主神們一陣生死愛恨後，發現自己是女神轉生的事實。而翻拍為連續劇，由霍建華與趙麗穎主演的《仙俠奇緣之花千骨》，本是網路人氣作家fresh果果的代表作，場景為中國仙俠奇境氛圍，修煉、冒險與愛恨後，也揭示出原來花千骨是人世最後一位女神的真相（不過扮相怎麼有點像東方不敗「哥」了）。

故而無論背景神話為何，北歐或中國或虛構等，都僅是一種神話氛圍的塑造，「公式」卻皆同－具特殊能力或專業的少女，在一陣愛恨糾纏（一繞二或一繞多）等，最後都會變身回最具權力的「女神」。

二、女王

若非女神，必定成為女王或女相等握有權力地位的角色。如雪乃紗衣的《彩雲國物語》，成為彩雲國首位女州牧的秀麗，出身貧苦卻靠努力與才華而能上朝議事（聽起來很勵志，但國事部分描寫的好兒戲，毫無說服力，整天只有做包子跟泡茶）；茱

莉・香川（Julie Kagawa）《末日仙境》系列（The Iron Fey Se-ries）則以流落人間的精靈公主在精靈世界與人類國度的冒險為主軸，創意結合自然與科技對立（精靈怕「鐵」）來講述故事，最後男女主角分別成為鐵女王與鐵侍衛的愛情故事。

此一少女女王風亦吹起入歷史風，不過，與偏重真實歷史，艾莉森・威爾（Alison Weir）《伊莉莎白》（Elizabeth the Queen）或韓國MBC 2009年《善德女王》（Queen Seondeok），分別講述1558年，在位45年，用宗教上的懷柔政策、尊商與己身婚姻為籌碼，去向各國談判以穩固英國和平的偉大女王VS.朝鮮半島史上追溯至最早的女王－以公主女兒身向父系權掌世界不懈對抗，而成為新羅首位女王激勵人心的過程不同。2013年美國CW電視台的《女王》（Reign）則是史實為皮，戀愛與絕美華服為骨的青春宮廷愛情劇，講述瑪麗・斯圖爾特（Mary Stuart）成為蘇格蘭女王瑪麗一世的曲折經歷，著重友情與愛情的周旋，宛若是《花邊教主》（Gossip Girl）的宮廷版。

或許取材歷史細節過於繁雜，才高者亦興起虛構世界政治帷幄的熱潮，其中奇幻類尤以喬治・馬汀《冰與火之歌》為最，但若純以女王為題，艾瑪・華森（Emma Watson）即將出演的原著小說－艾瑞卡・喬翰森（Erika Johansen）的《提靈女王1：真命女王的崛起》（The Queen of the Tearling），則可一觀。

此書背景設立在21世紀末，世界發生浩劫過後，少數搭船逃出生天的人抵達神秘大陸，於此存續文明。歷經這一「大渡海時代」300年後，三大勢力各自鼎立：割地賠款送奴隸的「提靈」王國，邪惡腥紅女王權掌的「莫梅尼」，礦藏與工業興盛之「卡達爾」。深陷危機的提靈公主於偏僻森林被扶養長大，唯有隨身配戴的魔法藍寶石項鍊、養父母傳授的知識與書，以及忠心耿耿的

女王護衛護能她周全。但成王之路顛簸難行、刺客、權鬥與黑暗勢力不時侵擾，對素為謀面的母親（前任女王）想像破滅後，是一連串拯救國民水深火熱的行動，於此同時，邪惡的腥紅女王也正虎視眈眈。

　　值得一提的是，此書雖脫出荷爾蒙澎湃擴散法、周旋於諸多白馬王子的範疇，亦非精神導師引領的冒險歷練，著重在關於成長所應具備的美德、正直與智慧作為述說主線，但善惡劃分之界仍顯過於僵硬，如卡蜜‧嘉西亞＆瑪格麗特‧史托爾（Kami Garcia＆Margaret Stohl）《美麗魔物》（Beautiful Creatures）中，黑暗巫師與光明巫師的成長分類，穿著火辣、美艷與男人有糾葛者身處負方、醜陋、肥胖，忽視男女界別者，則以智慧美德為勝，形象塑造流於古板說教，道德氣味過重，唯一可喜者則是文筆大有古風，國境仙境栩栩如生，以對人民生活的關懷及仁愛之心，取代大開後宮的外掛設定，尚屬佳作[55]。

小說之神的魔法圈55

筆者對少女羅曼史小說呈現的基調－不是荷爾蒙澎湃擴散法，純然以愛戀作主線大開後宮，就是不食人間煙火，將打扮美貌或較為性感穿著等歸之浮華虛榮的對立面、忽視男女界別，覺得內在美德勝過萬千才為王道的手法感到疑義，青少年除戀愛跟遵循古板道德，當也有如沙林傑《麥田捕手》、舟‧沃頓《我不屬於他們》、楊‧馬泰爾《少年Pi的奇幻漂流》或莎岡《日安憂鬱》等的內在暴烈與憂愁，套句英國海蓮娜‧寇根（Helena Coggan）對青少年小說女主角設定的不滿。「不是醜、就是天真到近乎無知，要不然就是反社會」，鮮少描摹「好好生活」的少女，簡直心有戚戚。

不過，在「成為女王」的幻想小說範疇裡，最富生命哲思、藝術美感，不流於道德說教、未顯得幼稚白目、非開外掛後宮取向者，則當小野不由美《十二國記》莫屬，由日本漂流至異境的高中生陽子，在歷經被背叛欺凌與追殺等人性試煉過後，從真實的磨難苦痛及內心掙扎，體現出對天道、神、人與國家意義的反思，極度精彩。若僅是本「超女」小說－冒險戀愛頻開外掛，沒有磨難的英雌旅程，就很難顯見主角內心曲折與成熟變化了。

三、神女或巫女

少女主角當不成女神與女王，便會轉當神的代言人－祀奉神的神女或巫女，如渡瀨悠宇1992-1996年，連續發行的漫畫《夢幻遊戲》，與高橋留美子1996年開始連載的《犬夜叉》。前者少女因《四神天地書》而「穿越」，成為四神與二十八星宿設定的世界裡，四國其中一國屬神的巫女（然而負責事項似乎就是跟皇帝與鬼宿談談戀愛冒冒險）。而後者女角也是能穿越回日本戰國的神社巫女，（本來就是巫女桔梗的轉世），與犬夜叉這位混血妖怪戀愛打鬧、除妖、找四魂之玉的故事，頗為有趣。

神女巫女為女角的文本尚有許多，如水靈文創出版、林依晨主演的《蘭陵王》與韓劇裴勇俊主演的《太王四神記》。前者以偶像劇結構去結合歷史蘭陵王的戰功事蹟，讀來讓人感覺津津有味。而後者則以神話連結開國歷史，女神與轉生神女等聯結相當迷人，不過此劇主角在於裴勇俊所飾演的「太王」，就不多加敘述了。

四、女強人

　　偶像劇《流星花園》女角杉菜的堅毅性格深植人心，張巍《陸貞傳奇》則為堅毅不拔最高境界（打不死的蟑螂），講述南北朝時期北齊女陸貞，屢遭陷害、萬般辛苦的女相之路。蘇珊‧柯林斯《飢餓遊戲》，女主角神乎奇技地連續從飢餓遊戲中脫困，並且成為自由意志的象徵，而戀情上一女繞二男，永遠都不吃虧。此一「無上全能女強人」，則留待之後【關於愛 II】荷爾蒙澎湃擴散法再行詳述。

【女性篇 II】
限制級，未滿十八勿入的赤裸裸女性情慾

　　與奇幻羅曼史或魔幻包裝女性自覺，隱喻借喻的「委婉婉轉」不同，以下則是讀者最為血脈賁張處－赤裸裸寫實呈繪女性情慾及體悟。如瑪格麗特・莒哈絲（Marguerite Duras）《情人》（The Lover），娜吉瑪（Nedjma）《杏仁》、《蕾拉》與《激情的沙漠》，張愛玲《色戒》，E. L.詹姆絲（E. L. James）《格雷的五十道陰影三部曲》（Fifty Shades of Grey Trilogy），渡邊淳一《失樂園》與《紅色城堡》，安・萊絲（Anne Rice）《情慾樂園》（Exit to Eden），波琳・雷亞吉（Pauline Réage）《O孃》，阿慕德娜・葛蘭黛絲（Almudena Grandes）《露露》（Lulu），夏洛特・羅奇（Charlotte Roche）《潮濕地帶》與櫻木紫乃《玻璃蘆葦》。

　　《情人》為莒哈絲自傳性之作，以越南法國窮女孩與中國富少激情情愛生活為主軸，另行展現原生家庭崩毀的壓迫氣息，尤以母女間的對峙衝突頗可一觀，悍母溺愛兄長，卻對女兒嚴厲施加虐待的「異常」，更可與張愛玲《金鎖記》參照對看。

　　而對環境壓迫與偏見產生反制的女作家，亦不限定中法。穆斯林女子娜吉瑪，不滿伊斯蘭教義下，女性備受箝制的命運，故寫出了自傳性濃厚的《杏仁》、《蕾拉》與《激情的沙漠》三部曲。階段性地分別以籠罩在伊斯蘭國壓力下的女孩、少婦與中年婦女，由順服父權獨大的專制體制，進展至正視女性身體情慾的

想望，一次次大膽無畏與伊斯蘭教條、死亡威脅等的碰撞抵觸，開創了女性自我自覺的性／愛冒險之途。

《杏仁》兩線分述美貌的穆斯林女子芭塔，17歲時被迫輟學，淪為村中一名富裕老男人的生育工具。帶著孕育後代種子的希望被迎進家門，然而歷經兩任不孕而休妻的夫家，顯然問題出於男人身上的情況，卻在保守禁制、男權為上的伊斯蘭家庭裡，轉化為對女子不堪的暴力折磨與虐待，宛若被獻祭、評比的羔羊芭塔，從姊姊的幫助下出逃至摩洛哥大城丹尼爾，投靠叔母，並遇見了多情多金的高富帥醫生哥迪斯。

她從純然對身體的無知無助，被當成工具性使用而任意戳刺的容器，經由迪斯的「啟蒙」與「調教」下，終能享受性愛的歡愉與情愛的鮮果，可是迪斯光鮮亮麗的外表下，卻是個沉淪於多P雜交的情慾者，且特別著重與男女同志的尋歡作樂。不能成為愛人生命中的唯一，使得芭塔帶著絕望離開，爾後溺於縱欲橫流的感情關係。歷經十幾個年頭，最後擁抱著因癌症而死去的迪斯，寫下故事。

《蕾拉》承繼著《杏仁》在保守禁制下面對女性自我情慾的開發探索。講述純真處女蕾拉與封閉造就的絕代處男新郎倌，新婚之夜彼此手足無措，因無法落紅而面臨遭夫家退婚的命運。在此當下忽然傳出了是因新娘其早逝母親未及解開其「處女封條」所致，「門戶」受封的解決辦法便是尋得當年作法之魔法老婦朱碧達。於是由蕾拉的姻親寡婦佐碧達擔負起責任，一個月內尋訪施法者解除封印的旅途。

《蕾拉》敘事寫法相當類同於一般奇幻或兒少的冒險旅程：「受到阻難」－「蒐集資訊與可解決之道」－「確認方向後開始尋覓解決之鑰／寶物」－「旅途艱難各個突破」－「見山不是

山的怔悟收穫」。《蕾拉》以情性愛豐富的寡婦，對比被「去性化」、包裝於文化宗教下的無知處女，兩人間的言談機鋒不由得叫人莞爾。而此一成長冒險替換了奇幻兒少，關於寶物、青澀戀愛（或一女繞多男的荷爾蒙澎湃擴散法）及對父母的追尋。以女性對身體自主情慾的開發探索做主軸，是非常特別女性情愛冒險小說。

上述二書大幅度觸及女性從懵懂、摸索到自主的情慾的探索冒險。其中亦不乏從傳統文化與宗教禁制下，痛苦的「工具性質」開始蛻變，如《杏仁》，講述處女如何被婆家秤斤掂量，「被手指強暴」使得「面上宛若被子彈打到」，哀怨地連對方手有無清洗都無法確認就被硬上。因對情性愛的相關皆被明令禁止，觸犯者將被嚴刑甚至惹及家族。於是女性往往淪為家中父權（父兄弟）的所有物，於結婚時被夫家以一定的金額或實物作交換，「過戶」成為夫家財產禁錮下，勞作、性與生育的奴隸。新婚之夜不僅可能發生新娘被眾姻親強押四肢供新郎「突破盲點」，落紅的巾物更可成為判定女子與其家族的價值取向。甚至會出現失明老婦以處女經血抹患處做為治療的瘋狂行舉。若是關於夜奔情郎、失去貞操或被強暴，則下場常慘絕人寰的先被原生娘家捨棄，再被夫家唾棄歧視，或嚴刑處置而亡。

相比前兩本較為平易近人（？）的情慾冒險敘事，《激情的沙漠》立基於宗教種族文化激烈碰撞的闖口，則顯得較為艱澀難讀。此書以兩線交錯的情慾感官之旅，講述歷經滄桑，又因情人死去而自我封閉的大齡女子，遇上了錯以性為愛的大屌猛男小鮮肉。兩線對比氣味濃厚的以「愛的充盈」與「性的真諦」兩者互涉的必然關係作迴旋。情性愛交融間，呈顯關係中極端的對峙與撫慰，相生相剋互補互取的動態，刻畫入骨。

伊斯蘭國對女性的保守禁制自不待言，然而娜吉瑪卻以如橡大筆，去書寫女性身體、情慾與性愛自主的能力，以及關於無知無助而受人宰割帶來的窘境。不同一般異色作品「情慾橫陳卻略顯下流倒胃」的情色描寫，此三書雖亦真實露骨，卻以頗具詩意的字裡行間，去講述關於女性情慾自主開發的冒險旅程，及性與愛的互文告白，堪比張愛玲「女人的心通往陰道」的《色戒》，相當值得玩味[56]。

《色戒》本為張愛玲1950年居於上海所作，2007年經台灣導演李安翻拍為同名電影。背景落於二戰抗日期的上海與香港，愛國情潮熱烈的大學話劇團，草擬了暗殺汪精衛政府特務頭子易先生的計畫。赤誠愛國女佳芝為此與他人交媾換取性經驗，對心上人暨劇團號召人裕民，互有好感卻袖手旁觀的懦弱心有埋怨。但易先生突然的離開與東窗事發造就的命案，逼得她犧牲一切後卻於失落中崩潰逃離。三年後心上人尋回她重掌暗殺任務。藉由貴婦麻將圈的案中牽線，她終於贏得通往易先生內心情感的通道。然而關鍵時刻，動了真情的易先生對比僅將她視為工具使用的「友情團隊」，她選擇了為救他而死。

這部歷史奇劇背景架設於抗日時期，大學熱血話劇團，由愛國初心步步成為重慶國民政府對抗汪精衛南京偽政權暗殺隊的過程，然而其中曲折卻著重在關注女團員王佳芝奉派去色誘汪政府的特務頭子易先生。其中情慾愛變化的細膩曲折，更符合張愛玲一貫以家國嚴肅背景，卻旨在烘托日常「小情小愛」的委婉深刻。不過此作更凸顯對女人精神／肉體愛戀孰輕孰重的困惑，佳芝夾雜於心上人裕民遙不可及／袖手旁觀的精神純戀，對比易先生迴紋針性愛相濡以沫的由性而愛，最終歸結出「女人的心直通陰道」的真理[57]。

2015年5月24日，由台灣多所高中學生聯合發起，反對高中課綱微調的學運，旨在關注台灣歷史的真實還原，拒絕歷史性有所偏差的節略、模擬兩可與空白，且微調小組成員既非歷史專長，亦未循程序正義而遭人非議。不過，當今教育除歷史不夠完整外，兩性相處、身體探索與情緒管理上，亦屬匱乏。心理學上，青少年期是建立完善自我認同、情感探索、天賦才能與習得兩性互動的黃金時段，更因3C產品盛行資訊易得與食物荷爾蒙氾濫，造就身心早熟。但華人教育卻仍不脫以「成績考試」為人生的唯一定位與價值取向，殊為可惜。現今職場既對青年世代的剝削不友善，使其焦頭爛額對抗經濟型態的崩盤與買房扶老的空中樓閣，自身難保又被冠以「草莓啃老」、「無能成家」惡名，其茫然錯亂可想而知。這種過往單一窄化的成績評量，造就青少年期自我認同主力的缺失錯植，至成人主體後遭遇各項問題擊潰，衝擊力道將等同於整體信仰的動搖與關係的背叛。因施加壓力的誘導者正是社會群體制度與父母師長等信任關係人的推動，成年後才幻滅的重建主體之路可能顯得漫長崎嶇。若環境過於惡劣又失去自我主體與信仰重心，無即時的援手或一點幸運，身犯重大罪行便在所難免。「去性／情感化」甚至比「歷史之刪減」更為徹底，亦不啻是知識權握的霸凌。另外，「18歲以下青少年判斷力不足」的反方持論，造就「18歲投票正義」的熱議，不過由大學生發起之太陽花學運，至反課綱思潮，皆極端凸顯青少年思維能力遠比「固步自封」、「守舊頑劣」的「大人們」更清晰明辨得多。以年齡為界，逼使青少年不得使「自主智識能力」與「感知情緒、自我認同與兩性互動」等，及強灌「扭曲歷史」、「去性化」成長，皆是成年掌權者對未成年的羞辱霸凌，造就世代對立矛盾與未來犯罪引爆的憤怒種子。（不是希望的種子或土地的力量）娜吉瑪《杏仁》三部曲文字袒露露骨，然而卻能真切呈顯在社會、宗教、文化、傳統、教育與家庭密網下，思想的箝制與無知，如何像烙印般代代遞進，最終成就恐怖而不可說的循環。介紹此三書，亦想順勢呼應未來世代教育亟需打破「禁制／僵化」的困難課題。因禁制之物的動機，常源於此物為打破或動搖獨裁權掌或社會窠臼的關鍵。如伊甸園的智慧果實、秦始皇焚書坑儒的儒與書、被微調的「台灣歷史」、標籤為「情色文學」的禁書，皆是開啟知識與自覺的鎖匙，故而對試圖以單一專制或任意妄為的權力者，不為其所喜而必得禁錮行之的用心，就昭然若揭了。

張愛玲小說特色一貫有「『嚴肅家國背景』為舞台，然而卻旨在強調愛戀這『日常小情小愛之大事』」，翻轉男性以家國為重心思，反以女子內心情事為重點的特殊敘事，由其1943年的成名短篇《傾城之戀》即可探知端倪－失婚女子白流蘇與范柳原的相愛曲折，關鍵乃在日軍轟炸香港的生死一瞬，范柳原的拚死相救才成全彼此真心。殘酷慘烈的國家戰事，卻不過是兩人濃烈愛情的襯托綠葉，「傾城」而得以「戀」。《色戒》佈局亦如是。

另外，據傳讀了史蒂芬妮‧梅爾（Stephenie Meyer）《暮光之城》（Twilight），深感如此「純情愛戀」羅曼史難以滿足她，故而寫出《格雷的五十道陰影》作為致敬之作的主婦作家E. L.詹姆絲。書中安娜與控制狂豪門鉅子格雷哥的戀愛，以描繪大量SM性愛細節而使觀眾趨之若鶩。可堪對比並同樣鎔鑄有SM元素者，則有渡邊淳一「丈夫將性冷感妻子送入性愛訓練所」的《紅色城堡》、波琳‧雷亞吉「女性絕對悅服」的《O孃》，以及安‧萊絲「詳究愉虐愛情」的《情慾樂園》。

雖然四書皆大量鋪陳性愛細節，卻題旨風味各異。《格雷》與《紅色城堡》分別以女性VS.男性的視角對應。前者情節大抵等同偶像劇，平凡女孩與壞壞總裁的真愛火花，不過成人版地從調教、束縛到自由，女角安娜最後得到了人、心與控制權而完勝格雷哥；後者則以男性視角，頹喪於性冷感妻子的推拒求歡，為求報復於是構陷她進入性愛訓練所，以茲窺看「妻子性愛開發」的受訓之路。觀看女體情慾開發過程，間或點綴丈夫道德負疚感及醫學精神的冗長分析，而使文本顯得壓抑沉悶，既沒有羅曼史的浪漫感也沒有道德感。（女性讀者閱讀時更可能內心會深感不適

而幹譙；男性讀者或許會覺得這情節跟他們床底下的收藏很相似而給讚？）

　　《格雷》與《O孃》雖同以女性角度敘說，並混雜男女權力的消長競逐，然而有別於《格雷》以SM元素作為成人羅曼史的調情橋段，堪稱SM經典的《O孃》卻是女子以絕對的身心靈與性，作為臣服獻祭[58]。並且，女攝影師O為取悅愛人，隨同進入的哥德式「性調教城堡」，與渡邊淳一著重性愛開發的「紅色城堡」，有異曲同工之效。以禁閉空間，讓衣不蔽體的她們分別淪為失去自我意志的性奴或被性愛愉悅伺候的「女王」。然而相較《紅色城堡》，著重男性亟欲凌駕女性的窺看、掌控慾與精神醫學的剖析詮釋，女性顯得被動；《O孃》，卻是女性以「為愛悅服的絕對順從」，全然主動地去奉獻身心肉體，在權力主宰的遞嬗下，逐步自覺個體情慾的主宰力量[59]。

小說之神的魔法圈58

《O孃》於1955年榮獲法國「雙叟文學獎」，而後許多知名情色電影據此改編為電影，如1975年，《艾曼紐》（Emmanuelle）導演賈斯特·傑克金（Just Jaeckin）改編上映《O孃的故事》（Story of O），與1981年，日本寺山修司《上海異人娼館》等。作者本名為安娜·德克洛（Anne Desclos），是法國文學評論家與翻譯家，在1946年進入法國伽利瑪（Gallimard）旗下擔任編輯後，便以多米妮克·歐希（Dominique Aury）為名發表著作，而後與上司尚·波朗（Jean Paulhan）墜入愛河，為反駁情人「女人無法寫出像樣情色文學」的想法，把小說形式當作致贈情人的異類情書，並於1954年出版，改用波琳·雷亞吉（Pauline Réage）此一筆名發表。神秘身份遭眾人揣測至其86歲高齡《紐約客》的採訪中才公開承認。此書因欲從外貌外，以精神作為打動情人的秘密武器，故而內容對男女權力關係的角力與女性情慾的解放，現於筆墨。

男性並無傳統威權式武力威逼，而是對話中隱然暗示期待，等女角決定。但女角內心獨白式的自承，卻直指她對一切甘之如飴的耽溺，故O弔詭地既為性的奴隸，卻又是個體情慾的主宰。離堡後遭獻祭予愛人異父異母的哥哥收管，被烙印、私處嵌環以凸顯女體之歸屬，亦接連遇上戀慕豔羨她作為的女孩與女情人們，彼此纏繞交歡，場場性愛歡愉體驗，權力流轉中肉體心靈也逐層蛻化，女體情慾被開發而層層迸裂自覺。順序是愛人→城堡眾人→愛人之兄＋女情人→自己。

　　而以《夜訪吸血鬼》聲名大噪的安·萊絲，在獨樹一幟的《情慾樂園》雖亦融合SM「施虐－被虐」男女角力與慾望的奔騰，但卻無負面貶抑或任意獵奇的狂歡感，偏重「寧可做愛，也不要浪費生命在無謂的戰爭裡」與「身心由性生愛」的長篇細述，頗有些「玩樂（性愛）當及時」、「朝嚐SM，夕死可焉」的意味。不過，雖可理解作者旨在強調「愛情與愉虐結合，是把自我交托給對方的美好信任與奉獻，更是身心彼此熟絡的獨特私密」，然而其不憚其煩地解釋覆述佔據絕大篇幅，情節緩滯，不僅沒有輕快羅曼史的浪漫包裝，更兼有濃厚的說教意味，而使讀者讀來感覺沉重艱難。

　　旨在傳述「以SM互動或非正常戀愛方式」、「全然交托奉獻己身，頗有宗教苦行狂熱氣韻」（己身女體為祭），從中體現女性細膩心態變化與情慾自覺之作，除《情慾樂園》與《O孃》外，尚有阿慕德娜·葛蘭黛絲、榮獲西班牙情色文學大獎的《露露》[60]。以情慾奔放的15歲少女露露，和兄長麻吉巴布羅的慘烈戀愛為題。對性有特殊癖好的巴布羅，其各類異常性愛的試驗（亂

倫、變性人等）而使露露身心受創，溺於男男或非正常虐愛裡奄奄一息，甚至危及生命。露骨而異常的虐戀旅途，成就為她正視女性自我情慾探索的冒險。但這種受創而放縱的苦痛，叫人不忍卒讀。

小說之神的魔法圈60

在此無意引發宗教論戰或判定其正當性，而是指此類作為隱然有種關乎「肉體苦難與獻祭」作為內心指引光芒的浮現，頗有宗教「身體苦修作為解決之道」的氣韻。可另行參考2014年印度導演拉庫馬·希拉尼（Rajkumar Hirani）執導的諷刺喜劇《來自星星的傻瓜》（PK）片中便有對這宗教苦修現象的質疑－讓坐擁六塊肌馬甲線的外星肌肉哥，去演繹宗教信仰上，「大眾進行各式苦修，以求上達天聽，接受神意作為」的荒誕。

　　女性自覺情慾開發書寫過程，除重口味不正常虐戀或SM等，對傳統道德觀進行大幅度挑戰者，尚有夏洛特·羅奇針對「衛生尺度與女性既定形象」產生衝撞的《潮濕地帶》[61]。全書以甫即18歲、痔瘡肛裂入院治療的少女海倫，邂逅了英俊看護師羅賓哥。企圖以此入院作為離婚雙親和好契機的她，充滿遐想的自白裡，交敘成長過程與住院期間，「以身試性」的各種體驗。鉅細靡遺的一一呈現想得到的想不到的性愛相關，突破所有衛生教育常識的尺度，具潔癖者請慎入。

小說之神的魔法圈61

作者自述其誇張的「不衛生」寫法，只是想要批判「社會過度講究衛生」與「女性總圈限於媒體宣傳架構的美貌形象或衛生概念的框架」裡，她鼓勵女性要勇於去探索自己的私密地帶而不受縛於社會的既定印象。

綜合上述作品可歸結女性情慾自覺露骨的展現，總往往與「男女權力的消長競逐」、「挑戰既定道德觀、社會框架或對現行體制思考的衝撞」，如SM或非正常虐戀（甚至類同於宗教獻身的氣韻）、衛生教育尺度、女性行為形象標準，與「崩毀家庭的壓迫」，或母女關係的矛盾有關。其中雖亦有絕對順服、任男人宰割之情節，而使人心生「這究竟是女性自我價值或平等關係的貶低，還是女性遵從自我情慾與抉擇自由」的疑惑糾結。不過，我想這些彷彿「耽溺被虐順從」的女子，並非是要關注甘於為奴為虐的渴望或辛酸，而是對世界所認可，純然劃一的標準提出質疑，並且偏向以宗教身體苦行的意義去執行自我意志[62]。

　　比較特殊者則是渡邊淳一另作《失樂園》與《浮生戀》等，以不倫的愛戀逼近死亡的憂鬱蒼涼，於愛與死徘徊的頹喪裡，展現對生（肉體女體）的眷戀，較具宗教哲理的虛無感。而2013年由渡邊淳一手中獲頒直木賞的櫻木紫乃，則以其《玻璃蘆葦》，代表承繼著《失樂園》後，日本文壇「新官能派」小說天后的誕生。不過此作與「赤裸女體、情慾、賁發滿溢情感」毫無相關，而是在冷冽筆法中，藏著深刻的壓抑痛苦，「無一字寫情，而字字皆情，慾則在不言之中悄然浮現」。雖與渡邊淳一皆旨在描摹「非正常倫理所認同」的情愛，但《玻璃蘆葦》呈現的卻是種「冷靜自持、超然置外」的態度去書寫女性的情欲。並且在非正常倫理情愛關係中，更有母女間的對立矛盾。

若循民主精神「自由平等，同中存異的包容尊重」，那麼或許一般讀者難以認同O孃，卻必須尊重她選擇的權利。而哥德氣圍濃厚，作為性愛調教城堡的專屬空間，亦有遠古大母神（The Great Mother）性愛聖殿裡，母神分化神女群，與前來男子狂歡雲雨的意味。不過不管以宗教、文學或哲理等的觀點陳述，與現實生活並無涉。現實裡，女孩還是必須懂得自保之道，明白慎選情人、分辨恐怖情人或爛咖的魔掌，學會好好愛自己。否則很可能便會落入日常新聞裡，「爛男推16歲女友入火坑，一年性交易高達千次以上」之類的聳動標題了。

揮灑烈愛：
斑斕畫布上，女子動人的生命情致

2002年，由茱莉・泰摩（Julie Taymor）執導，改編同名傳記小說的《揮灑烈愛》（Frida），一舉榮獲美國「國家影評人協會最佳影片」與「美國電影協會年度十大片」。這部以墨西哥超現實主義畫家芙烈達傳奇跌宕一生為主題的電影，除濃豔亮麗的色彩與充滿墨西哥傳統風情的熱情音樂，最受人注目的，便是電影獨出心裁的將芙烈達現實生活中的真實創作，融入場景裡，時間序列性的去映證她生命中的起伏流盪與變化。

芙烈達年少遭遇的車禍，造就她往後身體的侷限痛苦（脊椎腳部的斷裂修補而手術不斷），情聖丈夫狄亞哥無盡的外遇更引發她內在無限的心靈創傷。觀眾便在這樣觀影又觀畫的穠麗色彩裡，感受芙烈達女性自覺／情慾／內在迸烈情感的流動。這種藉由藝術畫作與女人生命歷程之情感交相錯落與映證的手法，在電影與小說中皆可一見，以下分列介紹之。

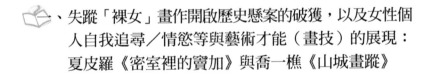

一、失蹤「裸女」畫作開啟歷史懸案的破獲，以及女性個人自我追尋／情慾等與藝術才能（畫技）的展現：夏皮羅《密室裡的竇加》與喬一樵《山城畫蹤》

此類由追索下落不明「裸女」畫作的蹤跡，進而解開歷史懸宕的疑案，並使女主角對自我的追尋／情感釐清／情慾等有更為

清晰的體悟。當然了，藝術才能的展現與創作者的心境氛圍，更是小說中不可或缺的重要佐料，如夏皮羅（B. A. Shapiro）《密室裡的竇加》（The Art Forger）與喬一樵《山城畫蹤》。

夏皮羅《密室裡的竇加》以才華洋溢卻一直鬱鬱不得志的女畫家克萊兒為主角，雙線交錯她三年前後與兩任情人的交往關係，並兼雜伊莎貝拉嘉納的私人書信作為埋伏線索。1990年伊莎貝拉嘉納藝術博物館重大竊案破案的曙光，就在竇加名畫〈沐浴後〉出現在她破舊畫室裡的那一刻！背負著被「專家」污衊竊盜、冒名與偽造等惡名，探索這幅畫的動向不僅是歷史與畫的追索，更是女畫家才能、自覺與情慾的發展見證，其中，更有不為人知的陰謀在暗處蠢蠢欲動。

《密室裡的竇加》文字綿密細膩，在藝術氣息濃厚的畫界，感受到女畫家的迷人才情與被摒除於藝術圈外，鴻鵠之才卻不得展翅的孤獨悲哀，對話深刻完美，弦外之音無窮。在名畫遭竊的案件偵辦中，懸疑、推理、犯罪與人心交相纏繞，更兼有女性情慾與自覺的風采，令人驚嘆！據作者自言是位膽小的作家，雖研究畫作與貝拉多年，但在結局未知前不敢動筆，所有情節佈局皆經過多年縝密思考，我想，這便也是本書讀來一氣呵成，環環相扣的原因，令人深讚！

而喬一樵《山城畫蹤》，則是講述歐洲知名畫商鍾愛珍，因某次的行差錯池深陷經濟困窘，恰逢奶奶過世於是返台，操辦喪事期間一面尋求翻身機運。而與她家族淵源頗深卻下落不明的「趙波贈畫」，便成為愛珍首屈一指的目標。抽絲剝繭間，愛珍發現，解開失落名畫疑案的線索，竟存於家族情感的糾葛脈絡，與自我本心的回歸中。

另外，心靈相契的愛人，更是她寶藏滿滿的尋訪歷程裡，最

美的收穫。全書追索名畫的懸疑中，兼俱有家族三代情感糾葛與內在觀照的風暴。作者更鎔鑄本身於法國畫廊工作的見識與台灣成長的背景，將紫荊市（嘉義）內的風雲湧動、畫作銅雕類視象內的人物情感，刻畫入骨，讀來藝術與歷史聯想浮翩，不禁為之擊掌叫好！

兩書同由去向不明的「裸女」畫作，暗藏被畫者與畫者間的情感波動－伊莎貝拉嘉納與竇加／秘密情人與趙波，在主角探索畫作創作本因與流落的歷程裡，交相纏繞她們內心自我追尋與觀照情感／情慾間的變化流動。

然而《密室裏的竇加》專注女畫家「個人」才華生命的展現，與兩任情人交往間對女性自覺的壓抑與情感變化，較符合藝術創作者的「孤寂」形象－無父無母無家族，唯有親密愛人與零落知心摯友的相陪，純然專斷的自我世界裡，唯有才華與情愛的單純視象；《山城畫蹤》則自外於世界的藝術家網絡外，另行擴添亞洲子系面對愛情婚姻，總兩難於家族責任與道義等因素。「非正常倫理」下的愛戀衝突與破裂婚姻，其實是對傳統拘禁的反抗。囿限於規束與道德教義而過度壓抑的情感與窒悶心靈，最終從艱難中衝出繭縛、自由遨翔。

除上述特點，《山城畫蹤》禪理濃厚的「傳承」與「本心」，更使人眼睛一亮。自由不羈的愛珍因他人言語而誤會父親對趙波畫作的仿摹僅是種未具創意的模仿抄襲，於是一枝枝折斷畫筆，棄畫從商，離鄉斫除傳承的同時亦失去直視自我本心的能力。直到她回來，遇見了戀人江城木之。

戀人之名為其師傅所予，木之，為西之木。但究竟是由「西之木走向人，或由人走向西之木」的矛盾證辯一直未有解答。因邂逅愛珍而使波瀾不驚如「枯木」的心死狀態，激起串串漣漪火

【女性篇Ⅲ】揮灑烈愛：斑斕畫布上，女子動人的生命情致

花而重拾取創作，創作「珍愛」。於是頓悟「凡所往處皆不離本心」。因僧人為求西之木與道而遠遊，然而出發前，由梅香庭院中所折，用以為杖的栗木，便為西之木。正如愛珍「當年由山城離開，但終究會回到山城來」。從哪裡來，便會回哪裡去。此一禪意迴旋亦與保羅‧科爾賀（Paulo Coelho）《牧羊少年的奇幻之旅》（The Alchemist: A Fable About Following Your Dream）有異曲同工之妙－牧羊少年源於對金字塔的嚮往而踏上尋夢旅途，然而寶藏卻藏在少年曾夢到金字塔的那座廢棄教堂裡。

乍讀《山城畫蹤》為世俗情感所苦的群眾圖像，不合正常倫理的荒誕愛戀與壓抑，其實卻是禪意深深，尋求本心與傳承的旅程。若說《密室裏的竇加》乃以織理緊密，無懈可擊的佈局取勝，我想《山城畫蹤》便是那禪意迴旋的漣漪叫人低迴不已吧。

二、名畫密碼：被時代所禁錮的靈魂、愛慾與抗爭：李正明《風之畫師》、崔西‧雪佛蘭《戴珍珠耳環的少女》與《情人與獨角獸》。

承上，才華與情感可能囿限於時代，徒遺幾幅暗藏「不能說的」秘密裸女畫作供後人追尋省思，或許，其他主題裡的不同畫作，亦隱喻有許多不為人知的密碼訊息－且讓我們觀視名畫裡，被時代所禁錮的靈魂、愛慾與抗爭。在此以李正明《風之畫師》、崔西‧雪佛蘭（Tracy Chevalier）《戴珍珠耳環的少女》（Girl with a Pearl Earring）與《情人與獨角獸》（The Lady and the Unicorn）作介紹。

《風之畫師》是電影《美人圖：私情畫慾》（Portrait of a Beauty）原著小說，以朝鮮時代，亦師亦友亦為愛人關係的畫師

金弘道與申潤福間的繪畫競技與愛戀情史作主軸，並貫串以十年前圖畫署兩樁被離奇了結的畫師命案，追索箇中秘密的過程，隱藏秘繪的「思悼世子畫」與繪畫美學的顛覆衝擊，都將掀起一股不可預知的滔天巨浪。

書中專繪純樸庶民生活的金弘道，與顛覆傳統、對女子細膩情感等多加著墨的申潤福，兩者間的繪畫競技，不僅掀起了畫壇革命，亦激盪出兩人惺惺相惜與愛慕的激烈火花。兩人純然的繪畫比試卻背負著身後陰謀賭局的對峙，而必得性命相博，宛若艾琳·莫根斯坦《夜行馬戲團》，命定而不可抗拒的魔術對決中，藏有矛盾的強烈愛戀與陰謀衝突。

另外，同題競技卻不同意的繪畫比武，卻因時代所囿而使兩人遭遇差之千里，畫技與主題符合傳統黑白墨色美學與人物的前者揚名立萬，而後者大膽革新，致力創作顏色綺麗並以女人為題的風俗畫卻為世所不容，最後在歷史中湮滅。

狀似偶像劇「女扮男裝」的老梗，實際卻直指女性在時代囿限下的顛撲難行。正如注重女性心境變化與情感的綺麗畫作不為世所容，性別差異下的差別待遇，也使得女性在才華／自尊與情感／情慾等皆深受壓抑，無能發聲。潤福最後所作〈美人圖〉，肖像畫所繪者據說便是她本身不與世妥協的寫照－「無拘無束，旁若無人，為唯一主角」。或許亦與《揮灑烈愛》芙烈達，兩百多幅具強烈自我卻盡顯「極端孤獨與不安痛苦」的自畫像，異曲同工。

除此之外，尚有以過往時代的女人為題，陳述她們試圖突破環境限制與改變自身命運的掙扎故事－崔西·雪佛蘭《戴珍珠耳環的少女》與《情人與獨角獸》。

《戴珍珠耳環的少女》講述出身貧苦卻擁有驚人藝術天賦的

女孩,因家中經濟窘迫只好前往畫家維梅爾家幫傭,而後陷入與畫家維梅爾的精神戀愛與肉販兒子彼特肉體歡愛的矛盾裡,儼然活脫脫一齣愛情與麵包的拉鋸戰。已婚的維梅爾除畫以外無能給她什麼實質東西,而保證她一家衣食無虞的彼特,她卻總無法直視他指甲縫中所留存的血跡。在環境的種種限制下,她最終選擇了對她最有利的那個人。

而《情人與獨角獸》全書環繞著少女與獨角獸的相互引誘、情慾與歡愛隱喻為題,使用多重視角講述年輕風流的尼可拉斯,受邀為貴族尚・勒・維斯設計壁毯,過程中與其千金克勞黛相互愛戀卻不可得,於是最終將思念女子的面容入畫,再將畫稿託付遠在布魯塞爾的壁毯師一家織就。遠鄉心繫心上人的畫家,在那遇見了壁毯師盲眼卻不甘嫁予討厭對象的美麗女兒,或許,肉體上的歡愛,便是解決兩人苦惱的不二良藥。

《戴珍珠耳環的少女》與《情人與獨角獸》分別以歷史畫作或藝術作品－17世紀荷蘭畫家揚・維梅爾〈戴珍珠耳環的女孩〉與15世紀法國壁毯〈女士與獨角獸〉,作為後設想像的中心主題。前者以謎樣女孩開啟與畫家情感交流的想像,後者則以少女引誘獨角獸的傳說,細膩呈顯女子對抗命運的堅韌,與汩汩暗流的情慾流動[63]。

> **小說之神的魔法圈63**
> 〈女士與獨角獸〉以獅子、旗幟與碎花等織就六幅代表五種官感
> (聽、視、嗅、觸與味覺)與「我唯一的心願」圖象。

兩書女子皆於過往時代的囿限中,努力衝破限制。前者雖經濟拮据成為傭人,卻仍自尊自重其藝術美學天賦,亦不使自己向

下沉淪為貴族的一時玩物。相處間畫家主人反而受其影響。即便受困現實精神上的煎熬，卻仍於困境中奮力求生。後者的女子群像則更為繁複多元：未添下男丁而備受冷落的貴族夫人，受家規與修道院嚴律「洗滌」變得奄奄一息的女子，先天限制（盲眼）而在婚姻上將受迫卑嫁的少女，與織藝高超卻礙於工會對女性的箝制而不得參與織作的女子等，誰來為她們發聲？

於是，藏於畫作的私情密語便於此展現－〈戴珍珠耳環的少女〉畫中藏著少女與主人望而不可觸及的愛戀心意；壁毯〈女士與獨角獸〉則是思慕而不可得、愛戀不由自主且需受清規嚴律束縛壓抑等。這些受禁於時代的靈魂群像，只能靜默著，眼望畫中的美麗芳容，來詮釋心中的悵然情思。另外，《戴珍珠耳環的少女》裡，少女與畫家畫室裡的凝望對視，伏有悄悄流動的曖昧情流，這種進入「畫室」等同接觸「男人情慾所掌空間」的概念，讓人想到中國爭議女作家九丹的《大使先生》。

《大使先生》以唯美且富詩意的流暢行文，講述中國女作家九丹與西班牙駐華大使馬努威爾間的特殊愛情故事。半自傳體式向前情人德尼祿呢喃傾訴的自述，紛陳赤裸裸的情慾愛液。對身體的探索想望與直視慾望的程度，直逼莒哈絲《情人》、娜吉瑪《杏仁》、《蕾拉》與《激情的沙漠》。女作家走入使館大門，前往大使畫室雲雨幽會，畫室這幽微的暗處空間裡，不僅含納情人間的愛恨拉扯與慾望，畫作靈感來源的苦海／腦海／馬與69等，亦成為異國種族文化裡，寓意十足卻備受壓抑的愛情註解[64]。

結論，不管是由失蹤「裸女」畫作開啟歷史懸案的破獲、女性個人自我追尋／情慾等與藝術才能（畫技）的展現，或名畫裡，時代所禁錮的靈魂愛慾密碼，畫與女性生命的交相纏繞，使得斑斕畫布上，紛陳女子動人的生命情致與烈愛狂情[65]。

配合情人在幽微黑暗小空間中進行卑屈幽會的女子，歷史知名者如猶太政治倫理家漢娜‧鄂蘭（Hannah Arendt）。她陷溺於與老師馬丁‧海德格（Martin Heidegger）的不倫戀，無視對方納粹傾向與已婚身份，總在海德格所指定，拉上窗簾的小房間進行幽會，兩人情愛詳見伊絲塔‧愛婷爵（Elzbieta Ettinger）《女哲學家與她的情人》（Hannah Arendt &Martin Heidegger）。女性主義論者西蒙波娃和情人沙特的關係，相處亦是臣服於男性威權下的小女人而遭人詬病，或許女人真正無法突破的，並非時代的侷限，而是女人面對深愛之人的卑屈壓抑。不過岡田尊司《父親這種病》曾詳細剖析漢娜‧鄂蘭（Hannah Arendt）戀愛與哲學著作的脈絡，應當是深受幼時照料患病父親，並支持傷心欲絕母親的經驗有關。這位提早成長的小大人，學習到面對逆境，要以冷靜客觀眼光去看待發生在自己身上的事件，以維持精神上的平衡。與老師馬丁‧海德格（Martin Heidegger）的虐戀，部分更可能歸咎於父親早逝的憾恨與情結。

文字的穠麗色彩，或可參照女作家兼畫家徐小斌創作─她文字奇詭神秘，偏向內在精神與虛幻幻境的描摹，總給人一種色彩斑斑的流動感，讀文同時畫面紛陳，與畫作相得益彰。

　　另外，以畫作貫串主角人生起伏之作，卻與女性主題無關，反倒與家庭失能及創傷後壓力症候群（PTSD）關聯者，則有唐娜‧塔特（Donna Tartt）《金翅雀》（The Goldfinch）。此書可謂之墮入蛾摩拉罪惡之城版的《哈利波特》或「無家可歸小孩」流浪記。博物館大爆炸中倖存的男孩席歐失去母親，卻邂逅迷戀一生的女孩，並從垂死老人手中，接過無價畫作〈金翅雀〉，此些

物事人彷彿默契一同，密密麻麻地橫織成他往後人生際遇裡的起伏迭宕。

〈金翅雀〉伴他輾轉流離於巴波家族與總在落跑的廢渣老爸、紐約與拉斯維加斯間來回逡巡，使他與好友於霸凌陰影中相互取暖或深陷狂歡嗑藥的歡愉。然而廢柴老爸債臺高築、落跑中酒駕身亡而逼使他倉皇回鄉。落魄時受藝術家霍比善心收容，不僅獲得「新父」，更與心儀女孩同住。但為求解救經營不善的古董店，他將精緻修補後的巧物，標以古董文物脫手，成為錢財滾滾的家具「奸」商。人生踏錯一步後更牽引出〈金翅雀〉價值連城的背後陰謀。信任背叛與意外，最終讓他走向鋌而走險的人生[66]。

小說之神的魔法圈66

書中主角透過意在言外的形容－玳瑁眼鏡與波特綽號的暗示，與人生脈絡的類同而使人浮想翩翩－孤兒哈利受衛斯理家族收容、海格救助，最終與衛斯理家金妮小妹成婚VS.失母男孩受巴波家族收容、霍比藝術家救助，最終與巴波家凱西小妹成婚等皆可見端倪。然而同是「無家可歸的流浪生命」，前者引領主角進入魔法翩翩、善凌駕於惡的冒險世界；後者則是飽受創傷後壓力症候群（PTSD）、墮入成癮（毒藥酒）／偷竊／殺人／謊言的無間地獄。「善果不總出自善行，惡果也不必然出自惡行」的曖昧，讓他無所適從。作為引領幼童心靈成長完善的父母，卻皆從中缺席失能的痛楚，歷歷呈顯於《哈利波特》與《金翅雀》－逃避現實從而遁入虛幻國度的無奈，不管是依賴魔法還是藥毒酒等外力，皆飽含覬覦望從中獲取理想美好的溫情對待。不過前者童話基調的歡樂結尾，相比後者如沙林傑《麥田捕手》與安東尼‧伯吉斯《發條橘子》的狂亂失序，可說是雲泥之別。畫作貫人生卻主述家庭失能後的創傷與顛沛流離，尚有鍾孟宏執導的《第四張畫》。

【女性篇Ⅲ】揮灑烈愛：斑斕畫布上，女子動人的生命情致

前述喬一樵《山城畫蹤》與夏皮羅《密室裡的寶加》，以「失蹤『裸女』畫作開啟歷史懸案破獲，及女性個人自我追尋／情慾等與藝術才能（畫技）展現」，然而此類著重於解開歷史懸案的過程，從中凸顯女子自我追尋／情感情慾／內在安定的體悟。畫作內容或成畫背景及歷史等，常層層疊疊地與女主角生命際遇或家族脈絡遙相呼應，而使整體迴旋相連。

　　不過《金翅雀》成畫內容或歷史相關卻無重大關聯，而是用以貫串流浪孤兒漂浮斷裂主體，破碎虛空中尋求自我建構浮木的創痛歷程為題，滿佈「孤雛淚」的辛酸顛簸，使其溺於成癮犯罪而不可自拔。生命如斯，彷彿不可承受之輕（被命運任意遺棄）、之重（太多無奈與不可抗拒），而善惡之分野又是如斯淡薄曖昧。字裡行間橫陳對生命感官與情緒的微觀書寫，細膩之極亦是一大特點[67]。

小說之神的魔法圈67

但書寫過於細膩刁鑽易使讀者陷入瘋狂。同以「爆炸遇襲」開場，史考特‧韋斯特費德（Scott Westerfeld）《重生世界》（Afterworlds）便顯節奏輕快，更遑論《金翅雀》而後不厭其煩講述遇襲過後種種內外變化，部部間細節紛雜又推進緩慢，不僅讀來頗有劇情遲滯繁冗之感，整體回觀諸多片段更顯無足輕重。雖感佩作者耐性與見微知著修辭功，卻不得不說過多繁雜細節，與遲滯未能推進的劇情，易使讀者心生厭煩。即便如何有趣細膩，步調過緩或總鑽研著小處小節而造就成「死水」劇情，往往是擊殺讀者耐性的致命十字弓。篇幅巨大又細膩的長篇，高登‧達奎斯《食夢者的玻璃書》可謂經典，雖亦從人物、內心曲折與外在場景變化作細膩開展，然而文字卻通俗輕快、劇情推進快速，腎上腺素節節飆高同時，還能清晰感知主角內心群像的沙沙推演，精彩卓絕。《金翅雀》則以一種細膩的寫實繪筆，呈顯出迭宕命運下的種種創傷／愴然／無奈／悲傷／沮喪／絕望，只得於反覆成癮與割裂生命歷程的畫作中尋求慰藉，哲學寓意濃厚，生命如詩，如畫。

【女性篇Ⅳ】
知識、特殊技能或魔幻與女性自覺的關係

最後，值得一提的是，女性相關題材，總愛在描摹「她們」情感與自覺中加入知識或技能，不過，雖貫串以大量知識或特殊技能而使讀者目不暇給，如墮五里雲霧當中，然而全書旨趣卻是以女性相關的情感自覺觀照為主，知識或藝術技能反倒為輔。如此節所述之夏皮羅《密室裡的寶加》、喬一樵《山城畫蹤》、李正明《風之畫師》、崔西・雪佛蘭《戴珍珠耳環的少女》與《情人與獨角獸》（畫畫）等[68]。

小說之神的魔法圈68

其中崔西・雪佛蘭《情人與獨角獸》是畫作加上編織而成。

另外，金・愛德華茲（Kim Edwards）《夢之湖》（The Lake of Dreams）（環保生態與歷史），挖掘過去亦是觀照自我內心的旅程。凡妮莎・笛芬堡《花語》（花語）幼年遭棄與受虐的母女關係而影響成人關係的營造。瑪格・博文（Margot Berwin）《溫室女子與慾望九種植物》（Hothouse Flower and the Nine Plants of Desire）（植物），從都市出逃尋求自由，而踏上野性尋愛旅程。奇塔・蒂娃卡魯尼（Chitra Banerjee Divakaruni）《香料情婦》（The Mistress of Spices）（香料魔法），小我（戀愛）與大我（奉獻給香料，擁有解讀分類香料能力）難以抉擇的矛盾。蘿

拉‧艾斯奇維（Laura Esquivel）《巧克力情人》（Like Water for Chocolate）（烹飪）每道食物藏著情感魔力，可嚐出家族悲劇裡的愛恨情仇。伊莎貝‧阿言德（Isabel Allende）《春膳》（Aphrodite）美食佐情慾，及娜塔莉‧海恩斯（Natalie Haynes），古典文學教學詮釋，主角人生卻與希臘命運悲劇交相纏繞呼應的《琥珀的憤怒》（The Amber Fury）（悲劇與命運）[69]。

小說之神的魔法圈69

娜塔莉‧海恩斯（Natalie Haynes）《琥珀的憤怒》（The Amber Fury）開頭面對律師進行自述回溯，頗有些路易絲‧道媞《蘋果園之罪》，愛戀時而沉重而必得接受愛與罪衡量宣判的風味；另外劇情展佈中用藝術教學（繪畫／悲劇）去感化（犯罪／中輟）青少年女之情節，亦與夏皮羅《密室裡的寶加》類同（後者著墨較少）。不過細讀下，女主角艾莉克絲倒敘事情始末與學生日記點滴的交叉敘述，媲美古典希臘悲劇之五幕劇形式，卻是講述劇場明日之星艾莉克絲，由展望光明的人生，墮入命運壓碾下，絕望地獄的過程。受創而斷尾求生的她，自倫敦奔逃至愛丁堡，任教於不容體制的特教生學校。藉由一堂堂古典希臘悲劇的解讀詮釋，叛逆獨行的青少年女，彷彿從中望見了自我情緒管理與洞燭處境然後冷靜面對以取代血氣方剛暴衝的解決之道。然而這些被世人所摒棄的師生，在逐步邁若有光的同時，那希臘悲劇中，關乎不可抗拒的命運，愛中的暴力、復仇、背叛與失去，其實早在悄然間，已層層疊疊地漫天遮蔽住，他們本已黯淡的前路。全書成功的以細膩女子心緒變化，貫串有古典文學的教學詮釋，主角人生與希臘悲劇交相纏繞呼應，心理懸疑的推進中，宛若引領讀者置身不可抗拒的命運輪轉，精彩無比！無怪乎《別相信任何人》的作者S. J. 華森，會為此書而徹夜未眠了。

　　全文貫串知識或藝術技能等卻與女性情感自覺觀照無關者，則有《貧窮百萬富翁》（Slumdog Millionaire）原著小說－維卡

斯・史瓦盧普（Vikas Swarup）《Q＆A》（知識問答），由益智
節目的問答串起男主角感人戀情與童年回憶。三浦紫苑《哪啊哪
啊神去村》與朗恩・瑞許（Ron Rash）《惡女心計》（Serena）
（伐木業）皆以伐木業為背景。前者是剛出社會的日式青春爆笑
物語，後者則是考究嚴謹、1929年北卡羅萊納山間林地伐木業女
鉅子的強悍形象，甚至涉及馴鷹、補蛇、經營或服裝等。而林睿
奇《肯恩斯城邦》（經濟學），以奇幻冒險為皮，經濟學為骨，
講述肯恩斯城邦裡的純愛故事。最後，伊蓮諾・卡頓《發光體》
（星座等）則混合星座天體運行、移民歷史風貌、哥德、降靈會
等，以多重視角對一樁懸案各自表述與觀察。

　　最後，除奇幻羅曼史外，魔幻也常與女性自覺與情慾相關。
如瑪格・博文《溫室女子和慾望九種植物》、奇塔・蒂娃卡魯尼
《香料情婦》與蘿拉・艾斯奇維《巧克力情人》等。上述三本
書，其本質上大抵都是檢視女性自我情感、觀照內心的小說，只
是分別以能感發人情緒、慾望或有特殊影響作用的魔力植物、香
料與食物等進行鋪排。

　　《溫室》其實是追尋一種野性不羈的自由，而《香料情婦》
有小我（戀愛）與大我（奉獻給香料）的矛盾掙扎。《巧克力情
人》則牽扯了悲劇愛情與家族史，故向來有美食版的《百年孤
寂》之稱。尚有一本愛歐文・艾維 （Eowyn Ivey）《雪地裡的女
孩》（The Snow Child），雖沒有貫串特意加入的「魔力物件」，
但因孩子夭折，悲傷遠遁阿拉斯加的夫婦，卻在孤寂冷冽中，遇
見了幻象式童話般出現又消失的女孩，呈顯女人生命歷程裡，憧
憬野性自由的慾望與步入家庭後「全罩式」窒息關係的彼此衝
突，亦屬魔幻凸顯女性自覺的特別之作。

【幻想奇幻類 I】
異想世界的繽紛糖衣與內裡

一、滿載梗點的王與女王：
尼爾・蓋曼與凱瑟琳・M・瓦倫特

　　關於幻想奇幻類，尼爾・蓋曼（Neil Gaiman）創作鎔鑄各神話童話，另行改編詮釋與發想，讀來奇想翩翩，而被史蒂芬・金（Stephen King）譽為「故事寶窟」。不管是趣味盎然，甚也有些後設意味的短篇集《煙與鏡》（Smoke and Mirrors: Short Fictions and Illusions）、《魔是魔法的魔》（M is for Magic）與《易碎物》（Fragile Things），或是長篇作品，描繪古典眾神來到美國，於現代文明中跑跳人生的《美國眾神》（American Gods）、星星被擊中而下凡與人相戀的《星塵》（Stardust）、實質是馬戲團女兒與與母親修補關係的《奇幻面具》（Mirrormask）與父親外遇的《萊提的遺忘之海》（The Ocean at the End of the Lane）等。

　　尼爾・蓋曼相當擅於將經典梗概與元素，附加現代生活面向，轉化為奇幻包裝下隱喻重重的迷人故事，高明程度大概只有「梗梗上青天」、滿載梗點的女王凱瑟琳・M・瓦倫特可與之平起平坐。其《黑眼圈》與《環遊精靈國度的女孩》系列，揉合歷來神話、童話梗概，瑰麗的文字與天馬行空想像，加上層層疊疊無止盡的俄羅斯娃娃結構，使讀者深陷奇幻迷宮而難以自拔。

三、奇幻風采異／意境輪轉中，女性（為主）的自我認同與天賦覺醒

娥蘇拉·勒瑰恩（Ursula K. Le Guin）《地海六部曲》（Earthsea Cycle Series）瑰麗恢弘地以混沌地海的奇幻異／意境，觸及成長、出逃、愛與生死等議題，另有關注天賦、覺醒與自由的《西岸三部曲》（The Annals of The Western Shore），作品中對女性自我成長、認同，至社會制度探討與性別相關等皆鞭辟入裡。而派翠西亞·麥奇莉普（Patricia A. McKillip）幽微細膩的《幽城迷影》（Ombria in Shadow）與《翼蜥之歌》（Song for the Basilisk）等，由意象、比喻、謎語與詩歌傳說的層層疊疊裡，如詩如畫地講述奇幻世界的傳奇故事。

另外，克莉絲汀·卡修（Kristin Cashore）以「天生稟賦」超能力恩典為發展敘事關鍵的《殺人恩典》系列（Graceling Realm Series），與潔米辛（N. K. Jemisin）《繼承三部曲》（The Inheritance Trilogy）用光明、黑暗與混沌之神虛構神祇國度的戀愛奇幻，兩者皆結合優美奇幻風情與浪漫戀愛，雖亦以細膩曲折的女性心境為重，但卻脫出一般奇幻羅曼史中白目花癡女主角一繞二或一繞多荷爾蒙澎湃擴散法的單薄性格與多重對象戀愛，反而成就另番極具奇幻風情、自我意識濃厚的女性成長小說。

於奇幻異境關注女性自我成長與天賦的，尚有上橋菜穗子《獸之奏者》系列、旅人與守護者系列，衣著服飾與命名有時並非全然為作者原生的日本典雅古風，反倒頗有些西方托爾金（J. R. R. Tolkien）《魔戒》（The Lord of The Rings）旅程混搭所用，堅毅性格並專擅特殊奇技的發展，在獨出心裁的神話奇想氛圍中，特具哲理風味。

三、鬼怪與人性的相互幫襯：
　　各具風貌的幻想中短篇集結、系列長篇作品等

（一）溫柔動人或療癒

　　短篇在某種程度上相當適宜作幻想故事的營造，因篇幅短小，承載量上又必須考慮各元素的平衡，人物性格與事件雖不可能如長篇般細膩開展，但卻反而給筆下人物及劇情未得全貌的神秘、欲說還休卻嘎然終止的收束感而聯想浮翩。

　　乙一（山白朝子）的《胚胎奇譚》與《獻給死者的音樂》，走入迷境的幻象，闇黑童話般的殘酷人性，讀後卻有種溫柔療癒的動人氣息。而波津彬子《雨柳堂夢語》與今市子《百鬼夜行抄》則分別以雨柳堂少主古董店內收藏所隱身孤魂野鬼延伸的曲折遭遇，與神怪小說家獨子與鬼怪間的互動，成就短篇單節式的劇情推進，有蒲松齡《聊齋誌異》「說鬼道怪，不過曲折寫人」的情韻。同以百鬼夜行為題，小松艾梅兒的《一鬼夜行》系列，以明治維新時期，百鬼夜行中墜入凡塵的一小鬼，經古道具店老闆收容，人鬼爆笑解決怪奇案件的連串故事。雖具有時代小說氛圍與欲彰顯療癒人性情感的韻致，但可惜人物性格流於呆板僵硬、事件張力不足，使得劇情較為沉窒無趣，難有發揮。

　　另外，以中篇小說〈夜市〉榮獲「日本恐怖小說大賞」的恆川光太郎，其短篇集結《草祭》與長篇等《神隱的雷季》等作，在懷舊氛圍中內建獨特世界觀，主角與世界總包覆在一種奇想耽美的朦朧感裡，十分美妙。不過短長篇兩相比較下，仍以短篇為勝，這主要是因為恆川光太郎擅用之未揭全貌的朦朧神秘感，適宜短篇經營，在長篇卻容易顯得氣力不足，無法細膩側寫各出場人物與事件的緣故。

若論立基時代小說氛圍，能兼具推理歷史特質、長短篇兼擅，且筆下人物性格飽滿，又擁有溫柔動人魅力之集大成者，則非宮部美幸莫屬。宮部美幸是日本作家公認最有資格繼承吉川英治、松本清張、司馬遼太郎衣缽的大眾文學大家。眾作中如長篇《扮鬼臉》與短篇集結《本所深川詭怪傳說》，溫馨感人鬼怪故事紛陳時代人情風物的推理長篇、江戶時代本所的七則短篇怪譚集結，動人無比。而深獲青少年喜愛的夢枕貘《陰陽師》系列，以平安時代人鬼妖怪魔物雜相共處的世界為舞台，於皇宮陰陽寮任職陰陽師的安倍晴明與至友源博雅優雅談笑間，怪奇事件灰飛湮滅，也是在時代氛圍中雜揉鬼怪卻人物鮮明的佳作。

（二）恐怖實乃人心慾望所起

不同於上述溫柔或療癒特質，朱川湊人《盜魂者》與《在白色的房間聽月歌》等，於鬼怪驚悚的字裡行間，直指的是人心最黑暗深沉的慾望，讀時總有不寒而慄、厭棄人性的戰慄感。另外，道尾秀介《鬼的足音》亦將鬼怪玄幻直指人心污濁的層次變化。而長篇武藤水流《腳本》，融合了推理靈異、量子力學、佛洛伊德學說、迴旋反覆劇中劇、小說人物湧現自我意識而自行跳脫小說架構世界等技法，科學式的推理最後揭露實為作祟緣故，唯書中不倫與虐殺情節過於細膩血腥，有種不忍卒賭的反胃感。而三津田信三《蛇棺葬》與《百蛇堂》亦完美融合恐怖與推理，大宅家族「殯葬」習俗與失蹤秘辛，挖掘出來的是人性惡念的血淋淋真相，佈局與文字有迴旋反覆韻味，唯行文精簡些更佳。

【幻想奇幻類｜】異想世界的繽紛糖衣與內裡

（三）關於跨界與進入異境的可能：邊境的模糊與曖昧

　　由凡間跨界進入異界而開啟嶄新奇幻國度冒險的創作，在幻想類作品中屢見不鮮，更與坎伯所言英雄旅程若合符節。如宮崎駿《神隱少女》誤入他界的少女小千與父母，救贖之道在於擔負責任的成長與關係的歷練。而夢枕貘向日本童話詩人宮澤賢治致敬的《吞食上弦月的獅子》，由螺旋開啟進入異世界的通道，經歷異境盟友、敵人、愛人情欲的沉淪考驗，最後在螺旋問答中結束，俱足禪理與生命哲思。另外與螺旋同具生命循環不息，倉橋由美子由銜尾蛇狀「梅比斯之環」（Mobius band）為概念創作的《亞瑪諾國往還記》，冒險奇遇中面對宗教、政治文明等的衝突事件，原來都不過是宇宙子宮環覆下，一場生命的旅程。

　　跨界時常遭遇邊境的模糊與曖昧，如泉鏡花《高野聖》。此作慣有鏡花文學於生死陰陽與男女間彼此游移的微妙幽微，對於跨界（他界或異界）的憧憬畏怖，小說文字猶如纖弱感官能一一細數宇宙與內心的極致變化（白話來說就是神經質），呈現人性的多重樣貌。而村上春樹《1Q84》以虛擬平行時空的概念，將世界以一個或兩個月亮作劃分，然而人物事件交相錯落，身體既是容器亦是通道，使得不管現實或虛幻，世界所有邊界全數模糊。

【幻想奇幻類 II 】
遊戲異境與異境遊戲的穿越

、遊戲異境，異境遊戲

（一）虛實相間遊戲人生：方白羽《遊戲時代》
　　　　　與石子的《畫妖師》系列

　　承上，現實邊境的模糊曖昧，使主角得以跨越邊界，探尋另一個奇想異世界的可能。然而，若這如真似幻的「太虛幻境」，摒除神話仙俠元素之外力，是由人為操控所得，其實便是一場場遊戲的設定，如大陸作家方白羽《遊戲時代》與台灣作家石子《畫妖師》系列。

　　方白羽《遊戲時代》系列，因高科技發達而能設計出「真實幻境」遊戲，宣稱「玩家」皆能獲得真人真實感受，體驗另一種人生為噱頭，展開一場場的「異世界」冒險。值得一提的是，如同虛實雙線交叉敘述的佈局，方白羽將人類的文明起源，或先知洞燭先機之作，如道德經、諸葛孔明著作等，設定為高科技現實文明埋藏於「遊戲時代」裡的破解攻略，現實中眾玩家為求破解攻略與寶物代幣彼此角逐爭鬥的過程映射為遊戲時代中的善惡勢力分野，出入遊戲時代與回歸現實便等同了一場場文明溯源與時空穿越之旅。

　　細言之，神的存在（遊戲設計者）、族群衝突（不同派系玩家遊戲奪寶）與先知偉人著作的流傳創作（干擾遊戲進行的破解

攻略）等情節，映證史上文明宗教與神話先知的誕生，皆是虛擬網路中各項雜症的浮現。讀來有種虛實相間、環環相扣劇中劇的趣味，頗為精彩。

另外，台灣撰寫《畫妖師》系列的作家石子，本身遊歷豐富（喜歡被踢飛），故作品充滿世界各國文化探險風情。共四卷的《畫妖師》系列，各卷筆法大抵由台灣畫妖門派關注某一文化（中國、羅馬、西藏、日本等地），由固定主角出場，進行RPG破關的概念。作者以紮實史料知識，先於開頭置放主場文化歷史時代的相關文獻作懸念，然後由台灣畫妖師派系（火辣美少女畫妖師跟陽光男孩處男刑警）進行推理追尋，面對世界各地惡勢力的挑戰，從國共戰爭、中國史上女強人集結、日本陰陽師、羅馬教廷驅魔戒與但丁神曲等，由台灣大本營出發卻巧妙鎔鑄各類奇幻設定，妖怪、戰鬥、歷史穿越與爆笑，是在紮實史料上，娛樂精彩度相當高的作品。

不過，雖然相當肯定作者創意用心：立基台灣風情，蒐羅剪裁文化史料、佈局懸念設計、勢力間派別衝突與爆笑人物組合等要素成就了通俗易讀、娛樂性強烈的作品。然而文字因雜揉過多史料，有時顯得拖沓。善惡勢力的對抗形式採RPG破關法，雖具有影像娛樂效果，但流於破關打怪的流程，在人物內心情感的琢磨較無迂迴醞釀的空間。另外，各本重點文化更迭雖讓讀者感到炫目新奇，然而因各本結構佈局寫法類同，大抵可想像系列忠實讀者在閱讀第三、第四卷起首時，馬上測知作者佈局的心情。

大致就是以歷史相關改編起頭作懸念，男女主角打鬧一陣，主場文化惡勢力上場與彼此攻訐、緊湊刺激你追我打RPG破關大亂鬥、末日危機解除，然後首尾呼應的男女主角打鬧，劇終。雖然這劇情架構聽來簡單，但要駕馭史料兼及娛樂性與精彩度，立

基於台灣又有《城市獵人》緊湊情節爆笑感，已實屬難得，期待作者的創意新作[70]。

（二）神話設定電腦遊戲改編小說戲劇等

上述為遊戲人生虛實相構，或劇情具備遊戲破關打怪等特質，不過，也有許多小說文本乃源自於電腦遊戲。如華人知名度最高，由台灣大宇資訊製作發行，以中國神話背景來創造的「大宇雙劍」：《仙劍奇俠傳》與《軒轅劍》系列，及上海燭龍所開發的單機遊戲《古劍奇譚－琴心劍魄今何在》衍生的劇情小說《古劍奇譚－琴心劍魄》，皆本為電腦遊戲設定，而後熱潮風起雲湧而改編小說戲劇等。

這些遊戲系列改編小說，除同以中國神話為背景外，其「破關打怪」特質於改編文本過後倒是較不明顯，反而著重於神仙奇境冒險裡，因果輪迴、人性善惡與愛恨情仇等面向。不過這種由遊戲設定改編的人物劇情，畢竟近乎同一團隊設計，系列下來，難免會有似曾相似、失去新鮮感而影響讀者閱讀意願。另外，人物角色形象亦較扁平，若能在性格上加強立體複雜度則更佳[71]。

不管是《遊戲時代》、《畫妖師》或《仙劍奇俠傳》等系列小說，或許源於遊戲特質的設定概念與風起雲湧熱潮促使系列大量產生的影響，潛藏著人物性格立體複雜度不夠，或佈局太過類同的危機。其實拆解設定時常會發現：佈局相同，僅主角個性更

換，但大致不脫紅花襯綠葉、身世有謎、愛恨糾葛與前世今生因果輪迴的刻板印象設定法。這讓人想起明湯顯祖當年《牡丹亭》造成轟動後，一系列戲劇吹起模仿潮，以致於「小姐壓抑想自由，公子趕考驚豔遇、婢女調皮幫傳情、老師腐朽超封建、父母苦等金榜才准親」的公式一套二套萬千套。（→這也告訴我們無論時代潮流與文體如何萬變，自有一定的「原型公式」可拆解，看看《世間情》，想想流行…）

小說之神的魔法圈71

中國神話設定兒童類幻想小說補充：以中國經典《山海經》或神話傳奇故事梗概創作，兒童為目標讀者的有華裔美國作家陳郁如《修煉三部曲》與林珮思的圖文作品《月夜仙蹤》。前者擷取《哈利波特》兒童文學結合奇幻想像冒險旅程精髓，用台灣兒童與中國山海經思維雜揉為兒少想像冒險。後者則以中國神話傳說為底，另行創作簡易好讀的圖文故事。

（三）玩弄歷史時空技巧

出入遊戲間，穿梭歷史時空的技巧，在某些文本也常得見，不過也不僅限於「遊戲人間」，甚至是對「過去－現在－未來」，生命心理更深層的體悟哲思。在玩弄時空技巧最精彩者，個人認為，可以凱倫‧詮斯（Karen Chance）《五芒星咒》（Cassandra Palmer Series）系列、淺田次郎《穿越時空地下鐵》、凱特‧亞金森（Kate Atkinson）《娥蘇拉的生生世世》（Life After Life）、肯恩‧格林伍德（Ken Grimwood）《重播》（Replay）與奧黛麗‧尼芬格（Audrey Niffenegger）《時空旅人之妻》（the Time Traveler's Wife）等可為代表。

凱倫‧詮斯《五芒星咒》系列，與莎蓮‧哈里斯（Charlaine Harris）《南方吸血鬼》系列（A Southern Vampire Novel）是在吸血鬼熱潮上較為傑出、別具一格的羅曼史作品。絕世首席女巫與千年俊美吸血鬼，在時空穿梭裡，與女巫、精靈、吸血鬼、魔法師、惡魔（包含男妖）及惡靈等一同大亂鬥。情節緊湊、歷史感十足，各族時空混戰中更兼具浪漫風情（比整天做瑜珈、划船跑步與待圖書館閒晃，劇情永不進展的《魔法覺醒》好得多）。主修歷史的作者，在歷史人物借用（畫家拉斐爾、長老會領袖、路易十四鐵面人雙胞胎、羅馬尼亞貴族德古拉、女王密探馬羅、開膛手傑克等）連結與自圓其說功力簡直令人瞠目結舌。

而淺田次郎《穿越時空地下鐵》如同韓國郭在容執導的《我的機器人女友》，過去現在與未來的事件環環相扣，時間從來便不僅是直線進行的敘事，而是環狀因果的詮釋。然而《機器人女友》重兩性愛情的相處點滴，《穿越時空地下鐵》則經由能穿越時空的地下鐵來講親情的修復與時代氛圍記憶，穿越下拼湊出的親人樣貌與歷史悲劇，情節細膩動容而令人不禁潸然淚下。

另外，凱特‧亞金森《娥蘇拉的生生世世》。以二次世界大戰為背景，圍繞英籍女子娥蘇拉生平及其穿梭英德兩國間所遇周遭人事物進行故事開展。本書與眾不同的讓女主角娥蘇拉擁有「再生」本事，面臨死亡則由「一片黑幕降臨」賦予重生。重生後的娥蘇拉將以不同的決斷來免除死亡命運，意即每次新生皆會為她帶來新的生命走向，像是遊戲破關行進存檔重來。（螢幕顯示Game Over→繼續遊戲？→Yes or No→請選擇檔案。）平鋪直敘不過是本講述二戰間的精彩歷史小說，加入此一玩弄時空技法而躍升為對歷史與人生錯誤反思懺悟的生命小說。

肯恩‧格林伍德（Ken Grimwood）《重播》（Replay），

講說電台記者傑夫43歲因心臟麻痺而猝世，卻不料跳針般反覆回歸18歲少年郎的那年，然而令人驚惶的是，即便他因「先知」往後25年的種種而人生致富，然而命運的基線卻無法違逆，無論他選擇怎樣的人生，都無法變更重返新生裡，即將失去任何一個誰的命運，重複的獲得，然後失去，於是他放蕩墮落，只想在黑暗中，尋覓一種永恆短暫的光明或溫暖結束的可能。終日為著即將失去的悲傷與重複人生而痛苦不已的他，直至遇上同等命運的伴侶潘蜜拉，才透出一線曙光。為了找出這樣「生生死死輪迴覆轍」重返者（重生邂逅分開）的生命意義所在，以及逐漸偏離軌道，越加顯晚的重生原因，這對「永不絕命」的鴛鴦情侶，攜手展開撥絲抽繭旅程，誰也沒想到，這反而將他們帶入萬劫不復的幽深地獄。

另外，這種「不由自主重返某個特定時間點，卻眼睜睜看著悲劇（歷史）重演」的敘事，尚有奧黛麗·尼芬格（Audrey Niffenegger）《時空旅人之妻》（the Time Traveler's Wife）。圖書館管理原亨利哥患有時空錯置失調症，以致於他總是赤身裸體，在自己歷史生命的基線裡，穿梭來回，重返回愛人克萊兒六歲別墅家外的樹林。然而兩人總是錯身而無法疊合的時間軌道，使得彼此相愛卻因時間進程差異而忽近忽遠。最終只能在短暫互會的瞬間，去品嚐珍惜這無可比擬的魔術時刻[72]。

此節除《五芒星咒》外，不管是《穿越時空地下鐵》、《娥蘇拉的生生世世》、《重播》與《時空旅人之妻》，尤其是後三者，於人生特定時間點、無可抗拒的「重播輪迴」，主角人物都充滿了對「命定」的無可奈何與「人力無法回天」的悲嘆，屢屢跳針，重回現場的寓意，其實也是創傷後壓力症候群（PTSD），試圖回到創傷點修改生命歷史的渴望，處理人生失落、無法擺脫

悲劇重演模式的無奈悲傷，及相愛路上彼此磨合、心靈年齡與成長對Tone過程的點滴。

小說之神的魔法圈72

以時空跳躍講述愛情，結合穿越、魔術表演、魔幻與量子物理的愛情小說，還有法蘭克‧波瑞提（Frank Peretti）《生死魔幻》（Illusion），本書雙線分述1970年19歲少女曼蒂穿越至2010年，與未來已60歲的丈夫相遇，在場場魔術變幻與時空旅行的軌道裡，映證真愛的故事。但在炫目魔術與物理時光之流中，兩線交集處相對性較少，故描摹男女主角兩人的互動不多，使得讀者對鶼鰈情深的情感較難融入共鳴。若能如克里斯托弗‧諾蘭（Christopher Nola）執導《星際效應》（Interstellar），先行鋪排相處點滴，接而離開思念，將能使讀者較易同理與具備催淚效果。

最後，顛覆常態歷史的生命歷程，另有史考特‧費茲傑羅（F. Scott. Fitzgerald）《班傑明的奇幻旅程》（The Curious Case of Benjamin Button），時間逆流的奇特冒險，也從來不由人自主，似乎意味著，人的生命，微渺如蟻，也不過是歷史生命宇宙，那死生不滅之圓的部分片段，就像烏羅伯洛斯（the uroboros）環一樣[73]。

小說之神的魔法圈73

烏羅伯洛斯（the uroboros）環，象徵的是神話中蛇的形象，銜尾而成環，代表著宇宙生死不滅的永恆存在，圓上任一起點處亦是終點。在埃利希‧諾伊曼（Erich Neumann）《大母神：原型分析》的詮釋裡，便將烏羅伯洛斯（the uroboros）形容為「是個完美的圓、自身轉動的輪，能同時有「生育（為母）、產生（為父）並吞噬的蛇」（頁30）。

【幻想奇幻類Ⅱ】遊戲異境與異境遊戲的穿越

不過，說到玩弄時空穿梭技法，就非得提到穿越。然而穿越劇，特別是以愛情經營為題的羅曼史，常流於「古代的月亮比較圓」、將另一歷史建構在一種腦殘白目愛戀劇場的設定，讀之讓人崩潰。流瀲紫受訪談論《後宮甄嬛傳》創作緣由時，便曾提及自己「不認為幻想通過穿越便能擺脫煩惱痛苦，各種時代自有其苦處，希望藉由《甄嬛傳》展現後宮殘酷冷血真實鬥爭人性，以此打破既往作品給部分年輕人古代很美好夢幻的童話感，而能擺脫穿越避世情懷的想像，進而學會活在當下的堅強美好。」這話發聲振聵，讓人激賞萬分[74]。

小說之神的魔法圈74

流瀲紫受訪全文，請見中國作家網2015年1月5日轉載中華讀書報，由舒晉瑜採訪整理的〈《甄嬛傳》作者流瀲紫：古代不美好，後宮很殘酷〉一文，網址來源為http://www.chinawriter.com.cn/2015/2015-01-01/229661.html。

　　與之若合符節的作品，尚有黛安娜‧蓋伯頓（Diana Gabaldon）《異鄉人》（Outlander）。1943年大戰結束，戰地護士克萊兒意外穿梭回蘇格蘭高地，濃厚歷史與浪漫氛圍中凸顯忠誠、奉獻、愛情、苦難與宗教等議題。而桐華清宮九子奪嫡為背景，車禍穿越的女主角雖一女繞多男，但性格堅毅與處事尚顯智慧取向的《步步驚心》，亦屬脫出窠臼的不錯佳作。

【幻想奇幻類Ⅲ】
闇黑童話的內在深沉與哲理歷練

、關於闇黑童話的內在深沉：
乙一《槍與巧克力》與史蒂芬・金《龍之眼》

　　我們對童話的所知所想，總陷溺於一種華麗繽紛的夢幻泡泡裡，殊不知，童話的源由，卻是無止盡的黑暗與深沉。眾所皆知，格林兄弟（Brothers Grimm）《格林童話》（Grimms' Fairy Tales），乃蒐羅民間流傳故事與歷史傳說，並針對目標讀者改寫編纂而成，不過，至桐生操《令人戰慄的格林童話》問世，讀者才驚覺，原來《格林童話》早剔除了本有血腥、亂倫、殺伐與殘虐罪行的部分。換言之，對童話的憧憬嚮往，不過都是未能直視殘酷世界，以糖衣包覆之催眠想像罷。那麼，我們由此不禁自問，是否有直接表露闇黑童話深沉本質的作品？有，在此以乙一《槍與巧克力》與史蒂芬・金（Stephen King）《龍之眼》（The Eyes of the Dragon）為介紹。

　　乍讀《槍與巧克力》，滿佈巧克力廠牌名稱的人物地名，讓人想起了羅爾德・達爾（Roald Dahl）同名小說改編、提姆・波頓（Tim Burton）執導的《巧克力冒險工廠》（Charlie and the Chocolate Factory）。然而迥異於《冒險工廠》著重主角面臨誘惑的考驗，《槍與巧克力》則意在揭露人性的試煉與揭露。身為因烽火戰役而遷徙的移民後裔，少年在窘迫中與母親相依為命，死

氣沉沉的小鎮生活裡，唯有名偵探ROYCE與怪盜GODIVA的諜對諜英雄事蹟，才能點燃他內心的微光。但夾雜於父親遺物－聖經裡頭的神秘地圖，卻正引領他步向背叛真相的大冒險－一同生活的死黨、擁有貴族外貌卻手段殘暴的惡霸、心懷崇敬的名偵探、血緣身世中的父母祖父，誰才是真正的幕後黑手？

　　身為童話鎔鑄與改寫翹楚的乙一，於《槍與巧克力》裡，雖不改以「闇黑童話」描摹殘酷人性的初衷，但與往常慣用，類似清蒲松齡《聊齋》「說鬼卻道人」的單篇鬼怪異境，讀後特具溫柔療癒氣味的作品不同，一轉為虛構巧克力國度的殘酷顯現：父親早逝，生計困難，人際又遭歧視霸凌，冒險中英雄逐步幻滅，周遭並一一浮現謊言惡意與背叛等，圈禁成男孩絕望而無力的童話世界。

　　少年曾說：「手槍沉甸甸冰涼涼，和巧克力一樣黑漆漆，最大的不同是，我不知道手槍的正確用法。」然而他對世界毫不設防的繽紛幻想（甜美巧克力），在冒險中逐步裂變為瘡痍百孔的惡意人性（血腥手槍），持槍瞬間召示著槍與巧克力的等同合一－這便是殘酷世界包覆糖衣的完成，吞入口中唯見冰冷與苦澀而已。

　　而史蒂芬‧金《龍之眼》則是作者特意為女兒所著的奇想作品。故事講述狄連國國王羅蘭與皇后莎夏的兩位王子－彼得與湯瑪斯，面對黑暗巫師佛來格的操弄陷害，於殘酷歷練中成長並鍛造堅韌意志的過程。有趣的是，作者翻轉傳統長髮公主於高塔上等待王子救援的故事，反而讓王子彼得被囚於尖塔，處於毫無出逃可能的高空，又須避過壞人耳目，只能利用每日送來的餐巾竊取少許絲線，並以母后所留娃娃屋裡的織布機，編造出所用繩梯。（這讓我想到克莉絲汀‧卡修《碧塔藍》中以母親刺繡拼湊

家暴真相與潔西・波頓以娃娃屋預示女角命運與婚姻愛情真諦的《娃娃屋》）

　　而才智遠遜於彼得、備受冷落的王子湯瑪斯，總忍不住透過龍之眼窺探父親，其實穿透龍之眼所見，便是家庭關係中的殘酷真實。人的真實狀態（國王是個愛抬腿放屁吞鼻屎時常發酒瘋的老頭）、孩童的殊異特質造就父母偏寵（差別待遇），而步步誘發手足彼此間的嫉恨、自卑與仇視。

　　另外，老國王羅蘭與少皇后莎夏的「相親相愛」，不僅是年齡差距極大的老少配，作者更絕妙地以鍛鐵爐與鐵及春藥的使用等來隱喻閨房樂趣（開場立即噴鼻血）。綜觀全書，史蒂芬・金為博取女兒歡心，下足功夫，將用餐禮儀（餐巾）、娃娃屋、性與編織等鎔鑄為情節佈局，更兼蓄一般人於處事時面臨錯誤的懊悔憾恨與補償作為的心理變化（少年王子面臨指控時的崩潰與大法官的偏執），頗為精彩。

　　其實二書皆為兩位作者「出格」作品。乙一脫出了以往鬼怪迷境的單篇集合、具療癒作用的可怖童話，在《槍與巧克力》中則一轉為虛構國度裡暴力與醜惡彰顯的世界觀。而史蒂芬・金《龍之眼》此作，本是基於對他往常作品滿佈吸血鬼、僵屍與怪物不感興趣的女兒，特意以說書人口吻撰寫博取歡心之作，字裡行間童趣盎然，幽默橫生。（爸爸為孩子以生活事物講述故事者亦有尼爾・蓋曼（Neil Gaiman）《幸好有牛奶》（Fortunately, the Milk））

　　二部作品因與作者本有系列之寫作模式殊異，故而忠實讀者為此褒貶不一，批評聲浪四起。不過，我倒認為，對創作者而言，能夠源源不絕寫出屬於獨特風味的系列作品，使人一讀文字風味即被辨識固然是好，但「求新求變」、「推陳出新」才是作

家立於文壇上不敗的主因－畢竟讀者的口味瞬息萬變，故步自封的下場，便容易在後浪連連的市場上被淹沒消逝。故而我對此二部作品持肯定態度。更遑論此二書，以童書口吻講述冒險故事，卻能善用「社會化」與「合理邏輯性」的人性推理佈局，在繽紛想像的夢幻裡，逼使主角讀者體驗到最具殘酷感的真實，更加深緊湊刺激的步步驚心感，使人深讚不絕。

談到殘酷童年，有興趣的讀者可再參照雅歌塔・克里斯多夫（Agota Kristof），取材作者本身1944年於匈牙利塞格德市的真實經歷改寫的《惡童三部曲》。戰爭時期，因安危緣故被送往鄉下投靠外婆的雙胞胎，在日記裡傷痕斑斑地記錄來到鄉下，與骯髒、吝嗇且兇惡，被當地人喚作「巫婆」的外婆同居實錄，在這充滿殘忍與醜惡的荒境裡，只能自行學習寫作與最自然的生存法則。從天真的稚眼裡看向成人的醜惡虛偽，讀來揪心不已，不覺落淚。

二、關注童年的成長歷練，卻哲理性遠大於寫實者：
保羅・科爾賀《牧羊少年奇幻之旅》、
喬斯坦・賈德《蘇非的世界》與《紙牌的秘密》

保羅・科爾賀（Paulo Coelho）《牧羊少年的奇幻之旅》（The Alchemist: A Fable About Following Your Dream）以寓言包裝講述西班牙安達魯西亞地區裡，一位牧羊少年源於對金字塔的嚮往而踏上尋夢旅途。行旅中遇見塞勒姆國王、非洲水晶商人與欲前往綠洲的駱駝商隊等各種考驗經歷，逐步調整步伐與方向，最終離夢想越來越近，然而最後才發現，寶藏就在少年曾經夢到金字塔的那座廢棄教堂裡。「莫忘初衷」與「本心自在所來處」的哲理，妙趣無窮。

《蘇菲的世界》（Sophie's World）與《紙牌的秘密》（The Solitaire Mystery）則為喬斯坦・賈德（Jostein Gaarder）哲學經典上的姊妹作。作者擅用對話語句，經營出超然於外的哲學寓言。前者鎔鑄推理、書信與師生問答形式，由女孩蘇菲接獲不具名信件，內藏有「你是誰？」、「世界從何而來」等追索生命義理的問句而開啟隨從神秘導師的哲學課。狀似陌生的「亞伯特上校」給「席姐」的生日卡片和信件，亦藏有切身相關的謎團，真相大白時，蘇菲看待世界的眼光已截然不同，頗有「見山（不）是山，見水（不）是水」的禪意迴旋。

後者則以五十三個章節，陳述男孩漢斯與父親驅車前往哲學發源地希臘，追索離家下落不明母親的故事。路途中因緣際會獲得的精緻小書，竟可由神秘小矮人贈予的放大鏡進行閱讀。兩百年前，孤立小島、落難水手與身旁五十三個由紙牌走入現實世界的奇異人物，在漢斯尋母的過程中，不僅增添了他對生命的驚奇與想像，也為終局的迴旋呼應埋下伏筆。

不過，上述三書特具哲理風味的冒險成長，不僅難以單一歸類兒少進入美好奇幻世界的冒險成長，亦不等同由稚拙之眼領略成人的殘酷暴虐。取而代之的是，那是探索自我心靈與生命各面向（源由、價值、方向與存在意義等）的迷宮指南，並且，在虛實相間結構敘述裡，獨樹一幟的以哲學義理（虛）遠勝事件經歷（實）的作品[75]。（另外，《蘇菲的世界》與《紙牌的秘密》亦可歸屬於虛實相間的書中書結構筆法）

換言之，主角超然於外的所見所聞為輕，而引領與烘托心靈的層次變化與感悟為重，人物事件經歷與反應迥異於現實生活的合理邏輯與思考，反而貼近取經於神話學大師坎伯《千面英雄》的樣式－啟程、啟蒙與回歸，亦即經由歷練的召喚、試煉之路與

回歸生活，由哲學心靈的面向，闡述英雄冒險與轉化的心路歷程。故而書中常出現智慧的引導者（神秘導師、預言師）、尋親與發掘身世真相、在冒險衝突中步步成長（欺騙謊言與世界的真實樣貌），最後了悟真正的生命與幸福意義等，頗為特別。

小說之神的魔法圈75

推理懸疑篇中的虛實雙線結構，曾論及一千零一夜式故事講述（虛）對上主角現實反映（實）與魔幻寫實：由幻化家族悲劇連結國家崩頹史，然而二者在虛實相間的結構比重等重且均衡。魔法秘術、多線合擊法、梗梗上青天、迴旋結構或書中書等，大略也可簡化為奇幻或懸疑氛圍為皮作烘托，但較符現實人物事件邏輯為骨，讀來彷彿炫技或包裝寓言的陳述；然而此處則較為特殊地以哲學義理氛圍及思考為重，人物遭遇及符合現實的邏輯為輕，大不相同。

小說之神就是你

、神的俯視與人的仰望、神人對視間的生命意義：
黛安・賽特菲爾德《貝爾曼的幽靈》
與浅葉なつ《諸神的差事》

人類與文明的發展，尤以哲學與宗教的討論上，總存有「民神雜揉」繼而天柱折「絕地天通」，最後過渡至天人分際的層次變化。不管創世神話內容歸於神話想像虛構範疇抑或是人類初步文明真實發展所轉化之敘事，都可理解人類對文明體系的一個建構法－初始由神人共治共存，而後因神人兩界通道受阻，由巫為媒介，然後漸次走向疏離分治道路，最後達天人之分，天有其職，人有其份之分野。

在幻想奇幻類，神人共存作品相當繁多。在此則關注神的俯視與人的仰望，神人對視間所發掘出的人類生命意義，以黛安・賽特菲爾德（Diane Setterfield）《貝爾曼的幽靈》（Bellman & Black）與浅葉なつ（Natsu Asaba）《諸神的差事》兩部作品做介紹。

《貝爾曼幽靈》為黛安・賽特菲爾德繼《第十三個故事》後的巧妙鉅作。全書以威廉・貝爾曼的崛起，分別在紡織業與殯葬業的奮鬥成功史作主軸，間或點綴奇想烏鴉（死神或神話傳說意義）。在類同「某某成功記」或「那些年我的奮鬥日子」的敘事表象下，卻是被死神幽靈幻象緊追在後的痛苦不堪，無法恣意

享受人生、只能在無窮盡行程與「奮鬥」中，等待死神上門的那天。行文優美富詩意，讀來讓人深省生命的價值意義。本以為不過是跑龍套氛圍營造的烏鴉（死神或神話傳說意義），自始至終卻是立於高處、冷眼俯視渺小人類生命變化的高貴神祇。

　　而淺葉なつ《諸神的差使》則以現代日本一名尼特族青年為主角，因膝蓋受傷無法再打棒球，失去最引以為傲的能力後無所依歸，徬徨找尋人生出路時，意外成為諸神的差使。因時代變化失去人們敬畏而法力遽減的神明，反需「差使」供己差遣以實現自身願望，文中描摹神明的困境亦是現代族群所遭遇的總總困難情狀（沉溺電玩的青少年、失戀女子、質疑自己能力者），在單篇串聯諸神所交付的任務（方位神狐狸、一言主大神、龍神與歲德神）中，自覺已脫離社會現實遭眾人遺棄青年主角，開始找回生命價值與意義。

　　兩書行文間雖然是由人類作為主述者，但皆可感受到立於高處的神祇，居高臨下俯視人類短暫生命的變化過程，而相對性於人間仰望天際的人類，惴惴不安揣摩「天意」與「神明心思」裡，不僅逐步尋回對神的崇敬與懷想（關於神話或神人共存之際），也由此真正關注到自己生命歷程中最重要的價值所在。關於「神人關係」間的感覺鋪排，前者是奇想翩翩，間或點綴敬畏、懷想氛圍或受壓迫的緊追感，後者則是戲謔性（與神沒大沒小）間顯露神對人寬厚溫柔的療癒物語。

　　另外，與《諸神的差使》同以「信仰淪喪後，神尋找目標人類以重新提升祂地位及法力」為脈絡的《桐之宮稻荷》，作者叶泉極其特殊地以「百年過後，日本京都已隸屬中國行政自治區之一，日本族亦被貶為最低層」設定，講述從事特種行業，具巫女血統的「街妹」桐之宮稻荷，在一日醉酒跌跤過程，稻荷神意外

入駐她身體，自此開啟神人互動的一連串冒險，構思與情節奇巧有創意，唯書末對戰結局顯得過於動漫化，而稍顯遜色。

其實在奇幻幻想作品中，不僅僅是神，物種與空間的跨界常使神魔鬼怪與我們同在，寫作主題與佈局或許不同，如鬼怪與人性的相互幫襯、說鬼道怪卻不過曲折寫人、超自然羅曼史的神人相戀與女神降臨、以虛構遊戲神話使出入遊戲時代與回歸現實間等同文明溯源與時空穿越之旅等，而至今日介紹神人俯仰間的生命真諦，這些肉眼難以企及卻淵源流長的神魔鬼怪與人，到底孰輕孰重？

我想起了小野不由美《十二國記》裡，慶國女王陽子，其成王的冒險旅途中，內心的糾擾裡充滿對「天道」與「天意」的質疑，而她最為困頓時候，失去劍鞘的水禺刀，浮現出的蒼猿形象，正是陽子意志匱乏，內心不安與疑惑等的投射，與中國《西遊記》孫悟空（心猿）輔佐三藏取經歷劫，但其實乃佛家修「心」歷程包裝的神魔寓言，有若合符節之妙。或許，這些紛陳神人「共存」於當代生活的作品，乍讀是我們人類潛意識中對神人關係與神話的懷想，但事實上卻是自我內心的觀照與對生命價值意義的質疑困惑吧。

【關係類】
人心空洞的迴音：
修補療癒、寂寞疏離、絕望與黑暗關係

、破碎關係的修補療癒：馬修・魁克《派特的幸福劇本》與伊莉莎白・吉兒伯特《享受吧一個人的旅行》；卡洛琳・潔絲庫克《瑪歌的守護天使》與艾莉絲・希柏德《蘇西的世界》

　　馬修・魁克（Matthew Quick）《派特的幸福劇本》（The Silver Linings Playbook）與伊莉莎白・吉兒伯特（Elizabeth Gilbert）《享受吧一個人的旅行》（Eat, Pray, Love）分別以離婚後的男女視角來詮釋破碎關係中的修補療癒。主角飽受社會倫理「非正常」或「規範外」嚴厲眼光的逼視，窒悶不得自由的靈魂只得傷痕累累地在碰撞中找尋出口。《幸福劇本》跳脫了因精神創傷而犯罪或心理變異的窠臼，反而呈現了身為不完美平凡人純然為了追求更好與光明的努力過程，可說是一種執著於信念而使生活真正發生幸福的敘述。《一個人的旅行》則藉由信仰與旅遊冒險來清理人生困惑，完成靈魂探索及女性自我覺醒之旅，動人的文字細膩呈現主角曲折的內心變化。

　　另外，卡洛琳・潔絲庫克（Carolyn Jess-Cooke）《瑪歌的守護天使》（The Guardian Angel's Journal），悲慘童年際遇與成年後遭遇種種不幸而死亡的瑪歌，卻於死後化為自己過去人生的守護天使，藉由守護天使（自己）的相伴，逐步釐清自己人生種

種不幸與死亡的真相。而艾莉絲‧希柏德《蘇西的世界》則以死後靈魂視角旁觀自己被害的短促人生，家人因她年少卻被姦殺虐死，故而內心飽受內疚自責，在痛苦的哀傷中，探求寬恕與放下的真諦（寬恕並非單指饒恕他人罪過，亦是放過自己免去自責痛苦時時鞭打內心的作為）。上述二書皆藉由客觀視角（獨立於己身之外的靈魂），面對社會種種磨難，從觀照自我中找尋內在救贖，其實頗有些心理創傷後，「內在解離出另一人格」來觀照自我生命的趣味。

二、死亡事件開啟療癒連結：劉梓潔《父後七日》與強納森‧崔普爾《如果那一天》

　　劉梓潔《父後七日》與強納森‧崔普爾（Jonathan Tropper）《如果那一天》（This is Where I Leave You）（電影《愛在頭七天》原著小說）兩部作品像心有靈犀似的有幾處雷同－同寫父親之死，卻都以詼諧逗趣口吻去面對父親過世後的那七天。儀禮上《父後七日》以台灣道教喪葬習俗，特別是誇張近乎戲劇化的喪葬儀式與元素，何時該哭該跪，穿穿脫脫的白衣與假哭嚎叫的孝女白琴，穿插主角親人家的互動與對父親的思念。而《如果那一天》儀禮上則以猶太喪葬習俗息瓦貫串，為這頭七天聚集過來的家族人物，於鹹濕辛辣的劇情鋪陳下「高潮」連連，細膩地反映出各自成長的悲歡愛恨，刻畫入骨。整場佈局更令人發噱，拍手叫好。

　　《父後七日》來自散文首獎，根基於父親過世後對他的懷想哀愁，中心或出發點都立基在遣發對父親的懷念上。《如果那一天》雖也有緬懷父親的意味，但卻更偏向個人內在傷痛與家人

關係的處理。劇情從捉姦當王八開始描述（開頭就把捉姦寫得爆破讀者鼻血的鮮血四濺），老闆與妻子，母親、兄弟等人「不可告人」的姦情輪番上場，揭開整個家族亂到不行的羅曼（雜交）史。嚴肅不行的守喪息瓦，最後卻淪為處處嗅聞誰誰誰身上有炒飯味道與呻吟聲的家族荒謬劇（但這真的不是色情書）、寫實人性（人、性，與人性）的浮士繪。

上述書籍雖主觀性別與視角皆不同，然而實質上皆是引領我們面對人生挫折與各式各樣生命課題的療傷。經由愛人、親人、朋友與大環境關係鏈的的處理，使我們能由人生中的不完美與缺憾，愛與傷中學習寬恕（寬恕別人也放過對自己嘮叨不休的自責迴音）。生命帶給我們的，從來就不僅有歡笑而已，還有悲傷、憤怒、不完美，與面臨窘境，想掙扎卻無力的痛楚哀愁。

二、摩肩擦踵裡的寂寞疏離：保羅・奧斯特《日落公園》、吉田修一《東京同棲生活》與艾莉克絲・瑪伍德《兇手在隔壁》

親密關係的維持眉角處處，然而社會摩肩擦踵中亦有種「疏離寂寞」的氣味，甚者更可能於此推衍出連串叫人渾然心驚的兇殺命案。以保羅・奧斯特（Paul Auster）《日落公園》（Sunset Park）、吉田修一《東京同棲生活》與艾莉克絲・瑪伍德 （Alex Marwood）《兇手在隔壁》（The Killer Next Door）為例。

不管環繞的是「美國紐約一間無人聞問的棄屋」、「日本東京某一特定公寓」或「英國倫敦破爛的分租公寓」，三書同以定點空間，容納並列各樣人物，以各章篇幅來側寫各主角的性格樣貌，並由其中生命軌跡的平行交錯，紛顯人際關係裡的疏離冷

漠－各有歸屬房間的住客們，住得既近卻也遠，因暗地裡，每人猶如蝸牛般，背負著屬於自己的秘密與情感，在世間裡緩步行走。這標誌他們真實存在的空間角落，宛若巨大蜂巢地容納蜂群，然而狀似親密的緊縮空間與頻繁互動裡，卻是相對性極度遙遠的疏離與間隔處處的冷漠，各自咀嚼著不為人知的悲傷寂寞與秘密，甚至是謀殺罪行。

　　奧斯特擅長以實驗性筆法去關注人生的無常，更常透過主角狀似荒謬怪誕的劇式，去呈現對自我存在意義的反思，別具哲理，故有「穿膠鞋的卡夫卡」之稱。而吉田修一文字讀來總有種酣暢的社會觀照感，能於不自覺中引領讀者進入人性與人心－所謂的互動與關係網絡，直指的卻是愛中的疏離、寂寞與不安全感。瑪伍德或許因現實記者本職之故，筆下角色淡然勾勒，形象便躍然紙上，節奏快速且影像感強烈，充滿辛辣諷刺的調侃意味，並常於字裡行間充滿對「雙重身份」、「表象與真實交互衝突」的戒慎恐懼，似是隱然呼應她擔憂自己寫作志業被媒體圈標籤為「長不大或愛作白日夢」而只敢以筆名發表的不安。

　　《日落公園》以奔逃至棄屋等待女友成年以開創兩人新未來的邁爾斯・赫勒開展故事，機緣際會於此遇上忠心耿耿略帶仰慕他的小胖哥賓・納森、擁有品嚐小鮮肉與墮胎過去的愛倫・布萊斯，與看似忙碌平凡，實則另有志向的艾莉絲・博斯壯，陌生眾人交會的瞬間，滿佈成長的創痛與懷舊感傷；《東京同棲生活》則以二房一廳小公寓內，杉本良介、大垣內琴美、相馬未來、伊原直輝四名「各有所職」、「各有所屬」男女的平淡日常作敘說，但乍見親密緊聯的互動，直至陌生男小窪悟誤闖而入，才逐一浮現暗影下，未知的人心人性。

　　《兇手在隔壁》則以英國倫敦一棟分租公寓裡，藏匿有因意

外目睹兇殺現場而不得不亡命天涯的柯蕾特、無業卻總是時髦高檔的孤女雪兒、俊俏爽朗的伊朗難民胡笙、親切卻因無薪假增多而顯困窘的公務員湯瑪斯、總是環繞在古典音樂樂符下的宅宅杰拉德、因租賃福利而可廉價蝸居於此的薇絲塔，以及張牙舞爪的「小瘋子」貓咪，因緣際會地於此聚集。搭配上碩鼠般獐頭鼠目又色欲薰心的金蟾蜍房東，一個個關於殺戮的秘密就要揭開。

　　三書比較下，前二者步調較緩，氛圍偏近於「平淡韻致中見感傷」，高明地於生活日常事件的簡單陳述中，透露出人群疏離的不安、痛苦與成長的創傷，《兇手在隔壁》則是以較具娛樂性且影像化的幽默口吻，去陳列人際脈絡中，雙重身份而戰戰兢兢的辛辣敘事。

　　特別值得一提的是，《兇手在隔壁》驚悚懸疑中節奏更顯輕快流利、刻畫闇黑人性字字入坎，彷彿響尾毒蛇一招斃命！目不暇給卻又細膩十足的轉折裡，對話靈活如生，殺戮的緊張懸疑讓人膽戰心驚卻頗具喜劇意味，少有能將髒話於幹譙聲中串聯地如斯直利麻爽又貼近角色心境者，叫人不覺莞爾。與前述S. J. 華森（S.J. Watson）鏡像姊妹作或珀拉・霍金斯（Paula Hawkins）《列車上的女孩》（The Girl on the Train）這種大篇幅反覆的枯燥日常不同，此作無一刻鬆懈的驚心動魄，轉折萬千又歡樂無比，若不耐無聊病態人格日常書寫，亦與讀者期待解謎與趣味的寫作者，或許可以此書為標竿。另外，此書結構亦是首章－事件－末章佈局，首末劇情相連，並為事件後續提前者作為懸疑功用者。

四、階級勞動對立的剝削，下層人物的卑與反：厄普頓・辛克萊《魔鬼的叢林》、西村賢太《苦役列車》與亞拉文・雅迪嘉《白老虎》；新舊世代資源爭奪戰：山田宗樹《百年法》與葉真中顯《失控的照護》

關係親密或疏離卻也難免遇上層層阻難，而危機四伏的大環境關係鏈，階級勞動對立的剝削欺凌，更是亙古關注議題，首先以厄普頓・辛克萊（Upton Sinclair）《魔鬼的叢林》（The Jungle）為主，延伸討論西村賢太《苦役列車》與亞拉文・雅迪嘉（Aravind Adiga）《白老虎》（The White Tiger）等凸顯下層階級人物的辛酸血淚，再佐附新舊世代資源爭奪戰相關為輔。

《魔鬼的叢林》搭配現代時事議題的食安風暴與勞工血淚，宛如法國維克多・雨果（Victor-Marie Hugo）《悲慘世界》的跨時空轉譯。一個立陶宛家族懷抱夢想來到芝加哥，卻歷經警察勒索、無良資方剝削、慘不忍睹的黑心食品製作、房仲詐欺與官商勾結、賄選等，迫使他們一個個向下沉淪甚且死亡的悲慘故事，深刻體現下層人民的辛酸血淚。

據說1906年老羅斯福總統在吃早餐時讀到本書內容而吐（可能是腐肉、老鼠肉、失足工人跌入混合攪拌成為香腸那一部份）而後調查印證真相後，成立食品藥物管理局（FDA），繼而引發社會對「勞動福利、工作環境改善與工人照護」等問題的關注，對資方卑劣壓榨嘴臉、極盡可能降低工資，不從或罷工便從更遠更窮處花招騙募（長江後浪推前浪，源源不絕新鮮肝，加上全國性失業潮與搶工現象更加遽了此一景況）。工人如同免洗筷用完則丟，惡劣工作環境加速了汰換，於是人跟畜生一樣被宰殺，

「除了尖叫聲，什麼都不放過」。

本書極為寫實的點出世界普遍性存在的困境，而主角喬治的悲慘遭遇，宛若山田宗樹《令人討厭的松子的一生》中的松子，即便懷抱對未來的憧憬與付出便有收穫的積極信念，卻只換得不公苦痛與悲慘的境遇，讀來令人鼻酸，亦感受社會亟待改革的黑暗[76]。

小說之神的魔法圈76

回顧台灣近年新舊世代資源爭奪與薪資被剝削的不公不義，延伸閱讀可參照黃怡翎、高有智合著《過勞之島：台灣職場過勞實錄與對策》與戴伯芬主編，林宗弘，吳燕秋，陳思仁，林凱衡，揮塵子合著《高教崩壞：市場化、官僚化、與少子女化的危機》。前者針對台灣薪資階級M型化、剝削與職場過勞等現況，實例與法條並列，以求為勞工尋覓出路，後者則呈顯不具正式「聘僱勞工」身份的學生，其權益比勞工更加被漠視的悲慘處境。《高教崩壞》更另行指出高等教育浮濫、評鑑制度官僚橫行與困窘財政等因素，使學校機構紛紛投機地以「節源」為宗，只想用最少的錢進行短暫的聘任，免去退休給付與兼任的高額勞健保，或將「專案教師」、「助理」與「學生勞工」等物盡其用後隨意捨棄；順從社會期待一路披荊斬棘而上的高學歷博士，長年處於現實市場格格不入的學術封閉體、門檻與國際論文集點制中奄奄一息，時至中年才歷經名額窄門與學校極盡剝削之能事。萬中選一後被大量淘汰的「菁英群」，只得試圖由「出社會」來爭取死裡逃生，然而那時才驚覺企業對「高學歷文憑」與「節源」的考量歧視不予錄用，卻為時已晚。即將崩盤的退休制與失衡給付，新舊世代資源的天平傾斜危殆，屬於倒三角被剝削又毫無位置的青年世代，不僅無能買房成家獨立，孜孜矻矻又被標籤以「草莓惡名」等，更造就少子化循環。完全顯露出「既得利益者把持社會，佔盡便宜又倚老賣老」對比「體制崩壞下艱難求生而受盡侮辱」的社會寫實，高低學歷的學生／勞工，皆深陷毫無保障的恐怖循環。

而與厄普頓‧辛克萊《魔鬼的叢林》，同以食安危機與時事變化等入題，但卻較無偏重下層階級辛酸血淚的描寫，則有相場英雄《狂牛風暴》。首尾以牧場獸醫對食安的關注與自白為主，內文則穿插老練刑警與女記者追索兇殺犯案的歷程。牧場獸醫與廢棄物處理業者同時於居酒屋遭殺害的案件，卻牽扯出知名賣場「拼接」牛肉成「抹布」而上市的秘辛，而大賣場興起的潮流，亦使難以抗衡的小店逐漸沒落，令人喟嘆。

而半自傳色彩濃厚的《苦役列車》，作者是性犯罪者之子，因社會歧視與家庭緣由最後僅有國中畢業，而於底層夾縫中掙扎求生。書中裸露的惡性、怠惰，亟欲扭轉人生攀上上流社會卻無以成功。亞拉文‧雅迪嘉《白老虎》也在講下層人民的辛酸，不同的是，此書拋卻所謂的道德正義，只以自我中心的愛欲作為唯一主軸，即便不擇手段殺人竊奪也要翻身的激切，皆傳達出階級分層裡，於暗黑細縫求生的痛苦辛酸。

另外，關於階級的對立剝削，卻以崩壞體制下的新舊世代資源爭奪為題者，則有山田宗樹《百年法》與葉真中顯《失控的照護》。二書同以特殊型態小說，關注日本社會的新舊世代資源戰。紛陳其對日本戰後，或世界整體趨勢困境的獨特觀照，一則以寓，一則以顯，前後投擲下令人怵目驚心的震撼彈。

《百年法》取用科幻佈局的長生不老術HAVI，別有寓意地以能永駐青春的百年法，去呈顯僵化遲滯的老化社會。腐敗卻佔盡缺額的既得利益者，整體對青年族群的剝削排擠，字裡行間滿載對當前公務體制、社會福利匱乏、勞健保破產危機、家庭制、民主公投與生死議題等的關懷。而《失控的照護》則以高齡老化的人口分佈，直指位處經濟倒三角位置的青年世代，獨木難支照料病重老人而陷入生命瓶頸的崩潰。

【關係類】人心空洞的迴音：修補療癒、寂寞疏離、絕望與黑暗關係

然而一系列肉眼不得見的連續謀殺，卻藏有近似「人飢己飢人溺己溺」出於同理善意的惡行（為照護人剷除壓迫的來源），與行善卻有惡念（希冀家人早點死去以求解脫）的矛盾對照。執善執惡的糾結讓人難以嚴明劃界，也令人思及唐娜・塔特《金翅雀》「善果不總出自善行，惡果也不必然出自惡行」的曖昧，而社會階級體系下的天堂地獄，更高下立判。

不過《失控的照護》立意著重於「以系列謀殺去串起青年照護人在各式剝削排擠後，還需承擔老年照護的窘境」，主脈絡以推理佈局、社會關注與善惡分辨為重，倒是其中「老人照護的情節」，相較下卻顯得有如旁觀的輕描淡寫或案例舉證，較無能深入觸及家庭崩毀關係內，情感內在的暴烈衝突，不過踩得善惡曖昧痛腳的社會寫實部分，頗為可觀[77]。

小說之神的魔法圈77

家庭網絡下的崩毀創傷與細膩曲折，最具代表者當是著有《如果那一天》（This is Where I Leave You）與《在我離開之前》（One Last Thing Before I Go）的強納森・崔普爾（Jonathan Tropper）。強納森總能活靈活現又細膩深入地，摹繪出性格／內心匱乏的主角，最終引爆家庭生活日常裡，「牽一髮而動全身」的各處火雷。既有錯綜複雜的人心曲折與命運偶然巧合的悲劇意味，又能藉此體察崩毀家庭的各式「爆雷」，可說是精妙奇絕。

五、關於絕望與破滅：深町秋生《渴望》、丁柚井《七年之夜》與朱宥勳《暗影》

承續上述從求生掙扎裡感受到的無上絕望，深町秋生《渴

望》、丁柚井《七年之夜》與朱宥勳《暗影》幾部作品亦以各類方式，呈顯「絕望破滅」的旨趣。

日本深町秋生《渴望》是部青春殘酷物語。雖非大逃殺或飢餓遊戲，使人拿刀霍霍四處奔逃求生，卻會從內在開始蛀蝕，宛若有黑暗蛇體沿著內心蜿蜒而上，最後致命一口使人全然崩塌。劇情講述離婚警父受妻所託，尋找失蹤愛女加奈子的下落，途中所面對的事件與真相。另附一線三年前與加奈子相關的某國中生，其受虐實錄及心境歷程，雙線並行。讀者以為可能是警父英勇追尋真相的過程，最終獲得愛與寬恕，讓生命重新露出曙光。然而本書文字卻冷冽闇黑，揭露之事實也非眾所樂見。

離婚警父抱著與太太復合的希望，拼命找尋愛女加奈子，冀望重敘天倫。書中各角色亦如是樂觀－懷抱著各式期待與渴望，然而警父用毒品強暴妻女的恐怖手段與作為，卻把周遭的人越推越遠，而國中生對加奈子的暗戀信任，卻換得被雞姦毆打的下場。使得全書充滿沮喪無力的挫折感與絕望。作者曾自述，他立意描寫一群忍受孤獨與憎恨的人，而他本身也厭倦慈愛的世界，只想對著光芒萬丈的陽光吐口水。故而他使筆下人物皆懷抱著渴望生活，卻將自己推入了絕望。這種外在黑暗環境的包圍與內在的崩毀，亦可參照與《渴望》同屬殘酷青春與犯罪物語、丁柚井的《七年之夜》。

平庸棒球選手父親，因心理驚懼引發「勇大傻」（手會突然麻痺失去功能），影響本身職涯表現一事無成，最後一步錯而導致人生全盤皆輸，兒子被視為他最後守護的一顆球，但這樣溫情和煦的親情關係，卻因報復者的執念而逐步變調。開頭狀似東野圭吾《信》中所呈現犯罪人家屬遭社會審判與排斥的顛撲心境，身為犯罪者之子的少年，長期遭受不明週刊的騷擾與揭露，蓄意的曝

光與攻訐使得少年面臨無止盡被霸凌的悲慘循環，再揪出緊追不放的報復真兇過程，卻也一步步揭露各個過往人物的幽暗過去。

書中紛陳大量愛的暴烈－控制狂、暴力傾向與偏執可能達到的極端表現方式。這種讓讀者讀到一半就忍不住脫口說出「你實在金變態」的劇情人物，卻在作者細膩綿密的文字敘說中，感受到生而為人，深陷生命泥沼的無力感、長期受暴力精神虐待、唯唯諾諾的懦弱、無止盡的霸凌迴圈與被緊追不放的盯視感等痛苦創傷。人性中的幽微暗影在此一一浮現，以愛為名卻是烈焰焚身的創痛，就藏在七年之夜的世靈湖底。

本書後座力正如同炸彈烈酒－吞入喉中是燒燼的痛楚，接踵而來的宿醉與暈眩更叫人「頭痛」不已，帶有點勞勃‧瑞福（Robert Redford）執導《大河戀》（A River Runs Through It），父子溫情相濡的開端，卻是悵恨難以預料的結局。人性的闇黑深沉更堪比深町秋生《渴望》，懷抱著希望前進，卻只是讓人跌得越深越痛而已。

另外，朱宥勳《暗影》的絕望，則來自於棒球賽事間的潛規則與「濁流」（放水或打假球），以懷抱熱情的球迷與明星球員作雙線分述，關鍵字「暗影」則分別為球迷自己團隊設計系統中辨別打假球與否的依據，與明星球員在球場上，曾經的失誤造就一生遺憾－枉死球友的幽靈暗影，影響了他每一場職涯球賽中的擊打與人生，兩相纏繞的命運軌跡與滿腔的理想追尋，卻在利益權衡下，應聲幻滅[78]。

《暗影》中在明星球員賽事旁無所不在的幽靈暗影，與黛安‧賽特菲爾德《貝爾曼的幽靈》有異曲同工之效－因一時的失誤失手，而使得暗影／幽靈如影隨形，影響主人翁職涯的每一次觀看與思考模式，被暗影如影隨形／被死神緊追緊追在後的逼迫

感，都使得主角最終怔悟到自己生命的意義：「我要打一場屬於自己的球賽」／「生命的價值意義在於享受生命的每一刻而非汲汲營營」。

　　《七年之夜》與《暗影》兩書皆若合符節的以棒球嵌入人生事件，然而前者各式主角面臨無可控制的猥瑣人生與困境，後者則是熱血球迷對打「真」球的理想執念、寄託予明星球員的信任等，卻在變化球體投擲出後，緩緩落入破滅的軌道。

六、黑暗關係的極致－政治權鬥類

　　若論人性的複雜多面，政治權鬥則以流瀲紫《後宮甄嬛傳》與《後宮如懿傳》摹繪之高明為代表。《甄嬛傳》本是歷史架空小說，而後因人物性格過於細膩鮮明，造成轟動，轉拍電視劇時，為改編方便而套入清史，成為雍正後宮爭妍鬥豔與女子心計

的代表作。而後據傳流瀲紫於拍攝《甄嬛傳》探班時，被蔡少芬演繹「被深愛之人厭棄至死的絕望」打動，而有了延續烏拉娜拉氏血脈，成就新一代悲歡離合故事的想法，繼而接續創作以烏拉娜拉氏如懿為主角的《如懿傳》。兩套書的考據細節在飲食、衣著與禮節等皆達精工雕琢之最。

相較《甄嬛傳》與《如懿傳》困於後宮機關算盡的女人心計，在海宴《瑯琊榜》的政治權鬥，則以洶湧澎湃、豪氣萬丈的男人智鬥為主。倒敘懸念設計法、擷取藤萍《吉祥紋蓮花樓》中主角曲折命運的蒼傷悲涼，並得二月河《九王奪嫡》之真髓，堪稱大仲馬（Alexandre Dumas）《基督山恩仇記》東方版，緊湊刺激的節奏使讀者深陷宮中重重的政治權謀裡目不轉睛，人物劇情鋪排特具感染力。另外，延續奪嫡主題者，則尚有隨波逐流《一代軍師》。

《一代軍師》文如其題，講述卓越軍師輔佐賢王奪嫡爭霸的故事。此書作者出身工科，然因嗜讀史書小說，所以行文大有古風，典故信手拈來，人物形塑頗有士人名妓風采。每章章首皆輔以具「太史公針砭筆法」的虛構楚史、雍史以提點劇情大要。（類同伊蓮諾‧卡頓《發光體》每章以維多利亞式奇情小說寫法的開頭）行軍作戰亦可看出作者搜查資料之齊備。然而此書為彰顯人物風流之詩詞唱和卻顯得累贅障礙，行文不夠精熟、文字精簡度與節奏亦不如《瑯琊榜》，且主角敘事人稱多所混亂（一三人稱交錯），但作者鋪排各派利害與人心浮動變化，讀來極具武俠、謀略與歷史（虛構背景）的趣味。

另外山田宗樹榮獲第六十六屆日本推理作家協會獎，繼其暢銷鉅作《令人討厭的松子的一生》後的精彩作品《百年法》，寫作演繹較類海宴《瑯琊榜》，著重在熱血男兒的權謀鬥智與人性

心計，在個人細膩情感與男女情事部分則相對性著墨較少。故事橫跨1945至2098年間，約一百五十多年歷史，講述日本遭原子彈轟炸後的絕望中，引進美國的長生不老術HAVI以求再興，然個體的不死不老與永駐青春，卻成了老化遲滯社會的最大阻力，百年後必得赴死的生存限制，也因人類勃勃的求生慾望與權力野心，掀起滔天巨浪[79]。

小說之神的魔法圈79

山田宗樹在《令人討厭的松子的一生》中，以描摹女性心境的細膩變化聞名，並摻雜了執著生命而感發的努力掙扎，與面對命運的無奈感。《百年法》立基於此，更由女性個人擴張至群體社會，如實描繪大環境下群體面臨長年弊病、死亡逼近，而反思對於生命價值與意義的過程，充滿感人的社會關懷。而《百年法》橫跨百年的科幻佈局，卻指涉人類文明所共有的權謀人心，及對社會議題的關注－大抵是對公務體系的諷刺、民意操弄、社會老化、福利制度的崩壞（勞健保破產）、疏離家庭關係、新舊世代爭奪資源及剝削、失業率攀升與國際激進恐怖份子昨為等現象進行摹繪警醒。

　　其餘書中以較長篇幅描繪權鬥或人心對峙者，如張巍《陸貞傳奇》，此書女角被陷害次數之高，彰顯「打不死蟑螂」的最高境界；李可《杜拉拉升職記》系列則如實呈現職場進階高昇中的勾心鬥角，與蘿倫・薇絲柏格（Lauren Weisberger）《穿著Prada的惡魔》（The Devil Wears Prada）系列皆屬職場關係的糾結，就不在政治角力之類了。

　　不過除蘿倫・薇絲柏格《穿著Prada的惡魔》傳神描述「主管隨差隨到，無異議承受各式『挑戰』而毫無個人時間」的職場苦痛外。另外對「職場險惡」如實如繪者，尚有兩部精彩作品－尹

【關係類】人心空洞的迴音：修補療癒、寂寞疏離、絕望與黑暗關係

胎鎬漫畫《未生》與池井戶潤小說改編電視劇之《半澤直樹》。

　　《未生》本以網路漫畫形式推出，卻因寫實呈顯韓國職場生態引發強烈共鳴，進而轉拍電視劇。故事講述專攻圍棋的青年張克萊，因家庭變故與國棋院選拔落選而無以為繼，既無學歷、外語能力或其他專長，夢想破滅後，因緣際會憑關係取得貿易公司實習生資格。察覺到菁英同事差距甚大的他，除努力迎頭趕上外，更迫使他於水深火熱裡，以其所專擅的圍棋世界，來另行詮釋這陌生戰場上，避死求生的慘烈過程。書名《未生》便取自圍棋術語，意指對弈間尚留於棋盤上之棋，皆為未確認死活之「未生」，只有於棋局終局仍存活下之棋，方謂之「完生」。以職場新人來描摹職場動態，橫陳新鮮人初入職場面臨的各式煩惱與現實環境裡的殘酷廝殺，故向有「職場教科書」之稱。

　　而由堺雅人、上戶彩主演，福澤克雄執導的《半澤直樹》，則是由日本TBS電視台改編池井戶潤兩部小說－《我們是泡沫入行組》與《我們是花樣泡沫組》，並以主角「半澤直樹」作劇名的作品，講述泡沫時期入行之銀行員半澤直樹，分別於大阪東京，解決銀行「內外交迫」危機的故事。對銀行合併後的派系鬥爭，業務運轉下借貸融資、虧損與資金收回等會對銀行發生重大影響的事件加以敘說。然而最為人津津樂道的是劇中點出「有功歸主管，有錯下屬擔」，深中上班族的悲慘心事，而直樹於劇中「加倍奉還」亦大快人心。

　　不管是《未生》以圍棋世界規則對職場進行另行詮釋，或《半澤直樹》打滾於銀行界，內外交逼的窘況，二部作品皆因如實描摹行走職場的悲慘辛酸而引發強烈共鳴，自然也寄託了個人理想處於大環境團體勢力間所受到的壓迫抗衡，是理解職場慘烈的絕佳作品。不過後者倒是略有些理想化，「加倍奉還」的期望

與「有功無賞，有錯被罰」的抱怨，在現實職場的險境裡，只能在心裡想，不能作聲。「職場上沒有永遠的朋友與敵人」，太過小心眼，只會是萬劫不復的江湖血路。

七、黑暗關係的極致－囚與虐的牢籠

此節簡述黑暗關係的極致－囚與虐的牢籠類，針對匪徒與人質，加害與被害者的關係互動為重點。以關乎伊斯蘭國、麥可・葛魯柏（Michael Gruber）《人質之子》（The Good Son），娜塔莎・坎普許（Natascha Kampusch）《3096天：囚室少女娜塔莎・坎普許》（3096 Days）、符傲思（John Fowles）《蝴蝶春夢》（The Collector），潔西・杜加（Jaycee Dugard）《被偷走的人生》（A Stolen Life: a memoir）與譽田哲也《野獸之城》為代表。

（一）伊斯蘭國禁制的性與心理顛覆：
　　麥可・葛魯柏《人質之子》

《人質之子》以母子兩線分述，出身為拉合爾政商之家，曾為伊斯蘭聖戰士的美國特種部隊士官提歐・貝里，與曾以假屍及男性打扮混入中亞並至麥加朝聖而被伊斯蘭國家追緝的老母索妮雅・貝里，在她前往巴基斯坦參加和平研討會受俘為質後，兒子想方設法的營救計畫，以及有榮格派心理治療師解夢力母親的智慧，將成為這場跨國綁架中，安危分秒必爭的脫困關鍵。其中乍讀僅為兩大主軸人物之一的母親索妮雅・貝里，實則卻是全書牽一髮而動全身的核心人物。她形象有特別幾點叫人難忘。

首先是突破自身性別於伊斯蘭國的限制，以扮裝的方式進行朝聖遊歷。伊斯蘭國對女性的箝制向為人所詬病，若就女體情慾

【關係類】人心空洞的迴音：修補療癒、寂寞疏離、絕望與黑暗關係

自覺來論，讀者可從穆斯林女作家娜吉瑪，自傳性濃厚，改編親身情愛冒險經歷的《杏仁》、《蕾拉》與《激情的沙漠》，來感受在伊斯蘭教義下備受壓制，亟欲正視與坦索女性身體與情慾的想望。不過《人質之子》的索妮雅則以男裝去進行「男性限定」的朝聖遊歷，於婚姻中一直不為拉合爾傳統家庭所容，被迫在「當地傳統女性角色」出逃的她，則改由追求摒除性別囿限的心靈追逐與冒險。最後成功地以對可蘭經、蘇菲教派，榮格心理派的精熟，影響男性為重的聖戰士世界而權力顛置。

繼而則是受俘後，與綁匪冷靜周旋，甚至暗自以解夢來影響聖戰士中心信仰並為穆斯林婦女解惑等，實在高竿。她反轉斯德哥爾摩症候群（stockholm syndrome）－「人質心理將會以認同綁匪立場作為消滅自身安危不安」的作為，反倒以人質之身對匪徒產生影響，而確保自身安全，這樣的手腕使人驚詫。不過這並非是為主角全然無邏輯的開外掛設定，而是信念中，存有同理而非片面的正義偏見讓人信服之故。

在各地美國獨大為義的思維中，她卻能洞見其中二者的差別。關於心理狀態壓力之源，伊斯蘭國地區人民內部驅力著重於融入（家庭或更大團體）以達和諧滿足。西方人內部驅力則歸屬個人的掙扎矛盾。在特定宗教信仰與世界觀下的穩定和諧與訴諸實用主義的美國哲學觀，本就格格不入。故難以直接用西方各公式理論套用，而必須在他們民族本有的戒律與信仰中，訴諸行為與教義的正當性，這種在同理中的詮釋與影響，才真正能達到作用。

此書文字精妙豐富，並非限定於一樁用以凸顯個人英雄主義的救援，或正義旗幟下的攻防戰，而是於人質與綁架者間的對峙互動，及這對母子回溯過去經歷裡，鎔鑄多元種族、宗教、地域與價值觀的各異差別，並獨有地以榮格心理治療解夢，對經典教

義等另行詮釋。適逢遜尼派聖戰組織伊斯蘭國（ISIS）自敘利亞和伊拉克崛起，備受注目的當下，本書不啻是能立基尊重包容、而使讀者一窺堂奧的精彩小說[80]。

> **小說之神的魔法圈80**
>
> 伊斯蘭國（ISIS）資料亦可參照英國《獨立報》資深記者派崔克·柯伯恩（Patrick Cockburn）《伊斯蘭國：ISIS/IS/ISIL》（The Jihadis Return: ISIS and the New Sunni Uprising）。他以派駐中東36年以上的經歷，透過紀實與採訪去補足「美國」視野外，伊拉克內部景況等，頗為詳盡，亦顛覆一般人於傳媒或美國獨大思維所接收的片面資訊。與伊斯蘭世界及性相關者，則有石井光太《神遺棄的裸體：禁制的性，伊斯蘭世界的另類觀察報告》。日本著名紀實文學作家石井光太，以細膩紀實之筆、兼擅紀錄片與攝影的眼光，單篇遊歷式地去述說在伊斯蘭世界各角落中不幸的性，紛陳戰爭、文化與貧窮的邊緣景象。弒親賣友以求苟活的同性戀、貧困流落被結紮之街娼，永續接客而沒有明天的生活，失怙死恃的街童為求溫飽只得被戀童癖者玩弄，甚至成為一種異型索愛方式、沒有活路的變性人、遵守嚴謹宗教戒律與深愛子女卻必須傳承販槍店與殺去女兒的痛苦父親，一夫多妻卻是對女子的照護深情。上述種種境況讀來為之鼻酸發寒，更是對伊斯蘭世界進行窺望理解的如實紀錄。

（二）囚與虐的恐怖牢籠：娜塔莎·坎普許《3096天：囚室少女娜塔莎·坎普許》、符傲思《蝴蝶春夢》、譽田哲也《野獸之城》與潔西·杜加《被偷走的人生》

以下受害者則未有《人質之子》索妮雅那般幸運，可將「斯德哥爾摩症候群」（stockholm syndrome）進行反制，她們面對的，只有悲慘且暗無天日的黑幕牢籠。

《3096天：囚室少女娜塔莎·坎普許》是真實案件受害人

之自傳體，娜塔莎‧坎普許以冷然外觀的方式，自述她於10歲遭綁，困於斗大囚室長達8年，歷經3096天飽受暴力虐待與囚禁的煉獄生活。脫逃當日，匪徒則衝撞火車自殺死亡，她成為此案的唯一在世者。4年過後，她冷靜理智的自述她歷經家庭失和、惶然遭俘的10歲幼齡，8年內如何與匪徒對峙生存，逃出生天後又遭嗜血腥羶媒體群眾注目的心路歷程。

　　與眾所預期「情緒激動控訴綁匪的被害人形象」不同，娜塔莎以冷然外觀文字，寫實記錄她這八年來與綁匪相處的點滴，甚至攜有匪徒照片以供想念。話語中反對世界非黑即白的二分法，強調匪徒乃是「活生生善惡交織」「過於渴求愛卻無能追愛」的人而引起一片譁然，被片面歸諸斯德哥爾摩症候群（stockholm syndrome），認為她因身為人質對安危的恐懼，而產生出認同匪徒的想法。這種偏頗是對她的二次傷害，畢竟她才是那位親身經歷之人，眾人卻只片面自顧自地將「受害者形象」與心理理論應聲套入，未能符合大眾期待的受害者反再次遭受傷害，這既未顯尊重，亦失之輕率。

　　全書毫無自憐自哀更有對人性的細膩洞見與觀察，甚至比擬匪徒造就的創傷虐待，某種程度上等同功能喪失的家庭（暴力酗酒忽略等），在此並非為匪徒的罪行作開脫，犯嫌行為本身是殘酷不道德的。不過娜塔莎在被長年隔絕，唯有餵養／虐待之手為伴，與毫無維生能力、淪為功能喪失原生家庭犧牲者的幼孩，確有相似之處。出逃後公眾對其狠辣審判與評論偏見等（問她有無被性侵），甚至自以為同情伸出援手，卻不過是滿足自我虛榮與相較心的「施捨」。以正義之名，更狠辣於匪徒的暴虐。

　　《3096天》為被綁架者家庭失和、與綁匪對峙、面對公眾等過程的細膩心理變化實錄，然而符傲思1963年出版的《蝴蝶春

夢》，卻以被綁者與綁匪雙線並進小說形式，用日記與自白體去紛陳兩者的差異。思及真實匪徒與小說中怪咖，皆同時存有極度渴望愛卻不知該如何正常獲取愛（或說正常管道無能可愛），精神變異下俘人為質，讀來讓人不寒而慄。

《蝴蝶春夢》講述寂寞怪咖職員中足球彩券獎後，辭職隱居，將彩金挹注於改造房舍，將他戀慕的高知識美貌女子米蘭達圈禁在內，就像他之前蒐羅美麗蝴蝶製作標本一樣。然而癡心怪男（綁匪）的自白與美貌知識女（被綁者）的日記，可看出彼此思想的歧異，亦毫無正常愛戀愛意的流動互通－他不管米蘭達的個人感覺與獨特性，僅是佔有慾強大的將之綁鎖於他望得見的地方就心滿意足。擁有金錢卻毫無內在基底可支撐，無疑引發出重重危險，而生命也就在闇黑人性的箝制下，漸失光芒。

以《蝴蝶春夢》（The Collector）、《法國中尉的女人》（The French Lieutenant's Woman）與《魔法師》（The Magus）盛名於當代英國文壇作者符傲思本身推崇後設，亦熱衷文學各種形式的互涉與嘗試，而源於本身的博學雜識，他亦喜好於作品中旁徵博引，穿插畫畫、音樂與文學等資訊，故從《蝴蝶春夢》自白與日記的格式內容裡，對60年代流行的驚悚與偵探電影、羅曼史等文學形式進行仿擬嘲諷，以及高知識美女米蘭達的部分，讀者亦可看出他特別大量飾以繪畫、文學等知識進行鋪排套用的用心。

上述關乎因與虐的牢籠，不管是索妮雅於危險四伏中，以同理及榮格心理治癒的解夢力來確保安危、娜塔莎於匪徒暴力與營養不足的虐待下，仍努力堅持自我意識、自白與日記裡佛瑞德畸戀箝制與米蘭達不屈服的意志等，皆於人性最可怖的闇黑中，呈現心理幽微的各種變化。另外，與上列書籍主題相似，殘虐可怖度卻太過驚悚的「進階版」－潔西·杜加（Jaycee Dugard）《被

偷走的人生》（A Stolen Life: a memoir）與譽田哲也《野獸之城》，在此則不另加敘述，延伸閱讀亦請斟酌[81]。

小說之神的魔法圈81

《被偷走的人生》為美國性綁架當事人的自傳體，講述11歲小女孩遭綁架性侵，歷經18年的囚禁後才獲救的悲慘人生。潔西‧杜加行文中，與娜塔莎‧坎普許一樣，同以冷然觀照、不以受害者自居的冷淡口吻取代「憤懣激動」的控訴，一一陳述她與原生家庭的崩毀、不堪的惡夢，以及獲救後努力揮別陰影，擁抱新生的勇敢經歷。而譽田哲也《野獸之城》，則是繼暢銷的《草莓之夜》系列後之作品，改編1996-1998年間真實發生的「北九州監禁殺人事件」－喪心病狂者控制其情人與情人整體家族，還有隨機捕獲的30歲男子及女兒，金錢勒索殆盡後，便以電擊囚虐等令人髮指的方式，使受害群體相互傷害、性虐而死。屍體肢解搗碎後投海，最終因受害男子女兒的逃出而曝光。書中內容紛陳各式殘忍途徑，使人不忍卒賭，噁心病態的恐怖循環，貫串起推理辦案與闇黑人性的殘忍面貌。此種變態虐行內容常見於受害人自傳體（沒有人願意發生這種事）或推理懸疑題材，然而兩書皆述及超越一般常理的殘忍變異、性侵虐待與分屍等情境，非一般讀者所能承受，故而以《人質之子》、《囚室少女》與《蝴蝶春夢》作此節主述，延伸閱讀亦請斟酌。

何處寄相思：流轉於時間的愛戀

來到了偶像劇時間－關於愛，在暢銷小說的原型公式裡，愛戀小說的筆法佈局，大致有以下幾點作法：

 一、繁華流轉中愛的滄桑悲涼：費茲傑羅《大亨小傳》 與亞莫爾・托歐斯《上流法則》

乍聽標題，讀者可能會想到清曹雪芹《紅樓夢》，由榮寧兩府的繁勝興衰，交織成實黛動人的愛戀情愁。不過，《紅樓夢》假借女媧神話，「真事隱」與「假語存」之朝，實情卻是對中國清代社會情狀的隱喻諷刺，我將之歸屬於推理懸疑篇中，魔幻寫實，幻化家族悲劇連結國家崩頹史。然而，在此著重處則在「紙醉金迷的特定時代氛圍，主人翁因其不切實際的愛戀，而走入幻滅的欷噓與痛苦。」（點播歌曲－江蕙：愛不對人）在此以費茲傑羅（F. Scott Fitzgerald）《大亨小傳》（The Great Gatsby）與亞莫爾・托歐斯（Amor Towles）《上流法則》（Rules of Civility）做介紹。

美國作家費茲傑羅於1925年出版的《大亨小傳》，又譯《了不起的蓋茲比》，由初入社會的大學畢業生尼克作主述，講說謎樣年輕富翁蓋茲比對富家千金黛西幻夢式的不實愛戀，步步走向破滅的悲劇過程。鋪陳以20世紀20年代的紐約市與長島為故事

背景，細膩傳神的摹寫當時墮落、放蕩、理想主義與其破滅等的社會氛圍，而被視為美國文學「爵士時代」的象徵與美國夢的警醒。發表後在大蕭條與二戰間皆未受到重視，直至20世紀50年代再版才廣為人注目，成為經典[82]。

小說之神的魔法圈82

爵士時代指1920年代，爵士樂與舞蹈漸受歡迎時，往往指稱美國地區，此期於經濟大蕭條時結束。

而榮獲2012年費茲傑羅獎，亞莫爾·托歐斯《上流法則》則以1937至1938此一年的冬春夏秋四季裡，講述25歲窮女孩愷蒂，與室友伊芙在格林威治的爵士酒吧，因邂逅年輕俊美銀行家錫哥，由此踏入紐約曼哈頓金碧輝煌的「上流社會」。之後一連串紙醉金迷的慾望洪流，捲起了天真、野心與世故，更摻雜活生活色人性爭鬥中的嫉妒背叛。當然也免不了狠辣事實中理想與生活的妥協破滅，交相錯落令人扼腕的命運與選擇，使主角備嚐愛情的苦澀。正如書中所言：「假如我們只會愛上最適合自己的人，愛情又怎會讓人心碎神傷？」

《上流法則》文字優美細膩，不僅鎔鑄了費茲傑羅《大亨小傳》以燦爛輝煌時代氛圍，來烘托主人翁愛戀幻夢破滅的坎坷歷程，職場的進階高昇更讓人想起蘿倫·薇絲柏格《穿著Prada的惡魔》。特別值得一提的是，因作者本身對小說、繪畫、爵士樂與紙牌遊戲的著迷熟稔，行文中信手拈來的貫串鋪排，使全書沉浸於一種藝術的奇想遊戲氛圍，淡化了金錢慾望縱橫裡，被五光十色誘惑所淹沒的銅臭味與攀富心態，反而有種窮苦聰慧女孩的紐約奮鬥成功記，類同舟·沃頓《我不屬於他們》的淡淡書香，讀

來特具迂徐緩慢的哲理韻味，非常令人動容。

上述二書皆是選取特定歷史介面，亦即輝煌燦爛的時代氛圍，從紙醉金迷的浮華裡，感受到生而為人，面對不由自主的命運與選擇，河海般湧入的嫉妒、背叛、攀富等各式情緒與心理糾結，理想與現實發生極大差距，愛情進而悲劇性邁向毀滅的歷程，令人欷噓不已。其中細膩心理與命運轉折的層層變化，精彩度遠勝富家公子愛上雜草衫菜妹或只想進豪門的白爛花癡偶像劇，值得一讀。

二、眾裡尋他千百度，驀然回首，那人卻在燈火闌珊處；大仁哥／大仁妹的永久守護與愛戀：大衛・尼克斯《真愛挑日子》與西西莉雅・艾亨《我一直都在》

自2011年，由徐譽庭編劇、瞿友寧執導，林依晨與陳柏霖主演的《我可能不會愛你》熱播以來，「大仁哥」的深情與默默守護形象深植人心，兩性戀愛開始捲起了「大仁哥」或「大仁妹」風潮－每個成功男人的背後，都有默默支持的女人，而每個女人，也期許在生活中，有大仁哥的守護相伴。在翻譯小說中，亦有兩部以長時間守護，然後「驀然回首，那人卻在燈火闌珊處」的故事。即大衛・尼克斯（David Nicholls）《真愛挑日子》（One Day）與西西莉雅・艾亨（Cecelia Ahern）《我一直都在》（Where Rainbows End）兩部作品。

大衛・尼克斯《真愛挑日子》由一對互有好感的男女，卻像是命運捉弄似的在人生旅途中幾度擦身，從1988年相遇，開啟往後近20年，每年擇一特定日子會面，彼此傳遞著永久不褪色的真心關懷，但愛的相知相惜竟囿限於必得等待「正確」時機的

到來，可是幾經波折、克服萬難換得的短暫甜蜜，卻仍逃不過命運崩毀式的幻滅分離，使人痛心疾首。以1988-2005年，5年一篇，順序鋪陳，然後最後篇章跳躍性（1988，2005，1988，2006-2007）年代佈局終了，使全書讀來有前後呼應，來時路已湮的滄桑喟嘆。

而西西莉雅・艾亨則是《P.S. 我愛妳》（P.S. I Love You）、《最後的禮物》（The Gift）與《在妳身邊90天》（If You Could See Me Now）等作的暢銷作者，擅長以細膩文字與感人語調來鋪排愛情的種種風情。《我一直都在》熱賣後改編為電影《真愛繞圈圈》（Love, Rosie.），內容講述一對青梅竹馬的好友，由橫跨超過45年的電子郵件、信件與簡訊等書面紀錄來呈現長久守候的感情，最終明瞭彼此乃心之歸屬的特殊愛情。

上述二書迥異於活潑笑鬧的青春愛情物語、荷爾蒙澎湃擴散法的青少年戀愛小說，總不切實際的以「愛情至上」，而其他元素皆為襯托綠葉的寫法，反而從一種綿延時序的歲月流轉，去見證長久守候下的真心愛戀，動人真實且細膩無比，是在情感經營上極具醇厚風味的作品。正如辛棄疾〈青玉案〉所言：「眾裡尋他千百度，驀然回首，那人卻在燈火闌珊處」，大仁哥／大仁妹的永久守護與愛戀著實令人動容。

三、書信讀寫訴衷情，魚雁往返知我心：
E.L.詹姆絲《格雷的五十道陰影》、
西西莉雅・艾亨《我一直都在》

提到以魚雁（書信）往返作為情人間互訴衷情的工具，我會想到漢代樂府詩的〈飲馬長城窟行〉。有道是：「客從遠方來，

遺我雙鯉魚。呼兒烹鯉魚，中有尺素書。長跪讀素書，書中竟何如。上言加餐食，下言長相憶」[83]。紛陳對遠方行役戍丈夫的綿綿思念與接獲消息的驚喜情狀。這選自昭明文選，作者已佚之作，本源於秦漢時期為抵禦胡人修築長城的「行役艱苦」寫照，而後則演變為「妻子苦守原鄉，抒寫懷想思念之情」的創作。其中因古人常將書信結成雙鯉形，簡稱雙鯉；而魚雁則分指信封袋（由木頭刻成的裝信容器）與利用雁南北往返的習性作送信工具，「魚雁」最後轉指為「書信」的代稱。

小說之神的魔法圈83

漢樂府詩〈飲馬長城窟行〉原文如下：青青河畔草，綿綿思遠道。遠道不可思，宿昔夢見之。夢見在我旁，忽覺在他鄉。他鄉各異縣，輾轉不相見。枯桑知天風，海水知天寒。入門各自媚，誰肯相為言。客從遠方來，遺我雙鯉魚。呼兒烹鯉魚，中有尺素書。長跪讀素書，書中竟何如。上言加餐食，下言長相憶。

這種因異地相隔，彼此難以企及的遠距離相思痛苦，戀人僅能經由書信的往返傳情達意與獲知生死安危等消息的作法，在古代交通不便的情境中，讀來含蓄韻藉又動人心弦，不過，在通訊科技極端發達的現代，則一改為愛情小說經營裡，「情人間調情示愛工具」與「用以烘托命運抉擇上萬般窒礙」的佈局。

前者如有成人版《暮光之城》（Twilight）之稱的《格雷的五十道陰影》，主婦作家E. L.詹姆絲以大學生安娜邂逅控制狂豪門鉅子格雷哥的戀愛，除鋪排了眾多吸人眼球的SM性愛、炫富場景、心理創傷陰影、攀富心態與羅曼史等元素外，眼尖的讀者必

定注意到書中信件、簡訊的調情示愛佔據極大篇幅。而後者，改編為電影《真愛繞圈圈》的《我一直都在》則必須經由橫跨45年的電子郵件、信件與簡訊等書面紀錄在地球的兩端傳情達愛。

原來在古代因交通不便而只得依賴魚雁往返寄託相思情意的作法，套用在今日便捷科技時代，除突顯了科技達不到的人性，與從古至今皆面臨到，遠距離愛戀的窒礙難行，也成為在命運捉弄下，愛的含蓄點滴或大膽調情的示愛工具等，讀來情意綿綿，傾訴衷腸之聲不絕於耳。此外，這種以書信的讀寫往返來傾訴衷情者，尚另有一哲學性的特殊文本－斯坦・賈德（Jostein Gaarder）《庇里牛斯山的城堡》（The Castle in the Pyrenees）。

斯坦・賈德作品向來以哲學思路與超脫世外的迴旋觀照著名，經典姊妹作如《蘇菲的世界》或《紙牌的秘密》，便是以對話語句，堆砌成探索人本身與世界，存在緣由關係與價值的迷人寓言。而《庇里牛斯山的城堡》，既有E. L.詹姆絲《格雷的五十道陰影》與西西莉雅・艾亨《我一直都在》，以「男女主角二人之書信對話，構築全書內文主要段落」的特點，卻跳脫上述二者「行文必得加附電郵或簡訊傳送之日期、收件人與回覆格式等詳細資訊」的框架。《庇里牛斯山的城堡》男女個性各異的對話，字面上僅分別以理性冷靜的細明體（男）與感情豐富的仿宋體（女）付印，角色躍然紙上間更顯精簡了然。

30年前，斯坦與蘇倫這對如膠似漆的年輕戀人，因山中密林裡，一場突如其來的車禍，謎樣而遍尋不著屍體及其下落的紅披巾女子，陰錯陽差地使兩人戀情蒙上負罪／負疚陰影，隨時將遭到逮捕與冤魂纏繞的恐懼，迫使兩人驚嚇中分道揚鑣，各自婚娶。然而30年後，偶然於分手原地再度邂逅的兩人，相約用電郵，各自陳述當年親眼所見之真相。

但這對個性迥異，來自金星火星的男女，通信裡不時相互角力著，對哲學、超自然、大自然、宗教信仰與記憶等議題，以及最重要的－當年事件的還原剖析，微言大義地於對話中徵引出對宇宙生命的哲思慨嘆。除此之外，亦具備有J.J.亞伯拉罕與道格‧道斯特《S》，以主角對話推進劇情而不帶一字敘述的臨場感，最後揭露之真相，更使讀者於驚愕中，深陷同於大衛‧尼克斯《真愛挑日子》，好事多磨，歷經萬難卻是令人心碎結局的感傷裡。

【關於愛 II】
荷爾蒙澎湃擴散法

 一、荷爾蒙澎湃擴散法，另名曰「白目花癡」
　　女主角小劇場

　　真正的偶像劇時間來了－關於愛裡「馳名遠播」（惡名昭彰）、「風靡萬千少女」（欺騙少女純情眼淚）的一繞二或一繞多，永遠都不吃虧的荷爾蒙澎湃擴散法[84]。「羅曼史」體裁浪漫的粉紅泡泡下，包裹著「除戀愛與女主角一人獨大的立場敘事外，其餘皆為襯托綠葉，即便沒有情節也無所謂」的可怕敘事。

> **小說之神的魔法圈84**
>
> 「荷爾蒙澎湃擴散法」的可憎女角設定，遠在英國的海蓮娜‧寇根（Helena Coggan），在講述自己創作歷程時，亦曾提及對普遍青少年小說女主角設定的不滿。「不是醜、就是天真到近乎無知，要不然就是反社會」，鮮有描摹「好好生活」的少女，而生命中的重大事件總僅限於「墜入愛河」，毫無新意。此點完全突破「白目花癡女角」的可怕設定，讀來心有戚戚，只想擊掌叫好。介紹網址：http://www.theguardian.com/books/2015/feb/01/an-author-at-15-helena-coggan-the-catalyst。

（一）瑣碎日常的超自然羅曼史：史蒂芬妮・梅爾《暮光之城》 與黛博拉・哈克妮斯《魔法覺醒》

自史蒂芬妮・梅爾（Stephenie Meyer）《暮光之城》（Twilight）紅透半邊天以來，至少引發了三種熱潮，一是對超自然生物的關聯與迷戀，二是女主角一繞二內心糾結小劇場的流行，三則是一種結合瑣碎日常的超自然羅曼史。在此針對緩慢進度的「瑣碎日常」為焦點，以《暮光之城》與黛博拉・哈克妮斯（Deborah Harkness）《魔法覺醒》（A Discovery of Witches）做比較討論。

其實對神話／魔法／巫術／不死不老等幻想世界中，與超自然生物對象產生愛戀的冒險故事，淵源已久，光中西各國的改編故事、傳說與奇幻文學等，甚至學術研究鉅作叢集，皆已至汗牛充棟的地步，恐非筆者這短短篇幅所能囊括，亦非焦點所在。不過，史蒂芬妮・梅爾《暮光之城》之所以暢銷全球，至少有幾個創意點需注意。

首先，超自然羅曼史的迷人之處，除了讓人怦怦心跳的戀愛情節，最重要的是滿足讀者對於某特定奇想氛圍的著迷想像。如同是吸血鬼題材，安・萊絲《夜訪吸血鬼》，便吸引了喜好「哥德」懸疑與歷史當代想像的讀者，更另行發想長生不死不老境界連結至對人生命的質疑與價值觀，滿足想像又開啟從現實暫時出逃至異世界的喘息感，這正是奇幻文學或步入異境之幻想創作廣受歡迎的主因。

不過不管情節構造如何轉換，公式總不脫「因緣際會」邂逅人事物而踏入異境，在本有生活與異境中穿梭來回，或純粹性地以異境異人異地的冒險做敘事。但「日常生活的篇幅」絕對遠少

於「奇想異境」部分，通常不是歸零就是僅作為暫時的休憩點，總以「冒險異境」為主。在中國想像力豐富的作品中，如唐傳奇張鷟〈遊仙窟〉、清蒲松齡《聊齋》或明吳承恩《西遊記》等皆可見一斑，在此不一一列舉。

不過乍讀史蒂芬妮・梅爾《暮光之城》，雖以吸血鬼愛戀為題，卻翻轉過往「奇幻異境為主」、「平淡日常生活為輔」，以及「男性觀點冒險為題」的敘事，改以女主角「日常生活心境」的獨大，遠壓其他要素，故而奇幻與男主角反淪為點綴。在保有奇想氛圍的營造中，卻大幅增加生活的貼近感，並以一種女性自我中心的敘事，喃喃陳述女性成長之各式變化（學業、戀愛至人生中的結婚生子）。

對一般女性讀者而言，刺激冒險與戰鬥畫面的吸引力，可能都遠不及對女性心境的鋪排與瞭解，這與創作的精彩度無關，而是關於一種「共鳴與認同」。在約翰・葛瑞《男人來自火星，女人來自金星》系列叢書，談論到火星男人與金星女人思考的差異處－面對問題，男人只想把事情解決，而女人則需要被傾聽與瞭解，故《暮光之城》這與女性心境與成長若合符節的敘事，自然引發強烈共鳴[85]。

小說之神的魔法圈85

約翰・葛瑞《男人來自火星，女人來自金星》系列強調「男女間的各式差異與不瞭解造就彼此硝煙四起」。如面對問題，男人只想把事情解決、女人則需被傾聽瞭解，倒不是真的需要男人提供意見或把事情處理掉（當然還是要看狀況），故「理解並體諒」兩性行為思考間的差異，而非將「與自身習慣及期待」不同的作為，解讀為「不愛」，便是相處妙方。

隨著女性意識的高漲，亦連帶影響暢銷作品的寫作主題，婚姻愛情的著墨更勝以往，且以知識或藝術才能大量貫串，來彰顯女性自覺與情慾等作品更如雨後春筍，站在女性心境所期待的角度進行書寫亦大受歡迎。故在青少年小說中，湧現了河海般一繞二或一繞多的荷爾蒙澎湃擴散法，以及符合大部分女性邏輯「瑣碎日常叨念」的戀愛小說[86]。

小說之神的魔法圈86

女性自覺情慾等自我追尋，佐以知識、魔幻或特殊技能者，詳見【女性篇 III & IV】

　　史蒂芬妮・梅爾《暮光之城》與黛博拉・哈克妮斯《魔法覺醒》正是以瑣碎日常進行愛戀佈局的作品，但過往奇幻最受矚目的冒險打鬥皆淪為綠葉襯托，而以女性心境成長與戀愛變化獨大，這雖然是其成功的賣點，卻也不利情節的進行。緩慢幽靜的內心小劇場，糾結著一繞二的戀情與學業進展，進度遲遲不前對讀者其實是一種傷害。

　　然而《暮光之城》與《魔法覺醒》兩相比較下，前者雖失去傳統冒險戰鬥氛圍，但至少貼近少女青春活潑的浪漫心境、而步入婚姻進入家族與生子等過程，亦展現女人心境的成長變化，女性讀者讀來亦興致盎然。然而後者形容枯槁的歷史女學者為主角，相對既無青春少女的浪漫記事，亦無女性相關成長可供共鳴，書寫還落入了類同清李汝珍《鏡花緣》一種枯燥難耐的炫技。本身曾獲論文獎與葡萄酒部落格獎的博學雜識，呈現在書中的，卻是大量重複的圖書館、葡萄酒、做菜技巧、跑步、瑜珈與划船等。狀似豐富，卻是流水帳般地毫無情節，令人難以卒讀。

小說畢竟是一種「娛樂」性很高的創作體裁，作者必得體認到「取悅」讀者的重要性。以本書具有之各項元素細讀。流水帳之記錄法已差可與日記體等同，然而即便以高中生的憂鬱日記體《壁花男孩》相較，內容亦不會將每日重複動作一再嘮叨敘說（我好憂鬱我很憂鬱我今天又到圖書館？）。若歸於瑣碎日常，一再重複地作瑜珈吃菜喝葡萄酒跟划船，進度卻遲遲不前，亦難以與觸及女人成長變化及符合少女讀者市場的《暮光之城》匹敵。對其他冒險刺激的奇幻類而言，更是難以企及了。必得直言不諱的說，《魔法覺醒》在情節架構、主題的吸引與精彩度上有所欠缺，讓讀者難以忍受。

所以瑣碎日常的佈局其實是一種吃力不討好的筆法，一時的暢銷或許僅是恰好符合某特定需求點而已，卻不可一再套用。戒之，慎之。

（二）一繞二的極致：李・芭度葛《格里莎三部曲》、艾玻妮・派克《花翼的召喚》、綺拉・凱斯《決戰王妃》與柯琳・霍克《白虎之咒》；集大成者：莎菈・J・瑪斯《玻璃王座》

《暮光之城》後，一繞二成為一種病態的流行，「以愛為尊」的羅曼史開始風起雲湧了在現實兩性相處上可能被視為不甚專情的備胎與劈腿關係。雖然作者總會於情節敘述上，為求讀者認同而極力合理化（或將此視為理所當然的不加掩飾），將劈腿歸諸於某些糾結情境與遭遇才「不得不」如此，不過旁觀其享受齊人（甚至以上）之福而毫無罪咎感的左右逢源，倒不如相信這便是為迎合讀者所創建的「花癡白目女主角小劇場」。

在此以李・芭度葛（Leigh Bardugo）《格里莎三部曲》（The

Grisha Trilogy）、艾玻妮‧派克（Aprilynne Pike）《花翼的召喚》（Wings）、綺拉‧凱斯（Kiera Cass）《決戰王妃》（The Selection）與柯琳‧霍克（Colleen Houck）《白虎之咒》（Tiger's Curse）為例。

此類老套公式大致為，看似平凡卻身賦異能的女主角，在兩位護花（保護花癡）使者的討好中，左右逢源、東食西宿。佔盡便宜不說，還能獲得男主角群一致的擁戴（這什麼鬼劇情），而這用情不專、鬼打牆與幼稚白目的女主角，最後則會身擔女王、女神或女強人之類的重大地位，備受尊崇禮遇（這種成長小說簡直毫無邏輯可言）。

首先，《格里莎三部曲》，身賦「掌握光明能力」異能的少女，在闇主與青梅竹馬的愛人間來回逡巡。而綺拉‧凱斯摻雜了反烏托邦與王子選妃設定的《決戰王妃》，王子與侍衛的爭奪戰，亦使女主角於權勢者與青梅竹馬愛人間兩難。然後艾玻妮‧派克具超自然氣息的《花翼的召喚》，精靈少女羅芮兒，分別於校園與老家森林裡，邂逅帥氣的人類足球隊員大衛及神秘精靈哥塔馬米，而在人類世界與精靈王國中，展開一繞二的愛情大冒險。

柯琳‧霍克《白虎之咒》更顯誇張，女子先於馬戲團解救了被禁咒封印的王子（白虎哥），結果不知怎地，續集便開始跟白虎兄弟（黑虎弟）曖昧來去，周旋黑白兩虎間，愛人皮毛顏色剛好湊成一幅太極？最後甚至連反派大壞蛋也被推坑至女主角無窮盡的荷爾蒙澎湃黑洞，這種無差別的「愛意橫生」，使女角彷彿是亙古恆久、裝置金頂電池而永不停歇的發電機，讓讀者的雞皮疙瘩簡直要如寒霜覆滿大地了。（這一片大雪茫茫真乾淨！）

雖然上述三書在光明與黑暗的對峙中奇想翩翩，反烏托邦又結合王子選妃的夢幻，加上冒險奪寶的過程皆精彩美妙，然而讀

到「花癡白目」女主角的荷爾蒙澎湃小劇場，卻常使讀者有種厭煩而難以同理的崩潰感。

值得一提的是，關於柯琳‧霍克《白虎之咒》，或許因印度女權不彰，新聞資訊亦常有女性被歧視／強暴案件而使社會觀感不佳。羅曼史中鮮少以印度阿三哥當主角的情形出現（雖然是王子沒錯）。不過此處作者則在主角設定上取巧為年代久遠，甚至以印度神祇的鬥爭神話做佈局，不然早就逼退一群讀者了，亦可見出選材命題，特別是亟欲「落實美好幻想」的目標主體，要能有避開現實觀感不良「雷區」，或依自己專擅及文字功彌補的洞見。

此外，特殊地以印度帥哥為主角，但劇情與鋪排上卻較為清新可喜者，則非史考特‧韋斯特費德（Scott Westerfeld）《重生世界》（Afterworlds）莫屬。

《重生世界》雙線分述一名高中畢業的少女，現實因寫作出《重生世界》而至紐約文學圈發展的點滴，而虛構作品《重生世界》裡則平行開啟另枚少女遭遇恐怖攻擊，以念力進入重生世界，順便邂逅俊俏引魂使者的浪漫故事。雙線交叉的敘述中而使讀者獲知作者遭遇如何對筆下作品的劇情脈絡產生影響，並兼及呈現出版業的活動評價等。而且重生世界虛線一脈，含納印度神祇與文化思維氛圍裡，更滿佈懸疑謀殺的刺激氣味，頗為精彩。

相比上述書目，此書劇情顯得清新可喜，唯文字過於冗沓需精鍊之，鋪排節奏亦過慢，可刪改一些無聊重複小事，集中重大事件以增添緊張感。甚且有些部分尚有可發揮之空間，雙線並行，文字卻又不夠精鍊，雖然氛圍與情節掌握得宜，但五百多頁內容，卻讓讀者覺得有所不足可補入處。如復仇基地的迷走或打鬥脫逃、引魂使者男的城市、人民與秘密小島等皆可再補述，雙胞胎妹妹形象亦過於單薄，幾乎可刪略之，不過整體而言尚屬上乘。

最後，一繞二極致，卻集聚眾家所長的集大成之作－莎菈・J・瑪斯（Sarah J. Maas）《玻璃王座》（Throne of glass），堪稱為奇幻羅曼史顛峰。因同伴背叛而深陷鹽礦苦牢的首席美少女刺客，不見天日一年後，高貴英俊的王子哥宛若天上掉下來的禮物，浩浩蕩蕩地將之迎至皇宮，並配有誓死忠心的俊俏侍衛長隨身護衛。為了還諸自由之身，除束食西宿的芳心震盪外，她必須由24名盜賊、刺客與戰士群中脫穎而出，奪取唯一的「國王御前鬥士」名額，期間宮廷與戰鬥的人性奸險、嗜血怪獸與神秘符文皆於暗處蠢蠢欲動，殺機叢生。

系列首部乍讀類同綺拉・凱斯《決戰王妃》一繞二的荷爾蒙澎湃法，大抵為少女刺客周旋王子與侍衛的齊人之福，不過奪取「御前鬥士」作為生存契機的生死殘鬥，則與蘇珊・柯林斯《飢餓遊戲》若合符節。另外更搭配有喬治・馬汀《冰與火之歌》宮廷權鬥的人心變化與托爾金《魔戒》史詩場景與傳奇人物（精靈王后）等，盡顯作者的勃勃野心與鎔鑄功力。雖然這種「以奇幻為皮，戀愛為骨」、「極端開外掛而使女主角一切迎刃而解」的羅曼史設定早已屢見不鮮，但此書藏於字裡行間的穠麗文字與仿古史詩氣味，仍頗為可取。

（三）一繞多的「奔女」極致：菲莉絲・卡司特、克麗絲婷・卡司特《夜之屋》與莎蓮・哈里斯《南方吸血鬼》系列[87]

終於來到了一繞多的極致－母女檔菲莉絲・卡司特與克麗絲婷・卡司特《夜之屋》，及莎蓮・哈里斯《南方吸血鬼》。《夜之屋》由母女合著，母親負責架構時空與世界觀，女兒則負責戀愛與對話部分，大抵結合《暮光之城》與《哈利波特》特點，成為吸血鬼養成學校開啟羅曼史生活的成長故事。

荷爾蒙澎湃擴散法「一女繞多男」設定，某種程度與神話哲學裡的「奔女」有幾分神似。筆者碩論，紀昭君：《戀慕於祂，她：《百年孤寂》與《紅樓夢》的母體回歸及母神樣貌》，2010成功大學中國文學系碩士論文，次章便以母神裂變中的愛神形貌探討秦可卿／透娜拉，於「她房間」引領男性「雲雨」之事並精神啟迪，其與性愛生殖空間的關聯進而延伸母神身體空間（神妓與聖殿）及母神角色分化等主題。不過這並非以神話哲理意義來為「荷爾蒙澎湃擴散法」所擾動的白目小花癡們開脫，而是因其特色恰恰與「奔女」無止盡戀愛與雲雨形象若合符節。然而意義上一則為母神裂變後的遺存，一則是為了討好目標讀者的可怕設定，奔女作為啟蒙與先驅角色，與「白目花癡」的人物性格是截然不同的。

　　但合寫造成基調落差，特別是女兒對話營造上的幼稚淺白、毫無張力令人崩潰，而一繞多的愛戀關係，更是劈腿大觀園的絕佳寫照。本來類同母系社會與母神傳說經營時空世界觀的夜之后，佐以美國民族巫術（外婆）的奇想氛圍，若人物對話與情節合宜，當屬巧妙。遺憾的是全書流於白目幼稚劈腿與淺薄狀態，以致於無法撐起巨大的奇幻世界觀，更顯無聊遲滯，讓讀者難以卒讀。

　　而之前介紹過莎蓮·哈里斯的《南方吸血鬼》，是在吸血鬼主題上，營造較為成功之作。美國南方小鎮良辰鎮酒吧裡的金髮波霸服務生，巧遇「出棺」的吸血鬼俊男哥，在一連串兇殺懸疑案中，嫌疑人的「種族類別」可能出乎所有「人」的想像。此系列雖亦是一繞多的戀愛設定，但至少分手了再換新人，較少同步劈腿的狀態，且內容與美國時事議題強烈連結，對美國政治人權（吸血鬼法案）、南北戰爭、鄉鎮衝突、親子教養與殺人犯案

等，在角色個性鮮明的演繹下，活脫脫不啻為美國風情與社會脈動的寫實觀照，超越《夜之屋》的「平淡無味只以男女戀愛為尊，角色情節卻顯得空白無趣」，使《南方吸血鬼》瑕不掩瑜。

（四）永生不死的超自然羅曼史

除了一繞二或一繞多的戀愛對象選擇，（其實沒有得選，設定上全都是女主角的囊中物），永生不死的超自然羅曼史亦紛陳出新，如姬兒絲坦·米勒（Kirsten Miller）以前世輪迴今生循環不息的銜尾蛇寫成《永恆一族》（The Eternal Ones），愛莉森·諾艾勒以不朽者為題的《不朽之心》，貝卡·費茲派翠克（Becca Fitzpatrick）《暗夜天使》（Hush，Hush）與蘿倫·凱特（Lauren Kate）《墮落天使》（Fallen），分別以天使墮落凡塵的冒險與墮落天使結合人間學園（放牛班壞孩子）等織就羅曼史。

或是茱莉·香川以精靈混血公主成長為主題的《末日仙境》、卡珊卓拉·克蕾兒（Cassandra Clare）以紐約曼哈頓為架設地點，結合闇影獵人、聖杯與血緣追索的《骸骨之城》（City of Bones）等，幾乎如出一轍：奇幻為皮，以愛為尊，再結合學園生活。大抵從歷代神話傳說中的超自然生物與異能者，被盡數翻出用個遍，令人瞠目結舌。

其中擺脫學園無趣對話與無病呻吟人物性格，並鎔鑄作者本身繪畫藝術專長，以繪畫者筆下如栩如生的怪物與傳說，開啟穠麗鮮豔奇幻氛圍的萊妮·泰勒（Laini Taylor），其《千年之願》系列（Daughter of Smoke and Bone Series）纖美奇想的細膩文字讓人眼前一亮，行文流暢婉轉，架構清晰，不過系列最後仍不免流於一繞二鬼打牆，而使讀者亟欲抽身而後快。

不過以撒·馬里昂（Isaac Marion）《體溫》（Warm Bodies），僵屍男因愛而復生卻是本令人回味的純愛小品，全書文字清新簡鍊，流暢無比，男女交往互動自然隱喻橫生，是脫除無病呻吟、白目花癡女主角的細膩之作。據作者2009年底的訪談內容，他並無意追尋超自然生物羅曼史，是創作完後恰逢此類熱潮，悔不迭能早點出版而使己身創作與超自然羅曼史劃清界限。或許這也呼應小說之暢銷風潮，不僅有「原型公式」可循，亦如潮水漲落，有起伏可鑑。

一繞多最後以1989年，游素蘭描繪古代眾神於輪迴流轉中感受生死愛戀的《傾國怨伶》作結，但或許當年一繞二與一繞多尚不及今日之繁盛誇張，且以前世今生的輪迴來掩蓋多重愛戀的作法，也使讀者不致如今日「超自然生物為患」而極度反胃了。

（五）合寫愛，四手聯彈愛情魔奏的缺陷：卡蜜·嘉西亞與瑪格麗特·史托爾《美麗魔物》

卡蜜·嘉西亞（Kami Garcia）與瑪格麗特·史托爾（Margaret Stohl）校園純純愛戀融合歷史奇幻的《美麗魔物》（Beautiful Creatures），與《夜之屋》同是合寫作品，據說卡蜜喜歡描述美國南方故事，想創作關於土生土長美國南方的小說，瑪格麗特則著迷於奇幻，一直想要寫超自然小說，兩者的結合在某些部分頗為迷人－南方小鎮風采、夢境與歷史、並且指涉青少年對於成長成年的恐懼分野（光明巫師與黑暗巫師）。

但此系列四手聯彈愛情魔奏，卻因彼此各專其長，而忽略了情節的緊湊性與主題的集中。男主角一貫作為便是到速食店討論與思考面對問題要怎麼做（但他從來沒有得出結論）；然後女主角便是一直無病呻吟說：「噢天阿我要死了天阿我快要死了」（讀者會一直有種「作者為什麼不乾脆成全她」的想法），類同

於《暮光之城》與《魔法覺醒》等乍見為奇幻的作品，卻在日常（速食店與家裡）開始進行無止盡的重複叨念，具備刺激緊湊的重大事件寥寥可數，整個情節宛若書中被砸爛的派一樣，了無生氣，陷入一灘爛泥。

故創作上「合寫技法」雖各專其職，但還是必須注重整體的緊湊性與劇情高潮的安排，「奇幻為皮、戀愛是骨」而其他情節部分空白無依的作法，將使創作整體元素不夠均衡而搖搖欲墜，顯得危險。若論合寫技法傑作，則有兩部推薦。

（1）德國驚悚小說天王瑟巴斯提昂・費策克與首席法醫麥可・索寇斯的《解剖》。本書以法醫赫茲斐與一新進菜鳥VS.恐怖漫畫家與離島醫院工作人員做兩線交叉敘事，因法醫女兒漢娜的失蹤而展開一連串緝兇過程，大量的剖屍情況與受害女子倒數待援的情節使得讀者腎上腺素節節飆升。此書對法律、正義與道德的思索，與東野圭吾《徬徨之刃》以及受害者家屬替妻子討回公道的血淚實錄《與絕望奮鬥：本村洋的3300個日子》有異曲同工之效。讀完心裡都覺得沉重，面對道德與正義，法律或許有時候並沒有辦法引領真正的正義。

（2）兩屆島田莊司推理小說獎得主，陳浩基與寵物先生聯手創作的《S.T.E.P.》。此書主要以「科技對人性的預測」為軸，特別是犯罪人再犯率上的模擬，可由因子變換中從資料庫產出各異的「犯罪劇本」。而以網路程式撰寫上可能發生的bug、同步資訊覆蓋漏洞，以及關於沙盒，即平行時空的開啟操弄（系統模擬平台的再現），使得讀者在類同克里斯多夫・諾蘭執導的《全面啟動》般，層層剝出一場場人性推理奇境，又兼有菲利

普‧狄克（Philip K. Dick）《關鍵報告》（The Minority Report）裡，預測犯罪並預先逮捕的未來科幻感，在這樣繁複的未來迷宮中，反覆找尋破案的契機並深思關於人性修正與從善的可能性。

值得一提的是，此書登場人物與模擬劇本上，讀者讀到了別出心裁的美日交會間，關於種族、戰爭與反社會人格上的鮮明呈現，而不囿限於華人必得以華人主角或亞洲為舞台的設定，文字刻畫更精熟入骨，難得的是合寫作品竟能銜接如此天衣無縫，讀來驚心動魄，驚嘆不已！不過在反社會人格霸凌、教唆殺人與設計入甕的幾處情節「血力萬鈞」，有種被人性殘虐驚嚇到的崩毀感。其中一處兒子寫給入獄父親，滿懷寬恕與理解的開解信，讀來令人潸然淚下，不能自己。

【關於愛 III】
愛為枷，罪為鎖：
沉重的愛戀，愛與罪的宣判

、沉重的愛戀，愛與罪的宣判：
　　路易絲・道媞《蘋果園之罪》
　　與艾琳・凱莉《你回來的時候》

　　暢銷小說的原型公式中，關於愛的主題，如上所述，以繁華流轉來體驗愛的滄桑悲涼、大仁哥／大仁妹的永久守護與愛戀、魚雁往返互訴衷腸，以及最受少女群眾瘋狂的荷爾蒙澎湃擴散法等類，但不管劇情鋪排如何曲折迂迴，讀者皆可感受到，在字裡行間濃厚愛戀情懷遠勝劇中其他元素。不過，有種類型卻是在甜蜜的愛戀中背負沉重枷鎖，而使主角蹣跚跛行，甚至讓愛與罪行相扣而必得面臨審判定罪。以路易絲・道媞（Louise Doughty）《蘋果園之罪》（Apple Tree Yard）與艾琳・凱莉（Erin Kelly）《你回來的時候》（Poison Tree）作介紹。

　　關乎愛與罪，或許讀者直覺會想到，於1850年出版，被視為美國文學史上浪漫主義小說開創者的納撒尼爾・霍桑（Nathaniel Hawthorne）《紅字》（The Scarlet Letter）。17世紀正當政教合一的清教盛行年代，美麗已婚的赫絲特・普林與青年牧師丁米司兌爾間的禁忌愛戀，換得了她胸前與世不容、恥辱的猩紅色烙印，這代表通姦的符號A將她隔絕於社會外而備受歧視，卻彰顯了女主角為愛付出的不悔與犧牲。路易絲・道媞《蘋果園之罪》與艾

琳‧凱莉《你回來的時候》亦在愛上套住層層枷鎖而不得喘氣。

　　路易絲‧道媞《蘋果園之罪》講述一名頗富盛名的遺傳學家，邂逅身份神秘，彷彿匪諜般隨身藏有多支電話的男子，在各處（教堂、蘋果園與僻靜巷弄等）的陰影下縱情恣慾，但這樣的危險關係，卻在一樁謀殺案中，演變為對愛質詢的法庭攻防。而艾琳‧凱莉《你回來的時候》則類似2003年貝納多‧貝托魯奇（Bernardo Bertolucci）執導的《巴黎初體驗》（The Dreamers），由外人進入謎樣姊弟宅邸的劇情架構（男VS.姊弟），取代以（女VS.兄妹）做敘述－女子認識了家道中落卻仍夜夜笙歌、放蕩狂歡的豪宅與兄妹，關於愛的錯失與命運的悲劇，最終使得人人落入愛的重罪當中，無可自拔。

　　首先，兩書佈局皆以「首－過程－末」三部分為骨架，不過作為懸念的首章，則分別是末章的一部份（如《蘋果園之罪》），而《你回來的時候》則是用中段故事過程中存有的某一片段）如此可收前後呼應之效，又有懸疑補足缺漏的驚喜感。勞倫斯‧卜洛克（Lawrence Block）於《卜洛克的小說學堂》（Telling Lies for Fun & Profit）裡，曾談及引人入勝或具備懸疑氣味的寫作方式，便是將順序打亂，盡可能不要使用順序法。開宗明義的首章「須立即抓住讀者眼球」極為重要，絕不可以無趣的枝微末節開場。這種寫作佈局在推理小說中尤為常見，如櫻木紫乃《玻璃蘆葦》，開頭短篇布置火災犯案現場情形，接而娓娓道來一切事情發生的爭端，末章時再回顧首章情節，並揭示最後的犯案真相，這種開頭充滿懸疑，使讀者懷抱疑問按捺好奇讀起中間敘事，最後真相大白，充滿跌宕起伏的破案驚喜與閱讀感。

　　其二，兩書皆陷溺在因愛而入罪的痛苦（監獄與法庭），而傷害了愛的甜蜜本質。《蘋果園之罪》本身是部隱喻性與環節相

扣極為縝密的作品。聲名遠播的遺傳學家,卻因DNA基因的檢測而被證實有罪,(當然了此樁罪行的犯案,本就是因礙於DNA的遠大功效而使雪球越滾越大,難以收拾);神秘男子X的謎樣色彩,原來都不過是自我的假想與捏造,兩人縱情歡愛的慾望洪流,正隱喻著亞當夏娃偷嚐禁果而遭流放之罪。書中更以「在多大的熱度下,黑猩猩母親才會將孩子踩踏於下以自保」的生物實驗,來質疑愛的真諦。《你回來的時候》則從雙性戀愛的吸引,進入沒落的宅邸,然而愛的轉移,命運悲劇下逼使得人性的自私自利逐漸浮上檯面,關於情緒勒索與剝削的痛苦,造就了一種膨脹的自我中心,為了守護一個完整幸福的家,殺人犯案看來早已別無選擇。

愛裡的崎嶇難行或甜蜜相知,在此種類小說的撰寫中,反而幻化成一道道無法拆卸的沉重枷鎖與殺人犯案,使主角身心時不時受魔鬼折騰與困擾,難以脫身。

其實吉莉安・弗琳《控制》也頗有愛與罪攻防戰的味道,(愛咪:我可是為你殺了人!)但並非同於上述二書的沉重壓迫基調,而是一種情人間控制與報復的歡樂喜劇(雖然尼克可能不這麼想),故而不將《控制》列於此一條目中。若論愛與罪交相纏繞之作,還另有吉田修一《惡人》,但此作專注於現代社會寂寞疏離的氛圍,人們在空虛中互舐傷口,於犯罪的逃脫中見證愛的真諦,是指在罪中浮現患難真情的愛戀,與上述愛因罪沉淪變色不同。

家國情仇下，身世半點不由人的妓女悲歌

一、家國情仇下，身世半點不由人的妓女悲歌：
亞瑟‧高登《藝妓回憶錄》、明孔尚任《桃花扇》
與清曾樸的《孽海花》

　　亞莫爾‧托歐斯的《上流法則》中曾說：「假如我們只會愛上最適合自己的人，愛情又怎會讓人心碎神傷？」愛是如此的不由自主，切身關聯萬千細節，命運、頻率、時機與互動模式等，可想見愛之複雜難解。對一般人而言，即便東風俱備，亦難免糾結痛苦，又遑論身世堪憐的妓女呢？

　　往常戰爭書寫與主角，極大篇幅著重男性奮勇殺敵（海明威（Ernest Hemingway）《戰地鐘聲》（For Whom the Bell Tolls））、艱難行伍與思念原鄉守候妻子的故事梗概（又一齣〈飲馬長城窟行〉），女角常立於配角或為輔的狀態。但在此，亞瑟‧高登（Arthur Golden）《藝妓回憶錄》（Memories of a Gei-sha）、明孔尚任《桃花扇》與清曾樸的《孽海花》，則是「以女角（特別是妓女）生涯事件遠勝歷史家國」的作品[88]。

　　《藝妓回憶錄》主要講述二戰前後，一名藝妓於社交界傳奇跌宕的一生。1929年被父親賣至京都祇園的千代，因自身的美貌倔強，在受訓期間受虐而出逃，直至遇見良師益友豆葉的護佑，才開啟嶄新的一頁。而在日本軍國主義橫行與二戰的硝煙中，身

為才藝兼備的頂尖藝妓，卻是可愛而不可得，可得而不能愛，她的美麗與哀愁就襯著歷史砲火轟隆聲，被湮滅遺忘。但堅持恣性的固執，卻也讓她在亂世中活出自己。

　　孔尚任《桃花扇》與洪昇《長生殿》齊名，時有「南洪北孔」之稱。《桃花扇》講述明末復社文人侯方域與秦淮名妓李香君的戀情，貫串以南明王朝的覆滅。此劇編排承繼了中國戲劇「善惡分明、愛憎強烈」的特點，「公忠者雕以正貌，奸邪者刻以醜行」（光看臉譜即知好人壞人），小可觀男女情愛之烈，大可說家國興亡，然而戰國亂世、命運曲折的變化驚心，香君的氣節盎然對比文人的變節無義更顯突出。

　　曾樸《孽海花》則名列晚清四大譴責小說之一，以清廷外交使臣洪鈞與賽金花（傅彩雲）的愛戀始，由中國遠至德國、俄羅斯，甚至出使歐洲等歷程。紛陳晚清封建權貴與官僚士大夫，於風雲變色的崩壞時局，呈現出的種種貪腐爛壞現象，人物萬象囊括上下層達官顯貴（慈禧及光緒等）與眾平民（妓女及小廝或小偷等），寫實如繪中更添後人演繹賽金花香豔奇聞根據。紛傳其與八國聯軍統帥瓦德西的風流韻事，使得八國聯軍入主北京，慈禧命李鴻章議和有難的危急時刻，竟是由賽金花出面調停進言，

【關於愛IV】家國情仇下，身世半點不由人的妓女悲歌

不僅順利簽訂辛丑合約，還制止了大屠殺，以女子弱質之身，力抗強權解救同胞。野史傳聞對二人情史描繪得活色生香，甚至更將1901年中南海儀鸞殿失火一事，渲染為火中瓦德西裸身抱賽跳窗出的橋段。

上述作品在重心的推移上，很明顯地標誌出「女主角生涯經歷與情感為重」，而「歷史家國戰爭敘事」為輔的主客位，將「大歷史」家國戰爭的慘烈敘述，推移至舞台後方，成為「小女子」愛戀與人生悲歌的布景。不僅是女性生活與思緒受到重視的象徵意義，以負面觀感職業「妓女」為角，高尚情操與堅毅性格反而意有所指的對比諷刺男性的薄倖負心、懦弱無用及變節無義。她們如一般女子渴望平凡幸福的嬌態期盼，更烘托出身不由己、受困環境，卻仍努力活出自我的堅毅性格，其「困頓不能移」的凜然情操，躍然紙上。

另外關注妓女生涯與內在寂寞之作，尚有安野夢洋子2001年始的漫畫連載，於2007年改編為電影《惡女花魁》。名演員土屋安娜詮釋這江戶時代特具魅力的名妓，而以華麗見長的蜷川實花則為執導，配上天后椎名林檎的飄忽音樂，使得本片在濃豔鮮麗的畫面音樂中，盡顯人性掙扎的痛楚狠辣，亦另行演繹了日本藝妓不同往常的殊異風貌。不過這部作品與家國戰爭較無關聯，而著重在女子內心面對困頓的掙扎矛盾，所以就未列入此節了。

【推薦書單精選】

【難度書單】伊蓮諾·卡頓《發光體》

本書極為難讀，特別是在結構敘述的繁複多變。

以1866年淘金熱時期為背景，來自英國的華特穆迪，無意間闖入擠滿12位不同種族階級與背後故事的旅館吸煙室，各個人物不僅對這一樁的犯罪懸案有各自的觀察細節與角度，其人物性格更搭配上黃道十二宮星盤來詮釋個性的複雜度，於是在冒名、失蹤、偷竊、鉅額遺產、妓女、鴉片、降靈會、毛利人、法庭中顯見19世紀淘金熱下的錯綜移民風貌。

若簡言之，本套書僅在陳述一樁懸疑犯案與荒誕的愛情故事。然而此樁懸疑犯案，卻以12位人物的「偵探」視角，對事件各自表述，並總在下一章節中推翻前者所見，又埋下更多懸疑種子（不是希望的種子）。並配合星體運行調節章節篇幅，故而使讀者有種由朔到望，陰晴圓圈的迴旋反覆之感。所謂的「霍基蒂卡」或整個敘事，便是啣尾蛇（Ouroboros）（烏羅伯洛斯圓）的概念。而愛情故事的揭露，在文章的順序上可說是相當的晚，但這卻又是一連串事件的起點。另外有兩點我想提出來討論。

一，關於一樁懸案的各自表述與觀察。這技巧在推理小說中也許已不足為奇，光讀湊佳苗，個人「告白」式的劇情推演，或宮部美幸利用不同人視角去推進「案情」的進度，甚至到秋吉理

香子融會貫通，最後真相大白的回馬槍等，可顯見這技巧已屬十分常見，然而本書作者匠心獨運的在結構上搭配星座命盤去詮釋個人的性格與境遇的多變，在篇幅上更營造出陰晴圓圈的迴旋反覆感。

然而有利必有其弊，不管其中縱雜了多少小的懸疑伏筆，但總歸來說其本質，都僅是一件大懸疑犯案的相關（史丹斯的失蹤、黃金失竊與轉移與冒名等），不過為了配合星盤的移動，使得十二位敘事者輪番上場演繹自身相關情節。這冒了容易讓讀者心生厭煩的險，因為沒有新的謀殺新的腥羶，卻一直卡在同一案件，鑽進像是迴圈般的小細節泥沼中而不得脫困，這是在考驗讀者的耐性。若不是鋪排這麼多引人入勝的娛樂元素（哥德、降臨會與鴉片等），我很懷疑讀者是否有力氣讀完整部。

在華文懸疑推理的作品中，王雁的《大懸疑》也有同樣的危機，讀第一部時，還覺得緊湊精彩，可到第二部時仍在同一案件（女主角格格之死）來回反覆（她到底是怎麼被碾的呢，那邊碾來還是這邊碾去還是上面來，或是下面過去…身為讀者從拍案叫絕到他媽的這格格的屍體你是碾完了沒有…），這容易給讀者一種「毫無希望」又「窮究鑽研小細節的厭煩感」。因為作品必須要回應讀者的期待，一點希望（希望的種子！），並且在讀者厭煩前進入新的佈局與巧思。坦白說，在第九位敘事者上場的時候，我就有點OS這到底有完沒完還不破案唷的崩潰感…

二，關於一齣荒誕愛情的戲碼。談荒誕的愛情，我會想到村上春樹《1Q84》中的青豆與天吾，然而，雖然是虛擬的並行時空，但是不管是在一個月亮兩個月亮，各自有伴侶（「把人移到別的世界」後找來發洩的禿頭一夜情對象或婚外情性愛享受的年長女朋友），但文中細節的埋藏與陳述，讓讀者心知肚明兩人間

的情感與羈絆，並對於「在一起」抱持著期待與希望。（就算對方不知道也要愛他，總是記得當年握住對方手時的觸感、眼神與內心悸動）。

不過書名隱喻主角情侶便是日與月的《發光體》（《擁抱太陽的月亮再一齣》），這對小情侶愛情卻等到最後才揭露，前頭篇幅巨大的解謎鋪陳並未將兩人的互動與內心糾葛含納在內，直到終局才揭露，讓讀者其實在「兩者的愛情上」，內心難有醞釀與深刻的感受。甚至在其他人物的內心上，最容易感發讀者心緒的家庭紛爭如穆迪與父兄的關係或阿桂遠鄉對父親充滿愧疚的描述，不知為何也有種難以企及的疏離感。

有一部高登・達奎斯《食夢者的玻璃書》，也是以繁複多變、綜合哥德懸疑夢境性愛權貴等為題的小說，然而在字裡行間不僅人物形象躍然紙上，甚且也會使讀者為主角人物的喜怒傷悲而揪心不已。但閱讀《發光體》時，雖也會讓人有種「觀星」的繁複驚嘆感，然而卻也有種疏離的氣韻。

結論，這部作品相當繁複，並綜合了歷史移民與文學情節上所有引人入勝的要素，甚且在人物面貌的觀察鉅細靡遺，而充滿哲思與藝術想像的結構，更讓人讚嘆不已。但卻也許是這般過於精緻的結構敘事，使得人心情感只能如觀星般的遠觀而無可觸碰了。

【推薦書單】田中經一《擁有麒麟之舌的男子》

乍聽書名「麒麟之舌」，在我腦海浮現的，卻是沉復《浮生六記》裡的兒時記趣，那癩蝦蟆「拔山倒樹而來」、「舌一吐而二蟲盡為所吞」的畫面。然而細讀之，才知曉這「麒麟之舌」指涉料理上極具天分之人，「過舌不忘」的天賦，牽引出日本國族

歷史裡，一段料理、信任與希望的情感大作，極為感人。

　　本書以兩位同具「麒麟之舌」的男人－山形直太郎與孤兒佐佐木作雙線分述。在現代從事「最後料理」並索取高額報酬的佐佐木，能為生命走至尾聲的委託人，「完美再現」生命中最懷想的料理。然而他眼中的料理，不過是算計著「獲致金錢」與「壓勝他人」的武器，毫無情感可言。因孤兒出身造就對他人的不信任感，身懷絕技卻亦對員工過度求好嚴苛，最後只好凡事親力親為、獨木難支而背負龐大債務。

　　直太郎本在日本宮內省大膳寮專職替天皇掌廚，1932-1945年間，滿懷希望與愛國情操，來到了被日本佔領的中國東北，由日本扶持溥儀成立滿州國至日本本土被美軍轟炸，蘇聯紅軍進攻而日本戰敗撤退期間，孜孜矻矻研發為日本天皇巡幸東北準備「大日本帝國食菜全席」食譜。而這橫跨七十年的歷史謎團與殺人真相，就藏在這分為「春夏秋冬」四卷的極致料理食譜裡……

　　「大日本帝國食菜全席」本是為了與清朝「滿漢全席」各爭鰲頭，彰顯日本國族精神與冠絕世界的爭勝之作。然而熱愛料理的直太郎，雖亦秉持愛國節操，卻在日式料理的式樣上，摻入鎔鑄各民族食材與文化的精神，此舉收服了中國廚師助手楊晴明與具民族歧見猶太人老闆的心。然而這為國的一片赤誠努力，竟不過是人為籌畫、政治陰謀裡的一枚棋子而全然失去意義。

　　百田尚樹於《永遠的零》與《風中的瑪莉亞》中，分別以零式戰鬥機駕駛與母虎頭蜂在殘酷法則中的艱困求生，彰顯人物內心糾結「小我自我追尋的慾望」與「大我為國家奉獻犧牲」的矛盾衝突。而《麒麟之舌》的直太郎則由熱烈的愛國思君，在獲知真相後，一轉「大日本帝國食菜全席」原先為國族精神佈道的意義，成就為藏有對親愛之人體貼細膩的情感料理。料理是神，他

敬重地以一頁頁食譜，藏著尊重包容與對所愛之人的用心來取代爭勝壓制。

不過，即便聚集四本秘籍卻未能重現「原味」的原因，當然不是暗示要學四十二章經，將之焚燬以燒出個「東郊皇陵」（燒了就灰飛湮滅大賠錢囉），而是正如諸多武俠片的設定：非有子孫血脈不得開啟，「傳承」意味濃厚的佈局（如《風雲》以血啟動劍塚）。若非子孫，也必得持敬重之心（張無忌不磕頭哪來的乾坤大挪移？），食譜的成書與傳承，便盡在血脈與信任之間，另外，更需得有情感、同理與包容的進駐，才能盡顯秘籍食譜中的美味。

料理橫跨民族與囿限之作，尚有理查·莫瑞斯（Richard C. Morais）《美味不設限》（The Hundred-Foot Journey），本書以印度裔廚師迎戰嚴峻刁鑽巴黎美食界，因料理的美味而橫跨印法國界的異國「食」情、料理規則與成見，更從米其林五燈獎層層累計獎評口碑的過程裡，勵志清新的談了場「純純愛戀」。（這不是詭計性「純愛」小說）但主要關注印法文化的碰撞、面對挑戰絕不服輸最終成功的勵志心境，《麒麟之舌》相對性的在中日國族歷史中，增添廚師個人內在自我大我的掙扎，以及用生命歷練感悟人生哲理與料理真諦，頗為動人。

另外，正如《食神》電影裡歷經人間冷暖與情關苦楚的食神，於悲愴悔恨中端出讓人落淚的黯然銷魂飯（加了洋蔥），《麒麟之舌》中的佐佐木，最終理解在天賦與傳承外，為對方製作料理的濃烈情感，更是料理必備調味。品嚐料理的過程，正是感受廚師用心與情感的美好時光，這才是生命中最令人動人的「最後料理」（這麼好吃的叉燒飯，以後吃不到怎麼辦？）。而在料理中注入情感，使飲食者嚐之而感發心緒的，則尚有美食版

《百年孤寂》－蘿拉・艾斯奇維（Laura Esquivel）《巧克力情人》（Like Water for Chocolate）。被僵化禮教束縛，必得侍奉母親直至百年之後的么女，在一道道的菜餚中，藏著她無以名之的愛欲、悲傷與痛苦，食之令人狂亂（慾火焚屋裸奔、眾百賓客齊落淚），上述二書皆圍繞製備「料理」必得注入「真情」的概念構想。

結論，這本在中日國族歷史的書寫中，注入感發大我小我的情感事件，由對美食料理的尊崇，衍生出民族間，甚至人與人間的信任、尊重、包容與愛，帶領主角與讀者，由「嗜錢如命」毫無情感的料理機器，一轉為血肉十足、情感真摯的用心人。這歷史國族版的黯然銷魂飯、美食版《永遠的零》與血脈啟動的美食《風雲》實在太精彩！米其林評分：★★★

★另外電影強・法夫洛（Jon Favreau）執導《五星主廚快餐車》（Chef），同以「料理」為媒介，串起個人夢想的追尋與父子關係之旅，搭配上混搭熱情的音樂，也相當迷人。

【推薦書單】傑瑞・李鐸《亞特蘭提斯・基因》

如果有機會成為人類的頂尖，救世之外還擁有無上的至高權，你會不會選擇在一開始的時候，就要變得最強，從還是個受精卵的那一刻？

傑瑞・李鐸（A. G. Riddle）《亞特蘭提斯・基因》（The Atlantis Gene）講述遺傳學家凱特與無國界反恐組織「鐘塔」探員大衛，無意中分別因破解人類遺傳大躍進的解鎖密碼，與所屬組織被滲透崩毀的危機，而身陷殺機四伏的處境，奔逃解謎與冒險的路途上，充滿險惡與難以想像的真相。

本書以雅加達大火與西藏地毯兩部分別進行敘說，作者巧妙的以電影快節奏敘事與影像跳躍法，帶領讀者橫跨南極洲、印尼雅加達、印度新德里、西藏自治區、南大西洋上空與爪哇外海等地，幅員遼闊，視野中充滿新奇探索的冒險感。接而交錯1947年報章訃聞的密語與1917-1918年掘鑿直布羅陀的紀錄手稿等，層層推進陰謀的核心。

亞特蘭提斯這失落的神話之城、遺傳學上物種存滅及完勝的關鍵，加上神秘的印瑪里集團、光明派系與「鐘塔」間的交錯聯橫、重要人物狼子野心的重重面具，織就了百年來的派系糾葛、歷史懸案與科幻世界裡不可思議的驚人圖像。這種多元鎔鑄神話、種族存續、生物科技、歷史懸案與解碼等，間或點綴有作者特有的幽默口吻而成就奇幻驚悚鉅作，讀來令人瞠目結舌，目不暇給。其中針對幾點提出來討論。

首先，關於神話宗教裡的失落文明、創世起源、歷史懸案與科學間的辯證關係，並於追索過程中探知血緣身世真相的作品，屢見不鮮。丹・布朗（Dan Brown）《達文西密碼》（The Da Vinci Code）裡，聖杯去向與謎團、耶穌基督（宗教創世聖人）的存在與歷史隱蔽片段傳遞出的訊息，卻是與主角切身相關的血緣身世。這種在「證據」堆疊與「辯證」的邏輯下，消除了神話／宗教／歷史與科學間模糊地帶，並使彼此開始重合映證而顯得煞有其事、真實難辯的作法，讓我想起了在1983年，聯合國教科文組織於《國際社會科學》上，曾以「化生萬物」為名，刊載了一幅伏羲與女媧的交尾圖，其蛇身交纏的樣式，正等同於遺傳物質DNA的雙螺旋結構，而引起了人們對神話萬物起源間的科學關鍵浮想聯翩，本書亦採取這樣的基調與懷想進行書寫。

關於失落的古城，亞特蘭提斯的方位地點與傳說，一直眾說

紛紜，亦是作家探險奪寶的絕佳秘境。大陸作家方白羽的《創世書》，以虛擬的遊戲時代，前往文明的溯源之旅，在謎樣的亞特蘭提斯大陸中遭遇一連串悲歡離合，並且對文明的變化生成有所參涉的懸疑驚悚故事。各類作品不勝枚舉，歷史考古對地點的說法更莫衷一是。不過，《亞特蘭提斯‧基因》應當是根據古希臘哲學家柏拉圖（Plato）在兩本對話錄《克里特阿斯》（Critias）與《提邁奧斯》（Timaeus）中所述及的片段為根據地點－形容亞特蘭提斯王國大抵落於今日直布羅陀海峽周遭之處，曾繁勝一時，但卻在與雅典交戰前因地震火災而一夕覆滅。

關於時間的流轉與相對，《亞特蘭提斯‧基因》含納豐富的元素裡，作者匠心獨運的將解破歷史懸案的通道，設置在時間的流轉與相對性上。其中關鍵處便在蘊藏亞特蘭提斯人遺跡的洞穴裡，時間流轉與外在世界相對比率為一日比一年。所以在此處停留一個月的父親與生活在外的女兒卻已相差三十歲。這古道內相對悠緩的時間行進法，據傳乃亞特蘭提斯人為爭取時效等待復返之故，另外生化管更具備保存與修復傷者至嶄新如初的人體狀態。

是故，1918年西班牙流感秘辛與掘鑿直布羅海峽的工人點滴，乍讀遙不可及早已隨歷史湮沒的人事物，卻因神秘亞特蘭提斯人所遺留的船艦、大鐘、保存生化管與時間相對性悠緩的設定等，而使活在當下的主角，充滿真實臨場感的在「歷史古蹟」與「本該成為歷史人物的角色」進行互動爭鬥，直擊跨越百年、恩怨對峙的激烈瞬間。

這種類同於「山（洞）中方一日，世上已千年」，進入秘境而與原生世界發生時間不同步的相對性流轉，也常見於東方奇想作品中。南北朝任昉《述異記》或《隋書‧經籍志》裡的〈洞仙傳〉，皆講述晉人王質入山觀棋，仙人棋罷，其手持斧頭木柄已

爛盡，返家回歸光陰竟早已經過百年。大抵都是採取時間流轉的相對性來營造超然自外，具備神秘氣息與力量的所在[89]。

西方此法則多見於科幻作品，不過相對性的較東方充滿科學數據的驗證與鋪排。2014年克里斯托弗・諾蘭（Christopher Nola）所執導的《星際效應》（Interstellar），瀕臨世界末日時候，為解救女兒前往太空的父親，在時間相對性流轉的危急中分秒必爭。時間相對論下的蟲洞與通道，使主角進入未來現在與過去彼此交纏的多次方時空體，以重力改變傳遞摩斯密碼的數據，最終給予女兒與地球人們一線生機。《星際效應》中艾米莉亞說：「我們可能無法理解愛，但我們可以相信愛。愛是超越時間和空間的。」也許，超越時空的，不僅是愛而已，還有嗔恨貪癡與慾望。

所以，或許某種程度上，《亞特蘭提斯・基因》即為蟲洞之化身，帶領讀者橫跨地域、多元要素，以及最重要的，在穿越時空中，體會橫亙古今的愛恨貪癡。

【推薦書單】追索自由的光──吳茗秀《三郎》

　　《三郎》全書分兩部（1943-1957與1957-1962），以桃園某望族的第三子為主角，時間貫串日治時期、國民黨來台、二二八與白色恐怖時期，講述在父親權威陰影與母親偏愛寵溺其他孩子的差別待遇下，嚮往自由與熱愛想像的三郎，於保守時代中窒礙難行。為從高壓政治與家庭環境中出逃，他努力考取極其珍貴（五千分之一）的留美名額，然而登陸美國後卻非他想像中的自由歡笑，而是一連串種族歧視、生計與家中需索無度的窘迫經濟壓力，甚至還有海外特務眼線的監視目光，屢遭困頓下掙扎求生，最後終因不屈不撓的堅毅而衝破命運的牢籠。

　　不同於往常對二二八、白色恐怖等高壓統治與鎮壓進行血淋淋與暴力直露的僵硬書寫與剖析（雖然是事實沒錯），但很難得能讀到將台灣切身痛楚政治歷史入題，又巧妙的在文字藝術的層次上進行昇華醞釀，將重心關注在個人面臨高壓下所激發出的堅定意志與努力，無視先天或後天環境的諸多限制打擊（受教、愛情與人生），這腳踏實地永不放棄而開創自己人生的主角，讀來充滿勵志與成長。

　　我特別喜歡書中描繪三郎幼時的美好時光。雖面臨美軍轟炸、至親差別對待，日日遭受鞭打但卻仍保有一些善心人士的溫情關懷，與屬於自己的小小空間－田野芬芳，可自由呼吸的田野水邊，台灣純樸風情被描摹的無比迷人。這讓我想起了馬格斯‧朱薩克（Markus Zusak）《偷書賊》（The Book Thief），戰爭是那麼近，又那麼遠，可在童稚的眼光與想像中，他們嚮往的，一直都是白雲飄飄、藍天湛湛的自由徜徉，與腿上悄悄翻動的書頁。而這點即便我們長大成人，也沒有絲毫改變。

三郎在至親家族血緣中遭遇剝削、差別待遇、傳統保守以暴力為手段的高壓統治等，永無止盡的生命試煉，最終使懦弱膽小的台灣人三郎，由消極的順從，出逃，到最後覺醒反抗，如火箭機械的發射沖天，衝破時代與科技的圍限。這些他個人生命的點滴其實正是台灣人民面對歷史共同命運的縮影，充滿自覺自重的鼓勵與期盼，而不屈不撓、剛毅果敢的性格，正是我們台灣人最為可喜可愛之處。

 【有趣小現象】出版業相關與秘辛

　　最近發現一個有趣的小現象，關於出版業相關，過往眾人總是三緘其口（箇中艱辛不與外人道也），小說內裡也鮮少將其入題，但近來從身擔佐料到篇幅擴充而至以出版業秘辛為主題書寫，似乎也暗示了「出版業」相關也將成為寫作的重點主題之一。

(1) 村上春樹《1Q84》：以平行世界開啟荒誕之愛與謎樣人物的《1Q84》，書中以代筆作家天吾改寫天才少女深繪里的樸拙作品，開啟一個月亮與兩個月亮異世界的變動與參涉，以業界「代筆改寫」的現象入題。

(2) 史考特‧韋斯特費德《重生世界》：雙線敘述高中畢業少女因寫作《重生世界》而至紐約發展，劇中劇的綺思中另行講述作品《重生世界》－少女遭遇恐怖攻擊而以念力進入重生世界，順便邂逅俊俏的引魂使者男主角。交叉敘述作者遭遇如何影響筆下作品與出版業的活動（演講、發表、文學圈與宣傳）等。以新人作家與出版品的關係及五光十色出版業活動作為其中一線的劇情架構。

(3) 喬艾爾‧狄克《HQ事件的真相》：極致炫目的書中書懸疑案，套用小說作家出書前後過程加上最後謝辭成就一本書，且書指涉小說本身、調查過程（小說中出書內容），文學巨擘、毀容藝術家與少女的情愛（奠定巨擘地位與毀容藝術家真正作

品），以出書的階段遞進、作家心路歷程與出版人員的插科打諢等鋪排成書。而以出版業秘辛為主軸的小說，則以百田尚樹《販賣夢想的男人》與東野圭吾《歪笑小說》為代表，曝盡出版此業的「不可說」。

（4）百田尚樹《販賣夢想的男人》：講述號稱「夢想販賣男」的牛河原總編輯，如何把理想翩翩的出版業，以「參與出版」為名，做成詐騙集團海撈一把的驚人故事。在一對一各個突破的買主們－不出名的失意作家、「物不平則鳴」的打工族、愛面子想要紅的家庭主婦、希望自己奮鬥史與偉人並列的老頭，就這麼的被請君入甕。

（5）東野圭吾《歪笑小說》：出版小說集已經與身同高的東野圭吾哥，想不到竟然擲出了一記殺手鐧。在十二篇幽默的爆笑短篇裡，串起了出版業界最不可為人道的秘辛百態。作者編輯與作家的諜對諜，就從學會打高爾夫球開始！把出版業裡裡外外會遭遇到的「情態」都描摹一番，可說是進入「出版核心」的重要門票。

【心理篇Ⅰ】
心理學反轉小說文本的映射參照

　　前述文學評論敘述之主客位，總以文學為主，心理學為輔。然而貫串於文學經典中，乍見不過是點綴或註釋補充的心理學概念與叢書，其作用卻不容小覷。《小說之神就是你》宏觀微觀分別視之，其實便是習得「暢銷長篇小說的佈局技法」與「角色人物心理變化」兩大核心。前者整體結構為「原型公式」之套用，而後者用以組串長篇、小篇幅角色形塑與人物事件情狀描寫之「原型公式」－箇中原理其實等同心理學對人的解析觀照。

　　心理學本是「歸納人類情感、創傷與行為關係之研究」所發展出的學科，雖非所有舉止與內心情感創傷都必得硬性對號入座或囿限固定於幾個特定的模式內，然而對於迅速觀照出「驅動主角內心的矛盾衝突」與「某些特異事件對主角的詮釋意義」則綽綽有餘。對於初下筆不知該如何設計人物內心轉圜或突破主角心理癥結的初學創作者，有很好的引領效果。且心理學「超然獨立的外觀」視野，更與創作者「全知宏觀」的立場若合符節。

　　畢竟寫作長篇與短篇不同，短篇或許只需一個意念、氛圍或情緒等便可揮灑而成，然而長篇需要的不僅是創意的迸發與耐心毅力，還需注重密密麻麻角色人物心理的內在變化與事件的因果連結，前後邏輯一貫成了寫作長篇的基本功，而故事人物的曲折

內心與情節轉換，便是最能讀出一個作家火候的重點之處。以下嘗試心理學叢書之序列為主，加附可映射參照的文學小說作對照。讀者可將兩者互逆相推，便可察覺兩者共通的「原型」概念。

　　心理學反轉小說文本部分，可由根源探起，一個人心靈創傷所來自，往往來自親密之人的不當對待與慘痛記憶，多數最早是與父母（撫育者）的關係，及全然依賴撫育者而無反抗力道的童年創傷相關。故本主題以岡田尊司醫師《父親這種病》與《母親這種病》為先鋒，藉由二書所梳理「歷史名人成長變化與現今諮商實際案例，結合生物體養育與愛所分泌之催產素、血管加壓素兩種特定荷爾蒙，安全基地的設定與依附關係的穩定與否」等剖析，來理解父母言行舉止可能帶給孩子的深遠影響或負面效應，並與小說文本對照之[90]。

小說之神就是你

岡田尊司《父親／母親這種病》書名讀來駭人，不僅抵觸一般道德倫常「天下無不是父母」的敏感神經，身處亞洲傳統以孝為天的思維更顯尷尬。然而心理諮商之立意，皆非根基於「譴責」或「歸罪化」，而是協助人們釐清積壓於心的事件及情緒原貌，藉此理解責任歸屬、壓抑情緒來源與創傷的處理協調。由此才能進一步從自我復原至對他人的寬容諒解，獲得新生。此二書便是著重親子關係間常被諱莫如深的「父母言行」對孩子的影響進行剖析。岡田尊司指出父母行為的關鍵鎖鑰，可能基於荷爾蒙分泌差異（催產素與血管加壓素），上一代撫育記憶無意識的刻板傳承，與擔當「安全基地」功能的完備性，非單純肇因於不愛或無心。催產素與血管加壓素相較，前者俱有平靜心緒、穩定行為與協助忍耐的「母性」功能，後者因偏重提高活動性，專職保護依附己身人事物將產生攻擊或探索面向，故歸屬於「父性」，歷史上父母親的職責權掌，常依此特性略分。荷爾蒙分泌多寡將使生物體行為引發鎖鍊效應，如上一代撫育記憶的重現，不僅圈限於對待態度的傳承，被冷感撫育成長者，將來擔任母職時，亦將因催產素貧乏造就無能示愛的笨拙恐慌。不過荷爾蒙分泌乃因人而異，或可由依附的相互關係誘發催產素的激發而改善。而父母身擔「安全基地」功能尤為重要－因這標誌著任何情狀下皆能供給安全感、撫育、陪伴與支持等，讓孩子能有長期穩定的依附，從中獲得安全感、被愛與認可自己被珍惜的價值。缺席或不穩定的依附關係，孩童則需另有等同理想父母角色的「安全基地」作撫慰，即兒童心理學大師愛麗絲‧米勒（Alice Miller）所定義「協助見證者」或「知情見證者」的存在。詳見【心理篇Ⅳ】父母與幸福童年的秘密。

父親

一、父親的角色與功能

（一）社會化與禁制的標竿：岡田尊司《父親這種病》

　　村上春樹《1Q84》曾描摹纏繞男主角天吾腦海的奇特畫面－「他的母親脫掉胸罩，解開白色長襯裙的肩帶，讓不是父親的男人吸乳頭」。而做為一歲半小嬰兒的天吾寶寶，就躺在旁邊，發出鼻息卻沒睡著，仰望著母親這般的身影而在初萌的記憶投下烙痕，來回咀嚼，日後並以此做為追索血緣身世的依據－「那個男人到底是誰？是我真正的父親嗎？」

　　「真正的父親是個未曾謀面且與之競爭母親乳頭的外人」，這不到十秒的簡短畫面，清楚地傳達出幼兒對父親的初步概念。岡田尊司《父親這種病》便曾形容，相較母親至少懷胎十月的共生期，父親的角色突兀得簡直像個外人。然而實際上，除擔負著愛與養育功能的母親外，父親則代表著「界線的設置」與「禁制」，即「孩子社會化標竿形象」的存在。

　　眾所周知「伊底帕斯」弒父戀母情結，部分亦彰顯孩子與母親共處「母子融合期」而排拒外人的反應機制。然而孩子為求建立自我主體的存在，必得學習脫離母親，以免去被母體吞噬覆蓋的危險，此時介入「母子融合期」的父親角色便舉足輕重。做為社會化標竿形象的父親，負責引導孩子與母親分離，孩子藉此複

製並內化父親形象的各式特點，以習得踏入社會基準模範的成年洗禮，完成社會化的準備過程。

　　若母子分離不完全或父親缺席失能，都將造就孩子自我成長主體的崩壞破裂－而自我認同的混淆錯亂，便是日後引發各式困難與破裂關係循環的主因。岡田尊司以父親為例，列舉歷史名人為證者，便有奧斯卡・王爾德（Oscar Wilde）、巴布羅・畢卡索（Pablo Picasso）或沙林傑（J. D. Salinger）、赫曼・赫塞（Hermann Hesse）與漢娜・鄂蘭（Hannah Arendt）等人，皆因父親緣故而一生飽受矛盾痛苦[91]。

小說之神的魔法圈91

母子分離不全將使孩童自我主體被母親吞噬，做為標竿形象化關鍵的父親，其行為舉止無論好壞，都會因孩子內在本能的驅力與迷戀而全數複製，即便是暴虐酗酒或懦弱無道者亦然。權威者父親將孩子帶離母親、協助其自我本體成型的作用相當重要，界線與禁制對抑制青少年犯罪等更具效果。

（二）尋父旅途：父親對自我主體認同的重要性

　　文學經典裡不乏以「尋父之旅」來貫串主角的成長敘事及冒險，這種「忽焉在前，忽焉在後」的父親背影，如魔咒般，於角色心頭縈繞不去，作用更彷彿遊戲關卡的補給驅動，所有患難冒險的意義，終究都是為了尋獲或追隨父親。所謂的「尋父旅途」，便是孩童以此做為自我成長統合、完成自我認同主體的途徑。能完美示像孩子由「母子融合期」邁步「尋父旅途」，歷經社會磨練而完整自我主體建構的小說文本，可以羅伯・歐姆斯德（Robert Olmstead）《少年羅比的異境之旅》（Coal Black

Horse）為例。

　　可愛的男孩羅比，依從母親的吩咐前往戰場尋父。不過正值戰事慘烈的過渡期，尋父旅途顯得崎嶇，滿佈人體軀塊與人類的惡念惡行，他卻別無選擇。尋父的執念引領他穿越血淋淋戰場的滿目瘡痍，男孩的稚嫩純真於此一一消弭，最終於懷抱眼見父親死亡。尋父旅程的終點既是羅比自我主體的成熟蛻變，亦是擔當父親重責的起始，而此時，他早已承繼了父親的成熟、冷漠與殘酷，來守護他新鍵結關係的家園。這正是青少年藉由尋父完整自我認同與主體成長的絕佳寓言。

　　另外，村上春樹厚達三冊，呈現虛擬平行世界與荒誕愛情神話的《1Q84》，對「尋父」一詞的懸念也頗為趣味。天吾對幼時另有男人吸吮母親乳頭的印象揮之不去，成年後偶然去探訪因阿茲海默症住進療養院的父親，確知了父親與自己沒有血緣關係的事實。天吾喃喃自語的片段中，充滿了對未來與世界的茫然－不僅對未來的道路與能前進的方向毫無概念，也遍尋不著人生目的，人生在世，只是孤單單地沒親人朋友，甚至也無法去愛誰。

　　垂死的父親更於此時口出驚人之語：「你什麼都不是。」然後又以不帶感情的聲音反覆說道：「以前什麼都不是，現在什麼都不是，以後也什麼都不是。」天吾竟表情冷靜的對此全然接受。這樣不存在的存在，與「誤闖貓之村的青年，貓兒嗅之有味卻什麼也看不見」的形容遙相呼應。如同遭父親性侵交合的深繪里，旁人眼裡，也不過是有閱讀障礙、人生多處斷裂空白的少女而已，最後不知所蹤[92]。

　　「父親」形象的崩解不全，或失去父親社會化標竿之引領，使得後代子系不僅自我認同主體斷裂空白，既不能適應真實社會

的脈動，與各式關係建立連結互動，渾渾噩噩的主角也終將走向茫然一途，並不時為自己的存在產生質疑困惑。那麼解離出歸屬主角平行世界的虛擬時空，使一切漂浮曖昧不明的景況，都在混淆錯亂的虛實間，變得充滿可能，亦所在當然。綜觀上述虛實暗喻的小說文體外，尚有其他交錯父親缺席／死亡／失能與子代自我認同主體斷裂的特別筆法。範圍更廣者則會推展至尋父尋母最後自我覺醒的道路試煉。以下先就「父親的缺席或死亡，引發孩子自我認同的崩裂混亂」部分進行討論。

小說之神的魔法圈92

還有天吾和深繪里雷雨夜的交合，別有意味的將深繪里父親自願性地在飯店經青豆之手終結性命的情節並列，意在言外地鋪排天吾取代深繪里父親成為Receiver（接受者）的場景，實則亦有女兒戀父情結，長大尋求與父親相似者成婚的暗喻。

 、父親的缺席／死亡／失能與子代自我認同主體的崩裂

（一）女兒的流浪者之歌，思父同懷鄉：
流浪自我與國家主體的並行敘述

　　父親做為孩子社會化形象標竿的立意，深層擴之，更可等同於國家父體／父土／父國的存在意義。分別獲取2007台灣文學獎長篇小說金典獎與2013年德國畢希納獎及萊比錫書展大獎的陳玉慧《海神家族》與史碧樂・列維查洛芙（Sibylle Lewitscharoff）《八百萬個老爸在路上》（Apostoloff），便同以異鄉女兒的流浪者之歌，「思父同懷鄉」的返家溯源歷程，去拼接自我流浪的旅

程與國家主體的鄉愁哀思，並行敘述。

《海神家族》偏重女神信仰（媽祖）的神話氛圍裡，講述台灣1930至2000年初，父系總缺席不存的三代家族紀事。缺乏父親、母女關係陰鬱緊張又痛苦激切的女兒們，只得選擇承載各代女子綿密細膩的記憶、遺憾與哀怨，顯然出逃。異鄉女兒的流浪旅途，思父懷鄉同時，更試圖去探索生命中難以定位的父系父親，進而延展至父土父國，台灣中國歷史交錯的命運脈絡，去重建成長中父缺母噬而未能被完整建立的自我認同。

《八百萬個老爸在路上》相較下，則偏重辛辣幽默且怪誕的語調，與保加利亞國土風光為賣點，但字句較為艱澀難讀。異鄉姊妹花由德國返鄉參與父親的移靈，13部加長禮車與高達40多人一同的誇張移靈，行走於可堪當旅遊指南的寫實國境風光。歷史的遷延嬗遞，錯雜父親離國後鬱鬱寡歡而自殺的身影。熟悉又陌生的父親父土父國，使得異鄉女兒只得矛盾地以嘲諷偏激，去掩蓋「思父懷鄉」下的痛徹心扉。

上述二者皆以異鄉女兒面臨破碎記憶造就自我主體與國家認同的錯淆混亂，及成長路途缺乏父系引領而遭母親吞噬的壓迫，母女關係因而陷落鬱鬱的衝突與控制，家族女兒最終只得選擇出逃一途，四處流浪。多年後女兒藉由返鄉，踏行父土／父國的領域，一步步串接起成長過程中，茫然崩裂的自我。

類同《八百萬個老爸在路上》以父親死亡串起主角成長之情節／情結者，尚有劉梓潔《父後七日》與強納森‧崔普爾（Jonathan Tropper）《如果那一天》（This is Where I Leave You）（電影《愛在頭七天》原著小說），但其中意義略顯不同。

三、爸爸的花兒落了：「父逝」貫聯成長的各式情節／情結[93]

關於父親缺席死亡或失能相關，有一類特別強調以父親過世協助移靈的那幾天，對自我成長中各式情節／情結進行耙梳，亦即以父逝的守靈期，做為回顧與整合自己混亂人生的鎖鑰。相比於《八百萬個老爸在路上》較為嚴肅沉痛的去呈顯家國情感與個人愁思的交相纏繞，劉梓潔《父後七日》與強納森‧崔普爾《如果那一天》的基調則顯得歡樂無比。

> **小說之神的魔法圈93**
> 標題取自林海音《城南舊事》〈爸爸的花兒落了〉，以父親種植的花木凋謝做為父親過世的隱喻。

作為散文首獎的《父後七日》，內容本來是立基於父親過世後，女兒對他的懷想哀愁，後來因得獎契機才由短篇敷衍成長篇。然而最受注目的是，此作談笑風生地將備感痛楚的父逝，混雜台灣本土道教喪葬習俗，誇張近乎戲劇化的喪葬儀式與元素－何時該哭該跪，穿穿脫脫的白衣與假哭嚎叫的孝女白琴，手足親情間的笑鬧打諢來懷想父親的生前身後。而《如果那一天》更不遑多讓，儀禮上猶太喪葬習俗「息瓦」的別緻風情，貫串起為這頭七天而千里來相會的家族人物，愛恨交織的蛛網脈絡，鹹濕辛辣、「高潮」連連。人物群像雖雜，文字卻細膩動人地鋪陳出各自成長的悲歡離合，讀來莞爾，讓人發噱捧腹。

《父後七日》劇情較簡，淡寫手足與父親互動往事，卻別有韻味。《如果那一天》則脈絡錯雜，叫人目不暇給。「母愛兒

友弟恭妻溫良」，琴棋書畫各兼擅的完美表象下，各有不可告人的奸情處處。攤平家族網絡的過往竟是亂到不行的羅曼（雜交）史。本該嚴肅沉悶到不行的守喪息瓦，卻是交換他人私秘爛瘡與炒飯辦事的八卦會談，不落痕跡地於荒誕詼諧中反思家人關係與成長內在創傷的各式問題。

上述二書雖同寫父親之死，於父後七日為父守靈的緬懷哀思出發，卻心有靈犀式地以詼諧逗趣的口吻來面對死亡哲學。跳脫家國沉痛的廣闊佈局，改以見微知著的個人成長內在傷痛與家人關係的糾結為主脈絡，是「父逝」貫聯成長各式情節／情結的代表著作。

四、記憶裡的一抹幽靈：因各種原因缺席／失能／長不大的爸爸

朱自清《背影》裡，父親為他送行，而於月台邊攀爬上下買橘子的背影，叫他難忘。這樣簡單日常的小動作，卻飽含父愛的溫暖。然而對那些因各種原因而缺席／失能／長不大的爸爸而言，如斯平淡真摯的存在，對孩子卻有可能是「可望而不可及」、「有跟沒有一樣」、「無權威引領功能近乎彼得潘」的失能父親。其存在可能等同於「無父」，甚至反噬，故孩子人生的崩裂破碎，自然亦在意料之內。此類失能者的存在便等同「記憶裡的一抹幽靈」[94]。

以下列舉尼克‧弗林（Nick Flynn）《厄城爛夜：廢渣老爸與我的荒唐人生》（Another Bullshit Night in Suck City: A Memoir）、吉莉安‧弗琳（Gillian Flynn）《暗處》（Dark Places）、丁柚井《七年之夜》、馬修‧魁克（Matthew Quick）《尼爾的

幸運旅程》（The Good Luck of Right Now）、強納森・崔普爾
（Jonathan Tropper）《在我離開之前》（One Last Thing Before I
Go）與王小棣領銜編劇、王明台執導《長不大的爸爸》作介紹。

> ┌─ 小說之神的魔法圈94
> 「失能父親」意指父親確實存在，但對孩子相關的基本引領或照護
> 等功能卻不全。常見者可能將之全數託管予母親、專注自己的事業
> 或世界之內，使得「父親」角色對孩童成長毫無關注或協助力量，
> 可能造就孩子主體遭母親吞噬，或無能擔負禁制或社會標竿功能，
> 致使孩子未來社會適應不良，產生各式問題。然而父母職能的失衡
> 亦肇因於社會型態的變化或框架，使得父親長年在外工作而缺席、
> 養育被歸屬於母親責任照護而旁觀無涉。不過上述失能者可能尚具
> 備有擔負家庭責任如經濟壓力的能力，更糟的是那些毫無責任感，
> 全然放縱自毀、酗酒、賭博、毒癮、家暴或死要錢的父親。

　　尼克・弗林《厄城爛夜：廢渣老爸與我的荒唐人生》是詩
人尼克・弗林的自傳體，雖為小說，卻以詩與戲劇的形式交相錯
雜父親作為與自我成長的回憶敘事，破碎拼接的凌亂穿插，恰恰
也顯露出擁有失能父親之子代，其自我主體認同與成長經歷，難
以整合的混亂錯淆。拗口謎語「兄弟姊妹我沒有，這個男人的父
親是我父親的兒子」，其中真諦正揭示著父子角色倒轉的辛酸悵
然[95]。

> ┌─ 小說之神的魔法圈95
> 那個男人（我）的兒子就是我的父親，便是指父子角色對調，由孩
> 子承擔照料責任反過來去看護父親的痛苦矛盾。

廢渣父親自小便在尼克的成長裡缺席，他只婉轉知道父親喜歡自稱詩人（但沒人讀過他的創世鉅作），常信誓旦旦表示將獲取諾貝爾獎與各式禮遇的「光榮事蹟」，可現實裡大抵就是個異想天開、遊手好閒的大嘴砲。三天兩頭公休計程車本行，又因偽造支票出入獄。牢中不見反省，反而毅力十足的寫信告知兒子，絮叨入獄風景與各式歷程將淬練出他的「曠世鉅作」與「偉大前程」。

於是可憐的尼克從小不僅沒有社會化標竿形象與禁制功能的美好父親做前導，忙於生計的母親更往往放縱小尼克輾轉於各個「毒梟老爸」之手（阿母的各個新男友事業都做很大），茫然失措賣力求生間，還需抵抗「生父」眼見不著孩子，只有自己「異常輝煌」的功績敘說（但誰都知道那不是真的）。這種「無所能為又無所不為」父親與的成長環境，充滿空虛、不安與無力感的尼克，很自然地便開始藉助外力與藥物，最終耽溺於酒精毒品中[96]。

小說之神的魔法圈96

乍讀此情節，讀者或深感這必當如歐亨利（O'Henry）《最後一片葉子》（The Last Leaf），主角吹噓嘴砲但終將是犧牲奉獻的感人溫暖。然而閱讀《厄城爛夜》父親令人無言的舉止，越讀只越覺得心往下一沉，最後陷入絕望的無力感。而尼克的酒癮毒癮，正與前述約翰·弗瑞爾與琳達·弗瑞爾（John C. Friel & Linda D. Friel）合著《小大人症候群》（Adult Children）「家庭功能失衡引發內在成癮或共依存問題，並且常在自我身份認同上產生混淆錯亂」的概念若合符節。根源於撫養者（父母或其他型親子關係）行為及內心的缺陷缺席，而迫使「小孩」即早扮演「大人」身份，角色倒置供給家庭成員各式需索照料。驚嚇中被迫提早「成熟」的「小大人」，內在空虛與過往未被滿足的需求，將成為引發日後外力毒酒藥等誘惑而引發成癮陷溺，唐娜·塔特（Donna Tartt）《金翅雀》（The Goldfinch）亦歸屬此類，可參照對看，在此不另贅述。

直至尼克21歲時，母親自殺造就他內心永恆斷裂的自責陰影，而後因緣際會進入遊民收容所工作。然而記憶裡的一抹幽靈－那擁有自毀傾向的父親，竟陰魂不散地以遊民之身後腳跟進。時不時崩潰又困擾的尼克，最後由詩打開他生命的窗口。歷經了水電工、船員、走私、收容所員工與教師等諸多職業，他最終寫出了得獎小說，完成了父親「一直未完成的夢」，並由此書的發表同步來療癒成長父親缺席與母親自殺的種種傷痛。

缺席失能的廢渣父親除尼克・弗林《厄城爛夜》裡的尼克爸外，尚有下列二位，吉莉安・弗琳《暗處》麗比父，以及丁柚井《七年之夜》裡過氣棒球選手崔賢洙，以上三者無論有心無心，皆因其存在而使子代的人生崩毀破滅。

吉莉安・弗琳《暗處》雙線並行20年前天家慘案，亦即「堪薩斯瘋狂殺人事件」中唯二倖存者－默默蹲苦牢的大哥與靠慈善救濟卻快斷炊的剩女小妹。當年以7歲稚齡指認兄長犯案的麗比，為錢所誘開始販賣命案相關物件，並追溯往事線索相關以索取高額報酬。然而翻攪出的天家兄妹童年過往與事發當日行程，竟嘈嘈切切錯雜地，彈出一曲「家庭失能」的貧窮悲歌。總是欠債跑路、現身就是要錢的廢渣老爸，卻多產愛國地連番下蛋，經濟困窘收不完後尾的母親，只得做出改變天家命運的抉擇。

丁柚井《七年之夜》與《暗處》同，以合理又細膩文字，顯露出人性極端的黑暗扭曲。既是青春殘酷的犯罪物語，亦是下層父子的流離悲歌。身為平庸棒球選手的父親，因心理問題影響職涯一事無成，陰錯陽差撞死受虐女，由此引發對方一連串致力其家破人亡的報復惡念。父親有心卻無力守護兒子，這被他視為最寶貴的一顆球，更終生因父親之故，飽受追蹤霸凌攻擊與報復的苦果。父親過錯宛若幽靈般，不僅在世靈湖底幽幽吐氣，還是兒

子逃無可逃的生命暗影，層層疊疊地將之覆蓋窒息。父子溫情相濡的後果，卻將導致「父不害子，子卻因父而受害」悲劇循環[97]。

另外，與上列三書相比缺席父親情節較不嚴重的者則有《尼爾的幸運旅程》。此書是《派特的幸福劇本》作者馬修‧魁克另一勵志創作。講述有社交障礙的尼爾，扮起李察‧吉爾（老母的夢中情人）以慰藉失智的母親至臨終。全書便是尼爾以粉絲身份寫給李察‧吉爾書信體的集合。其中貫串失智母親、酗酒躁鬱住進他家的神父、曾被外星人綁架的圖書正妹、喜歡夾雜髒話於對話的愛貓男、受盡家暴卻不脫逃的心理諮商師，相互交織成人生互會的光亮。而最後帶領尼爾步上尋父旅途的神父，最終彌補了他過往缺席父親重責的遺憾。

乍讀以為是獨孤缺臂俠楊過（社交能力為其臂）與受傷脫俗小龍女的荒誕愛戀，實則卻是身當神父職業的父親缺席尼爾人生，任由他被母親吞噬失去自我主體的悲劇。雖然母親確實是世上唯一愛護他並貼身照料他的人，且尼爾這樣的魯蛇宅狀況部分亦肇因於他社交上的障礙困難。但若非如此，試想母親臨終，兒子仍需扮演老母夢中情人以娛親的日常生活情狀，直至母親過世，已40歲才發現自己沒朋友沒親人，孑然一身的困窘，最後需經由尋父旅途與父親的帶領，才能開啟他自我嶄新的人生。這過程中的母逝、尋父與新人生的相扣情節，箇中因果與順序頗耐人尋味[98]。

或許馬修‧魁克前作關注社會邊緣／人生崎嶇無助者，終將因秉持信念而獲取幸福幸運的形象早已深植人心。然而此書「社交障礙」造就主角孤立群體之外的因素，若替換為「孩童成長過程失去父親引領，無法邁步融入社會化的艱難歷程」，似乎亦無不可。前述論及父親相對母親養育與愛的功能，是身擔社會化標竿、引領與禁制的作用，而「尋父之旅」（追隨父親形象）將協助孩子脫離母子融合期，整合孩子自我主體與完成獨立認同的道路，故尼爾踩踏的「幸運旅程」，可能正隱喻父親缺席孩童成長的顛撲阻難，亦即隱喻著父母教養的共同課題－「父親缺席的孩童成長」，而非單一社交障礙者所獨有的創痛無助。

　　另外，強納森‧崔普爾《在我離開之前》亦同屬「父親這種病」的觀照小說。講述身懷「將一切全數搞砸」絕技的廢渣老爸，面對才滿18卻意外懷孕的女兒、歇斯底里但將再婚的前妻，以及要接收他搞砸妻女後半人生的主治醫生，面臨絕症的席佛，將在短短的期限內，重新思索生命的全數意義，並試著去修補他「弄壞的」各樣關係與自我生命的重塑。頗具尖酸刻薄的字裡行間，嘲弄中充滿了對「家庭失能關係」裡無奈、無助與失落（尤其是生雞蛋無，放雞屎有的麻煩父親部分），卻是笑中帶淚。彷彿是搞笑平易版的《厄城爛夜》。

　　不過，儘管強納森‧崔普爾《在我離開之前》或馬修‧魁克《尼爾的幸運旅程》、《派特的幸福劇本》等，對家庭失能或不完美的凡人，跌跌撞撞中找尋幸福的歷程，文筆優美、感人心弦，其中後二書滿佈的樂觀氣味更使人充滿希望。

　　然而，面對千瘡百孔的現實情境，讀者不禁深自疑惑－「執著於信念真能使日常真正發生幸福」的敘述，究竟是一種樂觀，

抑或是自欺欺人的逃避而已？佛祖許或有蜘蛛之絲，但試問有幾人能得犍陀多的幸運，且其絲之脆弱，又設立於多少嚴苛的要件方得存在？佛與魔，又有誰敢說一切不是命運的安排？階級食物鏈的存在，有可能不過是造物者心血來潮的隨意投擲而已。或許學習樂觀幽默的看待人生困境是件好事，不過，就算這樣，也很難掩蓋真實血跡斑斑裡的弱肉強食與善惡難辨[99]。

> **小說之神的魔法圈99**
>
> 就台灣當前的社會結構而言，家庭失能或人生失敗造就的魯蛇者們（不是繼承者們），折翼當下便注定了直通地獄的沉淪崩毀，而且往往就此不得翻身。對「困境弱勢」過於樂觀的摹寫，可能亦有「與現實不符」之懼。

　　最後比較特別的是，不同於一般權威父親形象，或造就崩毀的失能者，王小棣領銜編劇、王明台導演執導的《長不大的爸爸》，則歸屬彼得潘式「長不大的爸爸」。相比前述人生破裂的嚴肅沉重，此劇氛圍基調顯得較為溫馨討喜。以因／姻緣際會而結成翁婿的兩人，彼此詼諧逗趣、彷彿真正一對「父子」的相處，並行呈顯「長不大的爸爸」此種「不世故又帶點天真的特質」於親子關係脈絡中的意義與影響。當「爸爸們」仍保有純樸大男孩的天真心境，善良真摯卻又頑固擾人的「成年兒童」模樣，顛覆了「老爸」既定權威形象、沖淡失能者的無能懦弱，而於笑中帶淚、較幽默的方式去呈顯此類親子關係裡，生命的起伏迭宕。

一、魔母的條件，母親這種病

　　延續父親篇親子關係的糾結痛苦，被包覆在母親神話下而窒息的母子關係，其中影響力更不容小覷。下列分別以岡田尊司《母親這種病》、路易斯・舒承霍弗（Louis Schutzenhofer）《以母愛為名》、許常德《母愛真可怕》與吳曉樂《你的孩子不是你的孩子》等四書，來討論「以母愛為名」對心靈可能造就的禁制痛苦與陰影創傷[100]。

> **小說之神的魔法圈100**
>
> 四書完整書名分別為《母親這種病：現代人的心靈問題，可能都來自於母親？》、《以母愛為名：正視母子關係，開啟自我探索的第一步》、《母愛真可怕？世界上百分之九十九的媽媽都不是專業的教育者，但卻很用力的教育著孩子》與《你的孩子不是你的孩子：被考試綁架的家庭故事 一位家教老師的見證》。這些副標能扼要地點出內容重點「母子關係可能造就心靈問題」或「母愛於教育相關的負面影響」等，為求行文精簡，論述中僅以主標示之，另補註明於此。

　　岡田尊司《母親這種病》試圖以成長間母子的互動相處，來反思己身行為與心理狀態的關聯。特別著重在困擾現代人的各

式病徵：寂寞／焦慮／憂鬱、酒癮／毒癮／藥癮、飲食障礙的暴食／厭食、自殘／自毀／虐待／施虐、繭居／反社會／邊緣性人格／完美主義者等異常，以及由此延伸對關係經營的各式阻難，皆可能源自與母親關係崩毀斷裂的探究。文中大量列舉歷史文化上的藝術創作者，文字繪畫音樂等才華專擅，部分可能肇因於內在創傷的積累而激發藝術能量的迸射，如宮崎駿、約翰‧藍儂（John Lennon）與赫曼‧赫賽（Hermann Hesse）等。

然而溯源母親這種病，其實最早更來自於光芒萬丈「母親神話」的錯解框架。路易斯‧舒承霍弗《以母愛為名》開章便恢弘地以歷史視野去觀照母親神話的脈絡起源。「聖母光環」將女子僅囿限於母親／哺育或家事的存在，卻無能解放其自我主體的建構與其他價值來源，故而美妙光環逐步變異為緊繃而叫人不得喘息的緊箍咒，將母與子一同圈禁於束縛之中。後續則造就出四類極端母親類型（1）權力型（2）犧牲型（3）自戀型（4）冷漠型，若此時又未有強力父親中介「母愛獨大」異世界，做為母親價值認同唯一來源的孩子，將會落入被控制、忽視、價值感低落，最終甚至成為自我主體被吞噬的特殊工具[101]。

小說之神的魔法圈101

書末另行附加針對四種母親關係的解決之道，以及建議「家庭重塑」與「家族系統排列」的專業諮商做為治療途徑。

而集結台灣母子痛苦關係的眾生相，則可參考知名作詞人許常德，轉跨兩性至親子的《母愛真可怕》。以勞資觀念中的「母職」為之喉舌，終日碌碌不得喘息的母親，不僅需應付十全萬能的職能要求，薪資待遇更顯微薄被剝削，甚至成人言行遭非議

時，仍要衰尾擔負「他媽媽知道他在外面如何如何」、「他媽是怎麼教的？」的連帶責任。「過勞」的結果，便是讓承載滿溢母愛的孩子，一同墮入地獄。為報三春暉將極限擴至最大而失去自我的孩童，其成長將淪為察言觀色的拚命討好、情緒遷怒垃圾桶或榮光炫耀的工具等。母職的全年無休也終將成為「共生共榮」孩子不得呼吸的夢魘。

母子「共生共榮」導致的陰暗痛楚，其中更以教育領域的考試成績與升學成就等息息相關。吳曉樂《你的孩子不是你的孩子》一書，引述紀伯倫《先知‧論孩子》「你們的孩子，都不是你們的孩子，乃是『生命』為自己渴望的兒女」，強調生命自有其主體，感性且同理地去呈現僵化教育體制下，作者於各個光怪陸離家庭間擔當家教的所見所聞，尤以變形扭曲的母子風景為最。根源於台灣填鴨式的八股教育方針，使得「教育者－家長－孩子」三者受縛於分數做為自我價值判定的依據，而一同深陷分數煉獄難以自拔。九則故事細膩紛陳社會壓力下，一個個被嚇壞與被控制的創傷孩子群像，即便是身處加害立場的教育者或父母雙親，有時亦不過是受創的成人孩童，彼此弱弱相殘而已[102]。

上述雖同樣「以母愛為名」造就的「母親病徵」進行論述，然而其題旨卻非以「撻伐母親」或「自我卸責」為要，而是試圖移除「道德倫理」與「自責罪咎」大蠹，以檢視母子關係裡，不適切的錯愛對待衍生的種種壓抑傷害。母親形象畢竟承襲著華而不實神話思維的圍限，既代表哺育恩情的無上存在，又要百樣環節完美不可，卻全然未顧及社會整體加工的作用力與個體特質差異[103]。

教育者考績將受評鑑與班級分數制約,孩子表現則被視為母親盡責與否依據,而成長過程唯有成績分數做為自我價值認定標準的孩子,不僅退無可退,對其天賦自由與各自才性的發展皆毫無助益。台灣風起雲湧的反課綱思潮,抗爭「權威者不容異議的洗腦、蔑視與強制」,正見證了專制填鴨的教育方針已然不適用。對過往「身為台灣人不知台灣事」、「高中前除成績外,別無其他確認自我價值途徑」的恐怖作法,如今正視台灣史實背景、自主探索自我、尊重獨立個體的態度方為教育真諦。對教育類相關的討論,尚有顏擇雅《愛還是錯愛》與戴伯芬主編的《高教崩壞》二書,對台灣施行教育體制所導致的崩壞與負面影響,有鞭辟入理的見解。

如岡田尊司論及母親可能受制(1)生物體激素分泌多寡(催產素或血管加壓素)(2)成長背景的匱乏創傷(另一個未被滿足的內在小孩)(3)社會環境不公正的框架與壓力等,使母親無能回應前來需索的孩子,或因襲黑色教育等不適切方式造就孩子痛苦卻無自覺,愛成了錯愛。另外初始未能享有正常溫煦對待的孩子,不知「無情緒勒索」或「以母愛為名」的美好,與母親可以「尊重包容慈愛」的存在,長期受虐後勉力向外求援,往往更會在「天下無不是父母」、「父母恩天地大」的譴責,附加內在誤解自我價值的評斷(自己不夠好/沒有被愛的價值所以才不能被好好對待)而造就雙重傷害。

　　相對尚無自主能力、受追求父母認同的本能驅動的孩子,若未有適切對待,其負面效應往往綿延一生各式關係的經營阻難,而無能消弭對母親懷抱恨意的罪惡感與種種虐待,最終也將導致孩子內在全然的崩解或踏上犯罪路途。審視母子互動,雙雙釋放彼此「內在小孩」的痛哭吶喊,釐清並正視問題之所在,才能迎

向健康關係的康莊大道。除上述母愛範疇，以下則專注母女關係的糾結與崩壞作介紹。

二、母女關係的崩毀創傷

承上，溯源不當母愛之成因與造就子代痛苦的探討，範疇寬闊地以「母子」（含母女）關係間的失衡與斷裂傷口，來引述與子代心理病徵的因果與可能造就的各式負面影響。但於此則限定「母女關係」的專題探討。以凱莉爾‧麥克布萊德（Ka-ryl McBride）《媽媽的公主病》（Will I Ever Be Good Enough? Healing the Daughters of Narcissistic Mothers）、信田佐代子《母愛會傷人》與五百田達成＆櫻場江利子《媽媽的解僱通知》為主[104]。

> **小說之神的魔法圈104**
> 三書完整書名為《媽媽的公主病：活在母親陰影中的女兒，如何走出自我?》、《母愛會傷人：重新找回母女的親密關係》（於2014改版為《母愛的療癒：解放童年負面親子關係》，但在此仍沿用對「母女關係」提點較明的原版標題）與《媽媽的解僱通知：結不了婚是媽媽的錯？女兒與母親的幸福論》，閱讀副標，「母女關係」重點更一目了然。

凱莉爾‧麥克布萊德《媽媽的公主病》專門針對「自戀型人格」母親自我中心特質的行為舉止，誘發女兒因遭受無視或被忽略的心理創傷，最後造就的「高成就型」與「低成就型」兩類女兒展開論述[105]。「高成就型」女兒顯見表徵是完美主義控制狂，常以接近自殘自虐的手段逼迫自己走向成功。內在驅力源於母親

從小便無能給予女兒自我抱持肯定（因老母眼裡只有她自己），本能尋求母親認同卻總被無視的經驗，將誘發女兒內在強烈的空虛與不安全感，最後往往以「外在肯定」來取代「被愛」的空缺，卻無法正視自己情感與身體的訴求，故而即便事業攀上高峰，仍被空虛寂寥追趕的痛苦不堪。

「低成就型」女兒相對前者的自殘自虐，後者更傾向於自暴自棄的自毀，主要表徵是自我價值的低落與自信崩毀的厭己情結。常將母親的忽略歸諸於己身的過錯，或認為無論如何也無法達標母親認同，不如全數放棄，無法藉由內在力量與自我認同建構主體的女兒，最終則走向耽溺藥毒酒中醉生夢死。

兩類女兒形塑關鍵在於是否能於人生階段接受到「某些人士的溫情對待，以肯定自我被愛的價值」。此一概念亦等同兒童心理學大師愛麗絲‧米勒（Alice Miller）所提出之「協助／知情見證者」，或岡田尊司醫師定義穩定依附關係的「安全基地」。若能肯定自己於取悅母親外，仍具備自我存在的價值，便能往「高成就型」女兒邁進[106]。

問題母親的重點有時不意味者完全無愛，而是對愛的表現方式及人格行為的思考觀不正確。如自戀型人格母親的自我中心特質，迫使本該擁有獨立個體的女兒人生，淪為陪襯、工具性使用或特定價值的存在。女兒個體需求被無視忽略，尚需配合母親為軸轉動，此時若父親缺席失能無法引領她們出逃時，自我認同所需的肯定、安全感、被愛價值將全然缺失被母親吞噬。若再落入社會觀照推引「母親」以女兒做為「成就想像」的價值判定，那母女同墮地獄的情形也就不難預料了，如吳曉樂《你的孩子不是你的孩子》文中所呈顯的，教育體制下相互逼迫的悲慘輪迴。

　　《母愛會傷人》則是信田佐代子針對日本近現代社會型態變遷中，深具影響力的經濟、家庭與歷史文化等變因造就的母女關係紛擾作述說，紛陳（1）獨裁者（2）殉教者（3）志同道合（4）騎師（5）忌妒（6）贊助者等「造就女兒痛苦的六類母親」，及女兒各個擊破的處方箋幾許－重點乃在於減低內在自我負荷壓力的種種調解[107]。而五百田達成＆櫻場江利子《媽媽的解僱通知》則是逗趣橫生地以普羅大眾面對爭議事件人物的直覺反應－「他媽是怎麼教的？」、「兒女在外如何如何，他／她媽知道嗎？」的社會偏見，落實於「人生不順遂，問題真的出在母女關係上」作研究。

　　《媽媽的解僱通知》極為生活化的剖析母親對待女兒的恐怖日常，母親叨念控制堪比黑魔女沉睡魔咒般地深植其心，總深深懼怕著未依循魔母的意志便將面臨毀滅，最終導致失去自我主體的女兒，生活各面向上，自我認同、關係經營與價值判斷的顛簸困難。更類同許常德《母愛真可怕》，以勞資雙方的聘僱通知，去喻指親子關係中的「過勞」與「壓迫」。提出「解僱母親，使

其免於過勞壓力」而能接續從中解放不健康依附關係裡的女兒。

小說之神的魔法圈107

造就痛苦的六類母親顯像依序為「母親說了算」、「犧牲引發女兒罪惡感」、「以朋友之名行監控之實」、「為母親個人榮光慾望強加鞭策女兒奔馳」、「視女兒為競爭對手，充滿嫉妒」、「以支持為名，行控制之實」等，而女兒的處方箋則是察覺自身壓抑與憤怒的來源、釐清情緒與責任歸屬、保持距離學會拒絕，並將罪惡感視為「人生必要經費」，試著不要感到罪惡。尋求諮商外，更放棄被母親理解或為母扛責的期望。體認孩子尋求母親認同的本能會與實際情況難以相符的狀況，以有效減低期待幻滅後的失望衝突。本書雖類同路易斯‧舒承霍弗《以母愛為名》對致病母親詳加分類再各個擊破的筆法，但前者以母親神話為框架來源，去陳述女性的重荷，後者則以社會經濟型態為主切入點。不過相較前述歐美心理諮商的案例集成，此書文化脈絡與思考邏輯，對亞洲或台灣讀者較為熟悉相似。黑魔女乃在此雙關勞勃‧史東柏格（Robert Stromberg）執導的《黑魔女：沉睡魔咒》（Maleficent）。

　　比較值得一提者，此類相關心理叢書往往大篇幅紛陳「母病類型與成因」，再附加給女兒的「破關妙方」——擊破（老母表示：我乃大魔王是也）並針對內在部分進行開解療癒。然而此書則神邏輯地將母女間的權力宰制落實應對生活。亦即將母親視作上司處置，無論其行為萬化千變，皆維持母親等同上司的權力凌駕，但卻對自我主體與個人私事存有空間及自我意志的狀態，將明列界線與關係相處有莫大助益[108]。

　　不過實用性最完整者，則當屬柯柯拉與馬休斯（Nancy W. Cocola＆Arlene M. Matthews）《解開母女情結》（How To Manage Your Mother）莫屬。此書綜結各家之大成，立意由「破除理想母親的迷思」、「各類母親類型」陳列（合併型／長憂型／吹

毛求疵型／控制型／競爭型／假完美型），最終「引領女兒走出母親迷宮的各項建議」。由態度上的轉變（界線／傾聽／幽默／家族聯盟），深攻母女情結的各式癥結（處理內在母親的迴音／女兒自主的成長），最後邁入女兒為人母以及照料老邁母親的各項磨合。是在諸多要書中，於「女兒通關魔母鎖鑰」外，更延展為全面性的「為人母」與「照料老母」的事項。話語幽默藏機鋒，卻十足實用。

小說之神的魔法圈108

內在藉由體認內疚自責、空虛沮喪、痛苦創傷等負面情緒，非根源自己或他人過錯，解放「罪己罪他」循環，以冷靜外觀的超然，去檢視人格行為與思考觀箝制下的異常母女依附，而能抱持寬恕理解態度，重建自我價值並滿足情緒需求。

三、母女崩毀創傷與藝術作品

諸多小說電影裡，亦躍然紙上母女對峙衝突的矛盾痛苦，佐以上列心理叢書對異常母女關係的鉅細靡遺，其中創傷脈絡清晰可見。此類主題，尤以刻畫「受控於母親虐待下的壓抑痛苦」與「母女間的爭鬥對立」最為顯著。

（一）受控於母親虐待下的壓抑痛苦：母女身影交相疊映的窒息與重男輕女的偏頗不公

受控母親虐待下的監控痛苦，又可區分為母女身影交相疊映的窒息與重男輕女的偏頗不公。前者以戴倫・艾洛諾夫斯基（Darren Aronofsky）執導的《黑天鵝》（Black Swan）與艾芙

烈‧葉利尼克（Elfriede Jelinek）半自傳體的《鋼琴教師》為例。後者則以莒哈絲《情人》，與張愛玲《傾城之戀》等作述說。

　　2010年《黑天鵝》圍繞著紐約一芭蕾舞蹈團將出演柴可夫斯基《天鵝湖》劇目所進行的選角表演過程打轉。年屆28仍活在母親掌控下而倍受壓抑的年輕舞蹈員妮娜，其心智狀態雖能完美詮釋單純甜美又纖細脆弱的白天鵝，然而亟欲身兼闇黑誘惑又性感的黑天鵝，卻須先突破母親種種窒息的限制，達到自我情慾與主體的覺醒才能勝任。當能輕鬆駕馭黑天鵝的新成員莉莉對她造就威脅時，黑白天鵝的特質與內在衝破壓抑的暴烈衝突，將她推入幻覺與自殘自虐的自毀之境中結束。

　　《鋼琴教師》則描繪一名對舒伯特情有獨鍾的音樂教授，年屆40卻受制母親極端變態的箝制，衣著出入與行程等皆深受監視，甚至半夜更需同睡一床。毫無自我的女兒，於此扭曲變異下，無能有正常交友及情愛關係，深感寂寞痛苦而以窺看情色影片與自殘發洩憤怒與需要。此時年輕甜美的金髮小鮮肉闖入她沉悶的生活，不懂愛為何物的她，竟以變異怪誕的遊戲來拴愛，奴與主的權力對峙，本來正常不過的金髮小帥最後也淪陷，以暴虐的強暴結束與她的交往，她也只得回歸自虐以發洩情感的老招－以刀捅向自己作結[109]。

　　《黑天鵝》與《鋼琴教師》同以受限於老母嚴密監管而扭曲變異的女兒為主角。母女間的人身距離宛若疊影般地叫人窒息難解。全然落入母親眼界的女兒房間，其自我主體的獨立與私密被迫敞開，分別需要以鐵棍或櫃子，用以阻擋母親的入侵干涉。而背負母親完美想望的女兒，生活猶如暗影傀儡般地不見天日。被深重壓抑所固封的情慾自覺，自得透過力道強勁的自殘自虐等（抓撕身體與刀片傷體）發洩，最終演變為施受虐、相互爭奪支

配權與追求完美的情愛依附裡，雙雙下沉。

　　特別有意思的是，《黑天鵝》妮娜半夢半醒間自慰卻突然瞥見母親睡坐一旁的驚嚇，《鋼琴教師》艾莉卡與華特情感嚴重受挫時，跨坐在母親身上呈交合狀態的姿勢。兩者亦皆藏匿於母親可能隨時召喚的浴室內，涉險自慰伴隨自殘（撕毀皮膚或刀割陰唇），在在顯示了母女過於疊合的空間造就情慾界線模糊交涉，對自我情慾與自覺發展衝動受罪惡感折磨，而非得以自殘消弭內在痛苦的喧囂[110]。

　　重男輕女的偏頗不公，則可由現實被虐打長大的莒哈絲與張愛玲得見。前者自傳性濃厚的《情人》，與中國富少深陷強力愛戀的同時，母親無時無刻的「炯炯」目光、大哥受寵而專橫霸道的恐怖，歷歷在目。而擅摩人間情愛的張愛玲，幼時飽受「母親缺席」與「父親毒打監禁」之苦，使得字裡行間總不經意流露母親無法回應女兒的冷漠。如《傾城之戀》女主角流蘇，遭眾家親戚欺凌而嗚咽地在她床頭哭泣時，她母親卻只是「呆著臉不作聲」。

自殘自虐源自於內在痛苦過於難熬，只好以外在自殘來消弭內在暴烈，如吉莉安‧弗琳（Gillian Flynn）《利器》（Sharp Objects）。而《黑天鵝》與《鋼琴教師》終局皆以可能危及性命的自捅作結，且《黑天鵝》妮娜死前仍細語低喃著「我是完美的」，彷彿凱莉爾‧麥克布萊德《媽媽的公主病》中「高成就型」女兒「被永無止盡自我苛求追逐至死」的崩潰。

　　這些可能將母親生命重擔全數托予女兒而使其不堪負荷，或差別待遇下的虐待欺凌，造就女作家於「母女關係」上的崩裂創傷，不僅使其內在滿佈矛盾衝突與壓抑痛苦，更延展至其成人兩性關係上的困難阻絕，甚至落入被烏壓壓「母親」影子所籠罩的悲劇。

（二）母女間的爭鬥對立

　　「母女間的爭鬥對立」，則以詹姆士‧凱因（James M. Cain）《浮生》（Mildred Pierce）（2011年凱特溫斯蕾所主演HBO影集《幻世浮生》原著小說）與凱特琳‧彭歌（Katherine Pancol）《鱷魚的黃眼睛》為代表。兩書可說是關注美國大蕭條時期與21世紀巴黎的人間浮士繪，充滿了亟欲擠進上流社會的慾望橫流、人間人性七宗罪的深明刻劃[111]。

七宗罪（Seven deadly sins）又名七大罪，本來項目繁多，約是13世紀道明會神父聖多瑪斯‧阿奎納（St. Thomas Aquinas）列舉出人類惡行的分類總和，但至六世紀末，格里高利教皇（Gregorius）將所有罪規諸七項，經後世沿用認可成為道德神學裡的一部份，內容為傲慢、嫉妒、憤怒、懶惰、貪婪、暴食及色慾。

彼此默契一同的以含辛茹苦養育女兒的單親媽媽奮鬥成功記為脈絡，那些不可靠又時不時甩尾螫傷家庭的軟腳蝦男，宛若陰影般層層籠罩她們的人生。於是她們只得將生活的唯一希望寄託於光燦青春的女兒身上，可因母親處處為錢所困的窮困潦倒，遭女兒鄙視，強烈對比出母親卑微中的自尊自傲、女兒虛榮勢利與共用情人的陰暗衝突。

　　如同模版刻印復生的女兒，回收再用母親情人者，則另有櫻木紫乃的《玻璃蘆葦》。節子開立色情賓館的丈夫卻是母親過往的情人，多年裡「偷來摸去」地暗通款曲、藕斷絲連，使得從小就收拾男女情慾殘餘氣味與用具的節子，最終只得以「錯母為女」的橫陳焦屍，做為斬斷母女血緣／姻緣／因緣的絕佳契機。不過不同於上列二書著重女兒虛榮勢利與母親勞苦萬千卻不得感激的暴烈衝突，《玻璃蘆葦》較偏重於情慾主題「異樣倫常」裡，母親陰影疊覆女兒的崩毀痛苦[112]。

小說之神的魔法圈112

《玻璃蘆葦》尚可與小川糸《蝸牛食堂》對照參看。創傷失語的女兒回鄉開設食堂，一次次暖心美味的極致料理，不僅擁有滿足客人味蕾／願望的魔法，也開啟與自己截然不同母親的母女修復旅程。文字溫馨和美，使受傷或背負期待的旅人，包含食堂老闆倫子，皆能像個蝸牛般安居於世。後者字句氣韻中的那股淡然，對比前者的暴烈衝突，頗可一觀。

（三）剪不斷，理還亂的血緣依附－我是媽媽的女兒

（1）依附關係的斷裂、漂浮與重整：凡妮莎‧笛芬堡《花語》

　　懷胎十月難以掙脫的母女血緣，偶爾也有各式原因造就後

天的依附斷裂，而使母女關係於漂浮中呈顯試圖整合的混亂，如凡妮莎・笛芬堡（Vanessa Diffenbaugh）《花語》（The Language of Flowers）。四處輾轉流連的孤女生涯，雖無血緣母女間的崩毀暴衝，但失去親生母親的撫育，卻也使得孤女在重新鍵結的「後天母女關係」中困難重重。孤女對上養母與自己生養女兒時的茫然，以及無能建立穩定伴侶關係、難以適應社會的孤僻焦慮與空虛，是成長匱乏母愛照料而延伸各式關係經營困難的典範小說[113]。

（2）母生／聲／身的疊影與藏匿角落的沉默女兒：

承上之《黑天鵝》與《鋼琴教師》，母親對女兒人身空間與私密過於控管貼近而造就母女身影彼此疊合的窒息壓迫，在此則延伸介紹，母親自我生命／聲音／身影強覆過女兒個人主體生命的文本－雷若芬（Elaine Lui）《生塊叉燒好過生妳》（Listen to the Squawking Chicken）與譚恩美（Amy Tan）《喜福會》（The Joy Luck Club）；及勞勃・史東柏格（Robert Stromberg）執導《黑魔女：沉睡魔咒》（Maleficent）與羅莉・奈爾森・史皮曼（Lori Nelson Spielman）《生命清單》（The Life List）共兩類。

文本部分，前者特徵是女兒多為執筆者，乍讀以為可能是女兒自我成長敘事的描繪，但字裡行間卻滿佈母親生命傷痛與回憶的積累，過量而超重地覆蓋住女兒的生活，而親子關係裡舉足輕重的父

親卻為消弭或微薄的存在。換言之，母親為此一「口述歷史」之唯一主角，女兒現身意義乃在於烘托「紅花」母親的「綠葉」存在及紀錄功能，破碎零落的女兒主體需由母親的生命／聲音／身影做主軸貫串，配角女兒相較下不僅顯得微薄不重要，更像是個躲匿角落、輪廓不明的微小暗影，而父親有時甚至完全沒有出現過[114]。

小說之神的魔法圈114

此類母親特質大抵等同凱莉‧麥克布萊德《媽媽的公主病》之自戀型人格母親，其自我中心視象常使女兒被忽略無視甚至淪為陪襯工具的存在，而造就女兒難以抹滅的創傷。其組合家庭的「關係權力分配」，不僅迥異一般父母各據天平一邊，「父母在上、子女在下」的等重分配，反而類同於星球運轉的組合－母親為重心主行星，父親與子女則為次等圍繞運轉的小型衛星，故父親形象往往是因各式原因缺席／失能／死亡的薄弱存在，而使家庭關係失能失衡且失重，無父親中介涉入的關係造就女兒被母親吞噬亦是可預料的窘況。以上種種對本能驅動追尋母親認同的孩子，其傷害性可見一斑。

　　散文集《生塊叉燒好過生妳》是香港知名八卦主持人雷若芬描繪其與母親（咕咕雞）相處的點滴之作。寫作緣起於激勵年邁病重的母親與自我療癒，然而本以為會是琦君溫厚風貌的親情敘寫，實質內容卻是慘烈無比。咕咕雞母從小在香港扛下不負責雙親的養家重責，童年歷經過早成長與被性侵陰影的無助痛苦，變得剛強悍直，移民加拿大後身兼多工的職業婦女生涯卻不為夫家認同而離婚，再婚者海誓山盟卻仍外遇收場，最終還是回歸行止懦弱父親的懷抱。被殘酷剝削一生的咕咕雞母，造就她多疑尖銳與囂張啼鳴，而雷若芬的成長過程便被這樣嚴厲尖刻的指導長大，而影響她日後的行為舉止。

除《生塊叉燒好過生妳》母親生命覆蓋女兒的偏差敘事，父系父親顯得微薄，出場鮮少而至湮滅的窘境，有時亦會以母系家族中母女的對峙衝突作描繪主力，如譚恩美《喜福會》。1993年改編華裔女作家譚恩美作品的同名電影，描繪了舊金山風行一時的「聚餐麻將圈」－社團喜福會，交叉敘述了華人移民裡，四母四女互動成長的點滴。四章十六節的結構體，串起麻將出聽牌遊戲，緊密相連母女人生[115]。

小說之神的魔法圈115

香港移民後裔雷若芬，出生加拿大多倫多，現為知名八卦網站主持人，經營電視台娛樂節目與廣為人知的「雷妮八卦」部落格www.laineygossip.com/。此書專以母親為題，但亦可視為自我生命的療癒觀照，因她所有成長皆深深烙上母親嚴厲控管的陰影，坦言總被母親無止盡完美要求與責任追索弄的疲憊不堪。一下午的高爾夫球時刻就會被提醒怠惰，人生從無不兼兩份工以上，自身居家從房子、風水禁忌與結婚日等，皆於老母魔爪下戰戰兢兢。這正是標準自戀型人格母親與高成就型女兒的對峙。而《喜福會》與《生塊叉燒好過生你》同以亞洲華人麻將淵源與母女關係作連結，讀來讓人會心一笑。四母四女則分別是吳宿願／蘇安美／江靈多／聖克烈‧瑩影與吳菁妹／約旦‧蘇‧若絲／江‧未伏里／聖克烈‧利娜。

《喜福會》全然以母系上的母女關係作主架構敘說，但卻翻轉父系為體的中國社會傳統，又因涉入舊金山華人移民背景養成的子代，進退維谷的母女界線踩踏，更增添中西文化的碰撞火花與差異。關係表上的配偶、父親或男性親屬之存在幾乎缺席或存在感薄弱，母親母系做為形塑女兒的唯一主力，女兒常陳述己身成長經歷卻反切換回母親生命層層堆疊起的陰影而窒息，極端的控制、完全的忽視或溺於自我感覺而無能回應女兒需索，最終造

就出「母生／聲／身的疊影與藏匿角落沉默女兒」的特殊書寫。
譚恩美續作《百種神秘感覺》與《接骨師的女兒》大抵亦是據母
女關係的種種崩裂深入描繪[116]。

小說之神的魔法圈116

缺席父系而純然以母系為小說主結構的小說敘事，尚有著重母系家
族內，母女糾葛與歷史敘述並行的徐小斌《羽蛇》與陳玉慧《海神
家族》、關注女子野心慾望，於利益中向下沉淪的山崎豐子《女系
家族》與《女人的勳章》等；另外曹雪芹非屬現代小說範疇的《紅
樓夢》，則殊異地於傳統父權獨大體制下，鼓吹女兒的珍貴，尊女
抑男的評斷「女兒是水做的骨肉，男人成份則為泥」、「見了女兒
便清爽，見了男子卻覺濁臭逼人」，書中女子舉足輕重的群像描繪
亦可一觀。

　　除上述崩毀關係的歷歷如繪，尚有包裹在甜美敘事或童話
糖衣下的不寒而慄－勞勃‧史東柏格執導《黑魔女：沉睡魔咒》
與羅莉‧奈爾森‧史皮曼《生命清單》。此兩者皆以符合大眾想
像、溫暖近乎勵志的情節作書寫，讀來彷彿與上列叢書天差地
遠，然而深究其中脈絡，「母生／聲／身的疊影與藏匿角落沉默
女兒」的特點，卻無不同[117]。

　　《黑魔女》以向來擔綱反派的梅菲瑟生命善惡的歷程做呈
顯，善良美麗的精靈王國統治者，偶然間與野心勃勃的人類男孩
墜入愛河，滿懷愛意與信任的她，肩上雙翼卻最終成為情人邁步
權力寶座的墊腳石。為此她詛咒情人與新人所生之女－奧蘿拉公
主，將於16歲受紡錘刺傷沉睡，唯有真愛之吻得以解救。受託撫
育此女的三仙女不諳世事，常使她陷入險境，隨「伺」在側的的
梅菲瑟幾度援手，反與其「母女情」日漸深厚。然咒詛不可回，

只得捕擄奧蘿拉心上人－菲力普王子作為解救。然而出人意料的是，「真愛之吻」竟非僅侷限於男女情愛，更是「梅菲瑟」真情流露的母愛親吻，使之甦醒。

　　全片氣場磅礡，主角群於狀似《魔戒》（The Lord of the Rings）與《阿凡達》（Avatar）的魔境妙奇生物或樹人間穿梭歡笑，然而「母親」梅菲瑟生命中的喜怒哀樂獨占鰲頭，「女兒」奧蘿拉卻僅餘「天真善良的愚騃癡笑」，毫無個性可言，錯將咒詛之人誤認為神仙教母的不設防，更凸顯了幼孩在無其他選擇下，全然接受唯一依附對象與將其理想化的可怕[118]。

　　天真愚騃女兒或許能烘托出偉大母親的犧牲奉獻與全能照護（神仙教母屢屢拯救其於危難），對照過往備嚐艱辛的生命歷程（被情人背叛奪去雙翼），此等情操更顯偉大。女兒因而成為其拯救黑暗心靈的曙光（奧蘿拉將她從復仇與憤怒中解放，還予雙翅自由）。但這種「由女兒拯救母親黑暗凋落人生」，但卻是「母親付出一切使女兒坐享其成」的特殊依附，往往成為宛若纍卵的恐怖傾斜。

過往評論多以「母女依存」或性侵創傷（折翼）為剖析，在此則以「媽媽的公主病」為題另行述說。此以反派梅菲瑟視野另行詮釋經典，但創作佈局上卻顯露出「特色角色吃重，其他人物卻單薄空白」的毛病，使整體作品顯得單調、獨木難支，難以達到「層次分明，諸多繁雜人物群像與個人特色並重，而使讀者／觀眾深感其立體感受」的目標。另外，細想愛麗絲・米勒（Alice Miller）幸福童年三部曲與哈利・哈洛（Harry Harlow）依附理論－孩子本能追尋母親認同的驅力，卻可能使其落入無能意識母親作為實則為傷害的恐怖情境。

本該由王子披荊斬棘冒險犯難才得以解救公主的真愛旅程，卻僅是空中漂浮傀儡，直抵終點的小親親。就像一場無深層付出、互動，純粹性由老舊世代進行撮合的悲劇。母親控制下，女兒與其感情對象皆成為行屍走肉的存在（空中漂浮沉睡的傀儡），兩人間的親吻之所以無能成為「真愛之吻」，寓意不言自明。因內裡固著不破的，是深根蒂固的「母親咒詛」－縱然她可能是無心又帶著愛，但卻都將使女兒生命陷入無自主意識的沉睡裡[119]。

2014年迪士尼製作發行的《黑魔女》，本就是改編童話《睡美人》（Sleeping Beauty），只是以反派視野另行詮釋。回歸原始童話，16歲公主受紡錘所傷滲血後陷入沉睡，無疑是有女初長成、急於偷嚐禁果的表徵。或許其中亦摻雜父母對女兒自立與外在危險的憂思深愛，然而有時卻也是執著不願放手的父母，托辭要讓女兒無憂長大，實質卻是一種權掌的控制、禁閉與愚化。種種付出雖可成為母親個人價值的呈顯，卻可能對女兒獨立主體無所助益，故而奧蘿拉（女兒）也只能被動的面帶著微笑，接受梅菲瑟（母親）交予的皇冠、王國與愛人，迎向母親所授與的美好未來。

而裹覆在勵志溫馨小品的《生命清單》，以伴隨母親臨終卻半毛遺產也無，還因遺囑而被家族企業開除的女兒布芮特，眼望著無條件承繼遺產的兄嫂，自己落魄潦倒不說，還需拘禁於母親唯一遺物－「生命清單」的執行。這突如其來的安排，擾亂了她本有光鮮亮麗的生活（含工作與男友），崩毀混亂中蠅頭亂竄，還意外的踏上尋父旅程，最終彷彿冥冥中注定般，隨著清單的完成，她也一同重建了生命自我價值的歸宿與新生活。

環繞在「母親鼓勵34歲女兒重拾勇氣，落實14歲生命清單」的敘述，雖然極力合理化母親留予清單的「深意」與「真知灼見」，是如何的與女兒之後的遭遇若合符節，使得母親即便死去仍彷彿全知全能的隨伺在側。或許諸多巧合映證可歸諸於母親對女兒的瞭解用心，然而若思及「女兒真實人生或與母親自我想像劇本不符，卻因面子或專制習慣，強逼接受或否定而造就女兒人生崩毀」的可能，便為之一凜。

這種以「生命清單作為冒險旅途上的各類挑戰」，本質卻類同「兒少文學追尋生命成長冒險」的結構敘事，不同於一般艱阻難題往往來自未知旅程上的各式外力變化，《生命清單》的「尋寶」設定，則獨樹一幟地偏向母親的「全知全能與控制」，於是乍聽溫馨感人的故事，卻有種落入「被控制」的不寒而慄[120]。

小說之神的魔法圈120

冒險結構敘事「生命遭遇困境→關鍵物指點方向→踏上尋父／尋母／生命成長冒險旅途→過關斬將→得到寶物／願望實現／尋父母成功／自我成長完成」，如羅伯‧歐姆斯德（Robert Olmstead）《少年羅比的異境之旅》（Coal Black Horse）。另外，歷史脈絡下「母親神話」造就的悲劇，往往便來自於將凡人提升至神的高度，如路易斯‧舒承霍弗《以母愛為名》所示。

前面述及母親控制可能對女兒造就人生上的各類困難，《生命清單》亦如是，且太過理想化的命運包裝，猶如改版後的《格林童話》，內裡殘酷早被剔除殆盡。行文所至，女主角交友、戀愛、住所與生活等的任一面向，都難逃「母親意志」的安排，卻毫無個人自主的展現，亦是母親勢力過盛影響女兒各式發展的範例之一[121]。

◀ 小說之神的魔法圈121 ▶

其生命課題應不在完成母親遺留的生命清單，而在於個人內在過於柔順懦弱造就自我的崩毀，且年齡的各式發展須與時俱進或依自我判定而成，純然以14歲期待強逼套用至34歲所需，顯得不切實際。且此書感情線過於分散，讀者不僅難以醞釀投入，甚或還有種「花痴爛漫」難以集中的感覺。而領養女嬰的橋段鋪排不夠，又不符常理邏輯。不過若就心理範疇而論，急於成為母親的女人，往往是原生家庭失能或無愛童年造就創傷，驅使其亟欲獲得「全心對其施予關注」的關係，「嬰兒」無條件追隨與依賴照料者的特質，便是最佳選擇。「母親這種病」小說文本尚可參考致鬱系推理小說女王真梨幸子《殺人鬼藤子的衝動》或史蒂芬‧金（Stephen King）《魔女嘉莉》（Carrie），將於後另題補充，在此不加贅述。

（3）代理性孟喬森氏症候群

綜合前所述及之母愛變異，完美包覆於日常裡而渾然不覺造就傷害，「代理性孟喬森氏症候群」（Munchausen Syndrome by Proxy）相較則具有醫學專門明訂的「媽媽有病」認定，此症殘虐變態之受害者，至少獲救後，能幸運地免去父母恩情與道德大纛的壓迫，不再需要默默忍受所有沉重。吉莉安‧弗琳（Gillian Flynn）處女作《利器》（Sharp Objects），便是以「代理性孟喬森氏症候群」做故事主軸的最佳範例[122]。

孟喬森氏症候群（Munchausen syndrome）名稱源自德國孟喬森伯爵（Freiherr von Münchhausen），大抵是以豐富幻想寫出冒險旅程或以真假難辨伴病功夫二說聞名的人物，以借指此症狀中，「患者偽裝或蓄意引發自身病痛以博取同情或控制他人」的作為；代理性孟喬森氏症候群則主要由「兒童父母（照顧者）杜撰或蓄意引發被照顧者的各式病狀，熱衷於反覆性無效的醫療過程遠勝對孩子真實身心健康關注」的病態行為，簡稱MBP。因施虐者對各類醫學知識熟稔於心，與受虐者常為「母子」倫理親情的照料關係，致使伴病症真假難辨，醫護人員往往在其多方求醫卻未見結果的狀態下起疑才會遭人揭發。此種施虐者病因乃源於童年受到主要照顧者的嚴重傷害或忽略，成年過後，須藉由與醫生在醫療程序的互動，滿足內心潛在對父母的渴求，因醫生向來被視為照顧者與權威的象徵。真實案例可參考茉莉‧葛雷格（Julie Gregory）《媽媽有病－代理性伴病症真實案例》（Sickened：The Memoir of a Munchausen by Proxy Childhood）。作者從小便飽受母親逼迫她伴病四處求醫進行各式治療的瘋狂所苦，走出慘痛經歷後現為專業作家、代理性伴病症代言人與MBP案例倡導者，為相關受害人權益發聲，個人網址http://www.juliegregory.com/。

　　《利器》圍繞著患有代理性孟喬森氏症候群造就的病態母女關係進行敘說，講述菜鳥記者卡蜜兒奉老闆之命，被迫從五光十色的芝加哥，回歸鳥不生蛋的老巢－密蘇里州風谷鎮，以取得連續女童謀殺案的箇中秘辛。光明對比黯淡的城鄉變奏曲，驚悚懸疑伴隨成長敘事與親密關係人的互動，撥弄出母女施受虐的變異悲歌與駭人／害人的恐怖真相。

　　原來主角「少小離家老大回」、「近鄉情更怯，不敢問來人」的恐慌，不僅是因連串殘虐的女童謀殺與鄉愁，更因家中病態的暗影處處－外表光鮮的母親，示愛手段卻是強迫女兒們吞食

不明藥丸／藥劑以佯病博取關注。13歲早夭的妹妹、囂張跋扈的異父繼妹，以及強迫性自殘以確認自身微薄存在的長姐主角，都被患有代理性孟喬森氏症候群的母親，折磨地內裏空虛，外在實體逐步溶解而步上自毀的不歸路[123]。

小說之神的魔法圈123

凱莉爾·麥克布萊德《媽媽的公主病》述及母女關係的錯綜複雜，肇因於性別樣貌的等同相似，而易遭視為母親生命之延伸、彌補遺憾與再造可能的對象。若無父親中介又基於本能追尋母親認同的驅使，將使追尋自我與個性形塑的旅途困難重重。可能面臨補缺母親憾恨與重現可能的壓力，又需處置主事者母親嫉妒與競爭感，其中矛盾糾結皆將阻礙女兒自我本體獨立人格的完型。通常經歷慘烈剝削或不幸創痛經歷的母親，最偏重於對女兒寄予厚望。或以犧牲為旗幟，驅策女兒前進，然而相對女兒光芒，難免或有辛酸嫉妒的比較感。這種源於不被愛而無法愛人，無法感知自身存在價值造就信心崩落與不安全感，亦是母女關係失衡與恐怖循環的成因。擁有自戀型母親的女兒若無強大自覺或力圖修正，很快便也會落入自我陷溺而無法觀照女兒的惡性迴圈。如何處理母親己身成長遭受過的剝削痛苦而無法回應女兒需索，以及想要簡單作自己而非他人生命延續或願望彌補的女兒，母女糾葛的情結困惑，步履維艱。近來「母女關係」於現代心理學課題中亦有越受關注的趨勢，如台灣知名心理學家鄧惠文在其專欄中多所提及母女關係的衝突矛盾問題並不亞於婆媳，其官方臉書上亦有推介私理集〈母親結系列課程〉等，針對現代人母女關係的營造與觀察來解開母女心結課程，亦可一觀。私理集官網http://www.syzygy.tw/與FB:https://www.facebook.com/syzygytpe。

父母與幸福童年的秘密

一、幸福童年的秘密

父母行為之效應，多在孩子的童年烙下深痕，但往往多以愛或教育之名掩蓋其中的殘酷不適當。此種關乎父母愛、教育與童年交相纏繞的對峙衝突，可由兒童心理學大師愛麗絲·米勒（Alice Miller）的相關著作，獲得反思啟發。台灣學生反課綱議題的延燒，其實亦顯露此種親子關係間，期待被對待方式與教育理念歧異的劍拔弩張。

愛麗絲·米勒幸福童年三部曲－《幸福童年的秘密》、《夏娃的覺醒：擁抱童年，找回真實自我》與《身體不說謊：再揭幸福童年的秘密》等，是關注兒童早期心理創傷對未來成年生活的影響及後遺症的專書，不僅脫除了傳統兒童心理學的窠臼，還反以兒童為主體去述說父母對孩子可能造就的侵犯傷害。

將兒童受虐範圍不只侷限於身體毆打或性的暴力，而可能是經由父母不當的言行對待，變成一種長期親密相處而無所遁逃的精神傷害。此與瑪麗法蘭絲·伊里戈揚（Marie-France Hirigoyen）《冷暴力》論及之冷暴力，皆是於「隱形中」點燃精神崩潰、毒酒藥癮共依存、獨裁報復或重大犯罪行為的火藥引信，不得不慎。以下三書分列介紹之。

《幸福童年的秘密》旨在挖掘粉紅泡泡機噴撒出的「完美父

母」與「幸福童年」，幻象背後的殘酷真相，有可能不過是孩童本能求生的「自我催眠或欺騙」。為了保持依附關係，孩童「壓抑忽略己身需求」，另行衍生與其本質歧異、忽視自我情感需要的「面具人格」，自此開啟了往後迎合大人心中期待的「戲劇人生」，最後造就自我否認的兩種形式－憂鬱與自大。對自己真實情感的否認壓抑造就憂鬱，而內在空虛只好再用自我欺騙與外在助力（藥毒酒）等來替代被愛的匱乏[124]。

小說之神的魔法圈124

這等同約翰·弗瑞爾與琳達·弗瑞爾《小大人症候群》，為適應外界需要與撫養者的缺席失能，而使「小孩」被揠苗般地提早扮演「成人」角色，衍生出屈服順從的「假我」面貌，來供給家庭成員各式的需索照料，最後面具「假我」與內心本質的「真我」混淆錯亂，積累的內在創傷與未被滿足之需求，將造就日後成癮或錯亂的源頭。

　　歷史名人如赫曼·赫賽（Hermann Hesse）、維吉尼亞·吳爾芙（Virginia Woolf）、弗朗茨·卡夫卡（Franz Kafka）與阿道夫·希特勒（Adolf Hitler）等，皆有令人窒息的被虐童年，若此種被殘酷苛待與壓抑的恨意若未能好好處理，便容易產出獨裁者對國家民族全體進行報復。愛麗絲·米勒（Alice Miller）真知灼見的提出「成人無能體驗幼童被大人以成人身份否認忽略不尊重的無助痛苦」，他們傷悲的並非是因為「願望受阻」而是「不被等同獨立主體而受尊重」、「身而為人卻遭輕蔑」的差別感。儘管大人們可能也是在這種不被理會的傷害中成長，卻很容易在無意識中，複製遞進給下一代[125]。

255

愛麗絲‧米勒認為被虐童年的殘酷苛待，部分基於成人將「對小孩／弱者的羞辱輕蔑」視為理所當然的優越意識有關。時事對照「白眼翻翻」的反課綱事件，成人盲眼視象未能體察問題所在，又以驕傲蠻橫的優越感，蔑視否決年輕主體的自覺與思辨能力，事件過程不僅未正視問題核心與訴求，反而不絕於耳地以「年輕孩子不懂事」、「小孩遭政治權力洗腦操弄」、「著魔了」偏見帶過，連帶「十八歲投票權開放爭議」之討論等，皆根源此種歧視心態。

　　《夏娃的覺醒》則以上帝懲罰偷嘗知識禁果的亞當夏娃為引，質疑上帝為何既要創設智慧之果卻又禁絕懲罰的矛盾展開論述。以「黑色教育」、「協助見證者」與「知情見證者」作三主軸。她所定義的「黑色教育」意指以「摧毀兒童意志為取向，透過權威、操縱、威逼等手段，使其順從服膺」的作法。而「協助見證者」與「知情見證者」兩者功用則等同前述岡田尊思醫師所論之「安全基地」，主要提供一種撫慰安心與陪伴的角色。兩者些微差別則在於出現受虐生命的時期與作用功能。

　　「協助見證者」與「知情見證者」同是協助受虐兒童之人，不過前者乃在於使長期遭受苛待暴行的孩子，當下擁有短暫平衡功用，短期即時的避風港而使受虐兒感受其自我仍有被愛之價值與愛的存在。諸多獨裁者變化主因便源於受虐當下，「協助見證者」的缺乏而使憤怒於積累中達向高峰，最後以極端殘暴的方式將恨意轉嫁予國家民族，毫無憐憫的冷血，其實不過是他童年被虐場景的重現。而「知情見證者」則多存於受虐者長大成人後「知曉受虐或匱乏等後果的人」，用表達同情、陪伴來協助已成年的受創者，去整合自身經歷引發的驚惶痛苦，使其跳脫「受到

過往創傷或恐懼的支配」再度落入悲慘循環的窘境，而能在理智冷靜的判定下，做出抉擇，開啟新人生[126]。

小說之神的魔法圈126

吳茗秀《三郎》那位桃園望族的第三子，白色恐怖時期，總驚懼於父親權威陰影與母親偏愛其他孩子的差別待遇，生命中唯一的光，便是總有位充滿愛心耐性，拿書給他看鼓勵他求學，甚至生病也會照料三郎的醫生鄰居。這位醫生哥哥在他受虐的成長過程，總擔負著解惑協助安撫與陪伴功能，便是替代三郎理想父母「安全基地」功能的「協助見證者」。

　　最後《身體不說謊》作用如同銜尾蛇般地回扣首部曲，與書名副標所示「再揭幸福童年的秘密」，延續上述受虐兒童的概念，針對身體所知真相，與道德倫理之衝撞作論述，作為「解放道德束縛以探究自我內在」的完成與正視「自我壓抑與身體病痛的關聯」。

　　讀者已知溯源受虐者「長期經歷親密關係精神虐待或冷暴力」卻能苟活，不僅肇因於「協助／知情見證者」之存在、「假我人格的發展偽裝」，還有充斥粉紅泡泡，「修改記憶、理想化父母，造就幸福童年假象」的自我欺瞞所致。即便如此，身體內在卻會極度誠實地紀錄所有傷痛恐懼，附加外在「天下無不是父母」、「父母恩天地大」的倫常戒律、有口難言的受虐者只得一再自我欺瞞，當面臨崩潰衝破出口時，便立即遭世人道德性的圍剿唾棄與父母悲傷的情緒勒索，陷入無可抵擋的惡性循環，過度壓抑而造就身體病痛的呈顯，如喬伊斯（Joyce）、普魯斯特（Proust）或維吉尼亞·吳爾芙（Virginia Woolf）等[127]。

反課綱事件中「周天觀」推父嗆母引發撻伐的同時，或許可檢討其不夠圓滿成熟的憤怒表達方式，然而對其高呼「我是周天觀，不是周大觀」、「17年沒有選擇地活在大哥的陰影下，沒有名字，只想奪回自己身份」的呼求，卻也值得注意。兒少時期是建立自我認同的黃金時段，父母的對待將協助本能尋求父母認同的孩子，確認自身被愛的價值與安全感。喪子之痛故可憫，但將愛的條件立基於「與他人的相似度」或「替身」之存在，將影響孩子假我真我人格發展混亂，甚至無能肯定自我存在的價值。反課綱精神是爭取自我學習權益與尊重選擇的運動，然而權威者父母無法同理卻只想制裁壓制孩子意念，漠視生命個體的自我存在與應得的尊重，其實亦是一種殘酷的暴力相向。「你的孩子不是你的孩子」，孩子並非誰的擁有物可任意捏造型型，把孩子當作替身比一般投射想像的父母更為殘忍。流瀲紫《甄嬛傳》裡，皇帝寫下「縱得莞莞，莞莞類卿，暫排苦思，亦除卻巫山非雲也」，以情人間的馴養復刻，漠視甄嬛個人主體的獨特性，純然以她作為純元皇后替身，而使知情後的甄嬛痛心崩潰。成熟主體遭漠視做為替代都如此痛心疾首，又遑論自我認同尚發展中的兒少青年。然而黑色教育的恐怖處便是暴力的延展，透過默不作聲的「約定俗成」，於無意識裡被複製然後傳承。

　　她由此提出「解除道德倫理父母施恩大纛」為解決之道，認真看待自己的記憶與感受，承認「天下有不是的父母」「道德將妨礙認清事實」的觀點，許可自己能對父母不適切的虐行懷抱恨意而不被標籤「壞」與「不孝」。除罪化減輕自我罪咎亦不勉強違心說出「深愛父母」或真實擁有「父母之愛」的謊言幻象。接受自我真實感受與被虐的事實，將能協助受虐者真正平靜地去面對事實，並擺脫為填補空虛內在而耽溺毒藥酒等的成癮依存。

　　另外，「假我」與「真我」人格的暴烈衝突，更可參照《夏

娃的覺醒》裡所提及，法國根據真人實事改編，艾曼紐・卡黑爾（Emmanuel Carrere）小說《敵人》。一名自稱於日內瓦國際衛生組織擔任研究人員的尚・克羅德・侯蒙「醫師」（Jean Claude Romand），醫學院二年級下學期缺席考試後便中斷求學生涯，多年來以「模範父親／兒子／社會菁英」形象廣為人知的他，由此博取周遭親友信任而專擅眾人財物為己用，終日活於虛幻裡的謊言裡。然而對他深信不疑的眾人，欲取資金自用時，卻接連遇害。金源告罄時，親生父母與妻小橫屍家中，縱火自殺未遂的他被判刑以終，喧騰一時的加國華裔女性弒母案亦與此略同[128]。

小說之神的魔法圈128

不能真實表達自我只能屈從父母想像的孩子，最終會失去理解自我的能力而在迷失下瘋狂，可延伸參考中興大學外文系教授張亞麗〈騙子的心靈迷宮－小說《對手》映照出騙徒歐曼的內心世界〉http://www.ylchang.net/2007/09/post.html。2010年11月加國華裔女性弒母案發生於加拿大安略省萬錦市（Markham），背負虎爸虎媽過高期待的珍妮佛潘買兇弒母，背後成因便來自移民華裔對後代過度要求以炫耀本錢，生活日常除成績取向外便是任意虐待，迫使她編造一個個謊言求生，最後真相爆發而引發悲劇。

其實，剝除「道德恩情的父母大旗」，重點並不在於將所有沉重壓力與包袱，全數卸責給父母，因其成長的過程裡，可能也另有一群被羞辱輕蔑，甚至未被滿足的內在小孩存在。在鄧惠文醫師《有你，更能做自己》一書中，就對父母的心境作為有較「同理」與「中立」的理解－畢竟囿限於成長教育背景，那個年代的父母大略僅知衣食無虞便是最好的教養，而無暇關注其他，這使得他們在孩子的成長過程中，早已不知不覺地，堆疊了諸多

摩擦或心結，這種種的累積，於往後成年新世代對親子「教養」與「對待」的不同解讀，就更容易衍生衝突與矛盾，老一代侷限於過往所知，難以消化新時代觀點，不熟悉的惶然無措，在反應上，可能更會以威權的形式去壓抑或試圖控制後輩，造就更多的衝突緊張。不過在此，則先就愛麗絲‧米勒（Alice Miller）持論的「兒童心理創傷對未來成人的各式影響」，對諸多「以愛為名，以暴制暴，被合理化且無意識代代傳承黑色教育」的可怕，進行檢視[129]。

小說之神的魔法圈129

無論身為父母、教育者或孩子等皆需有所自覺，權威者不應以過往情況無視孩子主體認同與需要便強逼孩子接受。「過來人經驗分享」為獨斷專制的窘境，亦常呈顯於憂鬱症開導中，走出憂鬱蔭谷的人，會持論「你那算什麼，我當時也是…還如何如何，可是後來還不是走過來了」。此種無能尊重個人主體感受力、純然以自身經歷為批判之作法，甚為常見。可經歷與年齡並非絕對，使用權威來蔑視他人也只是暴露內在的軟弱不安。權威者需同理並去釐清黑色教育下諸多不適切的虐行，方能符合父母愛子的初衷，也才能還給孩子一個真正幸福的童年。

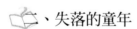

二、失落的童年

　　所謂「幸福童年」的夢幻泡影，可能不過是自我欺瞞的美好假象。然而雲霧散去的裸露光景，失落童年的地獄惡形卻也叫人怵目驚心。親子關係與受創童年，分別以約翰‧伍茲（John Woods）《失落的童年》（Therapeutic Work with Perpetrators of Sexual Abuse）、約翰‧弗瑞爾與琳達‧弗瑞爾（John C. Friel

&Linda D. Friel）合著《小大人症候群》（Adult Children）與施受虐的依附關係、戀童者的內在眷戀等[130]。

約翰·伍茲《失落的童年》整合作者本身於倫敦波特曼中心，處理性侵加害人之案例集成，試圖拼湊失落童年將造就成年創傷犯罪的成因。其中諸多性侵害創傷者皆源於親密關係人的殘虐，導致「性侵受創」的場景於腦海中宛若跳針般地反覆播放，並不由自主將之重現，結果造就一連串悲劇的循環。此類內在驅力主要受控於「以再現來迴避當年心理狀態下的無助痛苦」或潛意識將「當年遭受的暴力凌虐」視為表現親密的手段，因為這正是他們從過往親密關係人身上所習得的。淪為工具性使用的經歷、過度壓抑自身情感，又時刻遭受創傷情境的反覆煎熬，被痛

苦麻痺的身心，將導致日後對被害人施虐的冷感無視，因那畫面就像過去在地獄惡火裡煎熬的他，也無能被赦免一樣－外界看待此種罪行的恐怖暴力、異常與扭曲，其實正是他們童年世界的顯影[131]。

小說之神的魔法圈131

《失落的童年：性侵害加害者相關的精神分析觀》完整書名讀來令人悚然而驚，不過這並不是用以替性侵加害者進行脫罪或合理化，而是做為研究因果溯源而能事先預防的概念。世間大抵一切事件發展過程順序可能為「因－事件（果）－制裁」變化而成。如今涉及性犯罪或各大重大罪行之爭議，便在於彷彿追究這些重大罪犯犯案的背後成因，便是亟欲為其脫罪或合理化罪行以求從輕發落之用意。事實上，情節重大罪行本身確實存在殘酷不人道之處，犯罪者亦應為己身行為負責。不過追根究底令人避之不及的性侵加害者精神狀態成因，重點在於因的去除（事先預防），而非果（死刑或其他制裁）的赦免。若以化學方程式擬之，公式可逆可推，唯進行危險實驗同時，操作者會事先明瞭，一定環境下添加火藥、硫磺、或特定物質等，必將引燃爆點的「常識」。犯罪者成因雖諸多不同，但若人們能清楚的辨知造就精神異常、殺人衝動（爆炸）之引信或易燃物質等（受虐兒或被霸凌），而事先加以預防，則將省去事件發生、加害人後續制裁與被害人心理輔導等的社會成本，此書用意即立基此點。因溯源這些背負憤怒與不齒的黑暗罪行，其實多源於童年親近之人的虐待，並常以愛或教育之名施加。青少年是建立自我認同的重要階段，足以打破過往虐待循環的悲劇，然而社會卻往往沒有足夠的關注去處理此期的整合復原，最後悲劇便如骨牌效應，一輪輪傾倒下去。諮商者有時亦存有對此類罪行的厭惡恐懼，而可能會排斥參與此類對象之治療，但作者則另闢「性惡論」外的蹊徑，以「被害轉加害」雙重視角進行，既能深入犯罪者行為之初心，亦使諮商者能較為坦然地去面對他們。

本書文字稍顯艱澀，前五章摘錄作者另書《施虐男孩》，後續兩章則深入探討學校霸凌、居家手足亂倫等情境，最後才進入成人治療工作之細項。論及霸凌，讀者可能不陌生此類行為乃關乎權力的施張控制。被霸凌者最為痛楚處，便在於不僅清晰認知己身權力相對弱勢的窘境，且對於「無形無聲的集體暴力」求助無門。自幼便儲存積累於身體裡的強大恨意與無助感，就愛麗絲‧米勒（Alice Miller）所論，若無即時接受「協助見證者」幫助體驗愛的感受與自我價值，最終將轉化為暴虐獨裁者對整個國家民族的狠辣報復。

而前述多所論證的《小大人症候群》，雖與《失落的童年》同樣根基於幼時積累的創傷不滿，引發成年無盡問題迴圈的研究，然而後者著重於施受虐的依附情感與性侵專題，前者則是著重「家庭失能引發後續內在成癮或依存」。關注因撫育者缺席失能，使得幼孩反向熟齡地去肩負「大人」責任，壓抑自我情感需求，裝戴面具人格成為主要照料者的行屍走肉，最終則因內裡崩毀而需索外在助力藥毒酒的慰藉，促發內外表裡一同崩毀。可另對照S. J. 華森（S.J. Watson）《雙面陷阱》（Second Life），或強納‧森德米（Jonathan Demme）執導《蕾切爾的婚禮》（Rachel Getting Married）等，詳見【推理懸疑篇 II】，在此不多加贅述。

三、寬恕與和解：走出受傷的童年

從戳破幸福童年的幻象，到理解失落童年的真實殘酷，最終則會試圖走向寬恕諒解父母之路者，可參考蕾斯莉‧里蘭‧費爾茲＆吉兒‧哈伯德（Leslie Leyland Fields＆Jill Hubbard）《走出受傷的童年》（Forgiving Our Fathers and Mothers）、許皓宜《與父

母和解》、洪仲清與李郁琳《找一條回家的路》、洪仲清《跟自己和好》及《謝謝你知道我愛你》與蘇絢慧《為什麼不愛我》等系列著作[132]。

（一）神學概念觀照人類行為者

蕾斯莉・里蘭・費爾茲＆吉兒・哈伯德《走出受傷的童年》立基神學立場，援引有據地以聖經段落及上帝探討寬宥父母無意／無心／無知過錯，藉由諒解寬恕釋放自己，並藉此契機修復自己與他人的關係。全書基督教神學意味甚濃，雖立意於上帝旨意觀照人際糾結釋放，但內容過度以神學詮釋人之作為，反而失去著重關係網絡裡創傷的釐清，殊為可惜。尊重信仰帶領而來的智慧自由或力量，但不贊同以此力量成為諸事行使之驅力與映證，以免生而為人該當自我負責與認知的所有視野，皆遭神學觀疊覆消弭。

（二）真實生活疑難與各式面向

許皓宜《與父母和解》類同於岡田尊司《父親／母親這種

病》、五百田達成＆櫻場江利子《媽媽的解僱通知》等，從生活各種不順遂的困惑，去反思與父母相處裡造就的問題根源，並追索童年創傷至成年與父母的和好過程。另外，台灣資深臨床心理師洪仲清《跟自己和好》、《謝謝你知道我愛你》以及與李郁琳合著的《找一條回家的路》，則宛若呈現諮商眾生修羅場般，細膩拆解父母與孩子關係的各項糾結衝突，讀來平易近人卻顯熟悉。乍見短小溫暖的文字，卻是解決台灣親子難題的真知灼見。藉由修復家庭關係與自己和好，也使壓抑在身心裡的痛苦情緒得以解放自由[133]。

小說之神的魔法圈133

本節旨在介紹「父母與童年對內在創傷及成年行為模式的影響」，但另推薦於兩性諮商與婚姻經營領域聞名遐邇的鄧惠文醫師，其非常關係套書（《非常關係》、《直說無妨：非常關係2》）、《還想遇到我嗎》、《學習。在一起的幸福》與《有你，更能做自己》等著作，乍讀重點關注於日常男女情愛的解讀，實則卻是細緻囊括整體關係脈絡的溯源拆解，如原生家庭模式造就的成長創傷，如何於關係網中，誘發新舊各式關係的磨合衝突與再現，藉由轉念療癒「心結」，或嘗試從跌跤中，習得較圓融正面的方式，來釐清藏在相處裡的期盼、渴求、傷痛與隱藏的訊息，以此達到無論關係中的獨舞、雙人探戈或親子並行，都能使愛的層次與施受，保持自由放鬆，能自處亦能相知相惜彼此撫慰成長的良好狀態。

（三）無愛童年創傷之療癒

　　成長於破碎家庭的諮商心理師蘇絢慧，《為什麼不愛我》以八種無愛受創的內在小孩，呈顯「傷人父母」對待關係，並於每篇篇末附錄與內在受創小孩對談式的療癒話語，引領他們走出悲傷。作者自言作為私生女來到世上，父親總不在身邊，輾轉流

離於索求感恩的親友間，沒辦法感受到愛，常被剝削忽視或工具化，甚至被逼迫敵對爸媽的生命歷程，百般創痛的成長淬煉出她細膩觀照無愛童年的療癒、生命早年創痛療癒、失落經驗與自我情感照護與等主題治療，頗為可觀。

其實這樣輾轉流離、無固定依附的慘況，已幾近等同於「無父無母」的成長。這種被殘忍切割而難有穩定依附關係者，便是慘烈無比「無父無母無依附的空白童年」。

四、無父無母無依附的空白童年：無人知曉的夏日清晨[134]

前述所有父母與童年的破裂崩毀，皆立基於「有父有母」卻可能根源「以愛之名」、不自覺內化「黑色教育」之潛移默化而傳承，甚至肇因於社會經濟型態與文化傳統「男主外，女主內」造就的缺席失能或無以習得情感教養後代的「類單親」。引發問題著重「親子代溝」、「專制高牆」與「不適當行為」造就的虐待陰影。然而無論親職適當與否，至少仍有一個確切依附主體的存在。在此則進一步以「依附理論」來詮釋無人依靠的斷裂親子關係。

小說之神的魔法圈134

標題取自是枝裕和執導《無人知曉的夏日清晨》，講述一群同母異父孩子，母親與他人同居後將之遺棄，由長子負起「一家大小」全責的悲劇，名符其實為「無父無母無依附」的慘白童年。

依附理論（attachment theory）是1953年，由英國精神分析工作者約翰・鮑比（John Bowlby）提出，本是身當駐院醫師時，觀察女病童與父母分離兩週內的行為心理變化。後續則利用一連串

實驗觀察進行佐證，其學生瑪麗・愛因斯沃斯（Mary Ainsworth）承繼後，更完整了依附理論對人際關係模式的影響。理論要點便是初生嬰兒與其照料者的依附模式，將會依據照料者平日對待嬰兒的態度而產生不同類型。具備有「安全基地」功能或充足安全感的嬰兒，則能在未來成人的人格發展與人際關係裡，有健康互動。若依附關係不穩定或照料者未能俱足安全感，則未來人格與關係的鍵結，將容易遭遇困難與破碎[135]。

小說之神的魔法圈135

心理學研究指出嬰兒早期依附型態，是影響孩童人格成長與未來人際伴侶相處的重要關鍵，一般而言，父母便是孩子初生的主要依附。此外「依附理論」尚有其他實用延伸，如首例以「成人依附理論」與「情緒治療」落實為夫妻情緒取向的婚姻諮商－蘇珊・強森（Sue Johnson）《抱緊我：扭轉夫妻關係的七種對話》（Hold Me Tight：Seven Conversations for Lifetime of Love），獨樹一幟地以「情緒取向療法」（Emotionally Focused Therapy，簡稱EFT）替代往常「童年創傷的追索」、「溝通技巧的增進」與「常見歧異衝突的協調」等做為婚姻治療中的關注要點，以此理解夫妻彼此情緒阻難的關鍵。或約翰・伍茲《失落的童年》以依附理論來瞭解長期受害者內心曲折，書中曾引述挪威學者奧維斯（Olweus）「挑釁地受害者」定義－長期成為霸凌目標對象的受害者，可能於無意識中邀請加害者加諸霸凌欺侮，以維持施受虐中控制與依附的需求。請理解此點與責難或加深受害者自我罪咎或卸責無關，而是從案例檢視霸凌的創傷經驗可能引發異常依附關係的呼求，亦即被虐者的道德勝利其實是種隱性且反向的控制，藉由被虐過程滿足施虐癖者之需求而達到控制，同時滿足本身受虐癖與保有依附關係的要求。施受虐的進行其實是將兩人區隔於安全距離外，內在免去互信與親密，卻仍保有依附關係存在的異樣模式。簡言之是習慣使然而非道德取向，心理學上本就有童年受創（酗酒家暴父），最後仍不自覺嫁予同款酗酒家暴夫的潛在驅力。理解此項定律將可協助受創者擺脫受虐循環而重新人生。

與依附理論相關且最為著名者，尚有哈利・哈洛（Harry Har-low）爭議性十足且極度殘忍的動物實驗。他強制性的將初生恆河猴帶離母親身邊，然後以兩類代理母親替代，一為鐵線製成但附奶水補給的「鋼鐵媽媽」，其二則是柔軟絨布製成的「布偶媽媽」。實驗顯示小猴會長時間緊抱「布偶媽媽」，唯有飢餓時期才會前往奶水區。證明依附關係不僅囿限於飢餓本能而在於愛的溫暖撫觸。另外，在設計機關的驚嚇下，小猴的第一本能也是尋求布偶媽媽的撫慰，之後哈洛以更為殘忍的方式去探究愛的本質與依附，讓代理媽媽身上安裝鐵釘或水柱等會攻擊小猴的機關，但小猴仍然義無反顧的尋求代理母親的撫慰懷抱。

最後哈洛滅絕人性的高峰，便是設計出強暴架（rape rack）－因小猴匱乏愛的成長過程，無能發展出自主性行為，為觀察無親生母親照料成長的小猴，將成為何種類型的母親，於是他將自閉抑鬱的母猴，以交配的姿勢固定，再放入交配經驗豐富的公猴，強迫發生性行為而後產子。沒有經過情感撫育的母猴們，又被以殘酷強制的方式交配，在生出下一代後，也無法用情感能力對待後代，大部分表現出冷漠、疏離、虐待甚至將幼猴攻擊至死的情況。此法清晰證明無父無母的不穩定依附，確實對個體成長造就情感傷害，亦連帶影響未來人際與各式關係的經營互動，如凡妮莎・笛芬堡《花語》與桐野夏生《好心的大人》。

《花語》主題以孤女生涯佐以神秘花語的隱喻象徵，去呈顯她成長過程中斷裂而破碎的關係脈絡。從小於各個寄養家庭裡顛沛流離，不穩定的依附造就她無能確認自身被愛價值的困惑。脆弱而渴愛的心靈，面對隨時可能被遺棄背叛然後轉送的悲哀，只好一再地以充滿尖刺的包裝，用各式叛逆舉止做為測試情感的依據。於是即便遇見願意真正愛護她的母親與情人，她也步履艱

難，荊棘叢生。本是先天命運造就關係多舛，但最後卻因恐懼自己無能給愛而選擇逃避，躲進她習以為常的疏離寂寞。最後仰賴一叢叢花語的神秘低喃，她才開始修復過往破碎的鍵結－養母、愛人與女兒，因愛重生。

桐野夏生《好心的大人》則以經濟崩壞後的東京為藍本，流離失所的遊民、街童、地下世界與女人群體等，既相互照顧亦彼此爭奪，分別據地為營地各自建構出無父無母無依附的獨立世界。敘事間頗有石井光太《神遺棄的裸體》，筆下伊斯蘭國極端貧窮、失去父母照料而艱難求生的邊緣群體意味。15歲男孩伊昂在毫無依附對象的茫然中四處流浪，身邊僅有「街童扶助會」觀護人偶然現身，支離破碎的關係網絡造就他社會適應的匱乏困難，於是踏上尋求腦海唯一記憶－「銅鐵」兄弟去處的旅程。與各方勢力交手的冒險裡，逐步釐清大人們的種種面貌－好心的、壞心的，與不好不壞的，與告別純真，長大成人的自己。

原來實驗機構為研究「父母與孩子愛互動的成果」，而將兩者集中處置，規定父母必須以「無差別對待」將眾孩童視如己出。然而無法擁有特定依附對象的孩童，既無法與父母產生連結，亦接連出現自閉、疏離與反社會傾向。主角伊昂父母便因難忍「不得存有私愛」的戒律出逃，於是被遺棄的男孩終其一生到最後，都孜孜矻矻追尋「好心的大人」，亦即「父母」的蹤影[136]。

上列兩書既是尋父／尋母以完成自我認同的成長小說，亦完美詮釋幼時無穩定依附對象造就未來成長社會關係與適應困難的極佳範本。不過《花語》偏重母親對待方式將成就女兒成年與伴侶及各式關係經營，甚至能否情感撫育下一代的關鍵。《好心的

大人》則著重在無特定依附對象將造就自閉、疏離與反社會傾向的社會適應困難，由父母童年與依附等對人格成長的各式影響看來，父母之道，可謂之任重而道遠，不得不慎之[137]。

小說之神的魔法圈136

岡田尊司《母親這種病》裡，也曾舉證以色列建國後的農業共同體吉布茲（Kibbutz），為了不使女性勞動能力被分散，於是將兒童集中於特定「兒童之家」，聘用專門人員日夜輪班負責照料，母親僅有餵奶時刻出現，其餘則需回歸農場的勞作。然而這樣效率式的管理，卻無法提供孩子特別「安全基地」的存在，於是此期長大的孩子多半有不穩定依附關係的後遺症－情緒不穩、逃避親密關係，以及無法建立穩定關係的傾向。另外，作者亦研究出依附關係不穩定與母性缺乏，皆易促發ADHD（注意力缺失／過動障礙）。過往醫學研究將之判定遺傳基因為主因的病症，卻於近年發現另與養育環境有關。初期孩子過動或令人困擾的攻擊行為等，其實是作為呼求穩定與討要安心環境的訊號，若無法即時處理，則會發展成ADHD。青春期後則轉為情緒更為強烈不穩的情緒障礙或邊緣性人格障礙。有時幼兒期會暫時呈現穩定，但在青春期遭遇一些挫折過後，則另以藥物上癮、焦慮憂鬱等症狀表現。邊緣性人格障礙者心情常會在極端之間擺盪，人際關係的相處上，對「被拋棄」存有很深的恐懼感，一般顯見的特徵會不斷的自殘或重複自我否定。通常可回溯與母親相處有被遺棄的創傷，如失去母愛或母愛被搶奪而去的壓抑痛苦。

時事對照2015年7月20日，台北捷運27歲郭性男子持刀隨機砍人事件，大抵也與母親的關係有關。從小父母離異，後隨母親改嫁日本，養父施行「做錯事碗筷便飛過來」的嚴厲教育，後母親患病回台治療，於他當兵時過世，曾擔任保全卻染上毒癮、失業，然後隨機傷人。這進程正是家庭失能造就問題，孩子成長之自我認同，需父親以社會化形象標竿，引領其走出母子融合期以免去被母親吞噬的危險，無父而僅能單一依靠母親的郭男，尚顛簸於自我認同與整合發展，卻又因母親改嫁面臨權威外人瓜分母愛的窘境。值得注意的是，他不僅壓抑內在真實情緒感受，於臉書感謝養父極端嚴厲、實則為「摧毀兒童意志為目的」的黑色教育，還將此理想化為「使其比同儕更具風度家教」的說法，正符合愛麗絲‧米勒（Alice Miller）幸福童年三部曲一再強調的創痛悲哀。無能處理的巨大恨意又無「協助／知情見證者」（「安全基地」）存在，將促發暴虐冷漠獨裁者，把恨意轉嫁國家民族的關鍵。他母親這唯一支柱過世後，染上毒癮當也非偶然。端視他成長過程類同「無父無母」又深陷被遺棄／被虐待的創傷，母逝後本能尋求而藥毒酒類的依存自是當然，可顯見父母對孩子的重要性。認知此類案例之背景，將能有效協助因的去除（事先預防），而非事後果（死刑或其他制裁）的赦免。從「因－事件（果）－制裁」過程，由最源頭連根拔起，才是最快速、最有效也最節省社會成本的作法。

271

霸凌

新聞事件裡，藝人名模因網路霸凌而輕生的消息震驚全國。不過，霸凌其實不僅侷限於網路，由家庭、校園、職場與各式社群網絡等，無形的壓力與逼迫無所不在，往往如毒氣似的籠罩受害者的全數生命而使其難以喘息。心理叢書以陳俊欽醫師《黑羊效應》與瑪麗法蘭絲·伊里戈揚（Marie-France Hirigoyen）《冷暴力》做介紹。

陳俊欽醫師《黑羊效應》分別以黑羊（受害者）、屠夫（霸凌者）與其他人（旁觀者）所叢聚出的群體獻祭犧牲模式，來講述霸凌隱形卻威力萬均的慘烈過程及療癒。霸凌者（屠夫）與受害者（黑羊）本質之好壞界線並不分明。黑羊往往是集體壓力之出口，由眾多黑羊候選者逐一剔除後，剩下最符合的那隻，有時甚且不過歸咎於運氣不好（人衰認命），或特質異於他人（先知與偉大的成功者皆是寂寞的）。霸凌者亦非全然為利益導向的奸惡之徒，然而事態的演變總往往於無意識中開始變調[138]。

旁觀者超然獨立地冷眼相看、黑羊被逼迫至角落無處脫身只得示弱討好求饒，然而此舉卻無能解救遭屠夫宰割的悲慘命運。移時遞增的壓迫與排擠，最終陷落地獄式的焰火焚身，直至黑羊死亡、消失或離開。此時眾人卻悄然，彷彿一切平靜如常。然而落入地獄惡火的受害黑羊，卻時刻遭受烈火反覆煎熬，不得輪迴超生。

瑪麗法蘭絲‧伊里戈揚醫師的《冷暴力》亦指出，冷暴力之發生，
乃源於加害者須藉由打擊他人、與群眾環繞孤立被害者，做為間接
提高其自我優越感、安全感與一種肯定式的贊同，用以掩飾自身弱
點與不安全感。故而加害者與被害者的權力關係，往往與其本身
的光環成反比，亦即霸凌者的事件動機有時是受到自卑與嫉妒感作
祟，而試圖以操控或排擠去影響他們所嫉妒的對象。時事對照如
日本愛子公主與悠仁親王，身份尊貴如斯，但在校仍難免被孤立的
景況。

　　陳俊欽醫師深入淺出地講解霸凌獻祭模式裡，被害者、加
害者與旁觀者的互動關係，並於書末提供黑羊之自我療癒法－被
霸凌者痛苦指數甚高，多數人難以忍耐。然而能由地獄煉火中浴
火重生，必然有人默默相陪，共同度過創傷。醫師建議以關注己
身幸運處來扭轉被霸凌的創痛，重回生活正軌。且除此黑羊心理
自我療癒法外，並對外告知團體黑羊效應的存在，或請成員閱讀
《黑羊效應》等[139]。

但個人認為上述方法並不實用，如台北市長柯文哲曾描述為實驗去
收容所抓狗的經驗－不選目標，群狗合作狂吠而難以近身；若只專
注追逐一隻，則眾狗合力將其推出，這就是解決團體焦慮（生命危
機）的最佳捷徑。面臨自身利益與壓迫時，所謂溫良恭儉讓與道德
認知，並無任何用處，提醒只是促發對方惱羞成怒，進行更多重的
霸凌而已。

　　而瑪麗法蘭絲‧伊里戈揚《冷暴力》範圍則更廣，推展至全
然的精神虐待與冷暴力範疇，詳盡地以公私領域可能遭遇到的各

式「隱形暴力」與形成過程做述說，標誌出「長期用隱而不顯的精神虐待、惡意操弄、貶損打擊他人、奪取自尊」而使受害者身心俱創之行為，如話中有話的嘲諷修理、忽略、差別待遇與網路霸凌等，雖肉眼難以得見卻心照不宣實際存在的「冷暴力」無所不在。相比於肉體的摧殘鬥毆，心靈言語與冷漠敵意營造出的恐怖氛圍，實質殺傷力更痛徹心扉。有苦難言卻無法提出實際佐證以正面對決的鬱悶，無疑地使傷口被加乘放大，陷落被虐又被質疑的雙重漩渦。

冷暴力常因形式之曖昧及心理學的「從眾效應」（Bandwagon effect）（或稱樂隊花車效應）而難以防堵介入。「從眾效應」意指做為單一個體的人們，常因群體顯性或隱性的壓力，而使認知行為以多數群眾或權威派別之行事為圭臬，以求與大眾一致。不論同儕、職場與親密家庭關係等，皆可能於無意識中，將被害者推入孤立深淵。即便旁觀者感知如此不公，也可能害怕招惹事端一同被孤立而產生「從眾且沉默」的旁觀者，最後成為加害者之一。

號稱精神虐待研究與防制經典的《冷暴力》，便條列清晰的將各式關係裡的冷暴力情狀，搭配歷史名人、藝術工作者如作家或諮商者實際案例集成之解說，最後歸結出對上述冷暴力受害者可循求之解決之道或求助對象。

另外，職場困頓剝削若佐以食安風暴，亦可與20世紀初，厄普頓·辛克萊（Upton Sinclair）《魔鬼的叢林》（The Jungle）對照參看。慘遭警察與資方勒索剝削的移民家族，日日陷落於黑心廠商慘無人道的工作流程裡不說，還另需抵抗房仲詐欺與官商勾結賄選的圖謀，最終一個個於絕望中邁步死亡。乍讀荒誕不經的小說敘事，卻有歷史真實事件為本。台灣部分，翻開黃怡翎、高

有智合著《過勞之島：台灣職場過勞實錄與對策》，台灣薪資階級M型化的對立剝削與過勞等情狀，相隔百年的異鄉政府，人民慘狀卻無甚差別。書末雖加附勞工適用法條尋覓出路的建議，但怕亦是與霸凌對策一同，乃「空中樓閣」的美好泡沫而已[140]。

小說之神的魔法圈140

筆者對《冷暴力》與《黑羊效應》「實用解決之道」未表認同。如職場霸凌則訴諸勞工權益委員會類機構涉入調解，於台灣職場便無所助益，更有甚者，應受國家制度保障的基本權益亦未臻完備，諸如業界（1）假志工真聘僱規避雇主責任，事故發生則無勞保供給「職災補償」（2）無基本勞資正義，節省人力成本造就一人多用、缺額不補現象；社會觀感卻共同標籤「過勞加班為責任，離職反抗為草莓」（3）新舊世代爭奪資源而使既得利益者獨大（4）高薪低報，勞工給付權益受損（5）實習打雜不支薪，不教技術只壓榨卻冠冕堂皇（6）約聘僱員如免洗筷用完則棄等。缺漏百處尚難制裁，遑論其他。

值得一提的是，與一般人相較，亞斯伯格症患者口拙心慢溝通差，更易淪為被霸凌對象，故對此症之認識亦必須迎頭趕上。東尼・艾伍德（Tony Attwood）《亞斯伯格症實用指南》（Asperger's Syndrome）就詳細陳述亞斯柏格症的各項徵兆：對同齡者關注事物難以同理、解讀他人意圖想法有困難及社交技巧的缺乏等，並附上相關治療途徑等資源，融合作者臨床心理分析師的真實診療與亞斯伯格患者的自白，相當實用。

日常生活霸凌無所不在，上述心理叢書對被害加害與旁觀者的心路歷程確實精闢知著，對調解中介的建議也實屬理智清晰。然而歸根究底，不聞其聲、未見其形的霸凌處境，本就含納難以正面對決的無力與無助。試圖以有形力量對付無形，恐怕才是矛

盾癥結所在[141]。霸凌文本，則可與史蒂芬·金 （Stephen King）
《魔女嘉莉》（Carrie）、茱迪·皮考特 （Jodi Picoult）《事發的
19分鐘》（Nineteen Minutes）及反烏托邦青少年小說等相互參照。

小說之神的魔法圈141

知名律師呂秋遠於臉書對霸凌的分享倒叫人耳目一新，其成長過程
亦遭排擠忽視，但可能肇因於如今堪稱人生勝利的優勢情境，於是
眾人未將霸凌詮釋為往後向下沉淪的關鍵稻草，更促發他對弱勢同
理心並為之發聲的信念。另則關乎職場考績不公的官司，他婉拒訴
訟要求，反建議尋求靠山，因組織倫理間的隱形暴力，在一般看來
合宜適當的「實用」途徑，如訴訟／委員會／權益會等的中介協
調，實際結果不過是製造對立，加速集團解雇「不聽話員工」並凝
聚內部團結而已。黑羊一死（消失離開），眾人仍會自行其是，無
所改變。對黑羊而言，常有「為什麼是我」的自我質疑，與無法融
入團體的悲傷，身旁有人守護相助許或可促成心理的療癒寬恕。然
黑羊們最期待解決的核心，卻是如何擺脫受虐循環、有能力反制／
對施虐者施加報復，或至少要確保此事未來不再重演。各書提供之
心理療癒復原，頗有「阿Q式精神勝利法」意味，或許因無力還擊
也無能改變被毆的命運，只能在心裡默想「兒子打老子哪」來暫時
舐舐傷口，自我欺騙假裝勝利。可被霸凌者內心深處，最在意也最
明瞭的是，無論如何，「他／她就是被打的弱勢，權勢力量相較低
劣的窘境自不待言，又無任何辦法反抗求救」，體認到這樣「權／
力／權力」不如人，求助無門又需自我欺騙的作為，只讓受害者更
瞧不起自己而已。若有朝一日能成為如呂律般的人生勝利組，或
許能對弱勢者抱持慈悲同理，或轉加害；但若時運不濟，永久性陷
落悲慘被虐受欺循環，其中悲傷憤怒將引爆之報復／重大罪行／
自毀自殺的偏激可想而知。兒童心理學大師愛麗絲·米勒 （Alice
Miller）亦指出，成長缺少協助／知情見證者陪伴，由童年起積累
的各式憤怒，終將如「受害轉加害，被虐情境再現為施虐行兇」的
心理機制，成為獨裁暴虐者對整體國族的報復循環。

《魔女嘉莉》是故事大師史蒂芬・金於1973年的長篇處女作，從小深處於狂熱基督教基本教義派母親虐待的可憐少女嘉莉，其天賦血液中的念動力，更加重母親標籤女兒「齷齪巫女」與「不祥存在」的負面觀感。未能於成長過程得到適宜對待的嘉莉，總被殘忍暴虐的鎖入祈禱暗房裡，為莫須有與莫名所以的罪名懺悔。父親早逝，於母親極端暴力教育下的嘉莉自然於同儕間格格不入，怪異的行為舉止與內向個性成為眾人霸凌目標。正驚恐於16歲初潮的她，不僅受同儕「衛生棉條雨」的殘酷洗禮，回家還因女性性徵的各式徵象慘遭母親羞辱修理，再度圈禁迫其贖罪。

　　對青春的暴烈與自我認同的衝突，嘉莉最後選擇以暴力制伏狂亂無知的母親，穿上自行縫補的酒紅禮服，前往舞會，幻想著受虐悲慘的灰姑娘也終將有華麗甜蜜的舞會。然而曾參與霸凌的好心壞心，不分你我地攪擾成舞會皇后加冕時的「豬血臨頭」。全身浴血的嘉莉，於是開啟報復的循環，成就為前後呼應的血始血終。

　　於家庭與同儕間備受欺凌卻無人援助的嘉莉，其念動力包覆的報復魔法，其實正隱喻憤怒累積到高峰，對校園暴力與母親虐待的反撲。不過即便母女關係如斯恐怖，彷彿哈利・哈洛（Harry Harlow）依附理論的映證，「即便代理媽媽身上安裝有鐵釘或水柱等機關，但小猴受驚時反而更緊抓不放」的場景，氣絲微弱奄奄一息的嘉莉，瀕死中仍嚎叫著索要母親。

　　相比《魔女嘉莉》幻想翩翩的念動力魔法，茱迪・皮考特《事發的19分鐘》，關懷校園霸凌之作則屬平鋪寫實。以新罕布夏州斯特靈鎮上發生校園槍殺案件的始末為題，講述家裡備受冷落、校園飽受欺凌的弱者彼得，面對青梅竹馬的法官女兒喬絲，從立足正義到投入「敵營」，被孤立的彼得最後選擇以19分鐘掃

射校園，用大量傷亡去回應過往被摧殘霸凌的創傷，與迴避未來受創情境的任何可能。字裡行間裡凸顯少年彼得親子關係間，被兄長光環壓制而被無視的窘境，與校園霸凌權力流動下，無所抵擋的悲苦創痛[142]。

　　最後，校園霸凌與團體勢力開合變化，最具娛樂效果且寓意鮮明者，當屬反烏托邦青少年小說系列，詳見【青少年女類Ⅱ】反烏托邦與逃殺小說中的團體霸凌，在此不加贅述。

【遊戲單元－心理學映射小說文本試寫練習】
【短篇】

回到學習寫作初衷，詳解完諸多心理學概念與叢書後，歡迎進入心理學映射小說文本試寫練習。順序由短至長，短篇以台灣知名推理小說家既晴的短篇小說集《感應》作引導。

既晴慣為人所津津樂道者，當非2002年一舉榮獲第四屆皇冠大眾小說獎的長篇《請把門鎖好》莫屬。此書鎔鑄歐美魔法根源、恐怖心理、催眠、愛情、台灣刑事與作祟等，等同安・萊絲（Anne Rice）《夜訪吸血鬼》（Interview With The Vampire），記者探求鬼怪軼事作報導素材，最後卻一同深陷「怪力亂鬼」恐怖力量的佈局，講述刑警吳劍向追索密室懸案中的邪惡循環。過後以奇妙搞笑的本土偵探張鈞見為主角，一系列出版《別進地下道》、《網路凶鄰》、《超能殺人基因》與《修羅火》等長篇，《感應》則是此期唯一的短篇合集，內容講述張鈞見受託解謎的四大案－〈夢的解析〉、〈打動她的心〉、〈臉孔辨識失能症〉與〈未來的被害者〉，其中分別融貫心理學的諸多概念作為詭計的設計與劇情的推進，殊為精彩。

〈夢的解析〉其繽紛童話借喻的魔幻場景使讀者宛若置身於英國泰瑞・吉連（Terry Gilliam）《帕納大師的魔幻冒險》（The Imaginarium of Doctor Parnassus）與路易士・卡洛爾（Lewis Carroll）《愛麗絲夢遊仙境》（Alice's Adventures in Wonderland）的特異國度。患有睡眠障礙的委託人，夢中命案的推理等同電玩遊

戲的晉級選項，退退進進的破關之道，便是於如夢似幻中，揪出犯案人的真正身份。

〈打動她的心〉則以愛情魔法為主軸，講述炙手可熱的股市分析師，愛情上喜新厭舊的獵奇旅程。面對後到的「白富美」新歡小三，先以魔法擄獲的溫馴原配則顯得礙事擋路。當瑞凡與濕滑的心「硬了」之後，解除愛情魔法無論如何皆「勢在必行」，毫無討論空間。

〈臉孔辨識失能症〉則以創傷後壓力症候群（PTSD）為詭計，使人物難以辨知臉孔導致辦案困難，劇情推進大抵是以「真假公主／王子」身份置換與偽裝作鋪排，去講述層層疊疊被掩蓋下的昔日恩怨。〈未來的被害者〉延續上篇身份置換的詭計，以靈體的穿越移動，去包裝面貌等同的「替身」「本尊」，在交互錯雜所引發出複雜的疊影人生，未來我試圖奪去過去我失落名字的復仇。

此一短篇合集不僅主題風格各異，寓意繽紛，短篇長度與心理學概念作為小說文本詭計設計的部分，更是試寫的最佳範本。讀者可自行設計專屬自己的「偵探」與心理學誤導辦案的詭計，開始練筆。若仍覺得困惑的讀者，可依序以回應下列問題的方式，步步進逼短篇心理學寫作的核心。

★請設計專屬自己的偵探：個性、經歷、感情、現職，與將處理案件的類型等
（無須過長，請以A4單張，日常求職履歷表附簡短500字敘述作設計即可）
★請分析既晴《感應》四則短篇所應用的詭計，其中心理學元素對劇情的影響

（請簡易畫表或大綱介紹四則短篇的劇情推進與心理學元素的
關係）

★請試著自行設計利用心理學元素造就的詭計短篇，畫表或大綱
介紹即可

★請試著將此大綱發展為一萬至三萬字之間的短篇推理

【長篇 I】
多重人格的交疊幻影：失憶與解離

　　在熟悉一至三萬字心理短篇中的劇情轉折與鋪排設計後，且讓我們一同敲開恐怖長篇的大門。往常短篇與長篇的差別，便在於短篇可簡單使用意念氛圍或情緒一蹴可幾，然而長篇則需要邏輯一貫嚴謹與角色心理前後相符的合理變化，所以必須細細思量才能下筆。不過唯一例外便是推理類型，推理領域中，即便是短小精悍的短篇小說，也必須小心設計。

　　正因其「短小」，不比長篇還可用懸疑成長、心理變異或歷史文化變遷等素材分散讀者注意力，世上確實存在「邏輯不好、閱讀斷續又健忘」的讀者類型，不過心理短篇的「長度」卻有足夠餘裕讓讀者一次細讀完畢。既無長篇綜合多元素材的迂徐空間與「錯亂」讀者的功能，在極限度的短篇設計裡，更要注重別出心裁的詭計設計與回馬槍，才叫人心懾。故而短篇上手後，便可直攻長篇峰頂了[143]。

> **小說之神的魔法圈143**
> 台灣本土推理短篇優選尚有李柏青《最後一班慢車》，這集結創作歷程裡風格不一、盡顯變化的短篇合集，亦可一觀。

心理學映射小說文本之長篇，多立基於創傷後心理壓力症候群（PTSD）所引發的種種症狀作述說，其定義範疇乃肇因人遭遇重大創傷經驗，如虐待／暴力／霸凌／性侵／被遺棄背叛／自然傷害（地震海嘯）／發生或目睹意外事件等創傷，使得心理狀態失調，導致失憶／解離／麻木／情感疏離／失眠／惡夢／性格遽變等認知混淆，並對特定可能會引發創傷回憶的相關事物極度敏感而造就情緒易怒、過度驚嚇或下意識逃避等特點，成為寫作詭計佈局的經典設計。其中尤以失憶與解離症為最，兩者更如唇齒相依般地息息相關[144]。

小說之神的魔法圈144

創傷性人格往往多重症狀混合，彼此交疊混雜，以下先就單一主題講解方便而以心理學病徵做為分類基準順序。

瑪琳・史坦伯格與瑪辛・史諾（Marlene Steinberg & Maxine Schnall）合著《鏡子裡的陌生人》（The Stranger in the Mirror），曾詳述解離症的各式表徵－失憶、自我感／現實感喪失等而造就身份認同的錯淆轉變。解離作為調適心理巨大壓力／創傷的機制，將會以失去記憶、感覺或對自身周遭環境的連結產生破裂的方式呈現。不自覺受驚惶、恐懼、回閃（flashbacks）創傷畫面入侵插播，並於腦海中來回反覆，而不時歷經等同創傷情境重演的痛楚，情節嚴重者甚至將忘卻自身重要資訊、知識與技能，猶如改頭換面或置裝了新靈魂一般，故而此類文本最常結合以意識不清的混合操控，做為推進劇情的催化劑[145]。

完整書名為《鏡子裡的陌生人，解離症：一種隱藏的流行病》
（The Stranger in the Mirror-Dissociation：The Hidden Epidemic），
行文略之，另註於此。這種本能性重複特定記憶的啟動，本是為了
因應遭遇創傷衝擊後，用以減輕事件力道。然而PTSD患者此一功
能卻失序性重複，造就陷溺於「恐怖記憶」便等同栩栩如生當下事
件重演的恐怖迴圈，跳針般地不時被恐懼害怕等負面情緒所騷擾而
崩潰。值得一提的是，作者對一般另有定義的瀕死、前世今生、幽
浮綁架、進入奇幻國度、離魂（從他處遠觀自己）、附身（體內有
其他人格）等各項不可思議，詮釋上認為或可視作解離症狀的表
徵。且此症之發生本根源於創傷、內在傷痛與各式負面情緒壓力
等，往往亦是藝術創作者的創作驅力，故而作者廣納藝術創作者不
乏天馬行空的異世界想像、離魂自身軀殼的描繪，認為部分亦可能
歸諸於此症的真實感受。

　　常見元素多以夢／潛意識／意識不清／失憶／對自我身份認
同造就的混淆錯亂為引，並往往以第一人稱「我」來敘寫內心自
白，或主角喃喃自語的內心書寫日記體，摹繪心理創傷引發生活
巨變的意識流做為誤導讀者的利器。經由主角自我身份認知上的
錯淆，伴隨夢境／潛意識／意識不明／解離失憶等元素，創建出
虛實錯雜的難解幻境。如瑟巴斯提昂・費策克（Sebastian Fitzek）
《夢遊者》、S. J. 華森（S.J. Watson）《別相信任何人》（Before
I Go to Sleep）、薇比克・羅倫茲 （Wiebke Lorenz）《全都藏好
了》、卡莉雅・芮德（Calia Read）《是誰在說謊》（Unravel）
等，並以前二者文筆佈局最為精妙[146]。

　　費策克《夢遊者》與S. J. 華森《別相信任何人》分別以一
名「具有睡眠障礙與夢遊症的男子」、「腦傷過後無法儲藏記憶
的女子」推進劇情。睡睡醒醒睡睡的恍惚間，攝影機／日記紀

錄與他人言談內容呈顯的，可能是夢遊當下對妻子施暴的恐怖丈夫，或被恐怖情人施暴的失憶女子。無法確知清醒與否及事實真假的男女，只得於虛實真假間倍嚐困惑恐懼不安。臥室衣櫃後的暗門與醒來老去20歲的陌生房間，都將通往祕密罪行那扇「不能開啟的門」。而承繼S. J. 華森《別相信任何人》，以失憶女子、精神科醫師與丈夫／情人作情節排列組合者，則尚有薇比克‧羅倫茲《全都藏好了》與卡莉雅‧芮德《是誰在說謊》。

小說之神的魔法圈146

同以失憶女子、精神科醫師與丈夫／情人間相互周旋的《別相信任何人》、《全都藏好了》與《是誰在說謊》，箇中翹楚卻以《別相信任何人》為勝。後二書雖以強迫執念與心理解離作佈局，卻因記憶片段不夠細膩鮮明，篇幅過少而使情節顯得零落難以貫串，閱讀常有中斷或難以連續之感。另外，關於失子而夫外遇的變化，《全都藏好了》又遠不如喬依斯‧梅納德（Joyce Maynard）《一日‧一生》（Labor Day）的細膩傷感與哀戚，因篇幅分佈以強迫執念為重、過往記憶為輕，讀來只覺暴力幻想畫面紛陳，卻對主角經歷一知半解，不甚熟悉而難以同理。

　　《全都藏好了》較特殊地加入強迫症執念，作為劇情運轉之重心。講述深受原生家庭嚴厲母親狠虐的女子，孩子遭遇意外身亡後，崩潰憂鬱接而引發婚姻瓦解的痛楚，造就女子充滿暴力幻想的強迫症。失婚後因緣際會與年輕小鮮肉作家墜入愛河，卻在某日與幻想執念場景相同的愛人血泊中驚醒，被精神醫師、前夫與死去戀人手足包圍的她陷入錯亂[147]。

強迫症心理專書可另外參考湯華盛與黃政昌合著《薛西佛斯也瘋狂》系列叢書，或大衛·亞當（David Adam）《停不下來的人：強迫症，與迷失在腦海中的真實人生》（The man who couldn't stop: OCD, and the true story of a life lost in thought）。

　　卡莉雅·芮德《是誰在說謊》則兩線交錯在精神病院接受治療的女子，一面期待青梅竹馬愛人的固定探訪，一面則又在心理醫師的引導下，回想起與另名肌肉金融鉅子的火辣親熱場景，尺度之廣讀來彷彿進入成人版一女繞二男的荷爾蒙澎湃擴散法，叫人臉紅心跳。然而直至終局，才理解中間斷續插入，閨蜜飽受原生家庭亂倫性虐的恐怖場景，正是解離人格超脫自外、遠觀自己的視野所致，破碎記憶與愛人的幾度分身，亦是女子自我認知的混淆錯亂。

　　與上書相仿，同以「創傷壓力後症候群（PTSD）引發失憶解離」的概念作混淆讀者的行文佈局，尚有陳浩基的《遺忘·刑警》。此書更增添羅斯·麥唐諾（Ross Macdonald）《入戲》（The Galton Case）「角色扮演與自我身份認同的混淆」，來進行懸念的推理布置。講述一覺醒來失去六年記憶的刑警許友一，因緣際會與採訪舊案的女記者，一同追索「記憶裡上星期才發生，現實卻早已了結多年」的重大刑案。對環境事件相關「似曾相識卻又陌生」「自我感／現實感喪失」的情境，恰恰就是解離人格對外界的複眼視象[148]。

　　身份認同既可能因失憶解離而短暫錯淆，然而情節最嚴重者，將會是有如「改頭換面」般地成就多重人格的新生，最為顯著的類型，常標註以「被偷走的人生」或「被偷走的那幾年」為

題，內容會特別強調「失去記憶的歷程片段，對主角人生挹注的關鍵作用或因果關係」，題旨各異地作重點述說，結構一致風格卻殊異多元。如提耶希・柯恩（Thierry Cohen）《被偷走的人生》、費德莉克・德格特 （Frederique Deghelt）《被偷走的十二年》與導演黃真真所執導，八月長安作小說改寫的同名小說《被偷走的那五年》。

小說之神的魔法圈148

臥斧《碎夢大道》雖亦以失憶為引，雙線分述遺忘過去，但具有「在他人未具意識的情況，探知他人夢線，進而閱讀記憶」能力的男子，與老闆旗下以希臘神話波瑟芬妮命名的舞孃玻玻，其失蹤前後來由作交叉敘述。但著重處在於建構台灣都裡，政治、黑道與小市民對峙角力與自我的迷失追尋，與解離人格較無相關，故在此不另贅述。

提耶希・柯恩《被偷走的人生》講述癡心男示愛青梅竹馬，但因對方將成婚而予以拒絕，主角崩潰下，以諸多惡言囈語憎詛世界與質疑神後吞食安眠藥自殺，然而不僅沒死，反而在古老猶太教希伯來文聖詩的祝禱聲中清醒，重生後還夢想成真的與愛人婚生子！驚喜交加的他卻也突然發現重生的代價，便是於每年的生日於失憶中清醒，但記憶卻永久停留在當年自殺那年，且體內彷彿有魔鬼進駐，職業個性變異不說，還幹盡外遇／家暴／逆倫／背叛等壞事，傷遍關係至親，更有因咒神而遭懲罰的祝禱聲於耳際喋喋不休。為了防堵「魔鬼我」，他設計自己入獄並尋求神父解救，但仍無法拯救他被魔鬼佔據的人生。

此書讀來彷彿有法蘭克・波瑞提（Frank Peretti）《生死魔幻》（Illusion）穿越至未來的幻想色彩，更兼有S. J. 華森《別相

信任何人》醒來對周遭一切全然忘卻的恐慌。以男性視角鋪陳，記憶永久停留自殺那年的主角，每次醒來人生階段卻已向前推進，宛若穿越般地抵達未來的生日，可是卻驚恐的發現對一切變化渾然無覺，甚且身不由己「被魔鬼佔據」而無力抵抗，偏重生命真諦的體會與對宗教信想的虔誠信念[149]。

　　而費德莉克·德格特《被偷走的十二年》與導演黃真真執導，八月長安改寫同名小說《被偷走的那五年》書名類同，專注女性領域。前者以清醒過後失去12年記憶，認知「暫停」於少女時代的女子，惶然驚懼地發現「已婚生活」接踵而來，無奈下硬著頭皮來詮釋三子一夫的「家庭主婦新角色」。藉由通訊錄、薪資明細、信件、眾人口述、相簿與藏於鄉村小屋的記事本，逐步釐清她由「女孩－女人－母親」，與丈夫從豔羨鴛鴦至貌合神離、彼此出軌的生命歷程。後者則是幸福度日的女子何蔓，一朝車禍醒來，人生卻反差式地巨變－離婚，與同事朋友失和反目，惶然間只好求助離婚已有新女友的前夫、惡言相向的前閨蜜，抽絲剝繭地去找回關鍵失憶的那五年[150]。

　　兩書異曲同工地著重女子步入婚姻後，公私領域上矛盾衝突，兼敘兩人世界裡日常生活的各式難題、愛情友情與人生的種種變化回顧。結構上同以「失憶」為引，來倒敘回溯感情經營，

「幸福美滿」佳偶變質「貌合神離」怨偶的過程，延伸女人生命歷程裡，兩性婚姻與職場碰撞、閨蜜互動關係等的重大課題。不過前者著重在「忘記，即為寬恕」乃婚姻久長的經營秘訣，後者則偏向「患難真情」愛情真諦的展現。綜合以上，皆是失憶解離混合意識不清來推動主題各異劇情的作品。

小說之神的魔法圈150

費德莉克‧德格特《被偷走的十二年》出版遠早於S. J. 華森《別相信任何人》（2007／2011年），同以失憶女子（失去記憶12／20年），於陌生房間與「自稱為丈夫」的男人臂彎裡醒來，開始以記事本／日記及他人敘述（精神醫師／周遭親友）來拼湊過去。字裡行間以充滿「別相信任何人」的勸誡警示與恐慌展開鋪敘。不過前者著重女子生命議題，後者則歸屬於犯罪懸疑，以無能儲放記憶的困難，造就「日復一日」重展記憶，從中追索遭丈夫或情人背叛的事實真相。

邊緣性人格障礙╱反社會人格、故事接龍、「程式驅動」的未來科幻

推理小說中，或可見以一般市井小民之平淡生活入題者，唯重點則關注於人性之細膩變化或悲劇命運的嗟嘆。但以「殺人破案」作為基底佈局的推理小說，自然不乏瘋狂殘忍的心理變異者。其中邊緣性人格障礙與反社會人格反派╱主角更於此種類型中舉足輕重。

邊緣性人格障礙（Borderline Personality Disorder，簡稱BPD），顯著特徵為情緒行為的極度不穩定、自我認同錯亂，並有難以控制的憤怒與空虛感，伴隨有自毀（自殺╱自傷╱自虐）與操控他人情緒的混亂行為。使得精神舉止常於兩端間擺盪變化，不時透露出害怕分離被遺棄而產生過度依附的內在恐慌，使周遭關係人手足無措，不知該如何應對，在人際互動上亦有所困難。

反社會人格的常見病徵則是良心發展缺陷，對不道德行為難以感受焦慮與罪惡感。表面可能聰慧風趣有魅力，並對弱者與他人的需要有敏感的偵測雷達，但卻以此做為利用他人的契機，甚至輕視被利用者；遭受指責時，也因良心道德的無感，反以憤怒與指責回擊。多數具有不負責任與衝動性人格者，常追求即時性的內在衝動與慾望的滿足，既無法同理他人，對重大事件也毫無情感反應，故而雖易以平易表現贏得他人友誼，卻難以維持經營[151]。

反社會或邊緣人格專書可另參照 M.E.湯瑪士（M.E. Thomas）《反社會人格者的告白：善於操控人心、剝削弱點的天才》（Confessions of a Sociopath: A Life Spent Hiding in Plain Sight）或傑洛‧柯雷斯曼（Jerold J. Kreisman, M. D.）與郝爾‧史卓斯（Hal Straus）《愛你，想你，恨你：走進邊緣人格的世界》（I hate you, don't leave me - understanding the Borderline Personality）等，對「反社會或邊緣人格成因與性格特徵」有更深入的講解。

陳浩基與寵物先生合著的《S.T.E.P.》，便是以上二者綜合的絕佳範例。此書立基「科技對人性的預測」進行犯罪人再犯率的模擬測試，經由各項因子變異而從資料庫產出的「犯罪劇本」來推演人性。破解詭計的關鍵則在「網路程式撰寫的bug」、「同步資訊覆蓋漏洞」及沙盒，亦即平行時空（系統模擬平台）的開啟操弄，完成人性可測與不可測的推理奇境。彷彿進入克里斯多夫‧諾蘭（Christopher Nolan）執導《全面啟動》（Inception）與菲利普‧狄克（Philip K. Dick）《關鍵報告》（The Minority Report），未來科幻感強烈的人心犯罪迷宮。

滿佈邊緣性人格障礙與反社會人格敘事的《S.T.E.P.》，尚可參照其「故事接龍」的協力創作。據陳浩基自述，他與寵物先生彷彿玩耍著接傳球般，「A寫完交由B續寫，A並由B新章做為改定初章的依據」。這種乍讀極為繁複的合寫過程，其實正凸顯了長篇結構中的「環環相扣」。不過若作者僅歸結一人，便是於心中創建好理想機關詭計後，進行鋪寫。而兩人的故事接龍，則需要彼此的協調與兩人各異風格的鎔鑄。外國寫作課堂便曾經典流傳寫作接龍上彼此碰撞的搞笑趣事－女人曲折、愛好和平的細膩

心事，對上男人直行激切的戰鬥模式，被喻為另類版火星金星男女的碰撞火花，讀來叫人噴飯[152]。

今日心理學遊戲單元便藉由此一範本，同步學習「心理學變異人格」（邊緣性人格障礙／反社會人格）小說的撰寫、「故事接龍」帶來的碰撞火花，以及利用未來科幻包裝自行設定的「程式驅動」做為情節變化的練習。可說是健達出奇蛋，寫作三個願望，一次滿足。

【心理學變異人格書寫：邊緣性人格障礙或反社會人格為例】

★請試著以邊緣性人格障礙或反社會人格做主角敘說（可取材台灣真實事件）。

先以A4一般履歷頁面簡述／列表此人格特徵，並由此推展其影響人際、兩性交往、親子關係與適應社會可能遭遇的困難；再以另一A4頁面製作此一人格成長的重大事件表

★請利用上述變異人格的理解與成長重大事件表

試著以倒敘、插敘，或首－過程－末（首末同章）等非順序寫法架構鋪敘之。

【遊戲接龍或故事合寫】

★請自行兩人分組，互加line群組，做為故事接龍平台。

★一方拋接故事一段，另方依其內文與自我風格續接一段，彼此

傳球至雙方認同故事終止。

★討論劇情或邏輯發展非必要，勿出現在line群組，純然附上故事「接龍」即可。

★故事終止時請將「line群組對話內容」亦即「故事接龍」內文截圖寄信或列印轉交與我。

【未來科幻或反烏托邦之情節驅動程式設計】

★請試著立基人性「善惡」、戀愛規範、國家法條（如反烏托邦）或其他任何一種將引發「矛盾衝突」的變因，將之設計為未來科幻感十足的情節驅動程式如能預測「犯罪」而先行「逮捕」的機器、預測「再犯率」而即早「反應」的預防機制國家法條由「權威者」訂立的「不合理差別待遇」，導致「被壓迫下層」起而革命的過程

★以理想「預設…將有…變化」但卻與故事主角的現實產生矛盾衝突，或做為陰謀假手工具的未來科幻小說。「」內皆可自行替換。

童年與親密關係人的羅網

、童年創傷的延伸，施受虐的迴旋反覆

綜合心理學篇章映射長篇小說的結構，主角生命歷程與內在驅力，除先天性特殊的人格變異，如邊緣性人格障礙或反社會人格等，一般因果邏輯往往與「創傷後心理壓力症候群」（PTSD）所引發的種種後續有關，如遭遇重大創傷而失憶解離等。然而反溯根源，並參照前述父親篇／母親篇與幸福童年的秘密等，關鍵鎖匙卻直指童年與親密關係人的苛待，

故此類長篇的情節設立，其中因果多以心理創傷人格的病徵或成長背景為重，邏輯一貫地強調主角由「被害轉加害」的發展敘事，而行兇過程／手法乃是過往「受創情境」的再現，作為日後施受虐循環的佈局，或因命運波折，而使親代關係間的虐待，重演為「變異人格」無意識的複製沿用，頗有《伊底帕斯王》「人類無從抵抗命運」的希臘悲劇意味。

此類寫作精要在於準確掌握此種心理創傷人格的各式特徵與行為模式，以連結「過往幸福童年的秘密」與未來「殘虐成加害」迴旋反覆的殘忍呼應。其中往往以創傷後壓力症候群（PTSD）失序重播的創傷畫面與犯案場景一致，作為混淆讀者與主角之利器或前後呼應的隱喻，如瑟巴斯提昂・費策克《集眼者》、史蒂芬・金《魔女嘉莉》與真梨幸子《殺人鬼藤子的衝動》。

費策克玩弄時間與心理的魔法書《集眼者》堪稱箇中完美典範。殺母取兒再倒數計時的殘虐殺人魔「集眼者」，對上過往擊斃精神異常女子以營救嬰兒的離職員警，兩相交敘「童年／過往創傷情境的再現，一轉為兇手施虐的循環」，彼此混淆疊合來誤導讀者。再佐以作者獨有的迷夢幻／意識不清與能力殊異若通靈的盲女按摩師，使得45小時又7分的緝兇過程，卻等同縮納過去現在與未來創傷因果之進程，由直線倒敘一轉為循環不已的圓。

相較《集眼者》以混亂波動心靈狀態來呈顯罪行的養成變化，《魔女嘉莉》與《殺人鬼藤子的衝動》飽受「原生家庭裡恐怖老母虐待與校園霸凌」，雙重加害引發連串事件的發展脈絡倒極為一致，不過《魔女嘉莉》念動力魔法間，較偏向神秘意味的隱喻，而《殺人鬼藤子的衝動》字裡行間則滿佈人性最卑劣的私利慾望，不惜以人命來償的恐怖。

一連串不人道殘虐最終驅動少女嘉莉內在的超能念動力，開場來潮的經血不僅引發同儕「衛生棉條雨」洗禮與母親虐禁祈禱室的惡行，還與終局血淋滿身而將過往苛虐還諸彼身，血始血終的大開殺戒遙相呼應；深受家庭失能所苦的女孩藤子，虛華母親與冷漠父親的苛待，使她總處於飢餓、受虐與霸凌之苦無能聲張。然而11歲突如其來的滅門慘案，成為唯一倖存者的她被親戚收養，不同於嘉莉直向入死路，卻彷彿跟東野圭吾《百夜行》裡的雪穗般，有迎接新人生的可能。

人生走得膽戰心驚的藤子，將之歸諸於面貌平凡與命運阻難，為使這得來不易的幸福延續下去，她只好靠著金錢與不間斷的外在整型（如《惡女羅曼史》的主角），來填補內在的空虛零落，並一路斬殺可能阻斷她幸福的各種障礙，藤子與母親最終走向一致－只重外在虛榮而全然不顧女兒死活，對子代橫加虐待的

「惡女」，最終以血腥殺戮走向屍骸纍纍的無間地獄。首末兩章獨出人物追緝事件始末，中間內文則為藤子一生映現的「首－內文－末」結構，完成「孩子到頭來只能走父母的路」與「女兒與母親浮華殘虐面孔重疊密合」的迴旋呼應及悲劇色彩，恐怖中不勝欷噓。

　　二書既可視為「母親這種病」的女兒悲劇、校園霸凌的呈顯，亦是犯罪「被害轉加害，過往情境再現成為行兇手法」的絕佳寓言[153]。

小說之神的魔法圈153

《殺人鬼藤子的衝動》更有「代繼理論」的映證：家庭治療中有時會發生過往童年遭受父母不當或痛苦的對待，成年擔當父母後雖極度避免「悲劇重演」，然而往往卻像是受到詛咒一樣繼續發生，如家暴／受虐／酗酒等，便是「代繼傳遞」。如藤子痛恨虛華勢利母親對她的無視與虐待，然而長大成人卻悲劇性的「重蹈覆轍」，正是如此。

二、驚悚懸疑伴隨主角成長敘事的親密關係人羅網

　　除心理創傷情境之反覆作為行兇的再現循環，同質性者者尚有因主角／真兇其童年創傷引發日後人生失序混亂，故而驚悚懸疑推進的關鍵脈絡，將是環繞各角色成長中，與周遭親密關係人之互動發展。縝密為甚的寫作者，更將兼及時代背景流行物事的考據穿插，使得抽絲剝繭的解謎過程，讀來宛若是年代紛陳的成長小說，此類型尤以吉莉安・弗琳（Gillian Flynn）《利器》（Sharp Objects）、《暗處》（Dark Places）與《控制》（Gone Girl）為代表[154]。

童年創傷開啟往後人生失序混亂，尚有S. J.華森《雙面陷阱》（Second Life）與艾琳‧凱莉（Erin Kelly）《你回來的時候》（Poison Tree）。家庭失能引發「小大人症候群」，導致主角陷入自我認同錯亂而必得以外在成癮做為依存助力，如毒藥酒網路等來消除內心的空虛不安，最後逐步沉淪造就悲劇。前已多所敘述，配合此處題旨不另贅述。

　　《利器》、《暗處》與《控制》此三書別具風味的融貫心理學病徵／操弄、主角成長的年代敘事、都市對比鄉村的變奏曲、及親密關係人的互動羅網中，織就「神奇壞女孩」驚悚的殺人犯案。處女作《利器》圍繞著代理性孟喬森氏症候群（Munchausen Syndrome by Proxy）（母）與受虐引發強迫式自殘（女）的病態母女關係進行敘說，一線到底，講述菜鳥記者卡蜜兒奉老闆之命，被迫從五光十色的芝加哥，回歸鳥不生蛋的老巢－密蘇里州風谷鎮，以取得故鄉連續女童謀殺案的箇中秘辛。主角「少小離家老大回」、「近鄉情更怯，不敢問來人」的恐慌，混雜著連續女童殘虐案的人心惶惶、過往13歲重病早夭的妹妹、現今囂張跋扈的陰鬱繼妹，與外在亮麗慈愛，卻時常暗地裡帶著冷漠強迫女兒吞食不明藥丸／藥劑的恐怖母親，存在感薄弱的卡蜜兒，只得把所有秘密與感覺，自毀自殘地刻在她的身上[155]。

　　次作《暗處》則聚焦「堪薩斯瘋狂殺人事件」後20年，天家的唯二倖存者－背負「殺人」惡名蹲苦牢的兄長、靠同情救濟過活的小妹。變化契機來自怪奇嗜好團體的金錢引誘，邁入30歲輕熟敗犬、慈善救援將斷炊的剩女小妹，深感販售命案相關物件以維生之不足，開始以追溯過往相關物事以換取高價報酬。然而童

年歷經「貧賤百事哀」破門窮戶慘狀，以7歲稚齡控訴親兄為兇，日後還用受害者形象尋求救濟而不思自立的她，尚不知暗處裡，虎視眈眈的「惡人」，正蠢蠢欲動[156]。

小說之神的魔法圈155

綜合吉莉安·弗琳至今創作特點大抵有（1）鄉村對比都市變奏曲（2）強烈心理變異的細膩描寫，特別是女性親子相關（3）男女視角並述，以栩栩如生時代風情，時間交叉逼近真相（《利器》唯一無）（4）美妙光鮮亮麗卻又暗藏恐怖特質的女子形象（5）操弄媒體的推理佈局等。其中又因《控制》摹繪的消失壞女孩「神奇愛咪」一角而廣受人知－美貌富裕事業成功幾近完美，但丈夫外遇後操縱報復的高明手段，卻俱足讓人恨得牙癢癢的恐怖特質。不過這樣叫人又愛又恨的迷人女孩風範，在她初試啼聲的《利器》與《暗處》早現端倪。不過，《利器》是其至今創作中，唯一未使用男女視角與時間交叉逼近之作，且代理性孟喬森氏症候群病態母親已隱然藏有《控制》愛咪故作姿態、形象與真實差距甚大的雛型。

小說之神的魔法圈156

《暗處》與《利器》最顯而易見的差別，便是由一貫到底的單一心理病徵（代理性孟喬森氏症候群），轉為男女視角與時間的雙線並述（一窮二白，謀殺案倖存的天家小兄妹）。命案過後20年蹲著苦牢的兄長，其事發當日行程與童年記憶的穿插（過去式）；對比麗比小妹缺錢困窘開始接觸相關當事人還原真相的緝兇過程（現在式），男女今昔相互推進，已有《控制》男孩女孩三部曲，事發當日、過往記憶追索與回歸之後的佈局結構。

《控制》則活生活現地讓「紐約富家千金女對戰密蘇里州陽光男孩」諜對諜，於各自的日記體裡躍然紙上。城市女孩與鄉下男孩由戀愛、婚姻而至生變的變奏曲，乍讀誤認是兩性交往到婚

姻經營各面向的細膩抒發，然而題旨卻逆轉地直指女性特質中淋漓盡致的「惡」與「美」。結婚紀念日失蹤的美麗妻子，深怕為丈夫所害的恐懼與案發現場的血跡證物等，皆將矛頭指向缺錢劈腿有車頭燈爆乳小三的丈夫，但抽絲剝繭後，鎂光燈下的燦爛光華，正掩去了女主角面具底下，「控制狂」、「殺人犯」與「神經病」的醜惡面貌。一切的精心佈局，亦不過是情人間慘烈的報復與控制，讀之為之膽寒。

三書皆有志一同的配合童年記憶／過往經驗，穿插特定的時代斷層，紛陳「當時社會流行物件、用語與現象」，並獨樹一幟的總以都市鄉村變奏曲與男女視角時間交互逼近的手法（《利器》無），構築出栩栩如生的心理變異群像，殊為精彩。一路讀來，驚悚懸疑的案情推進，正是各角色由童年至成年歷程裡與周遭親密關係人的互動反應，且其人生日後的失序混亂往往肇因於過往童年創傷經驗之因果累進，成長記憶與周遭熟悉人事物的互動，隱然浮現駭人／害人而不可置信的恐怖真相，叫人不寒而慄[157]。

小說之神的魔法圈157

紮實「時代感」的表述，如《利器》小鎮物事風貌、建築、衣著，《暗處》血腥獻祭、流行服飾、農場興衰史、為窮苦邊緣人獲取保險的特殊職業，《控制》男女約會場景、流行活動與食物、建築、影視作品等；三書都市鄉村對照則分別芝加哥VS.密蘇里州風谷鎮、密蘇里州堪薩斯市VS.堪薩斯州農場、紐約VS.密蘇里州。正因她清晰立體的詳寫特定時代、地點與背景，是故其作品相比其他「以現在式調查案件輔以成長歷程的心理驚悚類」更具懷舊風情與說服力。

吉莉安・弗琳對闇黑人性如「庖丁解牛」般的細膩拆解，不禁讓讀者暗自揣想她的「如花」童年可能遭遇的創傷，才能造就她筆下這樣森冷的人性暗影。然而據其所述，她童年與他人無異，但確實不會滿足「天真善良」型或「乖女孩」類的刻板形象，反倒是敏銳的對「女子人間關係」裡的暗影控制，有獨到觀察－女性口述歷史中，此性別的「早熟心機、權力競逐與『女子人間關係』裡各式女性交友或母女間的雌性情誼，常存有令人恐懼的變異病態」等現象常被忽略，而無能去正視或承認這樣的女性「暗處」。於是她便基於這樣「亟欲開發出相對男性，專屬女性『性與暴力』黑暗特質語言」的想望而寫出了「書寫女性暴力」的《利器》。如她所言：「黑暗面是很重要的，應該要像培育令人發毛的黑蘭花一樣去灌溉黑暗面。《利器》是我獻給讀者的一束詭異小花」。或許這樣的宣言與續作，如愛麗絲・米勒（Alice Miller）揭露「幸福童年秘密」一樣，剝出「美好女子的秘密」來[158]。

小說之神的魔法圈158

吉莉安・弗琳（Gillian Flynn）《利器》（Sharp Objects）原文專訪，請見https://www.youtube.com/watch?v=JdEPgmwMnwQ。延伸可閱讀水島廣子《女子的人間關係》－將「女性使人困擾的言行情緒等」，標誌統整為「女性」一詞，以常見的各式表徵與案例，教導讀者習得女子關係脈絡中，如何以「暫時因應」、「明哲保身」與「建立良好關係」的三步驟，「乾坤大挪移」與「女人人性暗處」和睦相處，甚至達到自我療癒的功能。

　　另外這種「驚悚懸疑伴隨主角成長敘事的親密關係人羅網」，相類同者，尚有「書中書」迴旋結構織成的喬艾爾・狄克

《HQ事件的真相》－深怕成為一書作家的青年，為求替鋃鐺入獄的恩師平反，開始溯源恩師這位文學巨擘過往與15歲少女諾拉的情事。跳躍有如無窮盡的行為迴圈，牽扯出恩師、少女、毀容藝術家、怪異富豪、小鎮警察與飯館負責母女等的生命歷程。殺機四伏的日常，卻貫串有命案前後因果的年代敘事、各角色細膩曲折的成長史，而真兇，就隱匿於最不可能想到的親暱關係人裡。

三、構陷與翻轉的連連驚嚇／喜

　　值得一提的是，此種特定寫作，雖然脈絡裡具備有強烈犯罪心理邏輯與因果，但少見以「順敘」童年／過往創傷受虐晉級殺人魔王的劇式進行，往往會在結構與敘述順序上多加更動與跳躍，以增添懸念與閱讀趣味。如上述幾部小說便是以殺人事件開頭，藉由查訪過程回溯過去不堪真相，並於結尾幾度翻轉。

　　一般定律大抵是一件或多件的兇殘血案發生，以冷血殺手的謎樣存在為引，處於現在進行式、「被獵殺可能」的眾人，於驚懼恐慌中任意構陷他人以求心安，然而此時落網之匪徒往往是枚「冤枉煙霧彈」，可能有無法出口的原因／負疚贖罪／替人扛頂／百口莫辯而入獄。正當眾人鬆懈心防以為太平無事時，真兇卻於暗處蠢蠢欲動，僅有少數火眼金睛人瞧出端倪，開始私下搜查。抽絲剝繭後才驚覺真兇蟄伏於親密關係的網絡內，可能是自己／警探／周遭關係人其中之一[159]。

　　推理小說的構陷翻轉，為求驚喜／驚嚇，罕有一次目標鎖定便使命完成。向來皆以人人涉案嫌疑叢生作為開頭，總要歷經多方「求經歷劫」，一一推翻後才能面對終極魔王。往往最具信心、最接近破案的那場推理，必將「陰溝裡翻船」。翻船次數端

看作者功力之高深繁複。被騙得瞠目結舌團團轉的讀者，不僅有被騙多次難以付諸信任的心慌，亦可能於最後一頁一句，體會真相逆轉的不寒而慄，如威爾·拉凡德（Will Lavender）《深夜的文學課》（Dominance）與既晴《請把門鎖好》。

小說之神的魔法圈159

此類情節架構大抵不出「事件與兇手出現」－「多方敘述各要角之案發細節」－「鎖定目標對象幾許」－「一一推翻但逮捕錯誤煙霧彈或最後確認時翻船」－「翻船至少一次以上」－「結局驚覺真相的不寒而慄」。

　　前者講述受控殺人的文學教授，以監獄連線的方式，傳授「解開文學謎團」的推理課程。覆於屍體上的神秘文學作家保羅·法奧斯，其人其作成為文學與推理並進的破案關鍵指南。書中世界開啟的恐怖遊戲，性命交關－失敗者將身首異處，成功晉級者，亦面臨無窮殺機。後者則是無意踏入心理催眠、作祟魔法與慘烈刑案的刑警，與多數被害者共通的愛人，枕邊的輕語低喃，卻暗藏殺機，落入無限封閉密室的窒息循環，不能確知抵擋在外的兇手，究竟何人。此二書皆善用連番逆轉，特別是小說終頁頁尾的回馬槍，將真兇直指親暱關係人存在的不寒而慄。

【驚悚懸疑伴隨主角成長敘事的親密關係人羅網】
－以《暗處》為範本
★請選定任一「心理學上的病理性人格」做為主角群像之一，設立心理型的「推理詭計」

思考此患者病徵將帶給周遭事物的創傷影響與詭計中可能具備的關鍵作用。

★配合推理詭計查找筆下各人物成長會經歷的時代背景（流行事物、氛圍、建築特色等）

★病理性人格、主角群像與時代背景與推理詭計完成後，請以「時間交叉逼近法」佈局，簡易大綱或箭頭順序表示主角內心的曲折變化與反應

★詭計呈顯方式技巧，或可依據「事件與兇手現身」—「多方敘述各要角之案發細節」—「鎖定目標對象幾許」—「一一推翻但逮捕錯誤煙霧彈或最後確認時翻船」—「翻船至少一次以上」—「結局驚覺真相，不寒而慄」。

四、愛裡的恐怖控制與共依存－光鮮羊皮下的控制狼人／良人

（一）惡女、厭女與M型男人

綜結親密關係羅網正是破解謀殺的金鑰，令人反思情人間權力遊戲的消長拉扯，及愛裡的恐怖控制與共依存，可由「惡女、厭女、M型男人」與「共依存」等關鍵詞先行瞭解。

首先，情人間的權力消長，如「女強男弱」的新興潮流－吉莉安・弗琳《控制》中女性黑暗特質的呈顯，「神奇壞女孩」將受誘男性構陷入藍色蜘蛛網，叫之感受吞噬感進逼在前卻動彈不得的恐慌；火熱露骨情慾愛小說，E. L.詹姆絲（E. L. James）《格雷的五十道陰影三部曲》（Fifty Shades of Grey Trilogy），女子內心女神的歡樂跳躍，正是反轉過往權力機制、完勝男方的巨大喜悅[160]。這種或可視為女權意識提升之投射，不過若深究此種

關係天平傾斜造就的控制、束縛與折磨，但其實部分當與「內心深處對女子藏有厭憎恐懼」的惡女形象、厭女情結有關，其中又以「Ｍ型男人」的存在為最佳顯現，以下分別就惡女、野千鶴子《厭女：日本的女性嫌惡》、蘇珊‧佛渥德與瓊‧托瑞絲（Susan Forward＆Joan Torre）《愛上Ｍ型男人》（Men Who Hate Women ＆the Women Who Love Them）作介紹[161]。

小說之神的魔法圈160

一般傳統的「男強女弱」，於前述【限制級，未滿十八勿入的赤裸裸女性情慾】中已多所描繪，在此不另贅述。

小說之神的魔法圈161

完整書名為《愛上Ｍ型男人：找回妳的勇氣、尊嚴與幸福》（Men Who Hate Women＆the Women Who Love Them：When Loving Hurts And You Don't Know Why），行文略之。

「惡女」形象過去定義較為單一，往往指涉「特立獨行、不與世所流」或「肩負重大『惡性惡行』」之女，主要著重其不符世俗既定「溫婉柔順乖貞潔等『好女孩』框架」，反以高昂反骨，堅毅衝撞命運的剛烈，來扭轉她們的人生。前者如蜷川實花《惡女花魁》與《惡女羅曼死》，分別講述江戶時代，個性十足且深富魅力的名妓清葉，以及現代演藝圈當紅藝人莉莉子，於複雜青樓／演藝圈隨波逐流的紊亂裡，不擇手段地殺出血路。

後者則如東野圭吾《白夜行》西本雪穗，肇因於幼時被母親用作戀童變態玩物以增補收入，而使她受害轉加害，開啟弒母與靠身體上位的人生。桐野夏生《異常》女主角則因「父親這種

病」深陷性別自我錯亂漩渦，最後邁向日上班夜賣身的妓女之道，還有櫻庭一樹《我的男人》中與父親亂倫的女兒[162]。但直至吉莉安・弗琳同步結合光明黑暗，狡猾算計與美好迷人特質為一身，才算是真正突破過往惡女形象「單一化／邪惡化／過度泯滅良性／與社會價值衝突」的二分法，成為有血有肉活生活現的「現代惡女」[163]。

　　然而心理學上的蔑視厭惡，多源自內心的恐懼不安，「惡女」形象既為人驚懼，故而或許可另以兼具「厭惡與恐懼」的「厭女」視之，不過這與對象是否真實存有令人厭憎的特質無關，光明面亦非必要條件，往往是經由男性視角或整體社會囿限框架望出，而女性有時亦不免受影響所及，而後加入「同類弱弱相殘」境況。

小說之神的魔法圈162

桐野夏生《異常》改編1997年3月19日真實事件，東京都澀谷區圓山町「喜壽莊」公寓，一名任職東京電力的女性橫屍現場，調查後發現年薪千萬、學歷輝煌的中階主管菁英，卻於夜晚廉價賣春而遭恩客殺害，日夜差距過大形象引發社會嘩然。岡田尊司《父親這種病》將之歸諸於幼時失怙影響，立意追隨父親腳步的她，成功地從事與父親相同職業，然逐漸淡忘父親並另有交往對象的母親，被她視為背叛者而充滿敵意。母親與妹妹於是演變為與她對立的「團體勢力圈」。失父／思父的驅力又不得任何家庭溫暖認同的她，無能在成長裡完成自我整合與性別認同的空虛，迫使她以夜晚的賣春，成為她尋回「女性自我存在感」的途徑，廉價接客的行情，可能不僅是對男性的嘲弄，亦是對身體自毀自棄的表徵。

「惡女」形象單一化的視角描摹尚有1998年台灣中視《中視劇場》的《太陽花》系列，其中的惡女群像便全然俱有與「良善被欺女」作對照功用，為純粹性反派的存在，生活裡亦諸多此種偏見，如2015年6月27日八仙樂園派對粉塵爆炸案，前發言人唐美娜「全省的捐款給我收回」的金錢至上論遭眾人圍剿，朋友挺身見證她「熱情善良近乎傻，總把歡笑帶給別人」的特質，卻遭酸民質疑「如此熱切為友之人怎能於慘案中說出如此嗜錢如命的白目言語」，反而是「住帝寶、喝紅酒、開Party」流言四起，彷彿如此便可衝破「好人不可能為惡」的禁制，而合理化其「惡得以為惡」的可能。此類社會偏見定型，尚可參照瑪札琳‧貝納基與安東尼‧格林華德（Mahzarin R. Banaji & Anthony G. Greenwald）《好人怎麼會幹壞事？：我們不願面對的隱性偏見》（Blindspot: Hidden Biases of Good People），或強納森‧海德特（Jonathan Haidt）《好人總是自以為是：政治與宗教如何將我們四分五裂》（The Righteous Mind: why good people are divided by politics and religion）等，皆是於「好人」單一形象的偏見迷思所造就的結果。另外，兒童心理學大師愛麗絲‧米勒（Alice Miller）亦曾指出「理想化父母」作為單一形象的兒童，除自我欺瞞以求生，部分也肇因孩子無法理解溫柔哺育的母親，竟也會有恐怖形象的混雜（大吼大叫恐嚇遺棄）。若童年創傷受虐指數過高，此種理想化作為妥協求生的心理狀態，更接近受虐人質為求調和被脅持的不安恐懼，用認同歹徒「同一陣線」之作法以消弭內在驚惶的斯德哥爾摩症候群（stockholm syndrome）。但修正記憶理想化的結果僅存有「父母養育哺育的良善」，卻未能有效阻止身體真實紀錄創傷受虐的諸多時刻，若未能突破「父母恩情大蠹」與「道德規範」的制約，身體則將以強烈病痛回應過往受虐的事實。

上野千鶴子《厭女：日本的女性嫌惡》與蘇珊‧佛渥德與瓊‧托瑞絲《愛上M型男人》，二書同樣對「厭女症（Misogyny）」一詞釋義－本指憎惡／仇視女性，經由認知心理或行為上，表達對女性化／女性傾向／女性各類特質的蔑視厭惡等。但前者以生活上將遭遇的性別相關議題，如恐同／戀童／家暴／剩男剩女／大男人主義者，配合春宮畫淵源、日本皇室、女校文化與文學藝術創作者及作品為例，論述日常生活中的厭女現象與各式效應。後者則針對歷史／文化／宗教／藝術創作者等各面向，剖析厭女情結的源由轉變，實際關注的是「厭女情結」造就真實關係裡的破壞傷害及整合治療，特別是針對擁有「厭女性格」的男性暴力[164]。

小說之神的魔法圈164

「厭女」現象並存於男女之中，男性的厭女存在幻想中的形象，往往是純潔聖女與極度淫蕩賤人兩種與現實差距甚大的想像。若以喬瑟夫・坎伯（Joseph Campbell）神話學釋之，則為母神角色（母親情人與姊妹）依職能分化的生殖女神（淫蕩、啟蒙性）、聖潔女神（純潔不食人間煙火）等。上野千鶴子則論及生活上，男性厭女並不完全等於同性戀者，而是將女子視為發洩器具或不需給予尊重之階級差別，如一個愛妻疼子的丈夫，卻可能於外虐打妓女或不予承認其身份與後代，那是因為其心中自有判別需尊重疼愛與可任意對待的差別。女性厭女則好發於母女關係的變質，大抵是精神心理學上，遭閹割的陽具欣羨情結，女兒以生下兒子作為擁有陽具的反擊，兒子則以迎娶與母親特質類似的女子為妻，平反幼時母親歸屬父親，作為競爭對手卻明顯稚弱的窘境。另外，「M型男人」的M，便是「厭女症」（Misogyny）的縮寫。

蘇珊條列出的M型男人特質，月暈月落各有其相，非僅是單一過往羅曼史中，「壞壞總裁霸道王爺」這種「男人不壞女人不愛」（你壞你壞你壞）的固定脈絡，卻與吉莉安・弗琳「美貌聰

慧卻惡女本質」類同，催眠女子飛蛾入火的M型男人，其實也是包裹著糖衣的毒藥，叫人一吞致命。

　　M型男風趣魅力的表徵下，將以極度的貶抑、言語或精神攻擊、囿限行程活動範疇甚至一舉一行以進行制約控制。但判定標準卻無邏輯規則可言，完全依據男人心情而定，女方抗拒時，將遭受極度嚴厲且合理化的態度回擊，引發背負所有重責的女方陷入自我質疑與困惑的漩渦，最終無所適從而崩潰。造就崩毀的元凶又是自己唯一的依附對象，更難以向外求援。不過，一個巴掌拍不響，男女雙方落入此種循環的主因，多源自原生家庭裡的各項失能，內在的依賴恐懼未得整合而造就家庭悲劇脈絡的重現。

　　女性則易內化失能家庭裡，無論情勢如何糟糕或受創，仍須以男人（父親）為主，女人（母親）僅有「順服」此一抉擇。這種歸屬內在的隱性馴服，往往更搭配成長過程未受一定尊重愛護而產生的負面認同如自卑沮喪等，故而即便外在光鮮亮麗的人生勝利，仍無法掩蓋內在的破落缺損。而M型男則由原生家庭反差甚大的極端嚴厲與軟弱－嚴父造就他認同權威與控制是生存的唯一方式；軟弱父則無能協助他走出母子融合期，個人主體因而被母親吞噬。故而成長過後女人既是他的愛戀對象，亦是憤怒不安與恐懼的憎恨對象。

　　為了消減恐懼失去、被女人凝駕的失控感，或者報復成長過程中，母親對其任意虐待的報復心理，其配偶將會在「我是為了妳好」、「我才是對的」語句類型裡，被矮化／貶低／被攻擊得體無完膚，他再以高高在上的態度，去包容女人「不堪」的存在。最後權力極度傾斜的關係，使得雙方一同步入毀滅，再於灰燼中相互舐舐傷口、交換依賴[165]。

一般恐怖情人的特徵可能是外顯的，但有時亦包覆在迷人風趣與以愛為名的控制下，而使世間男女馬前失蹄。藉由明辨「情人權力遊戲的消長對峙」，藏有的恐怖內幕。或許下次讀者在翻閱所謂的「壞壞總裁霸道王爺」系列叢書，或「籠罩聖惡女光環的神奇女孩」愛情史，就會如尼克一樣，冷不防的打個激靈了。

小說之神的魔法圈165

一般最先崩毀與求助者通常為女性，必須藉助界線的劃定，對待方式的轉變、兩方諮商甚至更求助於分離區隔。有時事主雙方非有意造就如此局面，然而原生家庭代代承繼的創痛，潛意識與內化的驅力，都將造就悲劇。

（二）共依存

　　要擺脫親密關係人不健康的權力對戰或依附型態，可參考梅樂蒂・碧媞（Melody Beattie）《超然獨立的愛》（Codepedent No More）與《愛我，就不要控制我：共依存自我療癒手冊》（The New Codependency: Help and Guidance for Today's Generation）。前者先鋒地為「共依存」下定義，明確陳列出「共依存」卻不自覺的各式情狀－宗教犧牲奉獻般的強烈精神，總以天下為己任，關切別人遠勝過自己，卻無能照料自己的空虛崩毀，將造就與異常者不健康依附的共依存，藉由明確列舉此症種種，以達到超然觀照癥結，而有自我療癒之可能[166]。

　　延續前書共依存定義、各式成因與自我關懷基礎，後書則以專為共依存患者量身訂作的自我療癒手冊，引導讀者於愛中習得不受控制的健康關係。系統性對「共依存症狀」的各種表徵進行列舉摹繪，使讀者能簡單評量卻清晰地明瞭自己不良關係中隱而

未現的共依存現象，藉此學習劃定界線、擺脫糟糕關係與自我照顧的曙光旅程，更加附情緒相關的內在測驗，佐助讀者釐清自我內在的種種感覺，正視感覺而從各項疑難指引中找到力量，而使真心付出的同時，卻清晰明辨並擺脫由控制／虐待／罪惡／情緒勒索等勉力湊合的痛苦關係。

小說之神的魔法圈166

共依存患者可能是最具忍耐、慈愛與奉獻等正面特質的人，但極端的嚴以律己寬以待人，造就了無法好好照顧自己的失衡，並往往於無意中吸引最需要不健康依附的異常者，而使藥酒毒癮者或各類異常者與共依存患者於「拯救失敗」的任務裡，一同向下沉淪，即便異常者／問題者痊癒新生，一直隨伺在旁的共依存者卻仍無能獲得解脫，因其內裡的空虛無法用外在人事物來填補滿足。空虛源自從小依附的重要關係人，無能賦予愛、信任與情感上的安全感，而能進一步從中肯定自己擁有被愛與好好對待的價值，更可能是歷經種種暴烈不合理方式，使其無能體會尊重、信任與正視自己情感需求的必要。匱乏而受傷的內在小孩越藏越深，最後未被滿足的空虛痛苦，便成為心裡永遠扎著刺的傷口，逐步潰爛。

【索驥地圖】

【一樁懸案的各自表述與觀察】
湊佳苗《告白》、宮部美幸系列、秋吉理香子《暗黑女子》
伊蓮諾・卡頓《發光體》
高登・達奎斯《食夢者的玻璃書》、村上春樹《1Q84》
【固定出場人物，單元式解謎】
藤萍《吉祥紋蓮花樓》、乙一《胚胎奇譚》
【歷史遞嬗下，環環相扣的固定人物及特殊中心旨趣】
陳浩基《13・67》、唐納・雷・波拉克《神棄之地》
【意識不清（夢／潛意識／意識不清／失憶／對自我身份認同的混淆錯亂等）
狀態的操弄】
陳浩基《遺忘・刑警》、臥斧《碎夢大道》
提耶希・柯恩《被偷走的人生》、費德莉克・德格特《被偷走的十二年》
黃真真執導，八月長安改寫同名小說《被偷走的那五年》

★夢★
乾綠郎《完美的蛇頸龍之日》、高登・達奎斯《食夢者的玻璃書》
筒井康隆《盜夢偵探》、克里斯多夫・諾蘭《全面啟動》
伊格言《噬夢人》、夏目漱石《夢十夜》、金基德《夢蝶》
亞瑟・施尼茨勒《夢小說》（《大開眼戒》）、湯顯祖《玉茗堂四夢》
臥斧《碎夢大道》
瑟巴斯提昂・費策克《夢遊者》《集眼者》
S. J. 華森《別相信任何人》《雙面陷阱》（珀拉・霍金斯《列車上的女孩》）
薇比克・羅倫茲《全都藏好了》、卡莉雅・芮德《是誰在說謊》

【平面轉立體】
J.J. 亞伯拉罕、道格‧道斯特《S》
【層層翻新，出人意表】
羅斯‧麥唐諾《入戲》、吉莉安‧弗琳《控制》
沙夏‧亞蘭果《亨利說，殺人比撒謊容易》
【時間逼近法】
伊格言《零地點》（冷言《輻射人》）
瑟巴斯提昂‧費策克《集眼者》（林斯諺《淚水狂魔》）
吉莉安‧弗琳《控制》、喬艾爾‧狄克《HQ事件的真相》（時間序列）
伊蓮諾‧卡頓《彩排》（時間跳躍混雜）
【特殊羅曼史】
潔西‧波頓《娃娃屋》、安‧萊絲《甜美狩獵》
【短篇集結、氛圍特異的時代小說】
宮部美幸《本所深川詭怪傳說》
何敬堯《幻之港──塗角窟異夢錄》（新日嵯峨子《臺北城裡妖魔跋扈》）
【鬼怪神轉推理歷史】
陳漸《西遊秘史：大唐泥犁獄》、楚惜刀《狄仁傑之神都龍王》
【顛覆性結尾與敘述性詭計】
阿部智里《烏鴉姬不宜穿華裳》、乾胡桃《愛的成人式》
【校園&職場之愛】
鮑鯨鯨《失戀33天》（馬克‧偉伯執導《戀夏500日》）
辛夷塢《致我們終將逝去的青春》、李可《杜拉拉升職記》
【戀愛校園，懷舊青春】
九把刀《那些年，我們一起追的女孩》、陳玉珊《我的少女時代》
【自成一格生物理論或研究實驗】
弗宏熙斯‧馬勒卡《亂糟糟先生的園丁》、徐四金《香水》
岩井俊二《華萊士人魚》
【社會議題與無力可回天的命運感】
東野圭吾《徬徨之刃》、門田隆將《與絕望奮鬥：本村洋的3300個日子》
【小我勝大我】
百田尚樹《永遠的零》（宮崎駿《風起》）與《風中的瑪莉亞》

【盜墓誌異】

南派三叔《盜墓筆記》、天下霸唱《鬼吹燈》《河神》《儺神：鬼方志怪》

一木《大秦皇陵》、郎芳《大禁地》、金萬藏《上古神蹟》

【媒體與推理】

湊佳苗《白雪公主殺人事件》

天地無限《第四名被害者》（費迪南・馮・席拉赫《犯了戒》）

野澤尚《虛線的惡意》與《沒有城堡的人》

知言《正義・逆位》；吉莉安・弗琳《控制》

【故事串故事或書中書】

瑪格麗特・愛特伍《盲眼刺客》

馬里奧・巴爾加斯・尤薩《胡利亞姨媽與作家》

馬努葉・普易《蜘蛛女之吻》

賈西亞・馬奎斯《百年孤寂》（清曹雪芹《紅樓夢》）

徐小斌《羽蛇》（母系：陳玉慧《海神家族》、山崎豐子《女系家族》）

伊莎貝拉・阿言德《精靈之屋》

海琳・維克《魔像與精靈》、艾琳・莫根斯坦《夜行馬戲團》

吳明益《複眼人》《單車失竊記》、張渝歌《詭辯》

凱瑟琳・M・瓦倫特《黑眼圈》《環遊精靈國度的小女孩》系列（《天方夜譚》）

大衛・米契爾《靈魂代筆》《雲圖》《骨時鐘》

嘉布莉・麗文《A.J.的書店人生》、蘿西歐・卡莫那《愛情文法課》

舟・沃頓《我不屬於他們》、亞莫爾・托歐斯《上流法則》

喬艾爾・狄克《HQ事件的真相》（威爾・拉凡德《深夜的文學課》）

戴思杰《巴爾札克與小裁縫》、黛安・賽特菲爾德《第十三個故事》

卡洛斯・魯依斯・薩豐《風之影》、馬格斯・朱薩克《偷書賊》

【青少年女的憂鬱愁緒】

歌德《少年維特的煩惱》、史蒂芬・切波斯基《壁花男孩》

雪維亞・普拉絲《瓶中美人》（憂鬱厭世）、莎岡《日安憂鬱》（頹廢空虛）

舟・沃頓《我不屬於他們》（青春魔法）

楊・馬泰爾《少年Pi的奇幻漂流》（生命哲理）

蓋兒・芙曼《如果我留下》（選擇）

弗朗索瓦・莫里亞克《泰芮絲的寂愛人生》（成年女性）

★**離魂（解離）**

蓋兒·芙曼《如果我留下》、陳玄祐〈離魂記〉

馬克李維《假如這是真的》（《出竅情人》）湯顯祖《牡丹亭》〈遊園驚夢〉

艾莉絲·希柏德《蘇西的世界》（卡洛琳·潔絲庫克《瑪歌的守護天使》）

【**反烏托邦、逃殺小說與團體霸凌**】

陳俊欽《黑羊效應》

蘇珊·柯林斯《飢餓遊戲》三部曲、詹姆士·達許納《移動迷宮》三部曲

皮爾斯·布朗《紅星革命首部曲：崛起》、休豪伊《異星記》

歐森·史考特·卡德《戰爭遊戲》《戰爭遊戲外傳：安德闇影》

★**叢林、逃生大作戰或求生**

威廉·高汀《蒼蠅王》、高見廣春《大逃殺》

休豪伊《羊毛記》三部曲《異星記》、安迪·威爾《火星任務》

【**殘酷青春成人式**】

羅伯·歐姆斯德《少年羅比的異境之旅》

桐野夏生《好心的大人》（石井光太《神遺棄的裸體》）

沙林傑《麥田捕手》

安東尼·伯吉斯《發條橘子》

貴志祐介《來自新世界》（善惡人性與自由意志）

【**青春的另行詮釋**】

伊蓮諾·卡頓《彩排》、安妮·琳瑟執導《碧娜·鮑許之青春交際場》

朱莉安娜·柏格特《純淨之子三部曲》

【**女王女神與神女**】

★女神：潔米辛《繼承三部曲》首部曲《女神覺醒》

天籟紙鳶《奧汀的祝福》《最後的女神》、fresh果果《仙俠奇緣之花千骨》

★女王：小野不由美《十二國記》、茱莉·香川《末日仙境》

艾莉森·威爾《伊莉莎白》、韓國MBC《善德女王》

美國CW《女王》、艾瑞卡·喬翰森《提靈女王1：真命女王的崛起》

★神女或巫女：渡瀨悠宇《夢幻遊戲》、高橋留美子《犬夜叉》

水靈文創《蘭陵王》

★女強人：張巍《陸貞傳奇》、蘇珊‧柯林斯《飢餓遊戲》
雪乃紗衣《彩雲國物語》

【赤裸裸女性情慾】
莒哈絲《情人》、娜吉瑪《杏仁》《蕾拉》《激情的沙漠》、張愛玲《色戒》
E.L.詹姆絲《格雷的五十道陰影》、渡邊淳一《失樂園》《紅色城堡》
安‧萊絲《情慾樂園》、波琳‧雷亞吉《O孃》
阿慕德娜‧葛蘭黛絲《露露》、夏洛特‧羅奇《潮濕地帶》
櫻木紫乃《玻璃蘆葦》、九丹《大使先生》

【揮灑烈愛：畫、女人與情感】
茱莉‧泰摩執導《揮灑烈愛》、夏皮羅《密室裡的寶加》
喬一樵《山城畫蹤》
李正明《風之畫師》（艾琳‧莫根斯坦《夜行馬戲團》）
崔西‧雪佛蘭《戴珍珠耳環的少女》《情人與獨角獸》、九丹《大使先生》
【畫作貫人生：家庭失能創傷，與女性主題無關】
唐娜‧塔特《金翅雀》、鍾孟宏執導《第四張畫》

【知識技能與魔幻等與女性自覺】
★知識技能
夏皮羅《密室裡的寶加》、喬一樵《山城畫蹤》、李正明《風之畫師》
崔西‧雪佛蘭《戴珍珠耳環的少女》與《情人與獨角獸》（畫畫）
金‧愛德華茲《夢之湖》（環保生態與歷史）
凡妮莎‧笛芬堡《花語》（花）
瑪格‧博文《溫室女子與慾望九種植物》（植物）、《香料情婦》（香料）
蘿拉‧艾斯奇維《巧克力情人》（烹飪）、伊莎貝‧阿言德《春膳》（美食）
娜塔莉‧海恩斯《琥珀的憤怒》（希臘悲劇）
★魔幻與女性自覺
蘿拉‧艾斯奇維《巧克力情人》、瑪格‧博文《溫室女子和慾望九種植物》
奇塔‧蒂娃卡魯尼《香料情婦》、愛歐文‧艾維《雪地裡的女孩》
★與女性自覺無關
維卡斯‧史瓦盧普《Q＆A》（知識問答）
三浦紫苑《哪啊哪啊神去村》、朗恩‧瑞許《惡女心計》（伐木業，歷史）

林睿奇《肯恩斯城邦》（經濟學）、伊蓮諾‧卡頓《發光體》（星座等）

【奇幻類】

尼爾蓋曼《美國眾神》《星塵》《奇幻面具》《萊提的的遺忘之海》等
凱瑟琳‧M‧瓦倫特《黑眼圈》《環遊精靈國度的女孩》系列
娥蘇拉‧勒瑰恩《地海六部曲》《西岸三部曲》
派翠西亞‧麥奇莉普《幽城迷影》《翼蜥之歌》
克莉絲汀‧卡修《殺人恩典》系列、潔米辛《繼承三部曲》
上橋菜穗子《獸之奏者》
乙一《胚胎奇譚》《獻給死者的音樂》
波津彬子《雨柳堂夢語》、今市子《百鬼夜行抄》、小松艾梅兒《一鬼夜行》
恆川光太郎《夜市》《神隱的雷季》
宮部美幸《扮鬼臉》《本所深川詭怪傳說》
朱川湊人《盜魂者》《在白色的房間聽月歌》
道尾秀介《鬼的足音》、武藤水流《腳本》
三津田信三《蛇棺葬》《百蛇堂》
宮崎駿《神隱少女》、夢枕貘《吞食上弦月的獅子》《陰陽師》
倉橋由美子《亞瑪諾國往還記》、泉鏡花《高野聖》

【遊戲人生】

石子《畫妖師》系列、方白羽《遊戲時代》系列
大宇資訊《仙劍奇俠傳》《軒轅劍》系列（遊戲）
上海燭龍《古劍奇譚－琴心劍魄今何在》（遊戲）
管平潮改編《仙劍奇俠傳》、燕壘生改編《軒轅劍天之痕》（小說）
寧書《古劍奇譚－琴心劍魄》（小說）

★兒童類與中國幻想

陳郁如《修煉三部曲》、林珮思／圖文《月夜仙蹤》

【玩弄歷史時空技巧】

凱倫‧詮斯《五芒星咒》系列
淺田次郎《穿越時空地下鐵》（郭在容執導《我的機器人女友》）
凱特‧亞金森《娥蘇拉的生生世世》
肯恩‧格林伍德《重播》、奧黛麗‧尼芬格《時空旅人之妻》

法蘭克・波瑞提《生死魔幻》、克里斯托弗・諾蘭執導《星際效應》

史考特・費茲傑羅《班傑明的奇幻旅程》

★穿越：黛安娜・蓋伯頓《異鄉人》、桐華《步步驚心》

【闇黑或哲理歷練童話】

乙一《槍與巧克力》（羅爾德・達爾《巧克力冒險工廠》）

史蒂芬・金《龍之眼》（尼爾・蓋曼《幸好有牛奶》）

雅歌塔・克里斯多夫《惡童三部曲》

羅伯・歐姆斯德《少年羅比的異境之旅》

保羅・科爾賀《牧羊少年奇幻之旅》

喬斯坦・賈德《蘇非的世界》《紙牌的秘密》

【神人對視間的生命意義】

黛安・賽特菲爾德《貝爾曼的幽靈》

淺葉なつ《諸神的差事》（叶泉《桐之宮稻荷》）

【關係類】

★修補療癒

馬修・魁克《派特的幸福劇本》

伊莉莎白・吉兒伯特《享受吧一個人的旅行》

卡洛琳・潔絲庫克《瑪歌的守護天使》、艾莉絲・希柏德《蘇西的世界》

劉梓潔《父後七日》、強納森・崔普爾《如果那一天》

保羅・奧斯特《日落公園》、吉田修一《東京同棲生活》

艾莉克絲・瑪伍德《兇手在隔壁》

★階級勞動對立的剝削，下層的卑與反

厄普頓・辛克萊《魔鬼的叢林》

（維克多・雨果《悲慘世界》、相場英雄《狂牛風暴》）

西村賢太《苦役列車》、亞拉文・雅迪嘉《白老虎》

★新舊世代資源爭奪戰

山田宗樹《百年法》、葉真中顯《失控的照護》

黃怡翎、高有智《過勞之島》、戴伯芬主編《高教崩壞》

★絕望與破滅

深町秋生《渴望》、丁柚井《七年之夜》、朱宥勳《暗影》

★**球類與人生**

丁柚井《七年之夜》、朱宥勳《暗影》、馬志翔執導《KANO》
約翰・葛里遜《殘壘》

★**政治權鬥或職場人性**

流瀲紫《後宮甄嬛傳》《後宮如懿傳》、張巍《陸貞傳奇》
二月河《九王奪嫡》、海宴《瑯琊榜》、隨波逐流《一代軍師》
山田宗樹《百年法》
李可《杜拉拉升職記》、蘿倫・薇絲柏格《穿著Prada的惡魔》
尹胎鎬《未生》、池井戶潤《半澤直樹》

★**囚與虐的牢籠**

麥可・葛魯柏《人質之子》
娜塔莎・坎普許《3096天》、符傲思《蝴蝶春夢》
潔西・杜加《被偷走的人生》、譽田哲也《野獸之城》

【**流光年華，愛的滄桑悲涼**】

費茲傑羅《大亨小傳》、亞莫爾・托歐斯《上流法則》
瞿友寧執導《我可能不會愛你》
大衛・尼克斯《真愛挑日子》、西西莉雅・艾亨《我一直都在》
斯坦・賈德《庇里牛斯山的城堡》（E. L.詹姆絲《格雷的五十道陰影》）

★**荷爾蒙澎湃擴散法**

史蒂芬妮・梅爾《暮光之城》、黛博拉・哈克妮斯《魔法覺醒》
李・芭度葛《格里莎三部曲》、艾玻妮・派克《花翼的召喚》
綺拉・凱斯《決戰王妃》
柯琳・霍克《白虎之咒》（史考特・韋斯特費德《重生世界》）
莎菈・J・瑪斯《玻璃王座》
菲莉絲・卡司特與克麗絲婷・卡司特《夜之屋》
莎蓮・哈里斯《南方吸血鬼》
姬兒絲坦・米勒《永恆一族》、愛莉森・諾艾勒《不朽之心》
貝卡・費茲派翠克《暗夜天使》、蘿倫・凱特《墮落天使》
卡珊卓拉・克蕾兒《骸骨之城》、茱莉・香川《末日仙境》
萊妮・泰勒《千年之願》系列、以撒・馬里昂《體溫》、游素蘭《傾國怨伶》
卡蜜・嘉西亞＆瑪格麗特・史托爾《美麗魔物》

小說之神就是你

雪乃紗衣《彩雲國物語》

【合寫慘作】
卡蜜‧嘉西亞＆瑪格麗特‧史托爾《美麗魔物》
菲莉絲‧卡司特＆克麗絲婷‧卡司特《夜之屋》
【合寫傑作】
瑟巴斯提昂‧費策克＆麥可‧索寇斯《解剖》
陳浩基＆寵物先生《S.T.E.P.》
★愛與罪
路易絲‧道媞《蘋果園之罪》、艾琳‧凱莉《你回來的時候》
撒尼爾‧霍桑《紅字》
吉莉安‧弗琳《控制》、吉田修一的《惡人》
★妓女悲歌
亞瑟‧高登《藝妓回憶錄》、明孔尚任《桃花扇》、清曾樸《孽海花》
安野夢洋子《惡女花魁》

【出版業秘辛】
村上春樹《1Q84》、史考特‧韋斯特費德《重生世界》
喬艾爾‧狄克《HQ事件的真相》
百田尚樹《販賣夢想的男人》、東野圭吾《歪笑小說》
【美食與人生】
田中經一《擁有麒麟之舌的男子》、理查‧莫瑞斯《美味不設限》
周星馳執導《食神》、蘿拉‧艾斯奇維《巧克力情人》
強‧法夫洛《五星主廚快餐車》

【心理篇】
【父親】岡田尊司《父親這種病》
村上春樹《1Q84》、羅伯‧歐姆斯德《少年羅比的異境之旅》
陳玉慧《海神家族》、史碧樂‧列維查洛芙《八百萬個老爸在路上》
劉梓潔《父後七日》、強納森‧崔普爾《如果那一天》
尼克‧弗林《厄城爛夜》、吉莉安‧弗琳《暗處》、丁柚井《七年之夜》
馬修‧魁克《尼爾的幸運旅程》、強納森‧崔普爾《在我離開之前》

王小棣領銜編劇、王明台執導《長不大的爸爸》

【母親篇】

岡田尊司《母親這種病》、路易斯‧舒承霍弗《以母愛為名》

許常德《母愛真可怕》

吳曉樂《你的孩子不是你的孩子》、凱莉爾‧麥克布萊德《媽媽的公主病》

信田佐代子《母愛會傷人》、五百田達成＆櫻場江利子《媽媽的解僱通知》

柯柯拉與馬休斯《解開母女情結》

戴倫‧艾洛諾夫斯基執導《黑天鵝》、艾芙烈‧葉利尼克《鋼琴教師》

莒哈絲《情人》、張愛玲《傾城之戀》

詹姆士‧凱因《浮生》、凱特琳‧彭歌《鱷魚的黃眼睛》

櫻木紫乃《玻璃蘆葦》（小川糸《蝸牛食堂》）

凡妮莎‧笛芬堡《花語》、雷若芬《生塊叉燒好過生妳》

譚恩美《喜福會》《接骨師的女兒》《百種神秘感覺》

勞勃‧史東柏格執導《黑魔女：沉睡魔咒》

羅莉‧奈爾森‧史皮曼《生命清單》

★代理性孟喬森氏症候群

吉莉安‧弗琳《利器》、茱莉‧葛雷格《媽媽有病－代理性伴病症真實案例》

真梨幸子《殺人鬼藤子的衝動》、史蒂芬‧金《魔女嘉莉》

【父母、童年與依附】

愛麗絲‧米勒幸福童年三部曲《幸福童年的秘密》《夏娃的覺醒》
《身體不說謊》

瑪麗法蘭絲‧伊里戈揚《冷暴力》、鄧惠文《有你，更能做自己》

約翰‧弗瑞爾＆琳達‧弗瑞爾《小大人症候群》

約翰‧伍茲《失落的童年》

S.J.華森《雙面陷阱》、強納‧森德米執導《蕾切爾的婚禮》

艾曼紐‧卡黑爾《敵人》

蕾斯莉‧里蘭‧費爾茲＆吉兒‧哈伯德《走出受傷的童年》

許皓宜《與父母和解》

洪仲清＆李郁琳《找一條回家的路》、洪仲清《跟自己和好》

蘇絢慧《為什麼不愛我》

鄧惠文《非常關係》《直說無妨：非常關係2》《還想遇到我嗎》
《學習。在一起的幸福》《有你，更能做自己》

是枝裕和執導《無人知曉的夏日清晨》、凡妮莎·笛芬堡《花語》
桐野夏生《好心的大人》

【霸凌】
陳俊欽《黑羊效應》、瑪麗法蘭絲·伊里戈揚《冷暴力》
厄普頓·辛克萊《魔鬼的叢林》、黃怡翎、高有智《過勞之島》
戴伯芬主編《高教崩壞》
約翰·伍茲《失落的童年》、東尼·艾伍德《亞斯伯格症實用指南》
史蒂芬·金《魔女嘉莉》、茱迪·皮考特《事發的19分鐘》
反烏托邦青少年逃殺小說

【遊戲單元－心理學映射小說文本】
★短篇
既晴《感應》〈夢的解析〉〈打動她的心〉〈臉孔辨識失能症〉〈未來的被
　　害者〉
★長篇
解離症、強迫症、反社會與邊緣性人格、創傷壓力後症候群（PTSD）等
★解離症（失憶、夢、意識不清、被偷走的那X年／人生、離魂）
瑪琳·史坦伯格＆瑪辛·史諾《鏡子裡的陌生人》
★強迫症
湯華盛＆黃政昌《薛西佛斯也瘋狂》（薇比克·羅倫茲《全都藏好了》）
大衛·亞當《停不下來的人》
★反社會或邊緣性人格
M.E.湯瑪士《反社會人格者的告白》
傑洛·柯雷斯曼＆郝爾·史卓斯《愛你，想你，恨你：走進邊緣人格的世界》
陳浩基與寵物先生合著《S.T.E.P.》
★創傷後壓力症候群（PTSD）
瑟巴斯提昂·費策克《集眼者》、史蒂芬·金《魔女嘉莉》
真梨幸子《殺人鬼藤子的衝動》。
★驚悚懸疑伴隨主角成長敘事的親密關係人羅網
吉莉安·弗琳《利器》《暗處》《控制》
喬艾爾·狄克《HQ事件的真相》（年代事件拼圖）
★連連的構陷與翻轉
威爾·拉凡德《深夜的文學課》、既晴《請把門鎖好》

【愛裡的恐怖控制】

★M型男、厭女與惡女

蘇珊・佛渥德＆瓊・托瑞絲《愛上M型男人》

上野千鶴子《厭女》（水島廣子《女子的人間關係》）

★共依存：梅樂蒂・碧媞《超然獨立的愛》《愛我，就不要控制我》

★好人偏見

瑪札琳・貝納基＆安東尼・格林華德《好人怎麼會幹壞事？》

強納森・海德特或《好人總是自以為是》

小說之神就是你

啟思路04　PG1580

 小說之神就是你
——暢銷作家百萬滾錢術，你不可不知的寫作心機

作　　　者	紀昭君
責任編輯	喬齊安
圖文排版	周妤靜
封面設計	蔡瑋筠

出版策劃	釀出版
製作發行	秀威資訊科技股份有限公司
	114 台北市內湖區瑞光路76巷65號1樓
	電話：+886-2-2796-3638　傳真：+886-2-2796-1377
	服務信箱：service@showwe.com.tw
	http://www.showwe.com.tw
郵政劃撥	19563868　戶名：秀威資訊科技股份有限公司
展售門市	國家書店【松江門市】
	104 台北市中山區松江路209號1樓
	電話：+886-2-2518-0207　傳真：+886-2-2518-0778
網路訂購	秀威網路書店：http://www.bodbooks.com.tw
	國家網路書店：http://www.govbooks.com.tw
法律顧問	毛國樑　律師
總 經 銷	聯合發行股份有限公司
	231新北市新店區寶橋路235巷6弄6號4F
	電話：+886-2-2917-8022　傳真：+886-2-2915-6275

出版日期	2016年7月　BOD一版
定　　價	380元

國家圖書館出版品預行編目

小說之神就是你：暢銷作家百萬滾錢術,你不可不
知的寫作心機 / 紀昭君著. -- 一版. -- 臺北
市：釀出版, 2016.07
　　面；　公分. -- (啟思路；4)
BOD版
ISBN 978-986-445-129-6(平裝)

1. 小説　2. 寫作法

812.71　　　　　　　　　　　　105010708

讀 者 回 函 卡

感謝您購買本書,為提升服務品質,請填妥以下資料,將讀者回函卡直接寄回或傳真本公司,收到您的寶貴意見後,我們會收藏記錄及檢討,謝謝!
如您需要了解本公司最新出版書目、購書優惠或企劃活動,歡迎您上網查詢或下載相關資料:http:// www.showwe.com.tw

您購買的書名:＿＿＿＿＿＿＿＿＿＿＿＿＿＿＿＿＿＿＿＿＿＿

出生日期:＿＿＿＿＿＿年＿＿＿＿＿＿月＿＿＿＿＿＿日

學歷:□高中 (含) 以下　　□大專　　□研究所 (含) 以上

職業:□製造業　□金融業　□資訊業　□軍警　□傳播業　□自由業
　　　□服務業　□公務員　□教職　　□學生　□家管　□其它＿＿＿＿

購書地點:□網路書店　□實體書店　□書展　□郵購　□贈閱　□其他

您從何得知本書的消息?

　□網路書店　□實體書店　□網路搜尋　□電子報　□書訊　□雜誌
　□傳播媒體　□親友推薦　□網站推薦　□部落格　□其他＿＿＿＿＿＿

您對本書的評價:(請填代號　1.非常滿意　2.滿意　3.尚可　4.再改進)

　封面設計＿＿＿　版面編排＿＿＿　內容＿＿＿　文／譯筆＿＿＿　價格＿＿＿

讀完書後您覺得:

　□很有收穫　□有收穫　□收穫不多　□沒收穫

對我們的建議:＿＿＿＿＿＿＿＿＿＿＿＿＿＿＿＿＿＿＿＿＿＿

＿＿＿＿＿＿＿＿＿＿＿＿＿＿＿＿＿＿＿＿＿＿＿＿＿＿＿＿＿

＿＿＿＿＿＿＿＿＿＿＿＿＿＿＿＿＿＿＿＿＿＿＿＿＿＿＿＿＿

11466
台北市內湖區瑞光路 76 巷 65 號 1 樓
秀威資訊科技股份有限公司　　　收
BOD 數位出版事業部

‧‧

（請沿線對折寄回，謝謝！）

姓　　名：＿＿＿＿＿＿＿＿＿＿　年齡：＿＿＿＿　性別：□女　□男

郵遞區號：□□□□□

地　　址：＿＿＿＿＿＿＿＿＿＿＿＿＿＿＿＿＿＿＿＿＿＿＿＿＿＿

聯絡電話：(日) ＿＿＿＿＿＿＿＿＿＿＿(夜) ＿＿＿＿＿＿＿＿＿＿＿＿

E-mail：＿＿＿＿＿＿＿＿＿＿＿＿＿＿＿＿＿＿＿＿＿＿＿＿＿＿＿